TAMANHO 42
e pronta para arrasar

OBRAS DA AUTORA PUBLICADAS PELA GALERA RECORD:

Avalon High
Avalon High – A coroação: A profecia de Merlin
Avalon High – A coroação: A volta
Cabeça de vento
Sendo Nikki
Como ser popular
Ela foi até o fim
A garota americana
Quase pronta
O garoto da casa ao lado
Garoto encontra garota
Todo garoto tem
Ídolo teen
Pegando fogo!
A rainha da fofoca
A rainha da fofoca em Nova York
A rainha da fofoca: fisgada
Sorte ou azar?
Tamanho 42 não é gorda
Tamanho 44 também não é gorda
Tamanho não importa
Liberte meu coração
Insaciável
Tamanho 42 e pronta pra arrasar

Série **O Diário da Princesa**
O diário da princesa
Princesa sob os refletores
Princesa apaixonada
Princesa à espera
Princesa de rosa-shocking
Princesa em treinamento
Princesa na balada
Princesa no limite
Princesa Mia
Princesa para sempre

Lições de princesa
O presente da princesa

Série **A Mediadora**
A terra das sombras
O arcano nove
Reunião
A hora mais sombria
Assombrado
Crepúsculo

Série **As leis de Allie Finkle para meninas**
Dia da mudança
A garota nova
Melhores amigas para sempre?
Medo de palco

Série **Desaparecidos**
Quando cai o raio
Codinome Cassandra
Esconderijo perfeito

Meg Cabot

TAMANHO 42
e pronta para arrasar

Tradução de
MARIANA KOHNERT

1ª edição

GALERA RECORD
RIO DE JANEIRO • SÃO PAULO
2013

CIP-BRASIL. CATALOGAÇÃO NA PUBLICAÇÃO
SINDICATO NACIONAL DOS EDITORES DE LIVROS, RJ

C116t
Cabot, Meg, 1967-
Tamanho 42 e pronta para arrasar / Meg Cabot; tradução Mariana Kohnert Medeiros. – 1ª ed. – Rio de Janeiro: Galera Record, 2013.
il.

Tradução de: Size 12 and ready to rock
ISBN 978-85-01-40224-0

1. Romance americano. I. Medeiros, Mariana Kohnert. II. Título.

13-02792

CDD: 028.5
CDU: 087.5

Título original norte-americano:
Size 12 and ready to rock

Copyright © 2012 by Meg Cabot

Publicado mediante acordo com Haper Collins Publishers

Todos os direitos reservados. Proibida a reprodução, no todo ou em parte, através de quaisquer meios.

Texto revisado segundo o novo Acordo Ortográfico da Língua Portuguesa.

Direitos exclusivos de publicação em língua portuguesa somente para o Brasil adquiridos pela
EDITORA RECORD LTDA.
Rua Argentina, 171 – Rio de Janeiro, RJ – 20921-380 – Tel.: 2585-2000, que se reserva a propriedade literária desta tradução.

Impresso no Brasil

ISBN 978-85-01-40224-0

Seja um leitor preferencial Record.
Cadastre-se e receba informações sobre nossos lançamentos e nossas promoções.

Atendimento e venda direta ao leitor:
mdireto@record.com.br ou (21) 2585-2002.

Muito obrigada a:

Beth Ader, Nancy Bender, Jennifer Brown, Benjamin Egnatz, Jason Egnatz, Carrie Feron, Michele Jaffe, Lynn Langdale, Laura J. Langlie, Ann Larson, Michael Sohn, Pamela Spengler-Jaffee, Tessa Woodward e, principalmente, a todos os incríveis fãs incentivadores de Heather Wells... continuem arrasando!

Deixa pra lá

Já fui chamada de gordinha
Já fui chamada de ossos largos
Já fui chamada de deixa-pra-lá
Como em "deixa essa aí pra lá"

Às vezes o amor pode ser uma droga
Pode ser mesmo uma droga
Às vezes o amor pode ser uma droga
E pode sugar sua vida

Até as gordinhas sentem
Garotas grandes também têm sentimentos
E as deixa-pra-lá se sentem tão sozinhas
Que seus corações podem se partir em dois

Às vezes o amor pode ser uma droga
Pode ser mesmo uma droga
Mas a vida tem sido bem menos uma droga
Desde que finalmente conheci você

"Deixa pra lá"
Composta por Heather Wells

Correndo pela escada até o segundo andar, o coração acelerado — sou de caminhar, não de correr. Tento não correr para lugar algum, a não ser que seja uma emergência, e, de acordo com a ligação que recebi, é o que isso é —, chego ao corredor escuro e deserto. Não consigo enxergar nada, exceto pela luz vermelho-sangue da placa de SAÍDA no final do corredor. Não ouço nada a não ser o som da minha respiração ofegante.

No entanto, eles estão aqui. Posso sentir nos ossos. Mas onde?

Então a ficha cai. É claro. Estão atrás de mim.

— Desistam — grito, abrindo as portas da biblioteca. — Vocês estão *tão* ferrados...

A bala me acerta bem no meio das costas. A dor irradia para cima e para baixo pela coluna.

— Há! — grita um homem mascarado, surgindo de um vão. — Peguei você! Está morta. Bem morta!

Os diretores de cinema costumam pontuar a morte da heroína com flashbacks dos momentos mais significativos da vida dela, do nascimento ao presente. (Contudo, sejamos honestos: quem se lembra do próprio nascimento?)

Não é isso o que acontece comigo. Enquanto estou ali, morrendo, só consigo pensar em Lucy, minha cachorra. Quem vai cuidar dela quando eu partir?

Cooper. É claro, Cooper, meu senhorio e recém-noivo. Exceto que nosso noivado não é mais tão recente. Faz três meses desde que ele fez o pedido — não que tenhamos contado a alguém sobre os planos de nos casarmos, porque Cooper quer fugir para se casar e evitar a família insuportável dele — e Lucy está tão acostumada a encontrá-lo em minha cama que vai direto até *Cooper* para pedir o café e o passeio da manhã, pois ele acorda com as galinhas e eu... não.

Na verdade, Lucy vai direto até Cooper para pedir tudo agora, porque ele costuma trabalhar em casa e passa o dia

Tamanho 42 e pronta para arrasar

todo com ela, enquanto eu fico aqui no Conjunto Residencial Fischer. Para falar a verdade, Lucy parece gostar mais dele do que de mim. Lucy é uma traidorazinha.

Ela vai ser tão bem cuidada depois que eu morrer que provavelmente nem notará que não estou mais lá. Isso é de partir o coração — ou talvez seja tão encorajador — que meus pensamentos se voltam, irracionalmente, para minha coleção de bonecas. É devastador que uma pessoa de quase 30 anos tenha bonecas o suficiente para formar uma coleção. Mas eu tenho, mais de duas dúzias delas, uma de cada um dos países nos quais me apresentei quando era uma cantora adolescente vergonhosamente superproduzida da Cartwright Records. Como não ficava em nenhum país específico por tempo o bastante para passear — apenas para ir a todos os programas matinais de televisão e depois para um show, geralmente como cantora de abertura para o Easy Street, uma das boy bands mais populares de todos os tempos —, minha mãe comprava uma boneca de lembrança (com a roupa típica do país) nas lojas de presentes de cada aeroporto. Ela dizia que era melhor do que ver os coalas na Austrália ou os templos budistas no Japão ou os vulcões na Islândia ou os elefantes na África do Sul, e assim por diante, porque poupava tempo.

Tudo isso, é claro, foi antes de papai ser preso por evasão fiscal, mamãe convenientemente ficar com meu empresário e sair do país, levando consigo todo o conteúdo da minha poupança.

"Tadinha de você." Foi o que Cooper disse a respeito das bonecas quando passou a noite no meu quarto pela primeira vez e notou-as olhando para ele das prateleiras embutidas acima de nossas cabeças. Quando expliquei de onde tinham vindo, e por que ficara com elas por tantos anos (são tudo o que tenho da minha carreira e família despedaçadas, embora papai e eu estejamos tentando nos relacionar novamente desde que ele saiu da prisão), Cooper apenas sacudiu a cabeça. "Pobrezinha, tadinha de você."

Não posso morrer, percebo de repente. Mesmo que Cooper cuide de Lucy, ele não vai saber o que fazer com minhas bonecas. Tenho de viver; pelo menos tempo o bastante para me certificar de que elas irão para alguém que lhes dê valor. Talvez alguém do Fã-Clube de Heather Wells no Facebook. Já tem quase dez mil *likes*.

Antes que eu possa descobrir como farei isso, no entanto, outra figura mascarada salta de trás de um sofá na minha direção.

— Ah, não! — grita ela, afastando os óculos de proteção para o topo da cabeça. Fico mais do que um pouco surpresa ao ver que é uma aluna, Jamie Price. Ela parece horrorizada. — Gavin, é a Heather. Você atirou na Heather! Heather, sinto muito. Não vimos que era você.

— Heather? — Gavin remove a máscara do rosto, então abaixa a arma. — Ah, merda. Foi mal.

Entendo pelo "foi mal" que foi um erro dele o fato de eu estar morrendo devido à bala de alto calibre em minhas costas. Sinto-me um pouco mal por ele, pois sei o quanto significo para Gavin: talvez mais até do que a própria namorada. Gavin provavelmente precisará de anos de terapia para superar o fato de ter acidentalmente me assassinado. Ele pareceu ter criado um apego pela sua participação no romance de maio-dezembro que imaginou entre nós, ainda

Tamanho 42 e pronta para arrasar   11

que isso jamais fosse acontecer. Gavin faz faculdade de cinema, eu sou diretora-assistente do dormitório dele e estou apaixonada por Cooper Cartwright... Além disso, é contra a política da Faculdade de Nova York que administradores durmam com alunos.

Agora, é claro, nosso romance *definitivamente* nunca vai acontecer, pois Gavin atirou em mim. Consigo sentir o sangue jorrar da ferida em minhas costas

Nem tenho certeza de como ainda consigo ficar de pé, a julgar pelo tamanho da mancha de sangue e pelo fato de que minha coluna está, muito provavelmente, partida. É um pouco difícil ver a profundidade da ferida, pois a sala — assim como o resto da biblioteca do segundo andar — está na escuridão, exceto pela luz que irradia das janelas de batente, outrora elegantes, que dão para a praça de xadrez da Washington Square Park, dois andares abaixo.

— Gavin — digo, em uma voz carregada de dor —, você poderia se certificar de que minhas bonecas irão para alguém que...

Espere um pouco.

— Isto é *tinta*? — exijo saber, e levo os dedos ao rosto para examiná-los mais de perto.

— Sentimos muito — fala Jamie, envergonhada. — Diz na caixa que sai com facilidade.

— Vocês estão jogando paintball aqui *dentro*? — Não sinto mais pena de Gavin. Na verdade, estou ficando muito irritada com ele. — E acham que estou preocupada com minhas *roupas*?

Embora, para falar a verdade, essa camiseta seja, por acaso, uma das minhas preferidas. Fica soltinha nas partes que eu não quero necessariamente mostrar (sem me fazer parecer grávida), enquanto chama atenção para as áreas que quero que as pessoas notem (peitos — os meus são excelentes). Essas são qualidades extremamente raras em uma camiseta. Era bom que Jamie estivesse certa a respeito da tinta ser lavável.

— Meu Deus, gente. Vocês poderiam arrancar o olho de alguém!

Não me importo em parecer a mãe das crianças em um filme de Natal. Estou realmente chateada. Estava prestes a pedir que Gavin McGoren tomasse conta da minha coleção de bonecas do mundo todo.

— Ah, qual é — diz Gavin, encarando-me de olhos arregalados. — Você já levou um tiro de verdade, Heather. Não aguenta um tirozinho de paintball?

— Eu nunca *escolhi* me colocar em uma posição na qual pudesse levar um tiro de verdade — argumento. — Não faz parte da descrição do meu trabalho. Agora, poderiam, por favor, explicar por que o Serviço de Segurança ligou para a minha casa *domingo à noite* para dizer que havia uma queixa de festa não autorizada, na qual alegam que alguém supostamente desmaiou, acontecendo em um prédio que deveria estar *vazio* para reformas de verão, a não ser pela equipe de estudantes que trabalha no campus?

Gavin parece ofendido.

— Não é uma festa — responde ele. — É uma guerra de paintball. — Gavin ergue o rifle como se explicasse tudo. — Os funcionários da recepção e os assistentes do Conjunto Fischer contra a equipe de estudantes que está trabalhando na pintura. Aqui. — Ele desaparece por um momento atrás do sofá, então reaparece e começa a empilhar uma arma de paintball sobressalente, máscara para o rosto, macacões (sem dúvida roubados dos estudantes da equipe de pintura), além de vários outros equipamentos, em meus braços. — Agora que você está aqui, pode ficar na equipe da recepção.

— Espera. Foi *isso* que vocês fizeram com a verba do planejamento que dei a vocês? — Mal consigo esconder o desprezo. Aprendi na matéria em que me inscrevi nesse verão que o cérebro humano leva até meados dos 20 anos para chegar à maturidade e ao desenvolvimento estrutural completos, e é por isso que os jovens costumam tomar decisões tão questionáveis.

Mas jogar paintball *dentro* de um conjunto residencial? É uma decisão completamente idiota, mesmo para Gavin McGoren.

Jogo o equipamento de volta no sofá.

— Aquele dinheiro deveria ser usado para uma *festa da pizza* — digo. — Porque você disse que todos os refeitórios fecham nas noites de domingo e que você nunca tinha dinheiro o bastante para comer qualquer coisa. Lembra?

— Ah não, não — assegura-me Jamie. Para uma garota crescida, a voz dela soa terrivelmente infantil de vez em quando, talvez porque sempre termine as frases com uma nota aguda, como se estivesse fazendo uma pergunta, mesmo que não esteja. — Não gastamos o dinheiro com o equipamento de paintball, nós o pegamos emprestado no centro esportivo dos alunos? Eu nem sabia que eles *tinham* equipamento de paintball que pudesse ser emprestado, provavelmente porque ele está sempre emprestado ao longo do ano, quando há tanta gente por aqui? Mas eles têm. Você só precisa deixar a identidade.

— É claro — resmungo. Por que os ex-alunos ricos da faculdade *não* doariam dinheiro para a compra de equipamento de paintball que os estudantes pudessem pegar emprestado à vontade? Deus me livre que doassem para algo útil, como um laboratório de ciências.

— É — fala Gavin. — Nós *usamos* o dinheiro para pizza. E bebidas. — Ele ergue três últimas latinhas de cerveja, penduradas pelos anéis plásticos do que antes fora um pacote com seis. — Quer? Só a melhor cerveja lager norte-americana para minhas mulheres.

Sinto uma queimação. Não tem nada a ver com a munição de paintball pela qual fui recentemente atingida.

— *Cerveja*? Vocês compraram *cerveja* com o dinheiro que dei para a pizza?

— É Pabst Blue Ribbon — diz Gavin, parecendo confuso.

— Achei que garotas legais cantoras/compositoras amassem a PBR.

Talvez por ter notado o ódio brilhando em meus olhos, Jamie se aproxima e me dá um abraço.

— Muito obrigada por me deixar ficar aqui no verão, Heather — diz ela. — Se precisasse ficar em casa com meus pais, em Rock Ridge, teria morrido? Sério. Você não tem ideia do que fez por mim. Você me deu as asas de que eu precisava para voar. Você é a melhor chefe do mundo, Heather.

Faço uma boa ideia do foi que dei a Jamie, e não foram asas. Teto e comida de graça por 12 semanas em troca de vinte horas de trabalho semanais encaminhando a correspondência dos alunos que foram passar o verão em casa. Agora, em vez de ter que se deslocar até a cidade para ver Gavin em segredo (os pais dela não o aprovam, pois acham que a filha

Tamanho 42 e pronta para arrasar

pode conseguir algo melhor do que um estudante de cinema de aparência desleixada), Jamie pode simplesmente abrir a porta. Gavin mora bem no final do corredor dela, tendo em vista que fiz com ele (uma imprudência minha, agora percebo) o mesmo agradável acordo.

— Tenho quase certeza de que seus pais não concordariam que sou a melhor chefe do mundo — digo, resistindo ao abraço. — E tenho igualmente certeza de que, se alguém do departamento de acomodação descobrir sobre o paintball e a cerveja, não serei mais a chefe de ninguém.

— O que eles podem fazer com você? — pergunta Gavin, indignado. — Estamos em um prédio fechado para o verão, que, de uma forma ou de outra, vai ser totalmente pintado, e somos todos maiores de 21 anos. Ninguém está fazendo nada ilegal.

— Claro — respondo, de modo sarcástico. — Foi por isso que eu recebi uma ligação do Serviço de Segurança, porque ninguém está fazendo nada ilegal.

Gavin faz uma expressão que parece particularmente demoníaca com a máscara de proteção puxada para trás sobre o cabelo.

— Foi a Sarah? — pergunta ele. — Foi ela quem ligou para fazer queixa, não foi? Ela está sempre mandando a gente calar a boca porque está tentando terminar a tese ou algo assim. Eu *sabia* que ela não aceitaria isso numa boa.

Não faço comentários. Não tenho ideia de quem os dedurou para a polícia do campus. Poderia facilmente ter sido Sarah Rosenberg, a assistente de pós-graduação que reside no Conjunto Fischer e foi designada para atender emergências noturnas e auxiliar o diretor do conjunto residencial nas operações noturnas. Infelizmente, desde a demissão precoce do último, não há diretor do Conjunto Residencial Fischer para Sarah auxiliar. Ela está me ajudando a supervisionar a equipe básica de funcionários e esperando até que o departamento de acomodação decida quem será nosso novo diretor. Já deixei uma mensagem para ela — é estranho Sarah não ter atendido, pois está cursando matérias nesse verão e, por isso, costuma ficar no quarto. Ela não tem nada para fazer além de estudar, embora tenha adquirido, por volta da época em que fiquei noiva em segredo, o primeiro namorado sério da vida.

— Olhe — digo, e pego o celular para ligar para Sarah de novo. — Não dei aquele dinheiro para comprar cerveja, e vocês sabem disso. Se alguém desmaiou de verdade, precisamos encontrar a pessoa imediatamente e nos certificar de que está bem...

— Ah, com certeza — diz Jamie, parecendo preocupada. — Mas essa pessoa não pode ter passado mal por causa da bebida. Só compramos duas embalagens de seis...

— Bem, o time de basquete comprou uma garrafa de vodca — admite Gavin, envergonhado.

— Gavin! — grita Jamie.

Sinto como se tivesse *mesmo* levado um tiro, só que desta vez na cabeça, não na coluna, e com uma bala de verdade. Esse é o tamanho da enxaqueca que começa a surgir atrás do meu olho esquerdo.

— *O quê?* — exclamo.

— Bem, não é como se eu pudesse impedi-los. — A voz de Gavin sobe uma oitava. — Já viu como são grandes? Aquele garoto russo, Magnus, tem quase 2,10 metros. O que eu diria? "Nyetski de vodcaski"?

Tamanho 42 e pronta para arrasar **17**

Jamie pensa a respeito.

— Não seria "nyet"? E "vodca"? Acho que essas palavras são russas.

— Fantástico — falo, ignorando os dois enquanto aperto o botão e ligo para Sarah de novo. — Se for algum desses caras que tiver desmaiado, não vamos nem conseguir colocá-lo na maca. E onde está o time de basquete agora?

Gavin parece animado. Ele pega algo de um bolso no macacão e segue até uma das janelas de batente. Sob o brilho dos postes do lado de fora, vejo que está desdobrando uma planta do prédio. Está coberta de anotações misteriosas feitas com caneta vermelha, presumivelmente um plano para a batalha daquela noite. A dor de cabeça me apunhala com ainda mais força. Eu deveria estar em casa comendo comida chinesa e assistindo a *Freaky Eaters* com meu namorado, nossa tradição de domingo à noite, embora, por algum motivo, Cooper não consiga ver o quanto *Freaky Eaters* é brilhante, preferindo assistir a *60 Minutes* ou, como eu gosto de chamar, "O Programa Que Nunca Fala Sobre Freaky Eaters".

— Provavelmente precisaremos nos dividir para encontrá-los — diz Gavin, depois ergue a cerveja e toma um gole rápido antes de apontar para um lugar na planta. — Montamos um posto na biblioteca porque conseguimos ouvir qualquer um que venha pelas escadas do saguão ou pegue o elevador de serviço. Estimamos que a Equipe dos Pintores esteja reunida em algum lugar do primeiro andar, mais provavelmente no refeitório. Mas podem estar no porão, possivelmente no salão de jogos. Minha ideia é: descemos até lá e acabamos com *todos* eles ao mesmo tempo, então ganhamos o jogo inteiro...

— Espere — diz Jamie. — Ouviram isso?

— Não ouvi nada — responde Gavin. — Então, este é o plano. Jamie, você desce pela escada dos fundos até o refeitório. Heather, você desce pela escada da frente e checa se tem alguém se escondendo no porão.

— Você anda respirando solução química demais na sala escura das aulas de cinema — digo. A ligação para Sarah vai para a caixa postal de novo. Frustrada, desligo sem deixar outro recado. — E, de toda forma, não estou jogando.

— Heather, Heather, Heather — fala Gavin, como se desse um sermão. — O cinema agora é todo digital, ninguém mais usa salas escuras e soluções químicas. E você certamente está jogando. Nós matamos você, então é nossa prisioneira. Precisa fazer o que dissermos.

— Sério — diz Jamie. — Vocês não ouviram aquilo?

— Se você me matou, quer dizer que estou morta — respondo. — Então não deveria ter de jogar.

— Essas não são as regras — fala Gavin. — O modo como vamos pegá-los é: entramos pelo escritório do refeitório, nos escondemos atrás do balcão das saladas...

— McGoren — diz uma voz masculina e grossa da escuridão do corredor.

Gavin ergue o rosto.

— Ninguém atira em Heather... — Meu noivo, Cooper, emerge das sombras e diz: — e sai ileso.

Então atira.

De vez em quando

De vez em quando a gente se arrepende da estrada que deixou de pegar
Começamos a desistir dos planos que viemos a fazer

De vez em quando a gente se sente tão sem lar
Imaginando por que tiraram tanto de nós sem nada oferecer

De vez em quando a gente se pergunta como é que isso aconteceu?
Como acabei onde estou?

Mas de vez em quando há alguém especial que você conheceu
Alguém que escolheu o mesmo caminho

E, de repente, a gente para de se sentir tão sozinho
No meio da estrada que simplesmente precisamos escolher

E é aí que vemos que tudo valeu a pena
Porque de vez em quando os sonhos se realizam

"De vez em quando"
Composta por Heather Wells

— Eu falei que tinha ouvido alguma coisa — diz Jamie, gargalhando da expressão embasbacada de Gavin enquanto ele encara a mancha verde-clara na frente do macacão branco.

— Nem um pouco legal, cara — diz Gavin, desolado. — Você nem está na equipe oficial.

— Onde conseguiu essa arma de paintball? — pergunto, conforme Cooper se aproxima e passa o braço em volta do meu pescoço.

— Um rapaz simpático na recepção me entregou quando perguntei onde você estava — respondeu. — Ele disse que eu precisaria disso para me defender.

Percebo tardiamente que Mark, o assistente dos residentes que trabalha na recepção, me chamou enquanto eu subia as escadas. Eu estava com pressa demais para ouvir.

— O que você está fazendo aqui? — pergunto a Cooper, quando ele beija o topo da minha cabeça. — Eu disse que voltaria logo.

— Sim, é o que você diz toda vez que é arrastada para cá em um final de semana — responde Cooper, com sarcasmo. — Então passam três horas até eu ver você de novo. Pensei em apressar as coisas desta vez. Você não ganha o suficiente nesse emprego para ficar de prontidão 24 horas por dia, Heather.

— E eu não sei? — digo. Meu salário anual como diretora-assistente de conjunto residencial me coloca na linha de pobreza dos Estados Unidos, depois de a receita federal e o estado de Nova York descontarem suas partes. Felizmente, o pacote de benefícios e o seguro-saúde da Faculdade de Nova York é excelente, e eu não pago nada de aluguel graças a meu segundo emprego, que consiste em fazer cadastramento de dados para meu senhorio, que tirou o braço do meu pescoço e está recarregando a arma de paintball.

Não vou mentir: embora desaprove brincadeiras com armas em conjuntos residenciais, o efeito é inegavelmente sexy. É claro que Cooper precisou se familiarizar com armas de fogo para passar no Exame para Investigador Particular do Estado de Nova York. Entretanto, ele não tem uma arma de verdade e me assegurou que, na vida real, ser investigador particular não é nada como nos programas de TV ou nos filmes. Quando não está em casa pesquisando coisas online, na maioria das vezes fica sentado no carro tirando fotos de pessoas que estão traindo seus cônjuges.

É um alívio saber disso, pois eu ficaria preocupada se achasse que ele estava na rua trocando tiros.

— Desta vez é sério — digo a Cooper. — A polícia do campus recebeu uma queixa de festa não autorizada...

— Não me diga — fala Cooper ao olhar a cerveja.

— ...e de que há alguém inconsciente — acrescento. — Parece que ninguém sabe quem fez a queixa. Sarah não atende o telefone, e o resto das pessoas está espalhado pelo prédio, brincando de paintball. — Não quero parecer ineficiente na frente dos residentes, mas a verdade é que não tenho tanta certeza de como lidar com a situação. Sou apenas uma diretora-*assistente* de conjunto residencial, no fim das contas.

Cooper não tem tais inseguranças.

— Tudo bem — diz ele, e aponta a arma de paintball para Gavin e Jamie. — Nova tática de jogo. Vocês são todos meus prisioneiros, o que significa que precisam fazer o que eu mandar.

Não consigo conter uma pequena exclamação. Eu costumava fantasiar que me tornava a prisioneira de Cooper Cartwright e que ele me obrigava a fazer o que mandasse. Confissão completa: envolvia algemas.

Agora minha fantasia estava se tornando realidade! Bem, mais ou menos. É típico da minha sorte ultimamente que um bando de alunos estejam junto, estragando tudo.

— Vamos reunir o resto dos jogadores — diz Cooper — e nos certificar de que estejam todos presentes. Então levarei quem estiver interessado para um restaurante tailandês.

Gavin e Jamie resmungam, o que acho bastante grosseiro, considerando que meu namorado ofereceu pagar o jantar. Qual é problema dos jovens de hoje em dia? Quem preferiria sair correndo, atirando nos outros, em vez de comer um delicioso *pad thai*?

— Está falando sério? — pergunta Gavin. — Bem quando estávamos prestes a detonar o time de basquete?

— Sim, percebo que você estava a meros instantes de realizar isso — diz Cooper, um dos cantos da boca retorcendo-se de maneira sarcástica. — Mas é do meu entendimento que Heather gosta desse emprego, e acho que ela não deveria ser demitida por confraternizar, depois do horário de trabalho, com alunos embriagados portando rifles de paintball.

Encaro meu futuro marido à meia-luz. Acho que acabo de me apaixonar um pouquinho mais por ele. Talvez ele *soubesse* que destino dar às minhas bonecas.

Volto para meu celular — sério, onde *está* Sarah? Não é nem um pouco do feitio dela não me ligar de volta imediatamente — e penso em como vou agradecer Cooper assim que chegarmos em casa (algemas estarão *definitivamente* envolvidas), então ouvimos passos no corredor. Pelo ruído, são masculinas. E insistentes.

— São eles — sussurra Gavin. Ele segura o carregador da arma. — Os maricas...

Tamanho 42 e pronta para arrasar **23**

Ele não está sendo ofensivo. Os Maricas é o nome do time de basquete da Faculdade de Nova York. Antes eram conhecidos como Panteras, mas um escândalo envolvendo trapaça nos anos 1950 resultou em seu rebaixamento da Divisão I, a mais alta da classificação universitária, para a Divisão III, a mais baixa, e na renomeação vexatória da equipe.

Qualquer um pensaria que isso daria uma lição na faculdade, mas não. Na primavera passada, a seção de fofocas do *New York Post* conseguiu um memorando do escritório do presidente da Faculdade de Nova York, Phillip Allington, escrito para meu chefe, Stan Jessup, chefe do departamento de acomodação. Ele pedia a Stan que se certificasse de que cada um dos jogadores de basquete da equipe da faculdade recebesse teto e comida de graça durante o verão, pois alguns dos Maricas moravam tão longe quanto a Geórgia Soviética e o custo do voo para casa seria uma despesa muito esmagadora para as famílias.

E foi assim que o Conjunto Residencial Fischer acabou com um dúzia de "pintores" Maricas durante o verão.

Como o regulamento atual da Associação Nacional de Atletas Universitários proíbe terminantemente que se dê dinheiro ou presentes aos jogadores — e que especialmente no caso dos jogadores da Divisão III, recebam bolsas de estudos esportivas de qualquer tipo — esse memorando do escritório do presidente Allington lançou o que ficou conhecido como Escândalo dos Maricas... Embora, pessoalmente, eu não entenda como dar teto e comida em troca da pintura de quase trezentos quartos do dormitório possa ser considerado "presente".

— Aqueles atletas cabeças de vento não podem ter descoberto que estamos aqui — sussurra Gavin. — Por favor, deixe-me atirar neles.

Jamie acrescenta um "por favor?" sofrido.

Cooper faz que não com a cabeça.

— Não...

É tarde demais. Conforme a porta da biblioteca se abre, Gavin ergue a arma de paintball e atira em...

...Simon Hague, diretor do Conjunto Residencial Wasser, o rival mais rancoroso do Conjunto Fisher e minha nêmesis profissional particular.

Simon dá um gritinho ao ver a mancha de tinta fluorescente que surgiu na frente de sua estilosa camisa polo preta. O acompanhante de Simon — um segurança do campus, de acordo com a silhueta do chapéu — também não parece muito feliz com o borrão de tinta amarela brilhante na frente do uniforme azul.

Jamie, ao perceber o erro do namorado, primeiro engasga, horrorizada, então diz a eles quase a mesma coisa que disse a mim:

— Sai com água quente!

Parte de mim quer explodir em gargalhadas. Outra quer desaparecer. Simon, lembro-me tardiamente, é o diretor do conjunto residencial em exercício durante este final de semana, o que significa que deve ter recebido a mesma mensagem que eu a respeito da festa não autorizada e do aluno inconsciente.

Se eu não estava morta antes, agora estou, pelo menos no que diz respeito à vida profissional.

— O que é — exige saber Simon, tateando o painel de madeira em busca de um interruptor — que está acontecendo aqui?

Esconda a cerveja, rezo em silêncio. *Alguém esconda a cerveja, rápido.*

— Oi — digo, dando um passo à frente. — Simon, sou eu, Heather. Estávamos só fazendo um exercício de entrosamento de equipe. Sinto muito por isso...

— Exercício de entrosamento de equipe? — dispara Simon, ainda tentando encontrar o interruptor. — Este prédio deveria estar *vazio* durante o verão. Que tipo de equipe você poderia estar entrosando em um domingo à noite?

— Bem, não estamos de fato vazios — respondo. Ouço movimentos atrás de mim e fico aliviada ao perceber, pelo canto do olho, que Gavin discretamente jogou a embalagem de cervejas para debaixo do sofá. — O Dr. Jessup queria que mantivéssemos a recepção aberta, então é claro que temos a equipe de recepção de estudantes, a equipe de encaminhamento de correspondências e alguns assistentes de residentes, por causa do...

...*time de basquete*, eu ia dizer. Consciente de que os alunos preferidos do presidente da faculdade estavam morando no prédio durante o verão, o chefe do departamento de acomodação tinha pedido que eu me certificasse de que o time — composto, afinal de contas, por estudantes antes de atletas — tivesse bastante supervisão, então me assegurei de que teria, feita por sete assistentes, os quais também receberiam abrigo gratuito durante o verão em troca de algumas horas de trabalho no meu escritório ou na recepção, além de ficar de olho nos Maricas.

Simon me interrompe antes que eu possa terminar.

— Equipe de encaminhamento de correspondência? — Ele parece irado.

Me lembro, tardiamente, de que durante uma das reuniões de funcionários na qual nos pediram para dar ideias sobre como a faculdade poderia economizar, Simon sugeriu cortar todos os cargos de diretor-assistente de conjunto residencial — o *meu* cargo.

Ele finalmente encontra o interruptor, e, de repente, somos inundados por uma luz fluorescente violenta.

Simon não parece muito bem. Imagino que eu não esteja muito melhor, no entanto. Então reconheço o segurança do campus, que parece o pior de nós três.

— Ah — digo, surpresa. — Oi, Pete. Está trabalhando nos turnos da noite agora?

Pete, que normalmente fica no balcão de segurança do Conjunto Residencial Fischer, está tentando limpar a tinta fluorescente do distintivo prateado.

— É — responde ele, deprimido. — Peguei alguns turnos extras. As meninas vão para colônias de férias neste verão. Esses lugares são caros. Os bons, pelo menos.

Fica claro pela expressão de Pete que ele está se arrependendo da decisão de pegar mais turnos.

— Você tem alunos morando aqui de graça em troca de *encaminharem correspondências*? — exige saber Simon, feito um cachorro que se recusa a largar o osso.

O Conjunto Residencial Wasser fica do outro lado do parque, em um código postal diferente e atendido por uma agência dos correios diferente. Também estão em um prédio novo, onde não precisam se preocupar se o amianto está ou não exposto ou se o teto do quarto de baixo vai desabar toda vez que um vaso sanitário transborda.

— É — respondo. — Nossa agência dos correios não encaminha as correspondências do Conjunto Fischer porque

Tamanho 42 e pronta para arrasar **27**

considera os dormitórios uma residência temporária. Então Jamie e Gavin estão fazendo isso em troca de abrigo gratuito, além de alternarem turnos na recepção.

Admito que tenho andado bastante relaxada com as regras, basicamente administrando o prédio como se fosse — conforme Cooper diz — minha própria "Ilha de Brinquedos Quebrados", graças ao fato de que os jovens que contratei para a equipe não têm outro lugar para ir, seja por motivos financeiros ou familiares. Estou quase certa de que *nada* do que venho fazendo receberia aprovação de Simon e de que se ele soubesse da extensão total da coisa, isso apenas confirmaria a convicção dele de que eu *e* meu cargo deveríamos ser eliminados imediatamente.

— Abrigo gratuito — repete Simon, com uma voz fria. Do lado de fora, uma sirene distante começa a parecer mais próxima. As janelas de batente estão abertas ao máximo, o que é apenas 5 centímetros graças à política obrigatória de "segurança" das janelas instituída pela faculdade após um bom número de estudantes do Conjunto Residencial Fischer ter sido empurrado para a morte no último ano, então todos os gritos de gatos ou buzinas de carros podem ser ouvidos com clareza perfeita. Embora o Conjunto Fischer tenha ar condicionado, o sistema é antigo.

— Abrigo gratuito em troca de encaminhar correspondência? — O rosto de Simon é a máscara perfeita da incredulidade. — E você está conduzindo exercícios de entrosamento de equipe para esses encaminhadores de correspondência? À *noite*?

— Hã — digo. — Sim.

Entre todos os diretores que poderiam ter sido chamados na noite em que encontro a minha equipe se comportando tão mal, por que teve de ser Simon? Qualquer outro, Tom Snelling, por exemplo, que administra o Conjunto Residencial Waverly e abriga as fraternidades, teria confiscado a cerveja e as armas de paintball e guardado segredo do escritório de administração.

Mas não, tinha de ser o escandaloso e insuportável do Simon. As coisas poderiam ficar piores?

Sim. Porque estou perto o bastante das janelas para determinar que a sirene que ouço pertence a uma ambulância, e vejo-a dobrar na Washington Square West.

É claro que o Conjunto Fischer é um de muitos prédios ao longo da Washington Square. A ambulância poderia estar indo para qualquer um deles.

Mas quais são as chances?

Simon encara Cooper.

— E quem é *este*? — pergunta ele, com uma expressão de nojo. — Com certeza é um pouco velho para ser um dos seus *encaminhadores de correspondência*.

— Cooper Cartwright — diz Cooper, e dá um passo à frente com a mão direita estendida. Fico aliviada ao ver que ele escondeu a arma de paintball. — Consultor de segurança. Heather pediu que eu estivesse aqui para me certificar de que todas as precauções de segurança necessárias estivessem em ordem para o exercício de entrosamento de equipe esta noite.

Consultor de segurança? Sinto o estômago afundar. De jeito nenhum Simon vai cair nessa.

— Eu não sabia — diz Simon, apertando a mão de Cooper — que o Conjunto Residencial Fischer tinha dinheiro no orçamento para contratar um consultor de segurança...

Tamanho 42 e pronta para arrasar 29

— Bem — responde Cooper, dando a Simon um piscar de olhos de quem sabe das coisas —, com todas as tragédias que aconteceram aqui no último ano, fiquei mais do que feliz em abrir mão dos meus honorários. Não podemos permitir que os jovens chamem este lugar de Alojamento da Morte para sempre, não é?

Vejo a expressão de Simon mudar. Embora eu geralmente odeie quando alguém pronuncia as palavras "Alojamento da Morte", Cooper fez a escolha certa ao mencionar isso. O Conjunto Residencial Fischer teve o maior número de mortes entre todos os conjuntos residenciais do país inteiro no ano passado, incluindo um navio de cruzeiro que fica durante todo um semestre no mar e que passou por um surto bizarro de norovírus, deixando três mortos. (Apenas um era aluno. Os outros dois eram docentes. Ninguém na vida dos conjuntos residenciais se importa com os docentes, mas, tecnicamente, as mortes deles contam.)

Ainda assim, o número de estudantes que ingressaram na Faculdade de Nova York como calouros e pediram para serem transferidos para "qualquer lugar que não fosse o Alojamento da Morte" depois de descobrirem que tinham sido designados para cá foi bastante alto... quase 97 por cento. Isso é parte do motivo pelo qual o Conjunto Fischer está fechado para uma reforma durante o verão, assim os alunos que não conseguirem a transferência solicitada — todos eles, pois não há mais conjuntos residenciais para os quais se transferir, considerando que todos os calouros espertos pediram para ficar no Conjunto Residencial Wasser — podem ter ao menos paredes brancas e bonitas quando entrarem em seus quartos no Alojamento da Morte.

Parece que nosso maior período sem acidentes está chegando ao fim: a ambulância do lado de fora encosta em frente ao Fischer.

Estou perfeitamente posicionada para ver não apenas a ambulância, mas também a pessoa que dispara pelas portas da frente do Conjunto Residencial Fischer — diretamente sob as faixas da Faculdade de Nova York que oscilam orgulhosamente acima dessas portas — para receber a ambulância.

Não é nenhum dos funcionários do Conjunto Fischer, mas é alguém com quem estou mais do que um pouco familiarizada, *e* alguém que tenho certeza de que não gostaria de ter Simon Hague bisbilhotando sua vida.

Simon está próximo demais da porta da biblioteca do segundo andar para ver pelas janelas, e toda a atenção dele está voltada para o que está acontecendo do lado de dentro. Ele parece ter se acalmado desde que Cooper mencionou a coisa do Alojamento da Morte. Simon está, afinal de contas, comprometido com os jovens, como ele observa durante as reuniões de funcionários. Com tanta frequência, aliás, que Tom e eu passamos a contar.

— Entendo — diz Simon, erguendo a voz para que possa ser ouvido acima da sirene, tão onipresente neste bairro que ele nem mesmo para e se pergunta o que é ou se pode estar relacionado com nossa atual situação —, mas se isso é uma atividade programada, que queixa é essa que a segurança recebeu sobre uma festa não autorizada com um aluno inconsciente?

— Essa é uma boa pergunta — digo. Embora agora eu saiba a resposta perfeita para ela, já que reconheço a silhueta alta e desengonçada e os traços bonitos da pessoa conversan-

Tamanho 42 e pronta para arrasar

do com os paramédicos sob as intensas luzes de segurança que inundam a entrada principal. — Talvez tenha algo a ver com o time de basquete?

Simon fica pálido por trás do bigode primorosamente aparado.

— Está falando... *dos Maricas*? — A voz dele abaixa até virar um sussurro apressado. Como a sirene foi subitamente desligada, as palavras seguintes parecem absurdamente altas. — Você acha que *eles* estão envolvidos?

— Não consigo imaginar quem mais poderia ser. — Enquanto Cooper atravessa o recinto para ficar ao meu lado, mantenho o olhar longe dele, mesmo quando o vejo olhando, curioso, pela janela. — A guerra de paintball é entre os funcionários da recepção e os alunos pintores... o time de basquete. Achei que tivesse mencionado isso antes...

— Não mencionou — interrompe Simon, ríspido. — Onde eles estão?

— Os Maricas estão no refeitório. — De repente, Gavin começa a ser muito útil... não porque acha que os jogadores de basquete estejam em apuros, mas porque descobriu uma forma de seu jogo de paintball continuar. — Quer que a gente mostre?

— Sim, é claro — responde Simon, voltando-se para a porta. — É bom que *alguém* aqui saiba o que está acontecendo...

Gavin lança um sorriso malicioso para mim, então ele e Jamie seguem Simon em direção à porta. Como Simon está de costas para Gavin, ele não vê o rifle de paintball nas mãos do garoto.

Mas Pete vê. Ele tira as armas das mãos de Jamie e Gavin, lançando um olhar maldoso ao fazê-lo. Os dois se encolhem, parecendo desapontados. Assim que estão a uma distância segura, Pete me encara.

— Sério? — pergunta ele. — Eu preciso seguir esses panacas até lá e levar mais um tiro de tinta?

— Bem — diz Cooper —, você está armado agora. É só atirar de volta.

— Os jogadores são gente boa — falo rapidamente ao ver o olhar que Pete lança a meu namorado. — Vão abaixar as armas se você disser que é da polícia do campus.

Pete joga as armas de paintball no sofá, sem parecer muito convencido.

— Quem foi que levaram para dentro do frigorífico? — pergunta ele, indicando a janela com a cabeça.

Não fico surpresa que ele tenha percebido que a sirene pertencia a uma ambulância e que a mesma parou em frente ao Conjunto Residencial Fischer. Pete trabalha para a Faculdade de Nova York há muito tempo. A intenção dele é continuar lá até poder recolher o pacote de benefícios e se aposentar, então ir para a *casita* da família em Porto Rico.

— Alguém da cobertura — respondo.

Pete parece ainda mais insatisfeito.

— O que *eles* estão fazendo aqui? Achei que passassem os verões na casa dos Hamptons. Dessa forma ela pode encher a cara de Long Island iced teas sem que ninguém saiba.

Pete está certo: a Sra. Allington, mulher do presidente Allington, é uma mulher conhecida por beber demais. Isso fez da vida na cobertura de um prédio no qual se têm de pegar o mesmo elevador que setecentos alunos da graduação um desafio esporádico.

A Sra. Allington é também uma mulher que mantém a cabeça fria em situações de emergência... tanto que certa vez

Tamanho 42 e pronta para arrasar   33

salvou minha vida. Não que tenha me reconhecido desde então. Mesmo assim, há poucas coisas que eu não faria a fim de preservar a privacidade e a reputação dela.

Essa, no entanto, é uma situação na qual ela não precisa de minha discrição.

— Acho que desta vez não é a Sra. Allington — digo.

Pete parece confuso.

— O presidente veio para a cidade sem ela? Não é comum.

— Não — respondo. — Tenho quase certeza de que não são os Allington que estão fazendo a festa não autorizada.

— Então quem? — pergunta Cooper.

— O filho deles.

Amante do cartão bancário

Na boate, corpos colados
Acho que posso, acho que devo
Vejo seu rosto do outro lado da pista
É aí que você me diz a verdade

Tarde da noite, à luz do saguão
Digito a senha, e lá vamos nós
As horas se passam, você faz durar
Contanto que eu tenha a grana pra pagar

Ele é um amante do cartão bancário
As garotas me avisaram sobre ele
Só um amante do cartão bancário
Não se apaixone por ele

Boate fechada, pouca grana
Esta noite vou para casa sozinha
Sequer sei como ele se chama
Mas não sinto qualquer vergonha

Sei que ele é apenas um amante do cartão bancário
As outras garotas estavam certas
Apenas um amante do cartão bancário
Nos divertimos por uma vida inteira
(Pausa para dança, repetir)

> "Amante de cartão bancário"
> Interpretada por Tania Trace
> Composta por Larson/Sohn
> Álbum Então me processa
> Gravadora Cartwright Records
> Três semanas consecutivas no
>
> Top 10 da Billboard Hot 100

— Por que estamos fazendo isso mesmo? — pergunta Cooper.

Estamos sozinhos em um dos elevadores arcaicos do Conjunto Residencial Fischer conforme ele sobe guinchando até a cobertura. Pete nos deixou para se certificar de que Simon não fique completamente encharcado sob uma saraivada de tiros de paintball.

— Porque Christopher Allington não tem um histórico de exercer o melhor dos juízos — explico. — Quero me certificar de que ele não está usando um dos seus velhos truques. É melhor que aquela ambulância seja para a mãe dele, e não para uma garotinha para quem Christopher deu um Boa Noite Cinderela.

Cooper sacode a cabeça negativamente.

— Você sempre pensa o melhor das pessoas, não é mesmo? É isso o que eu mais amo em você, seu otimismo sem limites e sua fé na bondade do ser humano.

Semicerro os olhos na direção dele... mas não posso negar. Conheci poucas pessoas desde que comecei a trabalhar no

Conjunto Residencial Fischer — um emprego que tive sorte de conseguir depois de ter sido chutada da gravadora Cartwright e, depois, da cama de meu ex-namorado — das quais *não* suspeitei serem assassinas. É surpreendente a frequência com que acertei.

Possivelmente é um instinto que desenvolvi durante os anos passados na indústria do entretenimento. Não que muitos músicos sejam assassinos, mas muitos deles *são* perturbados de um modo ou de outro. Talvez seja isso que os atrai para a profissão em primeiro lugar. Sexo, drogas e rock'n'roll são formas de exorcizar os demônios interiores...

E foi assim que acabei indo morar com Cooper Cartwright. Depois que encontrei o namorado com quem eu morava, Jordan — irmão de Cooper e cantor principal da Easy Street — em nossa cama, exorcizando alguns de seus demônios interiores com a mais nova estrela em ascensão da gravadora, Tania Trace, não tive para onde ir.

Cooper e eu fizemos um arranjo bastante profissional. Ele me alugaria um andar em seu prédio de tijolinhos no centro da cidade, e, em troca, eu faria a cobrança dos clientes dele.

Como conseguimos manter o profissionalismo durante quase um ano, não faço ideia, principalmente considerando que nos últimos três meses, desde que revelamos nossos verdadeiros sentimentos um para o outro, conseguimos nos pegar em cada cômodo da casa tantas vezes que perdi a conta (exceto no porão, por causa das aranhas).

— Bem — digo, em defesa própria —, na última vez em que conversamos, Christopher disse que estava abrindo um clube de dança ou uma boate ou algo assim. Não é isso que caras como ele fazem? Servem Boa Noite Cinderela para as garotas?

Tamanho 42 e pronta para arrasar

O filho do presidente da faculdade e eu não somos amigos, para dizer o mínimo, em grande parte porque ele não estava apenas, *verdadeiramente*, dormindo com todas as residentes do Conjunto Fischer que conseguia atrair para a cama, mas eu também suspeitava de que ele as estava matando. O fato de Christopher ter provado ser inocente desta última acusação não vem ao caso. A primeira ainda é verdadeira.

— Por que um magnata de boates em formação que gosta de transar com garotinhas moraria com os pais? — pergunta Cooper.

— Tenho quase certeza de que Christopher tem uma casa em Williamsburg — respondo. — Ele só dorme aqui quando os pais estão viajando.

Ou foi o que deduzi sempre que o via, de manhã cedo, se esgueirando para fora do elevador que fica em frente à minha sala para dispensar alguma convidada que passara a noite ali. É sempre bastante notável quando qualquer um no Conjunto Residencial Fischer sai dos elevadores antes das 10 horas, pois pouquíssimos alunos da Faculdade de Nova York inscrevem-se em aulas antes das 11 horas, mas é principalmente notável quando esse alguém é o filho do presidente, acompanhado de uma loura de quase 30 anos vestindo roupa social, sapatos Louboutin e um Rolex de ouro de 20 mil dólares. Embora eu suponha que seja legal o fato de Christopher ter encontrado uma amiga da própria idade, para variar.

— Williamsburg — fala Cooper, como um resmungo.

— É claro. Onde mais um cara que põe drogas em bebidas moraria hoje em dia senão no reduto do indie rock e da cultura *hipster*?

Lancei um olhar amargo para Cooper.

— Considerando que todos foram expulsos do Village por causa dos preços altos causados pela presença desta universidade, de celebridades e de filhos herdeiros como você — observo conforme os números no marcador acima de nossa cabeça chegam a vinte —, onde mais deveriam morar?

— Touché — responde Cooper, dando um sorriso. — Mas tudo o que herdei foi o edifício, não um fundo fiduciário. *Você* é a única celebridade neste bairro. O que fico me perguntando é por que...

As portas se abrem antes que ele consiga terminar a pergunta ou que eu possa protestar — eu era uma celebridade na época em que o chihuahua do Taco Bell era popular, e sou quase tão reconhecida agora quanto o falecido cachorro —, e vemos que os paramédicos estão no corredor da cobertura dos Allington.

Christopher Allington está parado à porta da casa dos pais, segurando uma prancheta e uma caneta e dizendo:

— Sinto muito por ser chato, mas se vocês puderem assinar estes formulários antes de entrarem, seria ótimo.

Os dois médicos uniformizados da ambulância, que seguram kits pesados sob os braços, parecem irritados.

— Que tipo de formulário? — pergunta a paramédica.

— É uma autorizaçãozinha dizendo que podemos usar sua... — Christopher se interrompe ao ver Cooper e eu no corredor. — Ah, oi — diz ele, sua expressão passando das boas-vindas cordiais para o completo desprezo.

Então, com a mesma velocidade, a cordialidade retorna. Mas há uma frieza inegável na voz dele enquanto nos encara. Quem pode culpá-lo por ter ficado magoado, considerando a coisa do assassinato?

Tamanho 42 e pronta para arrasar   **39**

— O que traz vocês aqui em cima? — pergunta ele.

— A ambulância estacionada em frente a meu prédio — respondo, com a mesma frieza.

— *Seu* prédio? — Dá para perceber que Christopher quer que a gargalhada pareça casual, mas ela sai com um tom afiado. — Acredito que este prédio pertence à Faculdade de Nova York, da qual meu pai é presidente. Então não é *seu* prédio de verdade, é?

Christopher está vestindo uma camisa social azul, calças brancas e um blazer da mesma cor. A camisa está profusamente suada. Não vou negar que está quente no corredor, o qual, ao contrário do resto do prédio, é coberto por um carpete elegante e pintado com um verde-oliva sutil, em deferência aos muito prestigiados — e únicos — residentes do andar. Há um espelho de moldura dourada em frente aos elevadores, no qual posso ver meu reflexo. Estou transpirando também, o bastante para que as pontas onduladas do meu rabo de cavalo louro grudem na nuca. Mas posso sentir ar frio saindo do apartamento atrás de Christopher. Ele está com o ar-condicionado ligado a toda lá dentro.

Pulando as gentilezas, Cooper pergunta:

— O que é isso espalhado pela sua roupa? — Ele não está falando das manchas de suor. Christopher tem gotículas marrom-escuras por todo o terno de linho outrora branco. Sei que não posso dizer nada, com a mancha de tinta fluorescente nas costas, mas, até onde sei, Christopher não estava em nenhuma das equipes de paintball lá embaixo.

— Ah, isto? — diz ele, raspando algumas das manchas maiores no blazer e sorrindo, como se não fosse nada. —

Bem, sim, isto é resultado da situação infeliz que ocorreu mais cedo esta noite, mas posso assegurá-los de que está tudo...

A paramédica se vira para mim e para Cooper.

— Reconheço sangue quando o vejo, e isso é sangue — diz ela, inexpressiva. — Algum de vocês é o responsável? Porque recebi uma ligação a respeito de uma mulher inconsciente neste endereço. Este cavalheiro — a paramédica usa a palavra "cavalheiro" de modo sarcástico — diz que ela está consciente agora, mas nega nossa entrada a não ser que assinemos algum tipo de formulário.

— Bem — respondo, porque considerando as manchas na roupa de Christopher e a menção da paramédica a uma mulher inconsciente, estou pronta para assumir o controle *completamente*. Só consigo pensar em Boa Noite Cinderela. Remédio pra dormir, estupro e sangue. — Sou a diretora-assistente deste prédio. Este homem nem mesmo mora aqui. Não tem autoridade para requisitar que alguém assine coisa alguma. Então digo que podem entrar.

Uma voz masculina vem de dentro de um quarto no apartamento atrás de Christopher, aparentemente depois de ouvir meu pequeno discurso:

— Heather? É você?

Cooper passa pela paramédica com a velocidade de um projétil, empurrando Christopher com brutalidade para longe da entrada.

— *Jordan*? — diz Cooper, em um tom de incredulidade.

Não o culpo. O irmão mais novo de Cooper, Jordan, é uma das últimas pessoas que eu esperaria encontrar em um conjunto residencial da Faculdade de Nova York, mesmo que fosse no apartamento chique do presidente, e *principalmente* em um local no qual Boa Noite Cinderelas e sangue parecem estar presentes. Cooper e Jordan nunca foram exatamente próximos, e não apenas porque Cooper, ao contrário de Jordan, se recusou a se tornar membro do Easy Street quando o pai dos dois, Grant Cartwright, o CEO da Cartwright Records, inventou a banda. Há também o fato de que o avô extremamente rico — e igualmente excêntrico — de Cooper, Arthur Cartwright, deixou para Cooper o prédio cor-de-rosa no West Village, cujo valor estimado agora está bem acima dos sete dígitos.

O modo como Jordan terminou comigo também pode ter contribuído para aumentar a antipatia de Cooper por ele, mas não quero fazer presunções.

Mesmo assim, meu noivo praticamente esmaga Christopher no esforço para ir ao que ele acredita ser o socorro do irmão. É tocante, na verdade, embora nem todo mundo ache isso.

— Com licença? — grita Christopher, exasperado, para Cooper, e ajusta as lapelas. — Este terno é Armani. E isto é uma propriedade privada. Eu poderia chamar a polícia.

— Vá em frente — digo a Christopher, conforme passo por ele, seguida pelos paramédicos. — Direi a eles que você está invadindo. Seus pais não estão aqui, estão?

— Estão nos Hamptons — responde Christopher, chateado. — Mas, sério, vocês estão atrapalhando uma cena muito importante. Eles podem ver a garota depois. De todo modo, ela está se sentindo melhor agora.

— Cena? — repito, com o coração apertado. Uma mulher inconsciente, sangue e *câmeras*? Será que Christopher convenceu Jordan a fazer um *filme pornô*? A parte triste é que isso não me surpreenderia.

Quando viro a esquina do elegante foyer da cobertura, entretanto, vejo exatamente o que Christopher quer dizer com *cena*, e também o por quê de Cooper ter parado de modo tão abrupto à minha frente, me fazendo dar um esbarrão nele.

— Cooper? — Jordan Cartwright está sentado em um sofá muito estofado, agarrado à mão da recente, e extremamente bonita, jovem esposa, a artista cujo álbum foi líder de vendas do ano, Tania Trace. Jordan parece ainda mais estarrecido ao nos ver do que nós ao vê-lo, e isso já diz tudo. — O que diabos *você* está fazendo aqui?

— O que *eu* estou fazendo aqui? — Cooper encara o irmão, então expande o campo visual para abranger o grupo reunido ao redor de Jordan e o sofá no qual o mesmo está sentado sob o brilho de duas lâmpadas enormes apoiadas sobre tripés. — Acho que a pergunta mais apropriada é o que *você* está fazendo aqui? E por que está coberto de sangue?

— Estou? — Jordan olha para baixo, surpreso. Está vestido de modo semelhante a Christopher, mas o terno dele é de um bege pálido e a camisa social é cor-de-rosa. Como Christopher, ele está profusamente suado. E, como Christopher, há gotículas de sangue espalhadas por ele todo. — Ah, merda, não reparei. Por que vocês não me contaram, gente? — Jordan encara a equipe de filmagens, toda vestida em bermudas cargo e camisetas com diversos símbolos de bandas estampados, embora a Easy Street não fosse uma delas. Ainda que o ar-condicionado esteja a toda, as luzes tornam o quarto um forno, então todos estão suados também.

Tamanho 42 e pronta para arrasar

— O sangue é bom. Dá mais realismo, cara — assegura a Jordan um homem com um headphone e segurando um *boom* (um daqueles microfones direcionais compridos e com uma coisinha felpuda na ponta).

O cara que segura a câmera diz, ao olhar pela lente:

— O sangue mal aparece, está muito escuro aqui dentro. Alguém poderia ajustar aquele difusor como pedi ou estou falando sozinho aqui?

Uma jovem com trancinhas minúsculas no cabelo corre até um dos tripés e puxa uma tela para a frente da calha de luz. Um segundo depois, o brilho branco e quente sobre Jordan e Tania aumenta quase cem por cento, e a temperatura na sala de estar dos Allington parece subir mais uns dez graus.

— Perfeito — diz o câmera, com um tom de satisfação. — *Agora* eu consigo ver o sangue.

Tania, que veste um minivestido dourado — e uso a palavra "mini" em sentido amplo, pois o vestido mal consegue cobrir os mamilos e as extremidades inferiores — ergue um braço marrom enfraquecido por cima dos olhos, virando o rosto de feições exóticas para longe da luz ofuscante.

— Não consigo fazer isso — murmura ela, baixinho.

— Claro que consegue, Tania querida — responde uma mulher que eu não notei antes. Ela está de pé em um dos lados, na sombra, mas não tão escondida a ponto de esconder seus sapatos Louboutin ou o reflexo dourado ao redor do pulso. É a mulher que vi tantas vezes ultimamente, saindo do elevador pela manhã com Christopher. — Abaixe o braço e conta pra gente como se sentiu ao ver um homem levando um tiro bem na sua frente.

— Não quero. — Tania mantém o braço onde está. Do pouco que consigo ver, o rosto dela parece ter ficado tão verde-oliva quanto as paredes no corredor de entrada.

— Segura a onda, querida — diz Jordan, colocando o próprio braço em volta da silhueta diminuta da esposa e abaixando o rosto para olhá-la de modo carinhoso, embora a única parte de Tania que ele possa ver de onde está sentado seja o cotovelo, e talvez os joelhos. — Sei que o que passamos hoje foi feio. Mas você ouviu o que disseram no pronto-socorro. Com o tempo e com nossas orações, o Urso vai ficar bem. E até lá, *eu* vou proteger você. E ao bebê também, quando ela chegar. Jamais deixarei qualquer coisa acontecer com você, eu juro. Não enquanto restar um suspiro em meu corpo.

Mal consigo acreditar no que estou ouvindo. Alguém chamado Urso levou um tiro na frente de Tania? E estão obrigando-a a falar sobre isso para as câmeras, na cobertura do Conjunto Residencial Fischer? *Por quê?*

— Isso é bom, Jordan — diz, das sombras, a Rolex de Ouro. Posso ver pelo reflexo do relógio que ela está segurando um celular na altura do ouvido. — Mas pode fazer de novo e, desta vez, Tania, pode abaixar o braço e olhar para Jordan?

As lâmpadas nos dois tripés se apagam, mergulhando a sala em escuridão. Alguém grita.

A sala não está mergulhada em *total* escuridão. Diversos abajures da Tiffany pertencentes a Sra. Allington ainda reluzem nas mesas de canto, e há pisca-piscas do lado de fora, no terraço, então tem *alguma* luz para enxergar.

Mas o contraste repentino na iluminação é assustador, e leva um momento para que a visão de todos se ajuste.

— O que... — grita Christopher.

— Achei que a tomada ficou muito boa — diz Jordan, comentando a própria performance diante das câmeras. — Vão conseguir usar alguma parte dela?

Ninguém está prestando atenção a ele. Todos estão correndo de um lado para o outro, tentando entender o que aconteceu. A assistente de produção está xingando o operador de câmera.

— Eu disse que devíamos ter usado a *softbox* — diz ela. — Essas calhas de luz sempre queimam um fusível nessas porcarias de prédios velhos.

— Com licença — digo repetidas vezes, minha voz se elevando em tom e volume a cada vez, até que finalmente tenho a atenção total de todos os presentes. Então ergo o fio da extensão que tirei da tomada. — Não foi um fusível. Fui eu. Acredito que a expressão correta seja... "corta".

> **Tania sou eu**
>
> Não sou Christina, rebolando minha coisa
> Não sou Beyoncé, exibindo meu anel
>
> Quem sou eu? Você quer saber?
> Quem sou eu? Basta assistir ao show
>
> Não sou Katy, sacudindo minhas joias
> Não sou Fergie, mostrando meus casos
>
> Quem sou eu? Você quer saber?
> Quem sou eu? Basta assistir ao show
>
> Quem sou eu? Só espera pra ver
> Quem sou eu?
> Tania sou eu
>
> "Tania sou eu"
> Composta por Larson/Sohn
> Emissora Cartwright Records
> Música tema de *Jordan ama Tania*

— A fim de garantir a segurança e a privacidade de todos os residentes — digo — não é permitido filmar em qualquer conjunto residencial da Faculdade de Nova York sem devida autorização.

Surpreendentemente, profiro essa frase diversas vezes por semana, em geral para Gavin, que é um aspirante a Quentin

Tamanho 42 e pronta para arrasar   **47**

Tarantino. Mas a política de não filmar no prédio não tem nada a ver com questões de privacidade. Na verdade, já fui chamada para mais andares cheios de fumaça devido a filtros coloridos de luz deixados por tempo demais sobre flashes embutidos (o que quer que eles sejam) do que consigo contar. E não vou nem começar a falar do número de estudantes tentando pagar os estudos com pornôs caseiros.

— Bem? — pergunto, quando todos apenas me encaram. — Alguém aqui tem a devida autorização? Porque não vi nenhuma papelada a respeito desse... desse... o que *é* isso exatamente?

Todos começam a falar ao mesmo tempo — todos, menos Tania, que abaixa o braço, agora que não há mais luzes brilhando sobre seu rosto, e me encara como se nunca tivesse me visto... O que é irônico, considerando que a surpreendi certa vez com o rosto enterrado na virilha do meu namorado.

Por mais que tenha sido difícil depois disso — sair de casa, encontrar um lugar novo para morar e recomeçar, sem falar das incontáveis noites em claro questionando como pude ser tão burra, já que estava com Jordan havia *dez anos* —, Tania, na verdade, me fez um grande favor naquele dia: ela me libertou para que eu encontrasse minha nova vida... e Cooper.

É claro que nem ela nem Jordan sabem disso, porque Cooper e eu não anunciamos exatamente para a família dele que estamos namorando, muito menos que vamos nos casar.

Agora não parece ser o melhor momento.

— Espera aí — grita Cooper por cima da balbúrdia generalizada, olhando do irmão para Christopher e então de volta a Jordan. — Como vocês dois se conhecem? Para quem é a ambulância? *Quem levou um tiro?*

Quem responde é a mulher com o relógio de ouro, soltando um palavrão extremamente pitoresco conforme caminha até nós, os sapatos Louboutin produzindo estalidos audíveis no piso de parquete.

— Com licença, mas quem são vocês? — pergunta, os olhos soltando fagulhas de ódio. — Devo avisar-lhes que estão interrompendo uma filmagem muito importante para a ECR...

— Stephanie, está tudo bem — responde Christopher, parecendo conformado com a situação. — Este é o irmão de Jordan.

A mulher com o Rolex de ouro para repentinamente.

— O irmão dele? — Os olhos dela se arregalam quando olha para Cooper. — Espere... você não pode ser *Cooper* Cartwright?

— Aquele que não quis entrar para a Easy Street — responde Cooper. Ele parece extremamente irritado. — Sim, sou eu. Não faço comerciais para remédios contra acne ou causo histeria adolescente generalizada. Então talvez agora alguém possa me explicar por que exatamente meu irmão está coberto com o sangue de outra pessoa? E que droga de ECR é essa?

— Ai, meu Deus — diz Stephanie, seu comportamento mudando completamente. Além do relógio, que parece enorme porque o punho dela, como o de Tania, é muito esquelético, e dos Louboutins, ela está usando um vestido tubinho vermelho tão justo na altura da saia que a faz mancar de modo esquisito por cima dos cabos até chegar até nós. Mesmo assim, ela consegue, pois cada centímetro de si é como o de um executivo de televisão transtornado, desde

Tamanho 42 e pronta para arrasar **49**

a veia que começou de repente a latejar no meio da testa (os cabelos curtos, na altura do queixo, foram presos para trás por uma presilha de casco de tartaruga, então é fácil ver a veia) até o BlackBerry colado à sua mão esquerda.

— Stephanie Brewer — diz ela, estendendo a mão direita para apertar a de Cooper. — Produtora executiva da Emissora Cartwright Records. Não consigo expressar como estou honrada. Cooper Cartwright, o único Cartwright que ainda não conhecia! Ouvi falar tanto de você.

— Posso imaginar. — Cooper mal olha para Stephanie enquanto ela sacode a mão dele. — Papai comprou uma *emissora de televisão*? — pergunta Cooper a Jordan.

— De TV a cabo — responde Jordan, dando de ombros. — Não fechamos contrato com Adele ou Gaga, então mamãe disse a ele que precisávamos fazer algo.

— Ideia da mamãe — diz Cooper, revirando os olhos. — Era de se esperar.

— Quero que saiba o quanto adoro trabalhar com seu pai — dispara Stephanie Brewer. — Ele é um dos motivos por eu ter escolhido Harvard para fazer meu MBA. Queria seguir os passos do formidável Grant Cartwright.

— Tentarei não usar isso contra você — fala Cooper, sarcástico.

O sorriso de Stephanie titubeia um pouco.

— Obrigada — responde ela, e pisca, confusa.

— Então, quem levou um tiro? — pergunta Cooper.

— Ah, é claro — diz Stephanie, finalmente soltando a mão dele. — Sinto muito. Foi o guarda-costas de Tania. Ele foi levado para o hospital Beth Israel para tomar pontos e fazer radiografias depois de ter sido atingido por uma bala perdida mais cedo esta noite enquanto filmávamos em frente à boate de Christopher na Varick Street. Ele deve se recuperar completamente...

— E os policiais deixaram vocês saírem? Não detiveram nenhum de vocês para prestar depoimento? — Cooper está chocado.

— É claro que nos interrogaram — diz a garota de tranças. Pela prancheta, parecia uma assistente de produção. — No local. O que poderíamos contar a eles? Em um minuto, Urso estava ao nosso lado, no outro, estava no chão, e Jordan e Chris, cobertos com o sangue dele.

— Exatamente. A questão da *bala perdida* é que ninguém sabe *de onde ela veio* — diz Christopher. — Nenhum de nós viu nada. Não foi um carro passando. Parece que veio do nada.

— A polícia acha que podem ter sido adolescentes — explica Stephanie — brincando com uma arma em algum telhado próximo. Até agora não encontraram ninguém.

— Não é como se algum de *nós* tivesse atirado nele — protesta Jordan. — Urso é nosso amigo.

— Dá para ver. — Cooper está com uma expressão severa. — Amigos tão bons que até ficaram no hospital para se certificar de que ele está bem.

— Jared, nosso produtor de campo, ficou com ele — diz o operador de câmera.

— É — murmura o cara segurando o *boom*. — Com o câmera-assistente para filmar os médicos dando os pontos.

— Urso está *bem*. — Stephanie corta todos os demais. — O ferimento dele criou uma atenção indesejada da imprensa e nos atrasou, além de ter chateado Tania, como pode ver.

Então, agora que toda essa besteira a respeito de não poder filmar no prédio foi esclarecida, podemos, por favor...

Contudo, não estou mais ouvindo o que ela diz. Tania — que foi eleita uma das cinquenta pessoas mais bonitas da revista *People* — está com uma aparência terrível. Os ombros dolorosamente magros estão curvados para dentro, as mãos, inertes sobre o colo, os joelhos magrelos, tortos. Sua pele, geralmente cor de cappuccino, está amarelada, embora seja difícil dizer se é um reflexo do dourado do vestido, da iluminação que de súbito ficou insuficiente ou do que ela acaba de vivenciar.

Eu sei que a icterícia nunca é um bom look para uma estrela pop. E especialmente preocupante para alguém que deveria estar radiante. Tania está entrando no segundo trimestre de gravidez. A capa da *Us Weekly* revelou recentemente que ela e Jordan estão esperando uma menininha.

O bebê faz com que eu me sinta particularmente protetora em relação a Tania, mesmo que a mãe da criança sempre tenha me tratado como bosta.

— Ainda assim, vocês não podem filmar aqui — digo, inexpressiva. — Na verdade, preciso que todos saiam para dar alguma privacidade a Tania enquanto os paramédicos a examinam.

Stephanie semicerra os olhos.

— *Como é?* — diz ela.

— Alguém chamou uma ambulância — lembro-a. — Presumo que isso não tenha sido feito para acrescentar dramaticidade ao programa, uma vez que é ilegal solicitar um serviço de emergência por qualquer motivo que não seja comunicar uma real emergência...

Os dois paramédicos assistem a nossa troca de palavras como se fossem espectadores em uma partida de tênis.

— Isso é verdade — diz a paramédica. — Qual é o nome desse programa mesmo?

A veia no meio da testa de Stephanie começa a latejar de novo.

— *Jordan ama Tania* — responde ela. — Esperamos que seja o primeiro sucesso da ECR e o reality show sobre marido e mulher mais assistido da próxima temporada. Por isso é que certamente não fizemos ligações ilegais para serviços de emergência. Não podemos permitir que nenhuma cena se passe longe das câmeras. Os fãs de Jordan e Tania vão querer compartilhar esse momento de emoção...

Jordan, ainda no sofá com o braço em volta de Tania, parece desconfortável.

— Sei que você queria filmá-los examinando Tania, Steph, mas acho que ela preferiria...

Jordan está fazendo algo que nunca vi: colocando os interesses de outro ser humano à frente dos próprios. É meio fofo, principalmente por causa do modo como Tania olha para ele, com os enormes olhos castanhos tão chorosos e confiantes.

Pena que "Steph" precise estragar o momento, interrompendo Jordan bruscamente.

— Jordan, não foi esse o acordo que você assinou. Nada longe das câmeras. Foi o que dissemos. Foi o que seu *pai* disse.

Jordan parece derrotado.

— Certo — responde ele. — Não, é claro, está certa.

Vejo o olhar de Tania ir para o chão, em sinal de derrota. Não fico surpresa por Jordan ter falhado em defender os direitos da esposa. Ao contrário de Cooper, Jordan sempre

Tamanho 42 e pronta para arrasar **53**

fez o que o pai mandou — inclusive se livrar de mim —, e Stephanie obviamente compreendeu isso. Tudo o que precisa fazer, ao que parece, é dizer as palavras "Foi o que seu pai disse", e Jordan obedece. Olho para Cooper e vejo que ele parece tão enojado com o irmão quanto eu.

Antes que Cooper consiga dizer qualquer coisa, no entanto, vou ao resgate de Tania. Na verdade, não quero muito fazer isso. Certamente não devo nada a ela ou a Jordan. Mas não consigo evitar. O Conjunto Fischer é minha ilha — de brinquedos quebrados, como observou Cooper — e não gosto de ver pessoas serem forçadas a fazer o que não querem na minha ilha.

— Bem, mais uma vez, que pena — digo —, porque *não é permitido filmar no prédio.*

Tania ergue a camada pesada de cílios postiços e me lembro o porquê de ela ser uma artista tão popular. Não é apenas porque tem uma voz incrível — e ela tem — ou porque fique tão sensacional em seus figurinos minúsculos — isso também é verdade. É porque o rosto dela transmite uma riqueza tão grande de emoções em apenas um olhar... ou ao menos parece que sim. Nesse momento, está transmitindo uma gratidão imensurável para mim.

Fico um pouco confusa. Tania Trace vendeu mais de 20 milhões de álbuns, chegou ao topo das listas em mais de trinta países, ganhou quatro Grammys e agora está com um bebê de Jordan Cartwright a caminho; Jordan este que também já lançou um número recorde de hits (com a ajuda do pai, é claro). Os dois têm o próprio programa de TV. Ela é uma diva. Por que não pode dizer *não* a Stephanie Brewer está além da minha compreensão.

— E não vamos assinar nenhum formulário — diz o paramédico em voz alta enquanto ele e a parceira atravessam a sala de estar até chegarem ao lado de Tania.

A veia de Stephanie começa a pulsar tão freneticamente que tenho medo de que estoure.

Cooper deve ter reparado a mesma coisa, pois diz:

— Talvez devêssemos sair. Aquilo não é um terraço? Deve estar mais fresco.

Cooper está sendo educado. Ele sabe muito bem que há um terraço do lado de fora do apartamento dos Allington. Eu quase fui assassinada nele uma vez.

— Sim, ótima ideia — fala Christopher rapidamente. Então bate palmas. — Ei, pessoal, vamos tirar cinco minutos e dar à nossa estrela privacidade enquanto ela é examinada por essas, hã, pessoas legais da ambulância. Há bebidas na geladeira da cozinha, se alguém quiser...

— Guaraná? — pergunta o operador de áudio com a voz esperançosa ao soltar o *boom* e arrancar o fone de ouvido.

— Guaraná para o Marcos — diz Christopher. — Red Bull para o resto. Vocês querem alguma coisa? — Ele olha para Cooper e para mim sem esperar por uma resposta, então diz: — Ei, Lauren, pegue umas garrafas de água mineral para nós...

A equipe de filmagens sai em debandada para a cozinha dos Allington enquanto Christopher escancara as portas francesas que dão para o terraço, um ambiente que permeia toda a área das salas de estar e de jantar da cobertura. Instantaneamente, somos atingidos por uma brisa fria. Naquela altura, o ar — estamos a vinte andares da rua — parece mais fresco e limpo do que aquele lá de baixo. Mal dá para ouvir o

Tamanho 42 e pronta para arrasar   **55**

trânsito, mas, por causa de alguma proeza acústica, é *possível* ouvir ocasionalmente o som das fontes da Washington Square Park. A vista em 360 graus de Manhattan é de arrasar: as luzes da cidade piscando e até, em uma noite de céu limpo como essa, a lua e algumas estrelas.

É nesse terraço que os Allington fazem a maior parte das sociais quando estão na cidade; reuniões de negócio com bufês e equipe profissional vestindo uniformes preto e branco. Foi nesse terraço que eu também quase perdi a vida uma vez. Tento nunca pensar nisso, no entanto. O professor da aula que estou fazendo neste semestre (Psicologia I) diz que isso se chama dissociação, e quase sempre volta para assombrar as pessoas.

Estou disposta a arriscar.

— Quem *é* você mesmo? — Stephanie Brewer se vira para me perguntar assim que damos um passo na direção de um conjunto de poltronas listradas de verde e branco. — Acho que o presidente Allington vai se interessar em saber como você foi inútil durante tudo isso. Ele e a mulher são grandes fãs da ECR, para sua informação.

Cooper, que ouviu isso, parece irritado.

— Me desculpe — diz ele a Stephanie, embora não pareça nada arrependido. — Esqueci de apresentar...

— Heather — interrompo. Posso ver o que Cooper está prestes a fazer. Não está gostando do modo que Stephanie está me tratando, como se eu fosse algum tipo de serviçal, e quer mostrar a ela que sou especial.

Mas recebo olhares de desprezo e insultos de pessoas como Stephanie todo santo dia. Como milhões de administradores e funcionários da indústria de serviços, estou acostumada, embora ache que jamais entenderei. Poderia fazer sentido se eu não fosse boa no que faço, como Simon, mas eu sou. Stephanie não deveria tratar *ninguém* do modo que está me tratando, no entanto...

E é por isso que não quero que Cooper diga a ela que eu costumava ser famosa. E ele *definitivamente* não deveria entregar o segredo que estamos guardando com tanta dedicação há tantos meses — que estou namorando o filho do chefe dela — apenas para dar uma lição em Stephanie.

— Sou a diretora-assistente do Conjunto Residencial Fischer — digo a ela. — Quando reclamar com o presidente Allington a respeito disso, certifique-se de dizer o nome corretamente. Meu sobrenome é Wells. — Soletro para ela.

— E diga a meu pai também — fala Cooper ao puxar uma das poltronas listradas de verde e branco para mim. — Tenho certeza de que Grant vai se divertir quando souber como você conheceu Heather, Stephanie.

Lanço um olhar maldoso para Cooper, já que ele estragou meu plano, mas ele apenas franze a testa na minha direção. Cooper não gosta quando eu "diminuo minhas conquistas extraordinárias", como ele diz, ao não me apresentar como *a* Heather Wells, a mais jovem artista a chegar ao topo da parada da Billboard com um álbum de estreia e a primeira artista mulher a ter um álbum e um *single*, ao mesmo tempo, na primeira posição (*Doce Energia*).

No entanto, sinceramente: que pessoa de praticamente 30 anos sai por aí lembrando aos outros de algo que fez quando tinha 15? É como usar no Facebook uma foto sua de quando era o quarterback do time de futebol americano da escola ou a rainha do baile.

Tamanho 42 e pronta para arrasar **57**

Consigo perceber sob a iluminação dos pisca-piscas no terraço, entretanto, que é tarde demais. Stephanie já entendeu, graças à dica de Cooper. Posso apontar exatamente em que momento passo, sob os olhos de Stephanie, de uma administradora de faculdade rabugenta para Heather Wells, antiga sensação pop adolescente e uma das maiores histórias de sucesso do chefe dela... até ganhar alguns quilinhos, insistir em escrever as próprias músicas e de repente não ser mais tão bem-sucedida.

Não posso usar isso contra Cooper, no entanto, porque Stephanie percebe que pisou na jaca com o pé tamanho 38, e é divertido assisti-la tentando consertar as coisas.

— Ah, é *por isso* que você parece tão familiar — diz Stephanie, estendendo a mão de unhas perfeitamente pintadas para mim por cima da mesa de vidro entre nossas poltronas. — "Não me diga para tentar manter a dieta, você simplesmente precisa experimentar" — canta ela, com afinação perfeita. — Nossa, nem sei dizer quantas vezes devo ter ouvido "Doce energia" quando era mais nova. Era minha música preferida. Antes de todos pararmos de ouvir pop e seguirmos para a música de verdade, sabe?

Mantenho o sorriso congelado no rosto. Música de verdade? Odeio tanto isso. Algumas pessoas parecem esquecer que "pop" é abreviação de popular. Os Beatles eram considerados músicos pop. Assim como os Rolling Stones. Stephanie parece se esquecer de que a música pop paga o salário dela e os de todos que trabalham na Cartwright Records. Dá um tempo.

— Certo — respondo, enquanto Stephanie esmaga meu dedo sob o dela. Deve fazer Pilates. Ou comprimir carvão até virarem diamantes com as próprias mãos.

— Não acredito que não a reconheci imediatamente — dispara Stephanie. — Faz um tempo, não é? Mesmo assim, você está ótima. Tão saudável. Sua pele está reluzente.

Quando garotas magrelas dizem que você parece saudável e que sua pele está reluzente, querem dizer que te acham gorda e que você está suando. Cooper e Christopher estão sentados ali, totalmente alheios ao fato de que Stephanie me insultou bem na minha cara.

Eu sei disso, mas vou deixar passar porque sou maior do que isso. Não só literalmente, mas de forma metafórica também. Acredito que o que você joga para o universo volta para você três vezes, e é por isso que tento dizer apenas coisas boas; exceto, é claro, quando se trata de Simon.

— Uau, obrigada — digo, com o tom de voz mais gentil que consigo arranjar.

Alguns dos membros da equipe de filmagem estão saindo para o terraço. Todos estão segurando bebidas vindas da geladeira dos Allington. A maioria está com celulares colados aos ouvidos, usando o intervalo para ligar para amigos ou entes queridos e fazer planos para mais tarde, de acordo com os pedaços de conversa que flutuam até nós. A assistente de produção, Lauren, traz uma garrafa de água mineral gelada para cada um de nós, embora nem Cooper nem eu tenhamos pedido.

— Obrigada — digo a Lauren, de novo com o tom de voz incrivelmente gentil. Tanta bondade que vai voltar pelo universo... é sensacional. Vou encontrar o mais lindo dos vestidos para me casar com Cooper, e todos os alunos vão se comportar como anjos até o fim do verão.

— Você meio que desapareceu da face da terra por um tempo, não foi? — pergunta Stephanie ao abrir a garrafa. O sorriso dela é beatífico. Ela obviamente usa Botox. Uma pena que não ela possa aplicar Botox na personalidade. Ou naquela veia que tem na testa. — Então é *isto* o que está fazendo agora? — pergunta Stephanie, gesticulando para indicar o terraço dos Allington. — Administrando um *alojamento*?

— Conjunto residencial — corrijo-a automaticamente. — Mas você provavelmente já sabe disso. Está escrito no topo da ficha de registro.

Stephanie parece inexpressiva.

— Da o quê?

— Da ficha de registro — respondo. — Você sabe, aquela que precisa assinar sempre que Christopher entra e sai com você do prédio? — Tento não dar a entender que eu sei quantas vezes ela passou a noite, muito embora eu saiba, nem como se eu achasse esquisito ela dormir tantas vezes no apartamento dos pais do namorado. — Diz bem no topo que o Conjunto Residencial Fischer é um conjunto residencial universitário. Você deve ter percebido isso quando solicitamos sua assinatura e uma identidade com fotografia sempre que você fica, pois assim, se você quebrar algum regulamento do dormitório enquanto estiver aqui, como filmar sem autorização, podemos responsabilizá-la por suas ações.

Stephanie me encara do outro lado da mesa de jardim.

— Você está falando sério — diz ela, incrédula. — Isso é realmente o que você faz da vida.

— Por que não? — pergunto, fazendo um esforço para manter a voz tranquila.

— É claro que eu soube que sua mãe fugiu com todas as suas economias — diz ela. — Mas você com certeza ainda ganha royalties o suficiente pelas músicas que...

Não consigo evitar uma risada de escárnio. Stephanie olha de mim para Cooper, pasma.

— O que foi? — pergunta ela.

— Você fez MBA em Harvard, Stephanie — diz Cooper, o tom de voz levemente entretido. — Deveria estar familiarizada com o modo como gravadoras, principalmente a do seu chefe, funcionam.

— Ainda recebo declarações da Cartwright Records dizendo que eles não recuperaram o que gastaram com os outdoors que anunciavam meus shows na Tailândia, dez anos atrás — explico a ela —, portanto acham que não me devem dinheiro algum.

Mesmo sob a iluminação dos pisca-piscas, consigo ver que Stephanie ficou um pouco rosada.

— Entendo — diz ela.

— Mas as coisas estão bem — digo, apressada para tranquilizá-la. — Como parte do pacote de benefícios por trabalhar aqui, posso estudar de graça para conseguir meu diploma...

— Ah — diz Stephanie, de modo sábio. — Então é *isso* o que você está fazendo, trabalhando aqui e formando-se em direito para poder processar sua mãe... e a Cartwright Records também, presumo?

Coloco o máximo de convicção possível no sorriso que dou a ela.

— Não exatamente — respondo.

Tamanho 42 e pronta para arrasar **61**

A verdade é que nem tenho um bacharelado. Enquanto todos da minha idade estavam na faculdade, eu estava cantando em shoppings e estádios lotados.

Eu ainda poderia processar a Cartwright Records, é claro, mas diversos especialistas em direito me garantiram que tal processo levaria anos e me custaria mais do que eu jamais poderia ganhar, e que isso provavelmente resultaria apenas em um caso grave de gastrite... em mim. O mesmo se eu fosse atrás da minha mãe.

— Eu tenho... prioridades diferentes — explico a ela. — No momento, estou fazendo disciplinas para conseguir um bacharelado em justiça criminal.

— Justiça... criminal? — repete Stephanie devagar.

— Aham — respondo. O olhar de incredulidade no rosto dela está fazendo com que eu repense minha escolha de diploma. Existe formação em surra avançada? Se sim, vou me matricular e começar com Stephanie.

— Heather Wells — diz ela, balançando a cabeça. — Heather Wells está trabalhando no dormitório da Faculdade de Nova York e estudando para se formar em *justiça criminal*.

Ergo o punho fechado apenas para que Cooper o segure por debaixo do tampo de vidro da mesa.

— A Faculdade de Nova York tem sorte por ter Heather — fala Cooper, calmamente, o olhar no de Stephanie. — E os alunos que moram neste conjunto residencial também. E acho que Christopher deve saber uma ou duas coisas sobre como Heather é boa em mitigar a criminalidade e apoiar a justiça social. Não é, Chris?

Christopher parece desconfortável.

— Devo ter ouvido algumas coisas — murmura ele.

Stephanie olha para Christopher com curiosidade.

— Christopher, do que diabos ele está falando?

— Na verdade — continua Cooper, dando um apertão reconfortante em minha mão —, é sorte sua, Stephanie, que tenha sido Heather, e não outra pessoa, que a encontrou aqui em cima. Ela é muito boa durante crises. Esse é um dos motivos pelo qual vou me casar com ela.

Homem doce

Eu gosto de doce
sou o tipo de garota que prefere esse sabor

Se você tem doce
Quer tentar a sorte com esta garota?

Eu gosto de doce
Como tanto quanto posso

Se você tem doce
Quer ser meu homem doce?

"*Homem doce*"

Composta por Weinberger/Trace
Álbum *Homem doce*
Cartwright Records
Catorze semanas consecutivas no
Top 10 da Billboard Hot 100

Encaro Cooper por cima da mesa dos Allington. Ele acaba de contar a alguém que vamos nos casar. Ele jamais admitiu isso em voz alta para *ninguém*. Deveria ser um segredo. E agora ele anunciou isso para a produtora do reality show do irmão.

No que é que ele estava pensando?

Christopher Allington e Stephanie Brewer parecem tão chocados quanto eu.

— Noiva, hein? — Christopher consegue falar primeiro. — Uau. Isso é ótimo.

64　　　　　*Meg Cabot*

A expressão no rosto dele indica que o que ele quis dizer de verdade é: *Azar o seu, amigo.*

Stephanie mal consegue formular uma frase.

— Eu... eu não fazia ideia. Achei que... Sabia que vocês dois eram amigos, mas jamais imaginei que...

— Acredito que a palavra pela qual você está procurando, Srta. Brewer — diz Cooper, dando um apertão final em minha mão antes de soltá-la — é "parabéns".

— Ah, é claro — diz Stephanie. Ela sorri, sai mais como um grasnado. — Isso é tão incrível.

Vejo o olhar de Stephanie descer até o dedo anular da minha mão esquerda. Não há um anel, é claro.

Como se tivesse lido a mente dela, Cooper fala.

— Vamos fugir para nos casar, então é segredo. Se qualquer um de vocês contar a alguém, inclusive para meu irmão ou para Tania, não terei escolha a não ser matar os dois.

Mais dentes de Stephanie ficam expostos. Ela gargalha, e parece o relincho de um cavalo.

— Estou falando sério — diz Cooper, e Stephanie para de rir.

— Acho legal — responde Christopher. — Detesto casamentos exagerados.

— Eu também — falo. — Não são os piores? Quem precisa ganhar mais uma panela?

— Quanto à bala perdida — diz Cooper. — O homem que levou um tiro, Urso...

Stephanie e Christopher parecem chocados com a mudança repentina de assunto.

— O Urso? Cara legal — fala Christopher. — De verdade, não poderia me sentir pior em relação ao que aconteceu com ele. O apelido diz tudo. Ele é um enorme e fofo ursinho de pelúcia.

Tamanho 42 e pronta para arrasar **65**

— Um enorme e fofo ursinho de pelúcia que por acaso é guarda-costas — diz Cooper.

— Bem — responde Christopher, piscando. — É. Ele é um ursinho de pelúcia a não ser que você se aproxime demais de alguém que ele está protegendo. Nesse caso, Urso vai arrancar sua cabeça.

— Mas não foi isso o que aconteceu hoje à noite?

É interessante assistir a Cooper em ação. Stephanie e Christopher não parecem ter percebido o que ele está fazendo. Para os dois, Cooper parece um irmão mais velho preocupado.

Eu, por outro lado, percebo que ele está juntando as peças do início da própria investigação a respeito do que aconteceu em Varick Street.

— Ah, não — fala Stephanie, os olhos dela se arregalando. Sob o brilho dos pisca-piscas estendidos ao longo das paredes do terraço, dá para ver que a veia no meio da testa dela se acalmou. Isso é porque Cooper tranquilizou-a até fazê-la pensar que somos apenas quatro amigos sentados ao redor de uma mesa de jardim, conversando.

O que está bem longe de ser verdade, no entanto.

— A polícia disse que provavelmente foram adolescentes fazendo palhaçada — continua Stephanie —, no entanto, quando eu era adolescente, nós fazíamos palhaçada jogando ovos nos carros das pessoas, não atirando nelas.

— Mas os adolescentes estavam atirando uns nos outros — pergunta Cooper — ou em Urso? Ou em meu irmão?

O olhar dele flutuou até Jordan, que pode ser visto do outro lado das portas francesas, parecendo preocupado enquanto os paramédicos verificam os sinais vitais de Tania.

66   *Meg Cabot*

Admito que é uma visão fascinante, não apenas porque a faixa de medir a pressão fica enorme no braço minúsculo de Tania como também porque Jordan está sendo muito solícito. Isso é aparentemente tão estranho para Cooper quanto para mim.

Stephanie parece chocada.

— Ninguém teria qualquer motivo para atirar em Urso, muito menos em Tania ou no seu irmão. Ele e Tania são duas das celebridades mais curtidas no Facebook. Jordan tem 15 milhões de amigos, e Tania, mais de 20...

— E mesmo assim — fala Cooper —, eles têm um guarda-costas.

— Para afastar os fãs que ficam muito grudentos, e *paps* determinados demais.

Nem Cooper nem eu precisávamos de esclarecimentos. Ela está se referindo a paparazzi. A imprensa não era tão importante quando eu estava no ramo, mas é um perigo onipresente para Jordan e Tania, que têm todos os movimentos seguidos vorazmente por um bando de fotógrafos erguendo lentes teleobjetivas. Eu sei; não dá para entrar na internet sem ver alguma manchete sobre onde Jordan comeu ou o que Tania estava vestindo.

Cooper deixa o assunto de lado.

— Então, Chris, qual é o nome da sua boate?

Christopher parece surpreso.

— Bem, a Epiphany não é *minha* boate de verdade...

— Desculpe, achei que você tivesse dito que era.

— Christopher é um de poucos investidores — diz Stephanie, rapidamente partindo em defesa do namorado. — Foi assim que nos conhecemos. O irmão de uma das minhas

Tamanho 42 e pronta para arrasar **67**

irmãs de fraternidade também é investidor, e eu fui lá para a despedida de solteira dela. Então conheci Chris, e uma coisa levou a outra...

Isso parece ser informação demais para Cooper.

— Tudo bem, então — interrompe ele. — Por que aqui?

— Como? — pergunta Christopher, parecendo confuso.

— Por que decidiram filmar aqui em vez de voltarem para a casa de Jordan e Tania após o acidente?

— Ah, essa é fácil — responde Christopher. — Para evitar os *paps*.

— Eles souberam do tiroteio pelo rádio da polícia — explica Stephanie —, e isso fez com que entrassem em frenesi atrás de material. Estavam todos em volta de nós na Epiphany. Enfim. Depois do ocorrido, Tania não estava se sentindo muito bem... o que é compreensível, considerando que estava muito quente e a polícia nos deteve lá por um tempo. Os *paps* estão de tocaia na casa de Jordan e de Tania.

— Percebi que, por outro lado, a casa dos meus pais estava próxima — falou Christopher, dando de ombros. — E os *paps* não a conhecem. Então a ofereci. Eu sabia que mamãe e papai não se importariam. — Ele me dá mais um de seus sorrisos de menino. — Preciso admitir: esqueci de você, Heather, e de sua superproteção com os jovens deste prédio. Não achei que estaria aqui em um domingo à noite.

Eu o encaro.

— Não precisaria ser tão superprotetora com os jovens deste prédio se *algumas* pessoas não estivessem sempre tentando tirar vantagem deles.

A curiosidade de Stephanie é atiçada. Ela olha de Christopher para mim.

— Do que ela está falando? — pergunta a produtora.

— Nada — responde Christopher rapidamente. — Águas passadas.

— Não ocorreu a vocês dar o dia por encerrado — fala Cooper, voltando a conversa para o tiro. — Afinal de contas, um crime violento foi cometido contra um dos integrantes do seu elenco.

Stephanie arregala os olhos.

— *O guarda-costas de Tania Trace levou um tiro* — lembra-nos ela, caso tenhamos esquecido. — Durante as filmagens de um reality show *sobre* Tania Trace. Seria desonesto de nossa parte não filmar a reação naturalmente muito emocionada de Tania e Jordan ao ocorrido, ainda que o ferimento só tenha exigido alguns pontos. Foi uma experiência realmente assustadora, e nossos espectadores vão querer senti-la sob o ponto de vista de Jordan e Tania. E não queremos desapontar nossos espectadores. Sem falar que temos apenas um tempo limitado para, hã, conseguir finalizar as cenas mais íntimas entre Tania e Jordan. O Acampamento de Rock Tania Trace começa em alguns dias e...

— O quê de Tania Trace? — interrompo.

— O Acampamento de Rock Tania Trace — diz Stephanie. Ela pisca para mim. — Ai, meu Deus, você não está sabendo?

Troco um olhar com Cooper depois de tomar um gole da água.

— Não costumamos acompanhar as atividades profissionais de Jordan e Tania — respondo de modo diplomático.

— O Acampamento de Rock Tania Trace é uma iniciativa de Tania Trace — fala Stephanie, como se estivesse lendo um panfleto — para ajudar a enriquecer culturalmente adolescentes por meio da educação musical. Dando a elas a oportunidade de se expressarem de modo criativo por meio do canto, da composição e de apresentações, Tania está trabalhando a autoestima e a percepção musical de toda uma nova geração de mulheres que poderiam, caso contrário, devido ao fato de sermos retratadas pela mídia como objetos sexuais para a satisfação dos homens, desenvolver autoimagens negativas.

— Uau — respondo, positivamente surpresa. Isso realmente parece bem legal. Não acredito que Tania pensou nisso.

Então percebo que Tania provavelmente não pensou. Uma equipe de relações públicas deve ter tido a ideia e a apresentado a Tania, ou talvez tenha sido pensada pela Cartwright Records após ceder às pressões de grupos de pais chateados com os videoclipes de Tania, nos quais ela em geral está escassamente vestida e em cima de uma mesa de sinuca.

Mesmo assim, é uma ótima ideia. Por que não pensei em fazer algo do tipo quando eu tinha dinheiro e as pessoas de fato iriam querer ir?

— Onde fica o acampamento? — pergunto.

— No lindo Resort Fairview, em Catskills — responde Stephanie, ainda citando o panfleto que parece existir na cabeça dela. — Recebemos mais de 200 mil inscrições, mas com a gravidez de Tania e a programação das filmagens, isso sem falar no novo disco no qual ela está trabalhando, Tania tem muito pouco tempo e energia para dar, então só pudemos de fato aceitar cinquenta.

Cinquenta? De 200 mil? Bem, acho *impressionante.*

— E só pudemos aceitar garotas cujas famílias estavam dispostas a assinar os formulários permitindo que elas participassem do programa — continua Stephanie.

70   *Meg Cabot*

De repente, participar do Acampamento de Rock Tania Trace não parece tão bom assim.

Meu celular vibra. Verifico e vejo que Sarah está finalmente retornando a ligação. Aliviada por ter uma desculpa para não ouvir mais Stephanie Brewer falando sobre as dificuldades de ser uma produtora de TV, peço desculpas a todos e me levanto da cadeira, caminhando até a outra ponta do terraço, onde posso conversar com Sarah em particular.

— Oi, tudo bem? — pergunto a ela. — Eu estava preocupada. Deixei, tipo, três mensagens.

— Não, não estou bem — responde Sarah, mal-humorada. — Por isso não atendi. O que você quer?

Uau. Estou acostumada com o mau humor de Sarah, mas isso foi rude até mesmo para os padrões dela.

— Você está chorando? — pergunto. — Porque sua voz parece...

— Sim — diz Sarah. — Na verdade, estou chorando. Você está ciente de que alguém chamou a segurança para dar queixa de um aluno inconsciente e uma festa não autorizada no prédio?

— Sim — respondo. — *Estou* ciente disso, na verdade, e já cuidei de tudo. Por que você está chorando?

— Não sei como pode ter cuidado de tudo se você não está aqui — fala Sarah, ignorando minha pergunta. — Soube que *esteve* aqui, mas Simon disse que você já foi embora.

— Ah — digo. — Você falou com Simon? — Estou confusa. — É por isso que está chorando? Ele não tentou colocar a culpa em você pela guerra de paintball, tentou? Porque, pode acreditar, aquilo foi totalmente...

Tamanho 42 e pronta para arrasar   **71**

— Eu sei que foram Gavin e aqueles jogadores idiotas que inventaram isso — dispara Sarah, amarga. — Confiscamos todas as armas de paintball, e me certificarei de que sejam devolvidas ao complexo esportivo amanhã. Mas não conseguimos localizar ninguém inconsciente. Parece que está todo mundo aqui. Simon saiu depois de dar a cada um dos Maricas seu cartão de visitas e de dizer a eles que podem ligar a qualquer momento para falar de seus problemas pessoais. — Um tom sarcástico surge na voz de Sarah.

— Ah, meu Deus — respondo.

— Sim — diz Sarah. — Sabia que Simon se candidatou à vaga de diretor deste prédio, certo?

— O *quê?* — Já fui atingida por uma arma de paintball, encontrei minha equipe bebendo e topei com meu ex-namorado e a nova esposa dele filmando um reality show no prédio em que trabalho. Não achei que as coisas pudessem piorar. Mas imagine só? — Impossível. Ele tem o Conjunto Residencial Wasser, a joia da coroa dos conjuntos residenciais. Por que iria querer trabalhar *aqui?* — argumento.

— Hã — diz Sarah, de modo cínico —, porque ele acha que ficará muito bom no currículo dele ser o cara que tirou o alojamento com o maior número de morte das profundezas. E não faria mal estar por perto para ajudar o presidente e o time de basquete a enfrentar o escândalo dos Maricas também. Simon é um idiota, mas não é bobo.

Digo uma palavra que tenho certeza que é suja demais para ser exibida na Emissora Cartwright Records.

— Basicamente — diz Sarah. — O Dr. Jessup está analisando o currículo dele. Simon acha que tem chance porque é interno. De qualquer forma, você tem ideia de por que há uma ambulância estacionada do lado de fora, mas os paramédicos não estão em lugar algum? Será que foram para um prédio vizinho? O segurança no balcão insiste que entraram aqui com algum cara, mas ele é funcionário temporário, e não acho que saiba do que...

— Sarah — interrompo. — Não quero que isso se espalhe. Sabe como esse departamento é fofoqueiro. Mas estou com os paramédicos. Estão no apartamento do presidente.

— Ah. — O tom de voz de Sarah muda. — Estão todos bem?

— Por enquanto — respondo. — Não é ninguém relacionado à Faculdade de Nova York.

— Sério? — Sarah parece menos chorosa. — Não é...?

Sei o que está prestes a perguntar: se é a Sra. Allington.

— Não — respondo, com convicção. — Nem perto. Tem a ver com o Junior. — Esse é nosso codinome para Christopher.

— Ai, meu deus — fala Sarah, parecendo enojada. — Não quero saber, quero?

Olho para trás. Pelas portas francesas, consigo ver que os paramédicos estão guardando o equipamento. Tania parece um pouco menos triste. Está até conseguindo sorrir um pouco. Jordan está de pé e aperta a mão da paramédica.

— Não — respondo a Sarah, virando-me de novo. — Não quer saber. Então, por que está chorando?

— Não quero falar sobre isso — responde, novamente intratável. — É pessoal.

Tenho quase certeza de que sei o que a está incomodando. Deve ter tido outra discussão com Sebastian Blumenthal, o primeiro amor verdadeiro de sua vida. Sebastian é o líder do SAPG, o Sindicato dos Alunos de Pós-Graduação, e dá aulas na Faculdade de Nova York. Certa vez, suspeitei fortemente que ele fosse um assassino, mas acho que isso não é incomum, considerando que Sebastian carrega uma bolsa de homem... Não uma pasta transpassada ou uma mochila, mas uma, juro por Deus, bolsa.

— Tudo bem — digo a Sarah. — Talvez possamos conversar sobre isso aman...

— Ótimo, tchau — interrompe Sarah, e desliga na minha cara.

Uau. Não consigo ficar a par de todos os altos e baixos do relacionamento turbulento de Sarah, mas sei que amanhã de manhã vou comprar croissants de chocolate a caminho do trabalho. Eles costumam animá-la.

Desligo também, então viro de costas e percebo que Jordan saiu para o terraço. Ele se juntou a Cooper, Christopher e Stephanie, os quais se levantaram. Tania ainda está sentada no sofá do lado de dentro. Colocou uma enorme bolsa de marca sobre o colo e está vasculhando dentro dela. Os paramédicos parecem ter ido embora.

Vou para o lado de Cooper e pego apenas o finalzinho do que Jordan está dizendo.

— ...definitivamente desidratada e muito provavelmente anêmica.

— Bem, isso não é de surpreender — diz Stephanie. — Ela é vegana.

Cooper observa, sem um pingo de ironia na voz:

— Sabe, Stephanie, fiquei sabendo que hoje em dia é possível ser vegano e não ser anêmico.

Escondo um sorriso. Cooper come cheeseburgers como se estivessem prestes a ser declarados ilegais e ele precisasse enfiar o máximo possível deles no estômago antes que essa legislação fosse aprovada. A pior parte disso é que ele nunca engorda um grama — possivelmente devido ao seu apaixonado regime de exercícios, o qual inclui jogar basquete na quadra da Third Street — e tem a pressão sanguínea de um urso polar. Algumas pessoas tiraram a sorte grande na loteria genética.

Por isso é divertido ver Cooper vir em defesa de uma vegetariana.

— Só estou dizendo. — Stephanie obviamente presumira, por Cooper ser homem, que poderia ganhar pontos com ele ao falar mal dos veganos. Rá. Errado. Cooper não se importa com o que os outros fazem, desde que não machuquem outras pessoas. — Ela está grávida. Precisa tomar cuidado. Mulheres grávidas precisam de mais ferro do que o normal, e há bastante ferro na carne vermelha.

— Foi o que a moça da ambulância disse. — Jordan parece preocupado. — Ela nos disse que Tania deveria ir ao médico amanhã de manhã para fazer um exame de sangue. Mas também disse que agora Tania deveria ir para casa descansar.

— É claro — responde Stephanie, apoiando a mão no ombro de Jordan e dando tapinhas amigáveis. — É claro que deveria. Vocês dois, vão para casa dormir um pouco. Foi uma noite longa.

Isso é uma grande reviravolta em comparação a momentos antes, quando Stephanie estava praticamente forçando os dois a continuarem filmando, mesmo depois de Tania ter desmaiado. Me pergunto o que mudou.

— Vou marcar uma consulta com o obstetra de Tania amanhã. Não se preocupe com nada. — Stephanie já está digitando rapidamente no celular com uma das mãos ao mesmo tempo em que estala os dedos da outra para chamar a assistente de produção. — Lauren. Lauren. Diga a eles para trazerem o carro. Jordan e Tania precisam ir embora. Pessoal, vocês podem começar a juntar as coisas. Estamos saindo.

Lauren, de pé do outro lado do terraço desfrutando um cigarro com Marcos, o cara do *boom*, apoia o Red Bull e toca o fone, então começa a falar bem rápido para o aparelho. O resto da equipe entra e começa a empacotar o equipamento.

— Então — diz Stephanie para Cooper e para mim —, depois de deixarmos Jordan e Tania em casa, vocês dois gostariam de tomar um drinque com a gente na Epiphany? Eu adoraria conhecer vocês um pouco melhor. Acho que seria *incrível* se você fizesse uma apariçãozinha no programa, Heather. O fato de que costumava morar com um irmão, mas agora...

— Moro com o outro? — Termino a frase para ela rapidamente, meu olhar recaindo em Jordan. — Não, tudo bem. Mas sinto dizer que minha carreira no entretenimento já acabou. Além disso, está um pouco tarde para bebidas. Sou uma simples garota trabalhadora agora e preciso estar de volta aqui amanhã às 9 horas da manhã, então não.

Jordan olha de mim para Cooper.

— Vocês têm certeza? — pergunta. — Seria divertido ter você no programa. Mamãe e papai adorariam.

— Não, obrigado — responde Cooper, como se recusasse a oferta de repetir o prato no jantar.

— Como quiser — fala Jordan. — Mas ainda deveríamos tomar uns drinques algum dia. Bem, Tania não pode beber, mas, você sabe... Ei. — Ele olha para Stephanie. — Falando em Tania, isso não é tudo.

— Aham. — O olhar de Stephanie volta para o teclado do celular, como se a mera menção a Tania Trace a obrigasse a continuar escrevendo. — O que mais?

O olhar de Jordan recai sobre Tania, que está na sala de estar. Ela encontrou o que estava procurando na bolsa. Incrivelmente, é um cachorro vivo — um chihuahua —, o qual Tania ergue no ar, alheia a todos os demais na sala. O cachorro se balança extasiado, provavelmente devido a uma combinação de finalmente ser libertado da bolsa e ver a dona. Tania sorri com carinho para o cachorro, o qual prontamente começa a lambê-la no rosto.

Isso é um comportamento muito normal para uma dona de cachorro — Lucy e eu costumamos compartilhar o prato. Não consigo evitar quando ela pula no sofá e começa a comer minha comida, e já peguei Cooper deixando-a fazer exatamente a mesma coisa. Sei que o Encantador de Cães desaprovaria, mas o que podemos fazer? Empurrá-la para longe? Lucy veio de um abrigo, provavelmente sofreu maus-tratos quando era filhote.

É claro que é um problema o fato de que ultimamente o gato, Owen, tenha começado a agir da mesma forma.

Não fico nem um pouco surpresa ao ver Tania deixar o cachorro lhe dar um banho de lambidas no rosto, mas Stephanie, que também acompanhou o olhar de Jordan, vira o rosto, enojada.

— O que é, Jordan? — pergunta ela.

— É sobre o acampamento — responde Jordan. — Sobre o acampamento de rock?

— O que tem ele? — pergunta Stephanie. Percebo a veia na testa começar a pulsar de novo.

Tamanho 42 e pronta para arrasar **77**

— Tania disse que não quer ir. Não sem Urso.

— Bem, ela vai ter de ir sem Urso — responde Stephanie, sem tirar o rosto da tela do telefone. — Porque Urso vai precisar remover o baço graças à bala perdida que o perfurou, e não se recuperará tão cedo. Pelo menos não a tempo de ir para o acampamento de rock com Tania.

— Mas — diz Jordan.

— Você sabe o que seu pai vai dizer, Jordan — lembra-o Stephanie.

Jordan abaixa o rosto e encara os sapatos.

— Ah — diz ele. — Tudo bem. Tá.

— Mas não se preocupe — fala Stephanie. — Vamos conseguir outro guarda-costas para ela.

— Claro — responde Jordan. Ele continua encarando os sapatos. São algum tipo de tênis, enormes e pretos, com riscos coloridos em neon nas laterais. — É claro.

Algo está claramente o incomodando. O que quer que seja, Jordan não menciona em voz alta. Simplesmente fica ali, encarando os rabiscos nos sapatos.

— Ei, cara — fala Cooper, percebendo o mesmo que eu. — Está tudo bem?

Jordan ergue o rosto, então dá aquele sorriso doce e idiota.

— Sim — responde ele. — Por que não estaria? Tenho meu próprio programa de TV, cara. Está tudo certo. — Então, como se estivesse realmente nos notando pela primeira vez, pergunta, semicerrando os olhos numa expressão séria: — Ei, vocês dois estão juntos ou algo assim?

Christopher, a quem Cooper havia anunciado que estamos noivos, olha para Jordan de modo estranho, mas antes que possa abrir a boca para falar, Cooper responde.

— O que o faria pensar numa coisa dessas, Jordan?

— Não sei — diz Jordan, e dá de ombros. — Vocês só parecem... juntos. Mas sei que Coop, meu grande irmão, jamais pegaria minha garota. — Jordan sorri para Cooper, então ergue o punho e dá um soco de mentira no ombro do irmão.

Há um silêncio desconfortável até que finalmente Cooper faz a pergunta óbvia a Jordan.

— Não é Tania a sua garota? Ela é sua esposa.

— Bem, é — diz Jordan, abaixando o punho. — Mas Heather foi minha primeira.

— Jordan, nunca fomos casados — lembro-o, com dificuldade para afastar a frustração da voz.

Às vezes é difícil lembrar o que foi que eu vi em Jordan. A não ser pelo fato de que era bonitinho e podia ser muito gentil e carinhoso quando estávamos juntos e sozinhos, bem parecido com o chihuahua de Tania.

— E mesmo que tivéssemos sido casados — continuo —, terminamos. Isso quer dizer que não posso sair com mais ninguém?

Jordan parece confuso.

— Não — diz ele. — Pode sair com quem quiser... menos ele. — Jordan aponta para Cooper. — Porque seria como incesto.

Felizmente, Lauren, a assistente de produção, enfia a cabeça pelas portas francesas e grita, com a mão no fone de ouvido:

— O carro está pronto lá embaixo.

— Ops — diz Jordan. — Preciso ir. Me liguem. — Ele me dá um beijo rápido no topo da cabeça, finge socar Cooper no ombro de novo, então se vira e corre de volta para o apartamento dos Allington, onde pega a esposa e o cachorro minúsculo dela.

Quando olho para Stephanie e Christopher, vejo que os dois encaram Cooper e eu; Stephanie com uma expressão que me lembra Owen, o gato, quando está planejando um jeito de conseguir arrancar mais leite da gente.

Cooper deve ter notado a expressão de Stephanie também, pois as palavras que saem da sua boca a seguir são:

— Devo lembrá-los de que se Jordan ou Tania souberem sequer uma palavra sobre o fato de nós dois estarmos noivos, eu saberei que saiu de um de vocês. Sendo assim, vou me certificar de que histórias das quais tenho quase certeza que vocês querem manter longe da imprensa apareçam exatamente onde menos desejam. Entendido?

O sorriso desaparece do rosto de Stephanie.

— Que histórias?

— Entendido — responde Christopher, rapidamente.

Stephanie olha para ele, estupefata.

— Ele está falando de *você*? Meu Deus, achei que estivesse falando de algum segredo obscuro e profundo da família Cartwright que poderia prejudicar o programa. Mas está falando de *você*? O que *você* fez?

— Nada — responde Christopher, pegando o braço de Stephanie e afastando-a de nós. — Foi besteira.

— Mas...

— *Deixa isso para lá.*

— Então — digo a Cooper conforme os dois vão embora, discutindo aos sussurros. — Aquilo funcionou.

Cooper sorri, então olha para o relógio.

— Acho que o jogo de beisebol ainda está passando. Se formos rápidos, consigo pegar a última rodada.

— Então, por favor — respondo. — Vamos andar rápido.

Na caminhada de volta — depois de me certificar de que todos os envolvidos com a ECR saíram do prédio — não consigo evitar arrastar os pés um pouco, pensando no modo como Jordan ficou encarando os próprios os pés. Havia algo que ele queria dizer, tenho certeza. Ou faltava a ele capacidade mental ou ele estava assustado demais para proferir o que quer que fosse em voz alta.

É possível que eu esteja apenas projetando, no entanto. Aprendemos sobre projeção semana passada na minha aula de Psicologia I. Projeção é quando uma pessoa atribui sentimentos ou emoções que ela própria está sentindo a outros, como um mecanismo de defesa psicológico.

Deus sabe que eu tenho motivo para ter medo do terraço dos Allington, então pode ser que eu estivesse imaginando o receio de Jordan. O que quer que ele tivesse a dizer, não devia ser tão importante. Porque, se fosse, ele não teria dado um jeito de falar?

Presumir isso se revela meu primeiro erro. Bem, talvez o segundo. O primeiro foi ir até o prédio naquela noite, para início de conversa.

— Sabe — digo, conforme Cooper e eu subimos as escadas até a porta de entrada do que ele agora insiste que eu chame de "nosso" prédio de tijolinhos —, para um cara que não é tão próximo do irmão mais novo, você com certeza disparou até o apartamento dos Allington ao ouvir a voz dele. Praticamente atropelou Christopher Allington.

Cooper está remexendo o bolso em busca das chaves.

— É? — O tom de voz dele é desinteressado. — Bem, Christopher Allington tem o histórico de ser um babaca.

Tamanho 42 e pronta para arrasar **81**

Costumo ser excessivamente cauteloso quando lido com notórios babacas.

— Isso provavelmente é sábio da sua parte — respondo.

— Foi por isso que fez tantas perguntas?

— Heather, preciso lembrar a você de que um homem foi baleado? — Cooper encontra o chaveiro e pressiona o botão que desativa o sistema de alarme do prédio. Ouço o painel de controle do lado de dentro da porta emitir um bipe, liberando nossa entrada. Somente então Cooper começa a abrir a fechadura. — Talvez eu até passe no hospital quando o Sr. Urso estiver melhor para perguntar algumas coisas a ele. Mas isso não significa que estou me envolvendo na bagunça que é a vida do meu irmão.

— O que isso significa, então? — pergunto. — Porque parece que você está se envolvendo. E você me disse que eu preciso ficar longe do ramo da perseguição amadora.

— Significa que eu posso me envolver se quiser porque tenho uma licença para praticar investigação particular — responde Cooper. — Emitida pelo estado de Nova York. Vou precisar mostrar a você?

— Acho que sim — respondo, séria. — E possivelmente suas algemas também.

Ele sorri e abre a porta com um chute.

— Entre e mostrarei.

Uma linha tênue

Ele disse que gostava dos meus lábios
Ele disse que gostava dos meus olhos
Mas eu precisava me dar conta
De que minhas coxas eram grossas

Ele disse que minha cabeça era boa
Minha voz era doce como vinho
Mas que eu era do tamanho errado
E precisava me dar conta

Há uma linha tênue
Entre bom e ótimo
Uma linha muito tênue
Entre sorte e destino

E para estar com ele,
Eu precisava emagrecer
Porque vencedores vencem
E perdedores não esperam

Eu disse a ele
Enquanto bebia meu vinho
Que eu entendia, e que estava na hora
De dizer adeus, porque meu tamanho é ótimo

Há uma linha tênue
Entre bom e ótimo
Uma linha muito tênue
Entre sorte e destino

Tamanho 42 e pronta para arrasar

Uma linha muito tênue
Entre deslizar e patinar
E vencedores podem vencer
Mas perdedores não esperam

"Uma linha tênue"
Composta por Heather Wells

Uma semana e meia depois, estou encarando meu reflexo nos espelhos de corpo inteiro de uma loja perto da minha casa. Três espelhos de corpo inteiro, para ser exata, cada um me dizendo a mesma coisa:

Não, não e definitivamente *não*.

— Ah — diz a vendedora, ajustando a alça do vestido todo branco de cintura alta que vai até o chão. — É a sua cara. É tão a sua cara.

É tão *não* a minha cara.

— Você está tão linda. — A vendedora se ocupa em alisar os vincos do vestido que encontrei amassado em uma das araras de liquidação, com 75 por cento de desconto. Foi o único motivo pelo qual decidi experimentá-lo.

Bem, isso e o fato de que era o último vestido remotamente próximo do meu tamanho. Da última vez que comprei roupas, mal consegui me espremer dentro de um tamanho 44. Mas fiquei surpresa ao ver que quando ergui esse vestido — um tamanho 42 — me pareceu que caberia.

E cabe.

Parece que os designers de vestidos de noiva finalmente aderiram à coisa dos tamanhos grandes, como o resto da indústria da moda, embora eu goste de pensar que perdi alguns quilinhos. Li em algum lugar que fazer sexo queima 200 calorias por hora, um número desapontadoramente baixo se comparado a andar a cavalo (600 calorias). Mas, ainda assim, impressionante.

Eu *tenho* comido um pouco menos ultimamente, não apenas porque ando muito distraída para ver o que há na geladeira depois de toda a recente atividade que acontece no meu quarto desde que Cooper e eu começamos a transar, mas também porque o refeitório do Conjunto Residencial Fischer está fechado para reformas, o que significa que não posso mais caminhar 15 metros até o fim do corredor do escritório para pegar um bagel grátis com requeijão (e bacon). Preciso andar até o outro lado do parque, para o Café Maricas (o lugar mais próximo que aceita os cartões de refeição da Faculdade de Nova York).

No entanto, fui ao ginecologista na semana passada para a consulta anual e sei que peso exatamente a mesma coisa que no ano passado, com uma diferença de um quilo ou dois.

— Seu casamento será na praia, certo? — pergunta a vendedora, voltando minha atenção para a situação diante de mim. — Então é perfeito, simplesmente perfeito.

Expliquei a ela sobre o desejo de Cooper de fugir para se casar. Mas a ideia de Cooper é nos casarmos em outubro, em Cape, o que torna esse vestido de verão tão apropriado quanto um biquíni em Anchorage. Nem sei no que estava pensando ao experimentá-lo. Devo ter sido tomada pela loucura de casamento, causada pelo fato de que a loja está baixando os

Tamanho 42 e pronta para arrasar   85

preços de todo o estoque de verão para dar espaço às roupas de outono, mesmo que ainda estejamos em julho.

Talvez ficasse melhor com um daqueles lindos cardigãs brilhosos que estão em todos os manequins...

Não. *Ninguém* veste cardigã com um vestido de noiva. Exceto Kate Middleton, mas ela só o colocou com o vestido que usou na recepção. E não vai haver uma recepção, porque até agora não contamos a ninguém sobre nossos planos de casamento, a não ser a Christopher Allington e Stephanie Brewer no penúltimo domingo. Mas aquilo não foi exatamente um convite.

Então o que estou fazendo aqui, experimentando vestidos de noiva? Eu sei, mas não quero pensar a respeito.

— Deixe-me pegar alguns acessórios para você — diz a vendedora. É como se ela tivesse lido a minha mente. — Um cardigã, caso fique frio. E o que você acha de um arco? Talvez um de laço!

Sério, o que posso dizer? Quando se passa o horário de almoço em uma loja especializada em roupas de patricinha que — você percebe tarde demais — só ficam realmente boas nas modelos magras feito palitos que sempre aparecem nos catálogos caindo eternamente na sua caixa de correio, você simplesmente tem o que merece. Arcos? Claro. Um laço? Por que não?

Felizmente, meu celular começa a ressoar "Run the World", da Beyoncé.

— Ah — falo, olhando para o identificador de chamadas. — É do trabalho. Acho que preciso voltar. Talvez outro dia.

A vendedora parece desapontada. Lá se vai a comissão de duzentos dólares pelo ralo. Me sinto um pouco mal, a não ser pelo fato de que ela estava tentando me convencer

86   *Meg Cabot*

a comprar um vestido no qual eu parecia um rolo de papel higiênico ambulante.

— Ah — responde a vendedora, com um sorriso alegre. — Bem, volte quando tiver mais tempo. E traga uma amiga. Ou sua mãe. É uma decisão importante demais para se tomar sozinha.

Tento manter o sorriso no lugar. A maioria das mães de noivas não esfaquearam as filhas pelas costas do modo como a minha fez. Não é culpa da vendedora.

— Claro — digo. — Obrigada, voltarei.

Mas eu não vou voltar. A empresa para a qual essa mulher trabalha obviamente não faz vestidos que ficam bons em garotas que vestem tamanho 42. Ou talvez mais.

Novamente em segurança do lado de fora, um pouco ofegante pela fuga repentina, pego meu caminho preferido de volta para o escritório. É o que passa pela vitrine de uma pequena loja de antiguidades na Quinta Avenida.

Não sou muito uma pessoa de joias, mas há um display de joias *vintage* na vitrine dessa loja em particular que é realmente de tirar o fôlego. E há um anel específico para o qual não consigo deixar de olhar com desejo sempre que passo.

Enquanto retorno a ligação de Sarah, paro em frente à loja e vejo que o anel ainda está lá, uma safira oval com pequenos diamantes incrustados dos dois lados, dispostos sobre um aro de platina. Está sozinho em uma almofada de veludo verde-escuro em um dos cantos da vitrine.

— O que foi? — pergunto a Sarah, quando ela atende.

— Onde você está? — pergunta ela. — Sumiu há séculos. Está olhando para aquele anel de novo?

— Não — respondo, assustada, e saio de perto da vitrine. *Como ela sabe?* — É claro que não. Por que eu estaria fazendo isso?

— Porque você me faz passar por essa loja a caminho da Barnes & Noble para ficar parada encarando-o, mesmo que seja totalmente fora do nosso caminho. Por que simplesmente não o compra? Você tem um emprego, sabe. Dois, na verdade. Para que trabalha tanto, se não compra coisas para si mesma?

— Você está de brincadeira? — Dou uma risada tão nervosa que pareço uma hiena. — É um anel de noivado.

— Não precisa ser — diz Sarah. — Pode ser qualquer tipo de anel que você quiser. Você pode ser a chefe do anel.

— Também posso admirar uma coisa e não a comprar — respondo. — Principalmente se não é algo prático e que provavelmente custa uma fortuna.

— Como você sabe? Nem mesmo entra para perguntar o preço, mesmo que eu já tenha dito um milhão de vezes...

— Porque não importa — falo, interrompendo-a. Não quero o anel de verdade. Não faz meu estilo. É muito chique. E você não respondeu minha pergunta. O que foi?

— Ah — diz Sarah. — Recebi uma ligação da assistente do Dr. Jessup. Parece que conseguiram.

Não faço ideia do que ela está falando.

— Conseguiram o quê?

— *Escolheram o novo diretor residencial do Conjunto Fischer.* O que mais?

— Puta merda! — Congelo.

Estou na esquina da Quinta Avenida com a Eighteenth Street. Um ônibus de dois andares do tour de *Sex and the City* está passando, levando os turistas de verão para todos os lugares em que Carrie Bradshaw e as garotas costumavam tomar Cosmopolitans e comer cupcakes.

As pessoas olham para mim, alternando entre preocupação e irritação. Os nova-iorquinos não são tão rudes como a mídia os retrata. Se eu caísse desmaiada na calçada agora por causa da notícia de Sarah, tenho certeza de que vários bons samaritanos parariam e ligariam para a emergência e talvez até erguessem minha cabeça para se certificar de que uma das minhas vias aéreas estivesse desobstruída. Mas somente porque estou vestindo roupas limpas e não pareço drogada. Se eu estivesse bêbada e coberta pelo meu próprio vômito, as pessoas continuariam passando por cima de mim até que o cheiro ficasse insuportável demais. Aí talvez chamassem a polícia.

— Está de brincadeira? — grito ao telefone. — Quem? Quem é? É Simon? Juro por Deus, se for Simon, vou me jogar na frente desse ônibus...

— Não sei quem é — responde Sarah. — A assistente do Dr. Jessup ligou e disse que ele está vindo agora com algumas pessoas para fazer a apresentação e nos dar alguma notícia sobre o prédio...

— *Agora?* — Começo a correr. Grande erro. Não estou vestindo um sutiã adequado para correr. Eu sequer tenho um sutiã próprio para correr. Em que estou pensando? Reduzo a velocidade. — Por que não me falou antes? Tem certeza de que ele disse "fazer a apresentação"? Porque se disse isso, não pode ser Simon. Já conhecemos Simon. Por que ele nos apresentaria a Simon?

— Talvez queira dizer fazer a apresentação como em "este é seu novo chefe, Simon" — responde Sarah. — "Vocês devem conhecê-lo como o antigo diretor do Conjunto Residencial Wasser, mas agora ele é o novo diretor do Conjunto Residencial Fischer. Tenham um bom dia, perdedores."

Meu coração parece ter afundado até os joelhos, onde estão meus peitos, porque vim correndo com um sutiã que não foi feito para esse tipo de atividade física.

— Ah, Deus — falo, tentando não vomitar. — Não. Qualquer um menos Simon.

— É claro — diz Sarah — que também pode ser a mulher que vi saindo do escritório do Dr. Jessup no departamento de acomodação hoje mais cedo, quando fui até lá deixar as folhas de ponto. De qualquer forma, estamos mortas.

— Por quê? — pergunto, entrando em pânico. — Por que estamos mortas se for ela? Você a pesquisou entre os mais procurados do FBI? Ela está lá?

— É só que ela parecia tão... tão... — Sarah parece incapaz de encontrar a palavra que está procurando.

Começo a correr de novo. Não me importo quantos turistas do tour *Sex and the City* tirem fotos minhas enquanto seguro os peitos com um dos braços.

— Corporativa? Esnobe? — Tento pensar em todos os tipos de mulher com que menos gostaria de trabalhar. — Quer se casar por dinheiro? Sociopata?

— Animadinha — termina Sarah.

— Ah — respondo. Não consigo mais correr e só cheguei à esquina da Quinta Avenida com a Fifteenth Street. Um fio de suor desce pelo meu colo, sempre um visual atraente quando se vai conhecer o novo chefe. — Animadinha é bom — falo, entre arquejos. — Animadinha é melhor do que Simon, que é... — Nem mesmo consigo pensar em uma palavra para descrever Simon, de tão grande é meu ódio por ele.

— Não esse tipo de animadinha — fala Sarah. — Parecia uma garota de fraternidade. Do tipo ruim. Como se tivesse se formado em animação. O tipo de animadinha no qual dá vontade de enfiar o punho na garganta de tão animadinha.

— Sarah — falo. Não parece possível, mas a atitude dela é mais assustadora do que a ideia de Simon se tornar meu chefe. — Ela não pode ser *tão* ruim. Qual é o seu problema?

Sarah anda com um mau humor terrível a semana toda — mais do que uma semana, na verdade — e não me explicou o motivo, pelo menos não de uma forma que faça sentido. Tentou colocar a culpa em tudo, desde o refeitório do prédio estar fechado e ela precisar andar até o outro lado do parque para pegar café no Café Maricas até o fato de que contratei mulheres demais para trabalhar no escritório, o que não é nem remotamente verdade, porque somos só nós duas e Brad, um residente cujo pai lhe disse para não se incomodar em voltar para casa no verão depois de descobrir que Brad é gay. Sendo assim, ele não tem onde morar, pois é um estudante/ trabalhador com uma renda muito limitada.

Foi assim que Brad se tornou mais um dos meus brinque-dos quebrados quando foi decidido de forma unânime por mim *e* por Sarah que ofereceríamos alojamento de graça a Brad no Conjunto Residencial Fischer durante o verão em troca de ele trabalhar vinte horas semanais no escritório, cobrindo nosso horário de almoço.

Então quando Sarah começa a reclamar no telefone en-quanto estou de pé na Quinta Avenida, dizendo que:

Tamanho 42 e pronta para arrasar　　**91**

— Nossos ciclos menstruais estão sincronizados. Todo mundo sabe que isso acontece quando mulheres passam tempo demais juntas. E essa mulher que o Dr. Jessup contratou só vai piorar as coisas. Quase desejo que ele tivesse contratado Simon.

...eu quase rompo uma artéria.

— Sarah — disparo. — O professor Lehman da minha aula de Psicologia I diz que não existe esse negócio de sincronia menstrual. A existência disso foi descartada anos atrás, pois todos os estudos que alegaram comprová-lo posteriormente se revelaram contendo dados errados e análises estatísticas malfeitas. Como você fez graduação em psicologia, fico surpresa por não saber disso. E mais: não há somente mulheres no escritório, e você sabe disso. Tem Brad...

— Gay — fala Sarah. — Não conta.

— ...e eu estou tomando pílula anticoncepcional de ciclo contínuo — prossigo, ignorando-a —, então não ovulo e nem fico menstruada.

— Bem — diz Sarah, parecendo chocada —, não tem como *isso* ser bom para você.

— Como você poderia saber? — pergunto, mantendo a paciência com esforço. — É minha médica? Não. Então não pode realmente afirmar algo assim, pode?

— Tudo bem — fala Sarah. — Me desculpe. Eu não sabia, OK?

Respiro fundo, tentando ficar calma. Sarah está certa, ela não sabia. Não é como se ficássemos sentadas no escritório conversando sobre esse tipo de coisa, como fazem as mulheres de comerciais idiotas.

— Bem, não ovulo há meses, graças a ter começado a tomar Exotique, uma pílula com a qual você só fica menstruada quatro vezes por ano.

No meu *checkup* mais recente — o da semana passada —, quando minha ginecologista perguntou como estavam as coisas com minha vida amorosa e mencionei que estava secretamente noiva (acho que está começando a não ser mais tão secreto), a médica respondeu:

— Bom para você, Heather! No entanto, quando achar que pode estar pronta para ter filhos, e na sua idade espero que isso seja mais cedo do que tarde, provavelmente teremos de conversar. As evidências apontam que, para mulheres como você, pode ser difícil conceber às vezes.

— O que quer dizer com "mulheres como eu"? — perguntei, desconfiada. — Garotas grandes?

— Não — respondeu a médica, sacudindo a cabeça. — Na verdade, pode ser mais difícil para mulheres mais magras conceberem. Seu IMC indica sobrepeso, mas sua pressão sanguínea e seu colesterol estão perfeitamente saudáveis. Quis dizer mulheres como você, que sofrem de endometriose crônica.

— Endo-o-quê? — perguntei.

— Conversamos sobre isso no ano passado, Heather — lembrou-me ela, dando um suspiro. — Foi por isso que prescrevi o contraceptivo de ciclo contínuo, e concordamos que você começaria a não menstruar de vez. Isso reduz a tendência de seu corpo a produzir cistos endometriais. Lembra-se daqueles pólipos que retirei do seu colo do útero?

Como poderia esquecer? Pelo menos minha dentista me dá óxido nitroso quando faz uma limpeza. A ginecologista

Tamanho 42 e pronta para arrasar   93

enfiou um tubo de metal na minha perseguida, e eu nem mesmo ganhei um ibuprofeno.

— Você disse que os pólipos eram normais — observei.

— Eles *eram* normais — respondeu a médica —, no sentido de que eram benignos. O anormal era eles serem pólipos *endometriais*. Sinceramente, não há nada com que se preocupar ainda, mas depois que você parar de tomar a pílula, se tiver problemas em conceber, provavelmente precisaremos dar uma olhada com uma laparoscopia. É só o que estou dizendo.

Saí do consultório com a sensação de que Jack, Emily e Charlotte — os nomes que havia escolhido há muito tempo para meus futuros filhos com Cooper — fossem criancinhas fantasmas que haviam escapado antes que eu sequer tivesse a chance de apresentá-las ao pai.

A médica disse *se* eu tiver problemas em conceber, não *quando*. Isso não significa que eu *vou* ter problemas.

Mesmo assim, cometi o erro de entrar na internet depois daquilo para ver quão ruins eram as chances.

Eu jamais deveria ter feito isso.

Agora suponho que deva contar a Cooper. Mas como? Quando? *Existe* um momento certo para contar a seu noivo que há grandes chances de você jamais conseguir engravidar, mesmo com intervenção médica?

É mais divertido frequentar lojas de patricinhas e experimentar vestidos de noiva que parecem completamente terríveis do que encarar esse tipo de realidade.

Talvez tenha sido por isso que explodi quando Sarah me deu a mais recente desculpa horrorosa para o mau humor dela.

— Não — respondo, passando os dedos pelos cabelos.

— Sou eu quem peço desculpas, Sarah. Sei que você não sabia. De volta à tal mulher que você viu no departamento de acomodação. Ela não pode ser *tão* ruim. Não pior do que Simon. Ninguém é pior do que Simon...

— Eu não teria tanta certeza — responde Sarah. — Por que mais o Dr. Jessup diria que tem uma notícia que mal pode esperar para nos contar e que quer se certificar de dá-la pessoalmente? Onde você *está*, aliás? Sei que estamos fechados, mas esse foi o maior intervalo pro almoço da história da...

— Estou indo — respondo. — Já estou na Quinta. — Não menciono em qual esquina, pois é escandalosamente longe. — Já chego aí. — Então percebo. — Notícia? Além do fato de que contratou alguém para ser diretor do conjunto residencial? Que tipo de notícia?

Não pode ser uma notícia boa. Quando é que o Dr. Jessup algum dia foi ao prédio de alguém para dar uma *boa* notícia?

Não consigo pensar em uma única vez. Como vice-presidente — só há um presidente na Faculdade de Nova York, mas há dezenas de vices, todos chefes de divisões não acadêmicas da faculdade —, o Dr. Jessup é ocupado demais para dar boas notícias pessoalmente. Ele tem uma assistente para nos enviá-las por e-mail.

Notícias ruins, no entanto, inevitavelmente são entregues por ele nas reuniões de equipe — como daquela vez em que descobrimos que, por causa do congelamento de admissões e da recessão, não haveria aumentos por desempenho. (O que não me afetou. Como funcionária nova, não estou suscetível a um aumento por desempenho até o ano que vem. Mas Simon recebeu isso muito mal.)

Tamanho 42 e pronta para arrasar **95**

— Imagino que a notícia provavelmente tenha algo a ver com o que aconteceu na semana passada — diz Sarah. — *Lembra?* — Está sendo propositalmente vaga. Brad deve estar no escritório com ela. Nós duas conseguimos manter em segredo o fato de que Jordan Cartwright e Tania Trace estiveram no Conjunto Residencial Fischer (um segredo que compartilhei com Sarah apenas por necessidade, pois ela me viu destruindo a página de registro da segurança na qual Christopher os havia incluído).

Até agora, as únicas menções ao acidente do lado de fora da Epiphany ocorreram em programas de notícias sobre entretenimento, como a entrevista de Jordan e Tania para o *Access Hollywood* ("O casal musical preferido da América fala sobre como escapou da morte"), e em revistas de fofocas. (Em uma foto, com a legenda "Tania Trace visita amado guarda-costas no hospital", Tania está em um quarto de hospital passando um buquê enorme de balões de hélio que dizem "Melhoras" para um homem negro extremamente grande sentado numa cama. A mão gigante dele faz a dela parecer ainda menor quando o guarda-costas a estica para receber o buquê de Tania.)

— Não fizemos nada de errado — lembro a Sarah. — As armas de paintball foram ruins, admito, mas elas são propriedade da faculdade. Ninguém se machucou. Pelo menos — acrescento, após pensar duas vezes — nenhum aluno.

Cooper anunciara, após retornar de sua visita ao Centro Médico Beth Israel, que os ferimentos do guarda-costas de Tania eram um pouco mais graves do que Stephanie nos fez acreditar. Embora se esperasse que Urso fosse ter uma recuperação completa, ele não só teve o baço retirado como a bala o atravessara até atingir seu pé. Urso teria semanas de fisioterapia pela frente.

Mesmo assim, de acordo com Cooper, parecia que o disparo realmente fora aleatório. A polícia encontrara uma cápsula de bala e achou que combinava com a bala que atingira Urso, mas ela estava no terraço de um prédio do outro lado da rua da Epiphany, onde havia cápsulas de dezenas de outras balas também... sem falar dos vestígios de diversos fogos de artifício, camisinhas usadas, garrafas de cerveja vazias e até uma churrasqueira portátil. Aquele terraço era obviamente um local popular de encontro para adolescentes, além de ser acessível a residentes de todos os prédios do outro lado da rua da boate. (Ao chegar a um dos terraços, era fácil saltar para os outros.)

Além de Cooper e do *Access Hollywood*, eu não tinha ouvido mais nada sobre o incidente. Não vi Christopher ou Stephanie Brewer no Conjunto Fischer de novo, embora verificasse as folhas de provas a procura deles todas as manhãs. Não havia registro de que os dois tinham voltado, no entanto, nem qualquer menção na imprensa sobre qualquer coisa relativa ao Conjunto Residencial Fischer.

— Não sei — diz Sarah. — Acha que Simon contou a ele sobre a cerveja? E a vodca?

Trinco os dentes.

— Todo mundo era maior de 21 anos...

— Bem, qualquer que seja a notícia, não deixa uma boa impressão ser flagrada tirando um almoço de duas horas no primeiro dia de seu novo chefe.

Ela está certa quanto a isso. Preciso me recompor...

Tamanho 42 e pronta para arrasar **97**

Como se fosse uma resposta a uma prece não proferida, vejo um borrão amarelo pelo canto do olho. A princípio, tenho certeza de que só pode ser uma ilusão, uma alucinação provocada pela ansiedade. Então o borrão desliza até entrar em foco, e me dou conta de que a sorte pode, de fato, estar mudando para melhor: é um táxi com o letreiro brilhando amarelo no topo, indicando que está desocupado. É uma visão tão rara nessa parte da cidade quanto uma nota de cem dólares caindo do céu.

Salto na direção dele bem rápido. Não grito "Táxi!" como sempre mostram os nova-iorquinos fazendo nos filmes e nos programas de TV, porque isso apenas alerta as pessoas distraídas ao redor de que há um táxi livre por perto. Então as mais próximas a ele tentarão roubá-lo antes que você consiga.

Em vez disso, corro na direção do carro e agarro a maçaneta da porta de trás no momento em que o sinal fica verde e o táxi começa a se mover.

— Desculpe — digo ao motorista, quando ele pisa o freio e olha ao redor, espantado ao ver uma passageira entrando no banco traseiro. — Preciso ir a Washington Square West, 55. Pode me levar?

O motorista interrompe a conversa que está tendo com o *fone sem fio* do celular por tempo o suficiente para dizer:

— Isso fica a apenas oito quarteirões daqui.

— Eu sei — respondo.

Tento não sentir como se ele estivesse me julgando. Provavelmente não está. Provavelmente está pensando que sou uma turista que não sabe quão perto do destino está.

— São oito *longos* quarteirões — digo. — E estou superatrasada. E está *tão* quente.

O motorista sorri, liga o taxímetro e continua a conversa ao celular em seu farsi nativo. Relaxo, sentindo o frio do ar-condicionado irromper da pequena saída de ar aos meus pés. Parece que morri e fui para o céu. Talvez tudo fique bem...

— Meu Deus! — Ouço a voz de Sarah gritar em minha mão. Esqueci que ainda estou segurando o celular. — Você ainda está a oito quarteirões? Eles vão chegar a *qualquer minuto*!

— Enrole eles. — Ergo o celular até o rosto para instruí-la.

— Diga que fui à tesouraria. Diga que...

— Ah. — Ouço Sarah dizer. — Oi, Dr. Jessup. Já está aqui?

Então ela desliga na minha cara.

Estou totalmente morta.

Inimigos

Tire uma foto
Escreva
Estou pouco me f******

Sei que pensa
Que vai me derrotar
Bem, garoto, muita sorte eu recomendo

Tenho inimigos
Por toda parte ao meu redor
E bem na minha frente

Você acha que vai
Me derrotar
Invadir meu ambiente

Bem, aqui vai um tweet
Um hipertexto
Uma chamada de voz por iCall

Será preciso mais do que você
Para me derrotar
Então escreva isso no seu mural

"Inimigos"
Interpretada por Tania Trace
Composta por Weinberger/Trace
Álbum *Então me processe*
Cartwright Records
Onze semanas consecutivas no
Top 10 da Billboard Hot 100

Salto para fora do táxi assim que ele encosta na frente do Conjunto Residencial Fischer e jogo uma nota de dez dólares no banco da frente. O motorista, ainda no celular, fica mais uma vez espantado, mas não espero pelo troco, e ele certamente não espera para dá-lo.

— Obrigado! — grita o homem. — Tenha um ótimo dia!

Tarde demais.

Fico confusa ao ver uma frota de caminhões de entrega do lado de fora do prédio. Funcionários de uma transportadora estão descarregando móveis embrulhados em plástico-bolha e usando os carrinhos de plástico cinza reservados apenas para residentes do Conjunto Fischer.

Essa visão leva meu já sobrecarregado coração a pulsar de modo irregular. Quando vejo alguns homens empurrando os carrinhos na direção da rampa de acesso de deficientes do Conjunto Fischer, começo a sentir palpitações.

— Com licença. — Sigo até um deles e pergunto: — Mas para quem é esta entrega?

Ele está tão suado quanto eu alguns minutos antes. Está trabalhando pesado por algum tempo, ao que parece, e não deu um passeio de táxi com ar-condicionado para se refrescar.

O homem abaixa o rosto para a prancheta que traz consigo.

— Heather Wells — diz ele, um pouco impaciente. — Conjunto Residencial Fischer, Washington Square West, 55. — Então volta a empurrar o carrinho que parece cheio com um conjunto de móveis de quarto da Ikea.

— Espere um pouco — falo, agarrando o braço dele, que é bastante musculoso, embora um pouco úmido de suor. —

Deve haver algum engano. Não pedi nenhuma dessas coisas.
— Há literalmente cinco caminhões diante de mim. — E este prédio está fechado para reformas.

O homem dá de ombros.

— Bem, esta pessoa aqui assinou — diz ele, apontando para a parte inferior da prancheta. — Então vai recebê-los, tendo pedido ou não.

Olho para o rabisco em letra cursiva para o qual ele aponta.

Stephanie Brewer.

Agora, em vez de palpitações, meu coração parece que vai explodir.

Como isso pode estar acontecendo? E no dia em que meu novo chefe está chegando?

Sigo os homens que empurram o carrinho pela porta e encontro Pete sentado ao balcão da segurança, falando no telefone. Ele coloca a mão sobre o receptor e pergunta:

— Onde você esteve? Tem ideia do que está acontecendo aqui? Sabe quem está no seu escritório?

— Acho que posso adivinhar — asseguro-o, com sarcasmo. Um carrinho de plástico cinza empilhado de acessórios da Urban Outfitters passa por mim. — Para onde estão levando todas essas coisas? — pergunto a Pete.

— Para cima — diz ele, dando de ombros.

— Para a cobertura? — Não consigo imaginar o que Eleanor Allington vai querer com um abajur de lava.

— Tudo o que sei é que é para cima — responde Pete. Ele parece extremamente despreocupado. — Magda disse "oi".

— Pete aponta para o telefone. Ele e Magda, minha melhor amiga do serviço de alimentação, se tornaram um casal bem intenso nos últimos meses, mas ultimamente o flerte precisa ser feito via telefone, pois Magda foi transferida para o Café Maricas enquanto o refeitório do Conjunto Residencial Fischer, onde ela normalmente trabalha, está em reforma.

— Diga "oi" de volta — grito vagamente por cima do ombro, conforme começo a andar na direção do escritório. Preciso abaixar quando encontro Carl, o engenheiro-chefe do prédio, caminhando pelo corredor com uma escada de 2,50 metros no ombro.

— Oi — diz, alegremente. — Cuidado por onde anda. O que quer? Mais um cadáver?

— Não tem graça — respondo a Carl. — O que está acontecendo aqui?

— Não sei — fala ele. — Recebi uma ligação do departamento de instalações avisando que devo ir até o décimo sétimo andar trocar todas as lâmpadas econômicas de 40 Watts dos espelhos acima das pias dos banheiros para lâmpadas de 60 Watts. Então é o que estou fazendo.

Fico perplexa com essa informação.

— Temos lâmpadas normais de 60 Watts?

Ele ri com escárnio.

— Ando juntando-as há anos. Vi essa coisa da lâmpada econômica surgir há uma década. Sabia que não daria certo para vocês, mulheres. Vocês gostam da iluminação forte no banheiro para poderem enxergar e se maquiar.

Pisco ao ouvir isso, sem saber como reagir.

— Ah — respondo. — Bem, é bom. Eu acho.

Me afasto, sacudindo a cabeça. O que está acontecendo?

Então dobro o corredor em direção ao escritório do diretor do dormitório e dou de cara com Stan Jessup. Ao lado dele

Tamanho 42 e pronta para arrasar   103

está uma jovem que nunca vi antes, de calça jeans e camiseta; Muffy Fowler, a chefe do departamento de RP da faculdade; Sarah; e Stephanie Brewer, da Emissora Cartwright Records.

Congelo à porta, sentindo todo o suor que secou durante a viagem agradável e refrescante de táxi começar a brotar em minha pele outra vez.

— O-o que está acontecendo? — gaguejo, estarrecida.

— Bem, oi, você — diz Muffy Fowler, com seu sotaque sulista. Como sempre, está com um modelito todo formal, em scarpins brancos de salto alto, uma saia-lápis de linho bege e uma blusa de seda com estampa de bolinhas. — Que bom que pôde se juntar a nós. Não acredito que tirou um almoço tão longo e não me convidou. Achei que fôssemos amigas.

Quero derreter em uma poça no chão.

— Não foi isso — respondo. — Eu não estava almoçando. Estava na tesouraria.

— Estou apenas brincando — diz Muffy, irrompendo em uma gargalhada alta. — Olhem só para o rosto dela! Bendita seja. Heather, acho que conheceu Stephanie. Ela disse que vocês duas se esbarraram outra noite.

— Eu não diria que nos esbarramos — falo rapidamente, então entro no escritório.

— Na verdade, tivemos o prazer de nos conhecer — diz Stephanie, esticando o braço para apertar minha mão. Ela parece muito mais agradável do que da última vez em que a vi. O rosto dela é todo sorrisos. Está vestindo um terninho cinza-claro e agarra-se a uma bolsa de marca que provavelmente custou mais do que ganho em um mês. — Que bom ver você de novo, Heather. Estava dizendo a todos como foi acolhedora. Tania não para de falar sobre você.

Fico confusa.

— Ela o quê?

— Heather — diz o Dr. Jessup, dando um passo à frente. Se eu estou com calor, ele deve estar ainda mais, pois com certeza andou todo o caminho através do parque desde o departamento de acomodações naquele terno cor de carvão que está vestindo, mesmo que Sarah tenha colocado o ar-condicionado do escritório a toda potência. Consigo ver uma lâmina de suor denunciando-o ao redor da cabeça ainda cheia de cabelos pretos curtinhos, salpicados de cinza na altura das têmporas. — Temos ótimas notícias. Tão ótimas que tive de dá-las pessoalmente.

— É — diz Sarah de sua mesa, ao lado da fotocopiadora. Ela está vestindo o uniforme de todo dia, camiseta preta e macacão, mas fez uma escova na usual massa de cachos com frizz para combater a umidade de Nova York e até colocou um pouco de delineador. Sarah costumava deixar o rosto intocado por qualquer coisa que remotamente parecesse maquiagem, pensando que tal coisa era uma violação da ética feminista para melhorar o que a Deusa Mãe nos deu, até que observei que se a Deusa Mãe não quisesse que usássemos maquiagem, não teria dado a algumas de nós cílios tão loiros que são praticamente invisíveis, fazendo-nos parecer coelhos brancos se não usarmos rímel. — Espere até ouvir essa notícia, Heather. Não poderia ser melhor. É realmente ótima.

Está claro pelo tom de voz de Sarah que ela não acha a notícia nem um pouco ótima. A não ser que a pessoa a conhecesse tão bem quanto eu, não conseguiria captar o sarcasmo.

— Fantástico — digo. — Estou tão animada para ouvir essa notícia ótima. Preciso me sentar?

Tamanho 42 e pronta para arrasar **105**

— Provavelmente — responde Sarah. — Eu me sentaria. Porque essa notícia é tão ótima que você vai querer estar sentada quando ouvi-la ou pode desmaiar de animação.

Dou a volta em torno da minha mesa e me sento, encarando Sarah. Ela está exagerando um pouco.

— Alguém mais? — pergunto, indicando o sofá do outro lado da mesa, bem como as outras cadeiras que resgatei do refeitório antes que começassem a pintá-lo.

— Obrigada — diz a garota que não sei quem é. — Quero me sentar, sim. Meus pés estão gritando.

Ela se senta, e reparo que Sarah a está encarando. Não sei se é por causa da observação "meus pés estão gritando" (a qual, admito, foi esquisita, mas possivelmente tão sarcástica quanto a "pode desmaiar de animação" de Sarah) ou porque as duas tiveram algum desentendimento antes de eu chegar. Elas parecem ter a mesma idade e estão vestidas em um estilo desleixado similar — no entanto, percebo, que não sou adequada para julgar isso —, então não consigo imaginar qual questão podem ter encontrado para discordar, embora o cabelo da visitante esteja definitivamente mais arrumado.

— Posso? — pergunta Muffy ao Dr. Jessup, quicando nas pontas dos scarpins. — Por favo-or, Stan?

Ergo o rosto para Muffy. Ela e eu somos amigas, se pode chamar de amizade compartilharmos do desejo mútuo de não ver as pessoas se safarem por assassinato no campus onde trabalhamos e uma atração pelo mesmo cara (ela está atualmente namorando meu ex-namorado e professor de matemática da recuperação, Tadd Tocco).

Felizmente, Tadd e Muffy formam um casal muito melhor do que Tadd e eu jamais formamos, principalmente devido ao compromisso de Tadd com o veganismo e o meu compromisso com estar apaixonada por outro homem, a saber, Cooper Cartwright. Muffy me contou, durante nosso último almoço juntas, que tem quase certeza de que Tadd vai pedi-la em casamento (porque Muffy o informou que na idade deles, se não há um empurrão no relacionamento depois de três meses, a única coisa que faz sentido é terminar), mas ela está indecisa quanto a aceitar.

"Por um lado", falara Muffy, por cima do *wrap* saudável de salada de atum que comprou no Café Maricas, "não estou ficando mais jovem e como definitivamente quero ter filhos, posso muito bem tê-los com Tadd. Dá para saber que serão inteligentes, pois o QI dele é nas alturas, e vamos economizar muito com creche, já que os professores universitários só trabalham cerca de três horas por semana, então Tadd poderá ficar em casa com eles."

Fui forçada a admitir que isso era verdade.

"Por outro", continuara Muffy, "sempre esperei me casar com um homem rico, para que fosse eu quem pudesse criar as crianças. Não tenho certeza do que as garotas da minha cidade natal vão pensar quando souberem que ainda estou trabalhando."

"Quem se importa com o que os outros pensam?", perguntei e dei de ombros, debruçada sobre o não tão saudável hambúrguer com fritas do Café Maricas. "A vida é sua, não delas. Você ama seu emprego, não ama?"

"Sim", respondeu Muffy, com firmeza.

"Que bom", falei. "Apenas esteja certa de que também ama Tadd antes de dizer sim quando ele a pedir em casamento, ou não acho que seu plano tenha muitas chances de dar certo."

Tamanho 42 e pronta para arrasar   **107**

Neste momento, Muffy olha para mim com os olhos perfeitamente maquiados brilhando, explodindo com a ansiedade de me contar qualquer que seja a notícia fabulosa que tem para dividir.

— Heather — diz ela —, eu sei como ficou triste por seu conjunto residencial ter sido fechado durante o verão e por vocês todos terem ficado sem nada para fazer a não ser brincar de girar os polegares. Agora pode parar de girá-los, pois o Conjunto Residencial Fischer será oficialmente reaberto este fim de semana para abrigar o primeiro *Acampamento de Rock Tania Trace*!

Olho rapidamente de Muffy para o Dr. Jessup e para Stephanie, então para Sarah e depois de volta.

— Espere — respondo, com esperteza. — O quê?

— Sim — diz Sarah, sem sorrir. — Cinquenta garotas de 14 anos aqui na cidade por duas semanas, vivendo o sonho de ter como mentora ninguém menos do que Tania Trace. Não é *ótimo*?

— Elas têm entre 14 e 16 anos, na verdade — fala Stephanie. Ela está afundada em uma poltrona estofada com vinil azul (a qual eu mesma vi Carl estofar depois que ratos comeram o estofamento laranja original) e abre a bolsa. Lá de dentro ela retira um folheto, que entrega para mim. Observo o papel enquanto Stephanie fala. É um festival de cores vibrantes como a própria Tania quando não está sofrendo de exaustão. — Lembra, Heather. Eu falei com você sobre isso na semana passada. Infelizmente, o lugar em Catskills não vai mais servir.

— Por quê? — pergunto. — Parece perfeito. — Aponto para a foto de uma garota sobre um cavalo. — Não temos cavalos. — Aponto para outra foto. — Ou um anfiteatro a céu aberto.

— Temos muitas áreas para apresentações — diz o Dr. Jessup. — Nossa faculdade de artes cênicas é uma das melhores do país. Nossos teatros não são a céu aberto, mas pelo que entendo, isso foi escolha da Sra. Trace...

— Tania quer que tudo seja deslocado para locais fechados — fala Stephanie rispidamente, arrancando o panfleto de minhas mãos.

Estou mais confusa do que nunca.

— Então como será um acampamento?

— Ainda é um acampamento — responde Stephanie. — Apenas um acampamento *interno*.

— O que é um "acampamento interno"? — pergunto, estupefata. — Isso sequer faz sentido.

— É claro que faz sentido — insiste Stephanie. — É um acampamento *universitário*. As garotas vão amar ainda mais do que teriam amado estar em um resort em Catskills. Experimentarão a vida em um campus universitário anos antes das amigas. E não qualquer campus universitário, mas o da Faculdade de Nova York, uma das dez mais concorridas do país. Sem falar, é claro, que passarão cada minuto com Tania Trace. Ou com um dos prestigiados instrutores musicais da Faculdade de Nova York. A maior parte do tempo com um deles. Mas por pelo menos uma hora ao dia, elas estarão com Tania.

Sento-me onde estou, atônita, enquanto todos, exceto Sarah, sorriem para mim.

— Eu falei para você, não falei, Heather? — pergunta Sarah, inclinando-se para a frente sobre a mesa, com um

Tamanho 42 e pronta para arrasar 109

sorriso diabólico, mas apenas eu a conheço bem o bastante para perceber. — Não é *ótimo*?

Ignoro-a.

— Estamos fechados para reformas — digo ao Dr. Jessup. Não estou discutindo porque Tania Trace é a nova esposa do meu ex e não quero ter nada a ver com isso. Eu genuinamente não consigo entender como vamos fazer isso acontecer. — Nenhum dos quartos está sequer perto de poder ser ocupado. A equipe de pintura mal terminou os andares de cima. E a maioria desses quartos nem passou por manutenção ainda. Quero dizer... — Não acredito que preciso dizer isso em voz alta, mas digo mesmo assim. — E quanto ao quarto para Nárnia?

Stephanie e a garota que ninguém me apresentou me encaram inexpressivas, mas estou segura de que o Dr. Jessup e Muffy sabem exatamente do que estou falando, pois o quarto para Nárnia, como o Escândalo do Maricas, foi escandaloso o bastante para chegar ao *New York Post*. Depois que todos saíram, na primavera, descobrimos um quarto no qual os quatro garotos ocupantes haviam construído uma "porta para Nárnia" — um buraco na parte de trás de um armário padrão da universidade que levava a um quarto contíguo à suíte deles, no qual os jovens haviam montado uma "masmorra do amor". Havia colchões de uma parede a outra, abajures de lava, cachimbos e pôsteres do ator que interpretou o Príncipe Caspian em todas as superfícies verticais.

O mais irritante foi que os pais desses garotos depois tiveram a audácia de se recusar a pagar a conta que enviamos pelos custos do conserto do buraco no armário (e pela

110   *Meg Cabot*

limpeza dos colchões), mesmo que eu tenha mandado provas fotográficas das atividades extracurriculares incomuns dos filhos deles.

— Sem problemas — diz Muffy alegremente. — Já recebemos uma lista do departamento de instalações com os quartos que precisam do mínimo de trabalho...

— Instalações? — Então lembro-me que esbarrei em Carl no corredor, com a escada. — É claro — murmuro. — As lâmpadas.

— Exatamente — fala Stephanie. — Nossas garotas vão precisar de boa iluminação para se maquiar para as câmeras de manhã.

— Câmeras? — Lanço um olhar de pânico para o Dr. Jessup, mas é Muffy quem responde.

— A Faculdade de Nova York recebeu uma tremenda oportunidade, pela qual, ao que me disseram, devemos agradecer a você, Heather — diz ela.

Sei o que está a caminho, mas ainda estou esperando que tenha havido algum erro.

— Que oportunidade?

O sorriso de Stephanie não está refletido nos olhos dela.

— Tania achou que você cuidou com tanta competência da pequena crise que ela teve enquanto esteve aqui, na outra noite, que o único lugar em que consegue se sentir segura no momento, enquanto filmam *Jordan ama Tania* e Urso está no hospital, é no Conjunto Residencial Fischer.

— Isso vai fazer maravilhas pela reputação do Conjunto Fischer quando o programa for ao ar — diz Muffy, entusiasmada. — Adeus, Alojamento da Morte! Olá, conjunto residencial mais procurado do país! Todos vão querer morar no prédio que abrigou o Acampamento de Rock Tania Trace.

— Mas... — Olho para o Dr. Jessup, desesperada. — Mas não é permitido filmar em nenhum conjunto residencial da Faculdade de Nova York sem devida autorização.

O Dr. Jessup está com as mãos enterradas nos bolsos da calça do terno. Ele se balança para a frente e para trás sobre os calcanhares.

— O que posso dizer, garota? — fala ele, o sorriso sombrio. — Eles conseguiram a autorização diretamente do escritório do presidente.

Olho para Stephanie. O sorriso dela parece com o de um gato.

— Eu disse a você que o presidente Allington é grande fã da Emissora Cartwright Records.

Franzo a testa. Está mais para: o filho do presidente Allington é grande fã de Stephanie e usou a influência que tem sobre o pai — que não faz ideia do que está acontecendo no próprio campus porque está escondido nos Hamptons enquanto dura o Escândalo dos Maricas.

Olho para a garota de jeans e camiseta sobre o sofá. Ela é tão fofa e pequena que presumo que esteja com a ECR; talvez outra assistente de produção ou a assistente pessoal de Stephanie. Embora não consiga entender por que ela está vestida como uma aluna.

— Quem é você? — pergunto, tentando parecer educada, mas não sei se consigo. — Uma conselheira do Acampamento de Rock Tania Trace?

A garota ergue as sobrancelhas, abrindo a boca de surpresa.

— Não, Heather. — O Dr. Jessup tira as mãos dos bolsos. — Esta é a outra boa notícia. Gostaria que conhecesse a nova diretora do Conjunto Residencial Fischer, Lisa Wu. Lisa, esta é Heather Wells.

Reboque

Duas da manhã
Cheio de esperança eu estava
Até que vi você sair
Com aquele outro cara

Deveria ter ido embora,
Mas ela prendeu meu olhar
Sussurrou "Vamos, querido,
Vamos alucinar"

Não deveria ter ouvido,
Deveria ter ido para casa
Mas não pude suportar
Mais uma noite sozinho

Ganhei o que merecia
Pelo desejo inadequado que me deu
Quando disse que eu não podia ficar
Ela furou todos os meus pneus

Agora estou de pé no frio
Quando vai dar certo para mim?
Você tem meu coração
E o reboque é o que me sobrou enfim

"Reboque"
Interpretada por Jordan Cartwright
Composta por Jason/Benjamin
Álbum *Carreira solo*
Dez semanas consecutivas no
Top 10 Country da Billboard Hot 100

— Oi, Heather — diz a garota, saltando do sofá com um enorme sorriso e inclinando-se sobre a mesa para apertar minha mão com entusiasmo. — Ouvi falar tanto de você. Mal posso esperar para começarmos a trabalhar juntas.

Encaro, totalmente chocada, a garota que está de pé do outro lado da mesa.

— Hã — falo, então coloco a mão sobre a dela e deixo-a sacudi-la para cima e para baixo. — Oi. Eu também.

Meu olhar desliza até o de Sarah para verificar se ela está rindo. Talvez tudo isso seja uma piada, parte do reality show. Possivelmente estou sendo objeto de uma pegadinha?

Sarah apoia o queixo sobre as mãos e me observa, aguardando avidamente minha reação.

Não, isso não é parte do programa. Isso é real. Essa garota — que parece ser uns dez anos mais jovem do que eu — é minha nova chefe.

— Mas — digo, de um modo péssimo — e quanto a Simon?

— Simon? — Lisa olha, hesitante, para o Dr. Jessup. — Quem é Simon?

O Dr. Jessup pigarreia.

— Não achamos que Simon fosse adequado para o Conjunto Residencial Fischer.

Stephanie, que tirou o celular da bolsa e está enviando uma mensagem de texto, faz uma careta.

— Está falando daquele homem ruivo? Ai, Deus, não. Ele *não* era adequado mesmo.

Espere. Como Stephanie conhece Simon? Houve uma bancada de jurados entrevistando meu novo chefe, como em *The X Factor*, ou algo assim?

— Vamos nos divertir tanto com isso — diz Lisa. — Mal posso esperar! Cinquenta garotas e uma equipe de TV? Isso vai ser uma loucura. — Ela canta a palavra "loucura" como se fizesse parte da letra de uma música.

Fico feliz por alguém estar animado, porque eu, com certeza, não estou. Me volta à cabeça tudo o que Sarah disse ao telefone sobre a mulher que viu sentada no escritório do Dr. Jessup. Consigo entender o que Sarah quis dizer sobre Lisa Wu ser tão animadinha que lhe dava vontade de enfiar o punho na garganta da garota. Animadinha como uma *apresentadora de reality show*.

Não ajuda em nada Lisa estar vestindo jeans e camiseta no primeiro dia de trabalho e seu cabelo estar preso em um rabo de cavalo e haver um prendedor tipo fru-fru envolvido — quem usa fru-fru, a não ser para limpar o rosto? Além disso, ela está calçando chinelos. Chinelos. No trabalho!

Tudo bem, é assim que meus funcionários se vestem, mas eles estão na faculdade. Dormem até meio-dia sempre que podem. Fumam maconha (bem, Gavin fuma, mas ele diz que é medicinal, para seu TDAH) e constroem masmorras do amor em seus quartos.

Essa deveria ser minha nova chefe. É. Até parece.

— Mas você é uma diretora de dormitório de verdade, certo? — pergunto, afastando a mão da de Lisa como se tivesse medo que ela puxasse um microfone e pedisse uma checagem de som. — Você não fez a entrevista para o emprego por meio da Emissora Cartwright, fez?

— Heather! — grita Muffy, chocada.

Stephanie explode em gargalhadas. E Sarah também, mas por motivos diferentes. O Dr. Jessup parece estar se divertindo, assim como Lisa Wu.

— Não — responde Lisa, sorrindo. — Sou diretora de dormitório de verdade. Tenho mestrado e tudo o mais. Pendurarei o diploma no meu novo escritório assim que o enviarem pelo correio. Admito que esta é minha primeira oportunidade profissional...

Não quero ser grosseira ao dizer em voz alta, mas dá para perceber. Algo em minha expressão deve me denunciar, pois o Dr. Jessup exclama:

— Meu Deus, Wells, não consegue entender por que a contratei?

Olho para ele, espantada.

— Hã... não?

— Ela parecia ser a combinação perfeita para você! — diz ele. — Você passou por momentos tão difíceis com seus chefes ultimamente. — Percebo que o Dr. Jessup evita, com sensibilidade, mencionar que todos os meus chefes acabaram mortos, presos por assassinato e/ou promovidos. — Que achei que o departamento poderia lhe dar uma folga. Lisa Wu é *você*... bem, exceto pela parte asiática.

Viro o rosto para Lisa, pensando que é uma pena esse Alzheimer precoce do Dr. Jessup.

Então reparo algo. Ela *parece* um pouco comigo, exceto por ser mais jovem, mais magra e, é claro, asiática.

Eu estou vestindo jeans e camiseta. Bem, a minha não é exatamente uma camiseta, mas uma camisa de botão preta e justa feita de algodão com um drapeado na frente para dar um efeito franzido onde preciso.

Eu estou calçando chinelos (embora os meus sejam plataformas com paetês). E meu cabelo está preso em um rabo de cavalo (porque está muito calor lá fora). E, em algumas ocasiões, fui acusada de ter energia demais... até mesmo de ser animadinha, embora eu não tenha gostado disso.

Lisa deve ter percebido minha avaliação, pois sorri e diz, um pouco envergonhada:

— Quando o Dr. Jessup ligou para avisar que eu tinha conseguido o emprego, fiquei muito animada. Eu disse que por acaso estava na cidade, e ele pediu que eu viesse. Falei que não estava vestida apropriadamente, mas ele disse que não importava. Na verdade, eu estava na Kleinfeld, fazendo a última prova do meu vestido de casamento...

— Você vai se *casar*? — Isso é esquisito demais.

— Sim — diz Lisa. — Nunca achei que gostaria de um casamento pomposo, mas meus pais insistiram, e os de Cory também. Achei um vestido fofo, justo mas com a saia esvoaçante, que estava em liquidação por apenas 500 dólares. — Ela estica a mão para pegar uma bolsa. Ao contrário da de Stephanie, não é de marca. Parece que Lisa a ganhou por fazer uma doação para a emissora PBS. Ou provavelmente os pais dela ganharam. — Tenho uma foto dele aqui no meu fichário de casamento, se quiser ver...

Ela tem um fichário de casamento? Talvez não tenhamos tanto em comum assim, afinal de contas. Começo a pensar que posso aprender algumas coisas com Lisa Wu.

— Se me permitem interromper o papo de garota — diz Stephanie, friamente —, por mais animado que ele esteja, podemos voltar ao assunto em questão?

Tinha me esquecido de que Stephanie ainda estava na sala.

— Ah — digo, um pouco desapontada. *O que é um fichário de casamento?* O que quer que seja, tenho quase certeza de que muita gente por aí já tentou montar um desses. Eu certamente assistiria a isso. — Claro.

— As filmagens começarão este fim de semana quando as garotas vierem se instalar, então preciso ver em que quartos serão colocadas. — Stephanie retirou o próprio fichário da bolsa. Este não parece conter informações sobre um casamento. — Algumas delas insistem em trazer as mães. Isso não é nada adequado para o programa. Não podemos ter um monte de mães de palco correndo por aí, estragando tudo. Então, como podemos nos livrar dessas velhas irritantes?

— Legalmente — explica Muffy, às pressas e com tato —, ninguém menor de 18 anos pode residir nos conjuntos residências da Faculdade de Nova York. Então, para facilitar as necessidades do seu programa, pensamos em colocar beliches (foi essa a entrega de móveis que você viu na entrada) e designar três ou quatro garotas por quarto, mais uma das mães como acompanhante legal.

— Bem — fala Stephanie de modo rude —, isso é uma droga.

— Na verdade, não — respondo. — Podemos usar suítes. Assim colocamos as garotas no quarto de trás e as mães nos quartos da frente. Desse modo as garotas não conseguirão escapar sem acordar as mães.

— Isso é uma droga ainda maior — fala Stephanie.

— Bem pensado, Heather — diz Muffy, ignorando Stephanie. — Essa é a primeira coisa que eu faria se tivesse 14 anos e fosse passar o verão em Nova York. Conseguir uma identidade falsa e ir a bares.

— Na verdade — observa Stephanie, pegando o Black-Berry —, uma das coisas que a emissora gostaria é que as garotas de fato *escapassem*. Isso acrescentaria muito mais drama ao programa.

— Sério? — diz Lisa Wu. — Se uma garota menor de idade fugisse para fora deste prédio, fosse a um bar e algo terrível acontecesse com ela no centro da cidade de Nova York, isso *acrescentaria* mais drama ao reality show. Mas não acho que repercutiria bem para a Faculdade de Nova York ou para Tania Trace e, em última instância, para sua emissora... Você acha, Stephanie?

Ai, meu Deus. Lisa Wu disse em voz alta exatamente o que eu estava pensando. Talvez o Dr. Jessup estivesse certo, afinal de contas.

— O quê? — Stephanie parece confusa.

— Concordo com Lisa — digo. — *Jordan ama Tania* deveria ser um reality show sobre um casal, não um *Law and Order: Special Victims Unit.*

Parece que isso Stephanie entende. As sobrancelhas dela se erguem.

— Foi apenas uma ideia — fala Stephanie, em tom amargo. — Chama-se *brainstorm*.

— É claro — responde Lisa, sorrindo para ela. — Você está no ramo televisivo. Nós estamos no ramo de fornecer aos alunos uma comunidade segura e saudável na qual viver e se desenvolver enquanto alcançam suas metas acadêmicas. Tenho certeza de que encontraremos um denominador comum.

Impressionada, volto o olhar para o Dr. Jessup. Onde ele encontrou Lisa Wu? Se nosso departamento tivesse mais dez dela e menos dez Simons Hagues, poderíamos, de fato, deixar de ser motivo de chacota da educação superior.

120 Meg Cabot

O Dr. Jessup está ocupado demais escrevendo uma mensagem de texto no celular para olhar na minha direção.

— Senhoritas, vamos verificar esses quartos? — pergunta ele. — Detesto apressar isso, mas o departamento pessoal gostaria que eu levasse Lisa até lá para darem início à burocracia...

— É claro — digo. — Mas tenho uma pergunta. — Olho para Stephanie. — Por que Tania não se sente segura? Achei que o que aconteceu com Urso tivesse sido totalmente aleatório. Você nos *assegurou* isso — acrescento — diversas vezes naquela noite.

— E foi — fala Stephanie rapidamente. — Foi *totalmente* aleatório. Mas sabe como são as *popstars*. — Ela revira os olhos. — Umas divas.

Instala-se um breve silêncio desconfortável. Talvez eu esteja imaginando coisas.

Ou talvez todos estejam pensando, assim como eu: *Nossa, Heather costumava ser popstar. Ela era uma diva?*

Obviamente, Stephanie não está pensando isso, pois continua:

— Tania está convencida de que precisa ficar perto da cidade, onde planeja ter o bebê, e do médico que fará o parto, até que a criança nasça. E, claro, como é isso o que Tania quer, a Cartwright Records fica muito feliz em fornecer. Até Catskills é longe demais para Tania agora. E ela acha que se o acampamento for transferido para um lugar legal, familiar e *controlável*, como o campus da Faculdade de Nova York, ao contrário de um bosque... porque, vamos encarar a realidade, Tania *não* é uma garota do campo... será mais confortável para ela.

Não tenho certeza de como isso tudo faz sentido, principalmente considerando que Urso levou um tiro na cidade e a menos de vinte quarteirões do campus da Faculdade de Nova York.

— Tania mal entrou no segundo trimestre da gravidez — falo. — Parece um pouco extremo ficar tão próxima do médico. Quando visitou o obstetra, como os paramédicos recomendaram, ela não ouviu uma notícia assustadora ou algo do tipo?

Talvez eu esteja projetando de novo, por causa da minha notícia assustadora sobre saúde. Não que eu tenha ficado assustada. Não tenho nada com que me *assustar*. Nem nada com que me preocupar. Apenas...

— Não — responde Stephanie, olhando para o Dr. Jessup e Muffy e dando uma gargalhada. É minha imaginação ou essa gargalhada parece nervosa? — Ela está com a saúde perfeita, exceto por estar um pouco anêmica, o que você já sabe. Acha que deixaríamos Tania continuar filmando se não estivesse bem?

Sim, quero responder. Em vez disso, digo apenas:

— É claro que não. Quero ter certeza de que não há nada... bem, nada que você não esteja nos contando.

— O que diabos eu não contaria a você? — pergunta Stephanie.

— Não sei — respondo, sincera. — Mas sei que minha equipe passou por maus bocados este ano e a última coisa de que precisam é mais — percebo que preciso escolher a palavra seguinte com cuidado — drama. Então, se *há* algo acontecendo com Tania que você não está nos contando, gostaria que o fizesse agora.

— Drama? — O sorriso de Stephanie é inseguro. — Não precisa se preocupar, Heather. Porque posso lhe assegurar de que o que filmaremos aqui no prédio não será *drama*. Será a realidade pura e sem roteiro.

O problema, claro, é que conheço Jordan bem demais para ter qualquer conforto com essa garantia. A realidade dele jamais foi outra coisa *que não* drama. E é difícil afastar a sensação — principalmente considerando o que sei sobre ela — de que Tania não é diferente.

Carrinhos de bebê demais no Starbucks

Ah, não consigo decidir
Se quero desistir

Ao decreto arcaico
De ter que usar meus ovários

"Você daria uma ótima mãe!"
Mas não sei se quero

Me sinto presa, sufocada
Quero correr em busca de abrigo

Nem sei
Se vou ou se fico

Então, por enquanto, só tenho em mente
Que você tire seu carrinho de bebê da minha
frente

"Carrinhos de bebê demais no Starbucks"
Composta por Heather Wells

9

Está ficando cada vez mais difícil encontrar um bar para ir depois do trabalho. Todos os bons fecharam devido aos aluguéis exorbitantes do centro de Manhattan ou foram tomados por estudantes, embora, é claro, isso não seja um problema tão grande durante o verão.

Não tenho problemas em frequentar lugares populares entre pessoas mais novas do que eu, mas, ultimamente, tem sido difícil beber confortavelmente perto de alunos da Faculdade de Nova York. De acordo com meu livro de Psicologia I, isso se chama hipervigilância.

— Hipervigilângia uma ova — diz Tom Snelling.

Tom é um dos poucos chefes que tive no Conjunto Residencial Fischer que foi promovido, o que é ótimo para ele, mas uma droga para mim, pois eu realmente gostava de trabalhar com Tom.

Pelo menos ainda conseguimos sentar perto um do outro durante as intermináveis reuniões de equipe e sempre vamos a um bar depois.

Encontrei com Tom e o namorado, Steven, para um muito necessário drinque pós-trabalho em um bar que os dois descobriram, tão enfurnado no coração do West Village que parece improvável que atraia estudantes. Ajuda o fato de as bebidas no novo bar favorito de Tom e Steven serem muito caras e de haver um tema náutico levemente bizarro na decoração, a qual eu acho excentricamente charmosa.

— Quando um garoto mergulha de cabeça de um banquinho de bar depois de beber muitos *shots* de tequila e você sabe que ele estuda no prestigiado instituto de educação superior no qual você trabalha — continua Tom —, isso se chama cortar seu barato, não hipervigilância.

— Amém, irmão — replico, e brindo com nossas garrafa de cerveja de oito dólares.

Estamos sentados em um boxe — construído para se parecer com o camarote de um navio — à janela da frente do bar. Do lado de fora, as pessoas estão correndo para casa,

Tamanho 42 e pronta para arrasar   125

as cabeças curvadas sobre os celulares conforme fazem os próprios planos para depois do trabalho, algumas quase trombando contra outras ou contra as muitas árvores que ladeiam a ainda ensolarada rua na ansiedade de mandar mensagens de texto. Há cães de toda variedade sendo arrastados pelas coleiras, erguendo incessantemente as patas contra troncos de árvores, embora pequenas placas implorem aos donos que os direcionem para a sarjeta.

Eu me sentiria culpada por não ter corrido para casa para levar o meu próprio cão para passear, mas desde que Cooper instalou uma portinha de cachorro, sei que Lucy pode sair para o quintal dos fundos do prédio de tijolinhos se precisar. Não é tão bom quanto dar um passeio, mas, de acordo com uma mensagem de texto que recebi antes de sair do escritório, Cooper passeou com ela mais cedo antes de precisar sair para alguma reunião misteriosa.

Isso não é incomum. Cooper raramente fala sobre o trabalho. Como investigador particular, ele é muito sensível em relação à parte *particular* das necessidades investigativas de seus clientes. Sempre admirei isso nele, ainda que, sendo a pessoa que separa, organiza, arquiva e manda as contas dos clientes dele por e-mail, eu esteja ciente de muito do que Cooper faz. Acho que ele não gosta de falar sobre isso porque muitos de seus casos são disputas amargas de divórcio nas quais ele foi contratado para obter prova fotográfica das infidelidades matrimoniais do em breve ex-cônjuge, e Cooper tem medo de que minhas sensibilidades femininas delicadas fiquem ofendidas.

Todos temos nossos segredinhos. É bom saber que há pessoas capazes de guardá-los.

— Embora seja muito mais do que cortar meu barato quando se trata de uma garota de 14 anos — continuo a reclamar com Tom e Steven — solta na cidade enquanto participava do Acampamento de Rock Tania Trace, que funciona no prédio em que você trabalha e, uma observação, está sendo filmado por uma equipe de TV para a nova emissora cujos donos são os pais do seu namorado.

— Cruzes — exclama Tom. — Não há uma expressão para isso.

— Bem, é com isso que vou lidar pelas próximas duas semanas.

— Steven e eu rezaremos por você — diz Tom, e como o beato que costumava ser antes de sair do armário (a mãe dele hoje em dia diz que sempre soube que o filho era gay e que não se importa, contanto que ele e Steven adotem um daqueles lindos bebês chineses como fez o casal gay daquele programa de TV engraçado), Tom faz o sinal da cruz sobre mim com o copo de cerveja.

— Então, como sua equipe recebeu a notícia? — pergunta Steven. — Estão encarando isso como a chance divina de traçar Tania Trace? Porque é tudo o que ouço dos meus garotos. — Steven é o técnico de basquete da Faculdade de Nova York. — Eles acham que, porque moram no prédio, podem, de fato, ter uma chance.

— Duvido muito que consigam sequer chegar perto dela — respondo. — Tania tem guarda-costas. Ou terá, quando contratarem alguém para substituir o que levou um tiro. E eles estão cientes de que ela é casada e está grávida, certo? Não que garotas casadas e grávidas não possam ser incrivelmente sexy, mas para um garoto adolescente...

Steven revira os olhos.

— Por favor. Ela é fêmea. Para alguns daqueles garotos, isso é tudo o que importa. Eles transariam com uma árvore se ela fosse fêmea.

Mordo o lábio com nervosismo.

— Bem, é melhor que eles não estejam planejando transar com as garotas do acampamento — falo. — Elas são menores de idade.

— Eu os lembrarei disso — diz Steven. — Mas duvido muito que vão se interessar por alguma garota de 16 anos do Kansas com Tania Trace por perto, grávida ou não. E quanto a sua equipe?

— Não sei — respondo. — Os horários deles são tão malucos que quase não os vejo. — A não ser, é claro, que eu lhes dê dinheiro para comprar pizza. — Mandei uma mensagem de texto em massa com a notícia. Das respostas que recebi, três foram *emoticons* sorridentes, quatro foram nada além de pontos de exclamação e uma, de Gavin, é claro, foi uma longa denúncia contra os males de reality shows em oposição ao drama roteirizado e como autores como ele vão sofrer por causa disso. Como se eu pudesse fazer algo para mudar a natureza do programa.

Tinha ficado cada vez mais claro para mim, conforme o dia se passou e conheci mais pessoas envolvidas com as filmagens de *Jordan ama Tania*, que ninguém ouviria minha opinião sobre nada.

Enquanto eu fazia um tour pelo prédio com Stephanie Brewer e outro dos produtores do programa — de quantos produtores um programa precisa, afinal de contas? —, comecei a perceber quão pouco de um "reality show" é de fato "realidade". Stephanie e o outro produtor, um cara alto e esguio chamado Jared Greenberg, já estavam determinando o que seria filmado onde (muito pouco do lado de fora dos quartos onde as garotas morariam, decidiram os dois após verem as áreas comuns do Conjunto Residencial Fischer, que eram "todas erradas").

"*Um horror*" foi como Jared descreveu o refeitório quando eu os levei até lá.

Antes um salão de baile, o refeitório ainda possuía o que *eu* considerava uma certa elegância: um candelabro grande (admito que não tão elegantemente iluminado por lâmpadas fluorescentes) que pende de uma rotunda de vidro no centro do teto de 6 metros de altura. Rotunda essa que, tudo bem, certo, havia perdido parte do luxo da Belle Époque, não apenas devido à erosão das décadas, mas por um corpo ter aterrissado nela no ano passado.

— Está sendo reformado — expliquei, defensiva, quando vi os dois levantando as camadas de plástico branco que cobriam todas as mesas e cadeiras empilhadas e ouvi Stephanie gritar diante dos guinchos audíveis que ressoaram quando acendi as luzes.

Tom e Steven riram bastante dessa história — os produtores de TV chiques gritando por causa de alguns ratinhos.

Mas enquanto estamos aqui, sentados no bar bonito e quase vazio, debruçados sobre as cervejas caras, o sol do fim da tarde esparramando-se sobre as janelas de placas de vidro, não consigo evitar pensar, um pouco triste, se não somos *nós* os esquisitos, e não os produtores. Todo mundo acha ratos um pouco assustadores, não é? O que significa o fato de não acharmos?

Tamanho 42 e pronta para arrasar   *129*

Acho que significa que alguns de nós encontraram coisas muito mais assustadoras do que ratos — coisas que não mencionei para a equipe de *Jordan ama Tania* enquanto eles tentavam decidir se poderiam usar o refeitório do Conjunto Residencial Fischer no programa.

— Se trouxermos nossas mesas e cadeiras, talvez umas bem descoladas daquela loja de design que usamos para o *Rock the Kashbah*... se lembra, Steph? E filmarmos apenas neste canto — falou Jared Greenberg —, acho que podemos fazer dar certo.

Stephanie deu de ombros.

— Eu não comeria aqui nem se você me pagasse.

— Bem, você não precisa. — A voz de Jared se esmaecia. — As garotas, sim. Nós pediremos comida e cobraremos da emissora, é claro.

Me senti um pouco insultada. É verdade que a Faculdade de Nova York usa o mesmo serviço de bufê que o sistema carcerário de Nova York, mas ele também atende a muitos hotéis e parques temáticos do país.

E Julio, o chefe da equipe de faxina, tinha feito um trabalho muito bom ao tirar os restos mortais do lado de fora da claraboia. Eu jamais soube antes de começar nesse trabalho — e não há motivo para contar à equipe de *Jordan ama Tania* —, mas não é da responsabilidade do serviço de resgate limpar os fluidos corporais de um cadáver da calçada, do chão, da janela ou do teto no qual ele aterrissa. O médico-legista apenas remove o corpo. Qualquer outra coisa que vazou é de responsabilidade da gerência do prédio.

Isso foi algo que aprendi como diretora-assistente do Conjunto Residencial Fischer. É por isso que decidi que se algum dia precisar me matar (porque descobri que tenho uma doença mortal dolorosa para a qual não há cura ou que os macacos de repente adquiriram superinteligência e estão prestes a tomar o planeta e escravizar a humanidade), vou me certificar de fazer isso em uma banheira ou no chuveiro ou em algum outro lugar que favoreça uma limpeza fácil. Caso contrário, será de responsabilidade de meu senhorio ou de alguma pobre faxineira ou zelador (ou, Deus me livre, de meus familiares) *literalmente* limpar minha sujeira. Isso não é justo (nem é o modo como quero ser lembrada).

Meu celular vibra. Eu o pego.

— Ah, espere um segundo, outra mensagem de texto da minha equipe — falo. — Brad acha que essa também é a grande chance dele de, abre aspas, "Traçar Jordan Cartwright".

— Eu traçaria ele também — admite Tom, com um suspiro de luxúria. Então, quando Steven lhe dá uma cotovelada, ele se lembra, arqueja e olha para mim com culpa. — Ai, Deus, Heather. Desculpa. Esqueci.

Dou de ombros.

— Tudo bem. Gosto de pensar que, porque sou tão racional e normal agora, todos se esquecem que também já fui, certa vez, parte do show de horrores da família Cartwright. Entendo isso como um elogio. — Meu celular vibra de novo. — Ah, que bom. Cooper está a caminho — digo, depois de ler a mensagem. — Qualquer que tenha sido essa reunião que ele teve, parece que o deixou agitado. Cooper não usou qualquer letra maiúscula ou pontuação.

— Parece — fala Tom, após olhar de relance para Steven — que você ainda é parte do show de horrores da família Cartwright.

Tamanho 42 e pronta para arrasar **131**

Estou distraída, respondendo à mensagem de Cooper.

— Como assim? Por causa dessa coisa da Tania Trace?

— Porque você está tão obviamente com Cooper agora, sua vagabunda burrinha — diz Tom. "Vagabunda burrinha" é um termo carinhoso para Tom, da mesma forma que Magda, do refeitório, chama os alunos de seus "astros de cinema". — Achou que jamais perceberíamos? Pode tentar fingir que vocês dois são apenas amigos, mas...

— Seus olhos meio que brilham quando menciona Cooper — fala Steven —, e é óbvio pelo modo como ele olha para você que está apaixonado.

— É? — pergunto, maravilhada, apesar do fato de que estávamos tentando manter nosso relacionamento em segredo e de eu já saber que Cooper está apaixonado por mim, pois ele mesmo disse, diversas vezes.

— Sem falar que vocês dois tem andado grudados pelos quadris o verão inteiro — reclama Tom. — Tipo quando chamamos você para ver a última comédia romântica da Reese Witherspoon e você arrastou o coitado do homem junto...

— Ele gosta de comédias — respondo, em defesa de Cooper. *As supergatas* é um dos programas de TV preferidos dele... Embora, de alguma forma, eu ache que ele o assista mais como um tipo de terapia barata do que como comédia.

— Entendo por que está mantendo a discrição — diz Tom, como se eu não tivesse falado. — Seria esquisito em qualquer circunstância namorar o irmão mais velho do seu ex, mas deve ser especialmente ruim nesse caso, considerando o fator show de horrores da família Cartwright. Mesmo assim, vocês são todos adultos. Imagino que sejam capazes de lidar com isso.

— Não sei quanto a isso — falo, pensando no modo como Jordan reagiu na casa dos Allington quando se sugeriu um relacionamento entre o irmão dele e eu. Não foi bom.

Ainda não consegui afastar a imagem de Tania Trace da última vez que a vi, encolhida no sofá do presidente Allington, parecendo tão perdida e sozinha... a não ser pelo cachorro, o qual ela agarrava como se fosse a única criatura no mundo em quem pudesse confiar. Essa criatura não deveria ser *Jordan*? Alguma coisa parece um pouco deslocada naquele relacionamento.

Bem, tenho certeza de que quando o bebê chegar, Jordan e Tania ficarão tão envolvidos em sua felicidade sublime que nem notarão qualquer outra coisa acontecendo ao redor. Cooper e eu poderemos fugir para nos casar, e tudo será águas passadas... até, claro, todos começarem a perguntar quando é que *nós* teremos filhos.

— Já contou a novidade a Cooper? — pergunta Steven.

— Sobre minha endometriose? — Arregalo os olhos para ele. — Cruzes, não. — Como Steven sabia disso? Não contei a ninguém!

Então percebo, mesmo antes de Tom reagir, que é claro que Steven não estava se referindo a isso.

— Quero dizer...

— Acho que Steven estava falando do programa do irmão de Cooper ser filmado no seu trabalho — diz Tom, as sobrancelhas erguidas. — Mas se você prefere nos atualizar quanto ao status da sua vagina, por favor, vá em frente.

Steven apoia o copo de cerveja com um estampido, fazendo o conteúdo transbordar pelas laterais.

— *Sério?* — exclama ele para o namorado.

Tamanho 42 e pronta para arrasar **133**

Tom faz cara de inocente.

— Foi ela quem mencionou, não eu — responde ele. — Então, Heather, gostaria de nos contar algo sobre sua vagina?

— Acho que quer dizer útero — fala Steven.

— Não — respondo com firmeza, sentindo as bochechas começarem a esquentar. — Não há nada que eu gostaria de contar sobre meu útero. Sinto muito, estava pensando em outra coisa. Ultimamente ando com algumas coisas na mente... — Sacudo a cabeça. — Deixem para lá. Eu obviamente preciso de mais amigas mulheres.

— Deve ser difícil — diz Steven, simpático — com Magda transferida para o Maricas, e Patty, longe.

Minha melhor amiga, Patty, é casada com um músico famoso, Frank Robillard. Embora nos falemos e troquemos e-mails com frequência, não quero chateá-la com meus problemas, os quais parecem insignificantes em comparação aos dela, considerando que Patty está viajando em uma turnê mundial com o marido, o filho pequeno, o bebê que está a caminho e a banda do marido, um grupo de músicos que não apenas agem como crianças, mas também costumam precisar de supervisão. Eu basicamente encaminho a Patty vídeos de coisas engraçadas para que ela possa rir no final de um longo dia.

— Estou bem — digo. — Não se preocupem comigo. Estarei nadando em estrogênio dentro de alguns dias, depois que Lisa se mudar para o campus. Sem falar das meninas do acampamento de Tania...

Lisa Wu dissera que a família, que mora em Staten Island, ajudaria ela e o noivo, Cory, que trabalha em uma firma de investimentos, a se mudarem no fim de semana. O cargo de diretor de conjunto residencial, ao contrário do meu, exige que se more no local, assim a pessoa fica acessível para qualquer emergência que ocorra depois do expediente. O apartamento do diretor no Conjunto Residencial Fischer é uma suíte de canto maravilhosa no décimo sexto andar, com vistas para o rio Hudson, o West Village e o SoHo. Sem saber quando seria ocupada a seguir, ou por quem, após a perda de nosso último diretor, a equipe do departamento de instalações do prédio vem trabalhando para mantê-la pronta para a mudança a qualquer momento. Julio e o sobrinho dele, Manuel, restauraram o piso de parquete até que o mogno luxuoso brilhasse, e Carl, o engenheiro do prédio, pintou as paredes da sala de estar de um azul-claro feminino e as do quarto, da cozinha e do banheiro, de um suave branco casca de ovo.

Os esforços não foram em vão: assim que Lisa entrou no apartamento, arquejou de felicidade.

"Cory vai borrar as calças", disse ela, para minha surpresa e, pela expressão no rosto dele, do Dr. Jessup também.

— Tem certeza de que Cory é homem? — pergunta Tom quando conto essa história no bar. — Talvez seja um casamento lésbico. Isso seria incrível. Precisamos de mais lésbicas na equipe. Pena que Sarah não seja...

— Tom — diz Steven, em tom de aviso.

— Só estou dizendo — fala Tom. — Ela poderia conseguir algo muito melhor do que Sebastian.

Steven assente. É preciso muito para conseguir com que ele diga algo ruim sobre qualquer pessoa.

— Sebastian é meio que um...

— *Dick*? — Cooper desliza para nosso boxe.

Tamanho 42 e pronta para arrasar **135**

— *Cooper.* — Fico chocada. Não reparei que ele entrou, o que é incomum. Normalmente, quando Cooper entra em qualquer recinto, meu olhar é atraído para ele de imediato. Acho que não é porque estou apaixonada por ele. Cooper simplesmente exala algo. Não exatamente masculinidade, pois não tem um corpo escultural ou nada assim, e nem sempre é o homem mais alto ou mais esguio do lugar. Meu professor de Psicologia I provavelmente diria que são os feromônios.

Mas como é parte do trabalho de Cooper ser discreto quando precisa, ele pode se aproximar das pessoas de fininho, e foi o que fez agora, assustando nós três.

— Dick — diz ele de novo, e aponta para o cardápio de bebidas à frente. As sobrancelhas escuras de Cooper estão erguidas de modo cético. — Sério? Um bar gay cujo nome significa pênis? Não poderiam ter pensado em algo um pouco mais sutil?

Tom caiu na gargalhada do outro lado da mesa, mas Steven está agarrado ao cardápio e aponta para a linha minúscula abaixo da palavra Dick.

— *Moby* Dick — diz ele. — Como no melhor romance de Herman Melville. É por isso que há arpões e redes de pesca nas paredes. Este bar é um tributo a Herman Melville.

Cooper não acredita.

— Claro que é — fala ele. Então olha para o garçom de expressão entediada que caminhou até nossa mesa. — Eu quero um... Nossa, olha esses preços. O que você tiver de chopp. E um *shot* de Glenfiddich. — Cooper se vira para mim. — Você nunca vai adivinhar com quem passei a tarde.

Fico espantada. Ele vai mesmo compartilhar algo a respeito do trabalho?

— O fato de que você acaba de pedir um *shot* me diz algo — respondo. — Você não é de beber, exceto em algumas condições. Esteve com sua família?

O franzir de sobrancelhas de Cooper é a resposta de que preciso.

— Mas — falo surpresa — você disse que tinha uma reunião...

— E tive — responde ele. — *Tive* uma reunião. A mulher que marcou hora disse que a reunião seria com um Sr. Grant e deu um endereço que, não me dei conta até chegar lá, era o do novo escritório da Emissora Cartwright Records. Obviamente eu estava desconfiado nesse momento, mas foi só quando entrei e vi Grant Cartwright de pé do outro lado da mesa é que soube o que estava acontecendo.

Me encolho, imaginando a cena.

— Isso deve ter sido... desagradável.

— Foi. — Cooper olha para o outro lado da mesa, para Tom e Steven. — Oi — diz ele, como se os visse pela primeira vez, embora já tivessem conversado sobre o nome do bar. — Como vocês estão?

— Melhor do que você, evidentemente — responde Tom.

— Grant Cartwright — fala Steven, tentando esclarecer. — CEO da Cartwright Records e... seu pai?

— Correto — diz Cooper, e a palavra sai quase como um rosnado.

— O que ele queria? — pergunto, curiosa. Cooper tem tanto desgosto pela família e fala deles tão raramente que não me surpreende que o pai tenha apelado para um subterfúgio a fim de conseguir conversar com o filho.

— Me oferecer um emprego — responde Cooper.

Fico surpresa ao ouvir isso. Da última vez que Grant Cartwright ofereceu um emprego a Cooper, era para cantar no Easy Street. A oferta dera tão errado que a distância iniciada nessa época durava até hoje.

— Que tipo de emprego? — pergunto a ele. Tenho uma sensação pesarosa, no entanto, de que sei.

As bebidas de Cooper chegam, e o modo como ele entorna a maior parte do uísque, depois metade da cerveja, enquanto Tom, Steven e eu observamos, confirma minhas suspeitas. A família de Cooper é a única coisa que jamais falha em desconcertá-lo. Bem, isso e algumas outras coisas, mas essas são particulares, entre ele e eu, e tenho quase certeza de que Cooper gosta.

— Sente-se melhor? — pergunta Tom a Cooper, quando ele pousa o copo de *shot* com força.

— Na verdade, não — responde Cooper, e indica ao garçom que quer mais um.

— Um emprego em tempo integral? — pergunto. — Tipo, com a empresa? Ou uma investigação particular?

— Ah — diz Cooper. — Será em tempo integral, sim.

Engulo em seco.

— Tem algo a ver com o Acampamento de Rock Tania Trace ter sido deslocado para o Conjunto Residencial Fischer? — pergunto, temendo a resposta, mas ao mesmo tempo quase certa de que sei qual é.

— Na verdade — fala Cooper —, tem. Meu pai quer que eu seja o novo guarda-costas de Tania.

Gargalho. Não sei por quê. É tão absurdo. Não a ideia de Cooper ser o guarda-costas de alguém — tenho certeza de que ele seria excepcional na tarefa. Apenas a ideia de ele ser o guarda-costas de *Tania Trace*, porque ela é casada com meu ex-namorado, o qual ela roubou de mim. E agora estou noiva do irmão desse namorado.

Olho para Tom e Steven, e eles começam a rir também. Estamos todos rindo da ideia de Cooper ser o guarda-costas de Tania Trace.

Mas quando olho para Cooper, vejo que ele está com as sobrancelhas franzidas. Não parece achar a ideia nem um pouco engraçada.

— Espere — falo, as gargalhadas morrendo na garganta. — Você não aceitou, aceitou?

— Na verdade — diz Cooper, quando o segundo uísque chega —, aceitei.

Obrigada

Eu te dei meu coração
Achei que você fosse tudo o que existia
Em vez disso, você me trocou por ela,
Disse que ela era melhor do que eu fui um dia

Mas agradeço a você agora
Por me libertar
Eu disse que agradeço agora
Por ter escolhido ela em meu lugar

Porque o homem que tenho agora
É o melhor que eu já pude conhecer
O amor que tenho agora
É do tipo que você jamais poderá saber

Você era horrível na cama
Achei que deveria te contar
Então obrigada por me largar
Porque, do contrário, eu jamais iria imaginar

Então agradeço a você agora
Por me libertar
Eu disse que agradeço agora
Então, por favor, pare de usar o Facebook pra
me procurar

"Obrigada"
Composta por Heather Wells

Algumas horas mais tarde, Cooper rola para longe de mim ofegante e deita de costas em minha cama, abaixo dos olhares atentos — mas, para mim, reconfortantes — das bonecas de muitos países.

— Sente-se melhor? — pergunto a ele. Depois de chegarmos do bar, ofereci a ele uma massagem terapêutica para a musculatura mais profunda. Senti que era o mínimo que poderia fazer para ajudá-lo a superar o dia estressante.

— Jamais recebi uma massagem assim — diz Cooper.

— Não tenho qualquer treinamento profissional na arte da massagem — admito.

— Não me importo — responde ele. — Mas estou um pouco preocupado com o que elas devem estar pensando de nós. — Ele indica as bonecas.

A Miss México é a mais chique, em um vestido de flamenco rosa *pink* e os cabelos para o alto em um penteado elaborado. A Miss Irlanda é aquela de quem tenho mais pena. É feita de pano, e as pernas abaixo da saia vermelha estampada com trevos de quatro folhas verdes são feitas de escovas pretas de limpar cachimbo. Aparentemente, minha mãe pegou a primeira boneca que viu a caminho do avião. Eu sempre trato a Miss Irlanda com carinho especial, temendo que o requinte da Miss México possa ter lhe causado algum complexo com o passar dos anos.

— Ah — respondo —, elas são totalmente não preconceituosas.

— Isso é bom — fala Cooper, e rola até alcançar o copo d'água na mesa de cabeceira do lado dele da cama (depois de um exercício como o que lhe dei, hidratar-se é ao mesmo tempo necessário e aconselhável), onde encontra Owen, o gato rajado laranja, agachado ali, observando-o. — Cruzes — exclama Cooper, espantado, quando Owen pisca para ele. — Podemos simplesmente colocar umas câmeras aqui e montar nosso próprio reality show.

— Eu disse que poderíamos ir para sua casa — falo, e estendo o dedo indicador para que Owen saia da mesa e venha para a cama. Um indicador esticado é, como qualquer amante de gatos sabe, irresistível para a maioria dos gatos, pois eles não conseguem evitar se aproximar para esfregar o rosto. Owen não é uma exceção, e Cooper consegue chegar ao copo d'água quando Owen salta da mesa de cabeceira para a cama. — Assim não teríamos plateia.

— Não — responde Cooper, depois de engolir metade da água —, eu gosto mais da sua casa.

Ele não precisa explicar. A casa de Cooper — um andar do prédio de tijolinhos abaixo do meu — é maior, mas também foi Cooperizada, com cortinas que não se fecham completamente (principalmente no quarto), livros e jornais empilhados em quase todas as superfícies, e pelo menos cinco pares de sapatos deixados no meio de cada cômodo, porque, como ele explica, "assim eu sei onde posso encontrá-los". Pessoalmente, não entendo por que alguém precisa de sete frascos quase vazios de condicionador no chão do banheiro, e obviamente Cooper também não, já que passa quase o tempo todo no meu andar, deixando-o apenas para usar sua, preciso admitir, fantástica cozinha, seu escritório e seu quarto para trocar de roupa. Até os animais preferem a minha casa, exceto quando estamos na cozinha do andar de baixo. Meu andar tem apenas uma pequena cozinha embutida.

Uma coisa pela qual venho fazendo campanha é uma faxineira, principalmente porque Magda tem uma prima que gerencia um serviço de limpeza. Embora Cooper fique horrorizado com a ideia — ele cresceu no complexo Cartwright, dividindo o tempo entre Westchester e uma enorme cobertura em Manhattan, com uma equipe em tempo integral de babás, faxineiras, cozinheiras e motoristas, então, enquanto adulto, está determinado a lavar a própria louça e as roupas —, é uma batalha que estou muito determinada a vencer. Não há motivo para duas pessoas trabalhadoras e ocupadas — uma das quais é também estudante — não fazerem uma vaquinha para pagar uma terceira pessoa, cuja ocupação é limpar casas, para ir até a delas fazê-lo. É praticamente não patriótico, na verdade, que essas pessoas não o façam, principalmente com essa economia. Estamos privando alguém de um emprego muito necessário.

Estou *quase* convencendo Cooper com esse argumento.

— Então — digo a ele, agora que ambos nos sentimos mais relaxados e o gato fez do seu corpo uma bolinha perfeita entre nós. Lucy, na própria cama, está roncando baixinho. — Eu sei que você não queria falar sobre isso na frente de Tom e de Steven. Mas não acha que nesse caso em especial o privilégio entre cliente e investigador deveria se estender a mim?

A não ser por nos contar que havia aceitado a tarefa que o pai ofereceu, Cooper se recusara a elaborar melhor o que havia acontecido no escritório da Emissora Cartwright Records. No bar, ele apenas pediu outra cerveja, então engoliu um prato de *fish and chips*, ostras fritas e metade do conteúdo de uma cesta de tirinhas de mozarela que pedi para a mesa. (Embora tirinhas de mozarela sejam basicamente minha

Tamanho 42 e pronta para arrasar **143**

coisa preferida, não protestei muito. Tinha uma pizza de margherita para me consolar.)

— Nesse caso em especial, a cliente vai ser minha cunhada — continuo —, e o trabalho vai ser no meu prédio. Então realmente acho que deveria ser inteirada do que está acontecendo.

— Por que você acha que aceitei o caso? — pergunta Cooper, erguendo um braço para que eu possa me aconchegar mais perto dele.

Fico perplexa.

— Seu pai te ofereceu um milhão de dólares? — chuto, esperançosa. Com tanto dinheiro, poderíamos contratar uma faxineira semanal e também pintar todas as paredes do prédio, reformar as janelas limpar os vidros (eles precisam urgentemente) e refazer todos os banheiros, sem falar na possibilidade de colocar uma banheira de hidromassagem no quintal.

— Não tanto assim — responde Cooper, com uma gargalhada. — Embora eu tenha dado a papai um orçamento que é o triplo do meu preço normal e ele nem mesmo piscou um olho. Se terei de passar todo o meu tempo com Tania, precisarei ser amplamente recompensado por isso.

— Sim — digo, passando o dedo pelo braço dele até o relógio complexo que jamais o vi sem. — Quanto tempo, exatamente, *terá* de passar com Tania?

— Cada minuto que ela estiver no Conjunto Residencial Fischer — diz ele. — Assim que a enfiarem no Maybach dela em direção a Park Avenue, estou fora de serviço. Foi esse o acordo que fiz com meu pai. Só estou interessado em proteger Tania durante as horas em que a presença dela possa colocar a sua vida em perigo, embora eu não tenha dito isso a ele, é claro. Precisarão encontrar outro segurança para o restante do tempo.

— Espere. — Ergo a cabeça e encaro Cooper. — O *quê*? Como a presença de Tania coloca minha vida em perigo? Ou a de qualquer outra pessoa? Achei que o tiro que atingiu o guarda-costas tivesse sido de uma bala perdida...

O sorriso de Cooper é sombrio.

— Se todos ainda acreditam que foi uma bala perdida, por que a mudança repentina das filmagens para a Faculdade de Nova York? Tem ideia do quanto deve estar custando à ECR mudar a locação daquele resort, no qual devem ter gastado milhões em reservas?

Agora estou sentada, segurando meus — devo admitir, caros demais, porém os comprei com um desconto significativo na T. J. Maxx — lençóis Calvin Klein roxos na altura do peito. O peito de Cooper é coberto por uma fina camada de pelos pretos. Não sou tão louca por peitos depilados — Jordan costumava fazer depilação para não parecer ameaçador diante das fãs; garotinhas, em sua maioria.

— Estão mobiliando todos os quartos — falo. — E pagando para colocar uma nova equipe e para arrumar o refeitório nos próximos dois dias. Não pode ser barato.

— Considerando que a faculdade provavelmente os deixa usar o espaço de graça — diz Cooper. — A promoção sozinha já valerá a pena para a instituição...

— *Se* o programa mostrar a faculdade de forma positiva — murmuro, pensando nas coisas horríveis que Stephanie Brewer sugeriu, sobre como poderíamos deixar as garotas saírem escondidas para a cidade sem supervisão, para criar "drama".

Tamanho 42 e pronta para arrasar **145**

— Isso faz a gente pensar — fala Cooper. Ele dá de ombros, parecendo ter encerrado o assunto, e estica o braço para pegar o controle remoto. — Ah, bem. Que relances tristemente mórbidos sobre as vidas dos menos afortunados você gravou para nós esta noite?

Ele pode ter encerrado o assunto, mas eu, com certeza, não.

— Espere aí — falo. Não consigo evitar me lembrar da expressão no rosto de Jordan na cobertura dos Allington. Havia algo que ele queria dizer, algo que poderia estar com medo demais para falar. — Do que Tania tem tanto medo? Você perguntou? Ela recebeu alguma ameaça de verdade?

Cooper suspira e abaixa o controle remoto.

— Meu pai jura de pés juntos que ela não recebeu e que está bem... talvez um pouco abalada devido ao que aconteceu em frente à boate de Christopher. E porque lidamos tão competentemente com a crise que Tania vivenciou enquanto estava no Conjunto Residencial Fischer...

Não consigo segurar uma risada de escárnio.

— Stephanie Brewer me jogou quase exatamente o mesmo papo — digo.

— Bem — fala Cooper —, pode ser verdade, sabe. Com o guarda-costas de tanto tempo (Urso trabalhou para ela por dois anos) abatido no momento, Tania pode de fato querer ao seu redor pessoas nas quais acredita que pode confiar, principalmente em um estado tão delicado.

— Estado delicado? A garota vai ter um bebê. As pessoas têm filhos há milhares de anos, geralmente no meio do mato, sem anestesia e enquanto fogem de mamutes selvagens.

Cooper ergue uma sobrancelha para mim.

— Você está bem? — pergunta ele.

— Sim — respondo. — É claro que estou bem.

Percebo que preciso relaxar um pouco. Tania pode ter roubado um dos irmãos Cartwright de mim e, agora, ao engravidar dele, está usando esse "estado delicado" como desculpa para contratar um segundo irmão Cartwright para "protegê-la" — ou pelo menos o sogro dela está.

Mas isso não quer dizer que ela vá roubar Cooper. Primeiro, porque ele está apaixonado por mim, e segundo, porque ela agora está casada e vai ter um filho. E terceiro, porque se ela puser um dedo sequer em Cooper, vou quebrá-lo. Diferentemente de quando a encontrei se agarrando com Jordan, vou lutar por Cooper de verdade, pois o amor que tenho por ele é como uma supernova incandescente, enquanto o que tinha por Jordan era um fogo de artifício molhado que ninguém consegue acender em um 4 de Julho chuvoso.

— Me passe aquele copo d'água, por favor? — peço. Imagino que também preciso de uma hidratação. Cooper também não é nada preguiçoso no departamento de massagens terapêuticas, e Patty tem uma teoria de que cinquenta por cento das doenças da vida podem ser resolvidas simplesmente com uma parada para beber um copo d'água.

— Olhe — digo, depois de entornar o restante do conteúdo do copo. Bem melhor. — Você sabe que é meio improvável que, com o nível de fama de Tania, ela não tenha nenhum *stalker*. Quantos fãs no Facebook Stephanie disse que ela tem? Tipo 20 milhões ou algo assim? Sinto muito, mas mesmo quando eu era famosa, antes de as redes sociais estarem no auge atual e com meu nível muito, muito menor de sucesso, havia alguns doidos que queriam que eu fosse a noiva adolescente deles.

Cooper ergue as sobrancelhas.

— Achei que tinha conseguido anular aquela medida cautelar contra mim. Como descobriu sobre ela?

Não estou com humor para piadas.

— Eu sei que se eu pensei nisso, você também pensou. Por que todos são tão enfáticos em dizer que não há ninguém no mundo que iria querer fazer mal a Tania? É óbvio que a ECR leva a sério a segurança dela.

Cooper parece desconfortável.

— Como tenho certeza de que se lembra de seus dias de palco, os fãs podem expressar tanta admiração quanto quiserem, até mesmo propor casamento, mas isso não é considerado perseguição, nem mesmo ameaça, até que eles digam algo que sugira intenção violenta. Conversei com Urso e com meu pai, e até onde os dois sabem, Tania não recebeu ameaças de natureza violenta. Todos os fãs dela são do tipo excessivamente caloroso.

— Ninguém da Cartwright Records estaria disposto a admitir se ela *tivesse* recebido ameaças sérias — falo —, porque se tivesse, e a Faculdade de Nova York soubesse, não deixariam que Tania filmasse o programa no campus. Não iriam querer correr o risco de receber processos por algum aluno ter sido colocado em perigo... — Minha voz se esvai e encaro Cooper, os olhos arregalados. — A não ser — digo — que tenham decidido deixá-la filmar em um prédio que está vazio durante o verão. Um prédio que, de acordo com a dica de Christopher Cartwright, tem uma reputação que não poderia piorar, independentemente do que acontecesse.

Cooper olha para mim com firmeza, os olhos azul-acinzentados calmos como sempre.

— Essa é uma teoria — responde ele, com um tom de voz suspeitosamente neutro. — Presumo.

— Meu Deus. — Meu coração parece ter se tornado sorvete dentro do peito. — É isso, não é? Foi por *isso* que você aceitou o emprego. Não acha nem um pouco que tenha sido uma bala perdida. Por isso você foi falar com Urso. Acha que há uma ameaça séria e que a ECR está escondendo isso e seguindo com as filmagens de qualquer forma, porque estão comprometidos demais financeiramente para pular fora no momento. A Cartwright Records não está indo muito bem, não é?

— Eu já te disse — diz Cooper, tirando o copo de água vazio dos meus dedos repentinamente fracos e colocando-o de volta na mesa de cabeceira. — Não foi por isso que aceitei o emprego. O fato de terem mudado as filmagens de *Jordan ama Tania* para o seu local de trabalho significa que, não importa o que esteja acontecendo com a mulher do meu irmão, eu tenho a obrigação de me certificar de que minha futura esposa permaneça intacta. E é o que planejo fazer. Você tem certa reputação, Heather, de atrair pessoas com tendências homicidas.

O tom de voz dele é tranquilo, mas conheço Cooper há tempo o bastante para saber que está falando muito sério.

— E quanto a Tania? — pergunto. — Por que alguém iria querer *matá-la*? — Além de mim, não consigo pensar em ninguém que a odiaria o suficiente para assassiná-la. Nem *eu* a odeio tanto assim, pelo menos não mais, e tenho mais motivos do que qualquer um.

— Não sabemos com certeza que alguém quer fazer isso — lembra-me Cooper.

Tamanho 42 e pronta para arrasar **149**

— Seu pai não aprova sua ocupação profissional e mesmo assim teve todo o trabalho de arranjar uma reunião falsa para que pudesse contratá-lo...

— Porque Tania pediu especificamente que fosse eu, está lembrada? De qualquer forma, descobriremos em breve se é ou não verdade.

Meu coração congela de novo, me fazendo me lembrar do que aconteceu com o último guarda-costas de Tania.

— Ai, meu Deus, Cooper — falo. — Prometa que não fará nada corajoso. Não se atire na frente de balas por ela. Sei que está carregando sua sobrinha na barriga, mas...

Cooper me encara como se eu fosse louca.

— Sou detetive, Heather — diz ele —, não do serviço secreto. Quis dizer que descobrirei em breve, quando começar a usar minhas habilidades investigativas. Vou *perguntar* a Tania se alguém pode ter motivos para querê-la morta.

— Ah — digo, mordendo o lábio. — É claro. Acha que ela vai contar a você?

— Tania nunca me pareceu ser uma pessoa das mais inteligentes — fala Cooper —, mas meu pai disse que ela basicamente exigiu que o programa fosse transferido para seu prédio ou pediria demissão, o que me diz algo a respeito dela.

Dou uma risada de escárnio.

— É — digo, pensando na aparência deprimente do refeitório. — Que ela secretamente gosta de viver feito mendiga.

— Não — fala Cooper, erguendo o braço para acariciar meu cabelo. — Me diz que, apesar do fato de que se casou com meu irmão, ela tem o bom senso de saber quando encontrou alguém em quem pode confiar.

Balanço a cabeça, recusando-me a acreditar.

— Está falando de *mim*? Ah, não, você entendeu tudo errado. Deve ter sido você. Foi pra *você* que ela pediu para ser o guarda-costas dela. Eu e ela mal trocamos duas palavras desde...

— Não acho que Tania tenha muitas pessoas na vida das quais se sinta próxima. Viu o jeito com que ela beijava aquele cachorro?

Faço que sim com a cabeça, lembrando-me da imagem com uma pontada de dor. Não fico surpresa por Cooper também ter percebido.

— Acho que parte de mim sentiu um pouco de pena dela — confesso. — E nunca pensei de verdade que ela era burra. As pessoas gostam de pensar que garotas bonitas que andam por aí com saias curtas e carregando cachorros minúsculos não podem ser inteligentes, mas a não ser que tenham herdado sua fortuna, elas normalmente não chegam onde estão apenas pela aparência. Tania é incrivelmente talentosa. Alcança a mesma oitava que uma cantora de ópera, por exemplo.

— Como é?

Franzo a testa para Cooper.

— Como pôde crescer no complexo da Cartwright Records sem saber o que isso significa?

— Você sabe que eu propositalmente bloqueei todas as discussões relativas a música ao longo da vida. Precisei fazer isso ou teria acabado rebolando em um palco com uma calça de couro, feito Jordan.

Sorrio para ele.

— Em termos simples, o alcance desde as mais baixas até as mais altas notas que a voz de Tania produz sem desafinar é de cerca de três oitavas, e isso é muito raro. Toda aquela coisa sobre Mariah Carey e Celine Dion alcançarem cinco oitavas é

Tamanho 42 e pronta para arrasar **151**

besteira. Quero dizer, elas conseguem alcançar as notas, mas não sem desafinar. As duas têm mais ou menos o mesmo alcance de Tania. Embora as músicas que Tania escolha para cantar não sejam as melhores, ela tem uma voz muito boa. Não sei como tem capacidade nos pulmões para fazer isso com aquele corpo minúsculo, principalmente porque nunca foi treinada em música clássica, mas ela tem um alcance vocal praticamente de ópera, bem mais amplo do que o meu jamais foi, mesmo quando eu fazia aulas de canto regularmente, no auge da minha forma. Poucas pessoas percebem, mas para alcançar as notas que ela alcança, com a consistência com que ela o faz em shows ao vivo, noite após noite, Tania precisa de fato ser muito, muito talentosa e muito, muito dedicada à arte dela.

Cooper ergue os braços e me puxa para baixo na direção dele, perturbando Owen, que nos lança um olhar maldoso e se esgueira para a ponta da cama, onde não será incomodado.

— Não sei — fala Cooper, conforme meu cabelo cai sobre o peito dele. — Ouvi você gritando algo esta manhã no banheiro e pareceu muito, muito talentosa para mim.

— Era ABBA — respondo, com um choramingo. — Todo mundo fica bem cantando ABBA, principalmente no banheiro. Por que acha que eram tão populares?

Cooper levanta o lençol para espiar por baixo.

— Você parece no auge da sua forma para mim — diz ele. — Mas, sendo um investigador licenciado, suponho que seja melhor verificar para ter certeza.

Antes que conseguisse impedi-lo, Cooper verificou. Embora, na verdade, eu não tenha tentado com muito afinco.

Bem-vinda ao dia de registro no Conjunto Residencial da Faculdade de Nova York!

11

Para ajudar a tornar este processo um pouco mais fácil, siga estes três passos simples:

Pare

Pare seu carro no local indicado pelo oficial de segurança do campus da Faculdade de Nova York. Ele ou ela direcionará você para uma área onde é seguro que você...

Deixe

Descarregue seus pertences. Lembre-se que nesta área pode não ser legal estacionar. Por favor, não deixe seu veículo sem supervisão, pois este pode ser multado e/ou rebocado. Observação: jamais deixe itens pessoais sem supervisão na calçada, pois podem ser roubados.

Assine

Siga para o balcão da entrada e assine nosso cartão de registro para receber a chave de seu novo quarto na Faculdade de Nova York!

— Pare — Deixe — Assine —
O que poderia ser mais fácil?

O dia de registro no Acampamento de Rock Tania Trace não começa como um no qual se poderia esperar ser testemunha de um homicídio, mesmo que você trabalhe em um lugar ao

Tamanho 42 e pronta para arrasar   153

qual muitos se referem como Alojamento da morte. Além disso, eu andava tão ocupada durante os poucos dias que o precederam que me esqueci completamente de que poderia haver alguém — além de mim — que queria ver Tania morta.

Isso se prova um erro fatal.

Mas não sei disso quando saio para o quintal a fim de verificar a temperatura depois de acordar. Em vez disso, descubro que é um daqueles raros dias de verão perfeitos nos quais as pessoas podem se deitar do lado de fora e pegar seus bronzeados sem suar (é por isso que meu bronzeado é basicamente o resultado de hidratante bronzeador — detesto suar). Não há uma nuvem no céu, e a umidade relativa do ar está baixa. Quando volto para dentro, descubro que consigo fazer escova nos cabelos e deixá-los lisos, pelo menos uma vez.

Não tenho visto muito Cooper nos últimos dias, não apenas porque seja lá o que ele esteja fazendo para se preparar para vigiar Tania tome grande parte de seu tempo, mas também porque tenho precisado ficar até cada vez mais tarde no Conjunto Residencial Fischer todas as noites. Milagrosamente, concluí praticamente tudo de minha lista de afazeres pré-registro:

Certifiquei-me de que temos chaves o suficiente para cada residente? (Você não acreditaria no número de alunos que se mudam e se esquecem de devolver as chaves.) Feito.

Revisei cada detalhe sobre os quartos reservados, desde os banheiros (eles dão descarga sem inundar o quarto abaixo?) até os batentes das janelas. (Todas as janelas têm um? Geralmente os residentes removem os batentes para poderem abrir as janelas além da regulamentação de 5 centímetros e, assim, enfiarem a cabeça pela fresta para fumar. Em minha experiência, isso só resulta em corpos caindo de janelas e acertando a claraboia do refeitório.) Feito.

Reunião com os faxineiros, engenheiros do prédio e assistentes dos residentes (graças a Deus, contratei um para cada dois jogadores de basquete e encarreguei-os de fazer etiquetas bonitinhas com nome para pregar na porta de cada garota acampada) para me certificar de que tudo está pronto e nada poderia dar errado, incluindo confiscar a não tão secreta pilha de charutos que pertencem a Carl, o engenheiro-chefe? (Devolverei a ele no final do dia.) Feito.

Conversei com cada encarregado pela correspondência, membro da equipe de pintura e segurança para me certificar de que, apesar da presença de grandes celebridades entre nós, as tarefas diárias regulares, como separar e encaminhar correspondência e pintar os quartos, continuarão como sempre, além de que cada visitante no prédio, não importa o quão famoso seja, deverá deixar uma identidade com foto e ser registrado no balcão de segurança? Feito, feito e *feito*.

É claro que estou exausta, pois tive de fazer tudo isso sozinha, pois Lisa Wu ainda estava de mudança e Sarah continuava superando o que quer que estivesse superando e estava rabugenta demais para ser útil. Uma das tarefas em minha lista de afazeres era descobrir o que há de errado com Sarah. Infelizmente, não pude escrever feito ao lado desse item.

"Sarah", falei para ela no dia anterior ao registro, "quer fazer uma pausa e ir tomar um café? Brad pode dar cobertura no escritório enquanto estamos fora. Acho que precisamos conversar sobre... bem... o que quer que esteja chateando você."

Tamanho 42 e pronta para arrasar **155**

Suspeitava — mas não podia provar — que o que estava chateando Sarah era o namorado dela. Na maior parte do verão, eu não consegui fazer com que Sebastian saísse do escritório, e, tecnicamente, ele sequer trabalhava aqui. Sebastian ficava por aqui o tempo todo porque estava apaixonado demais por Sarah.

Ultimamente, no entanto, o escritório é uma zona livre de Sebastian. Reparei uma singular falta de telefonemas para ele da parte de Sarah, e, sempre que o celular toca, ela perniciosamente manda a ligação para a caixa postal. Tudo está claramente mal na terra de Sarah e Sebastian.

Quando perguntei se ela queria conversar a respeito, entretanto, Sarah ergueu o rosto do pedido de suprimentos que estava preenchendo no computador e respondeu, com raiva:

"Não, a não ser que você queira me contar o que está chateando *você*."

Pisquei de volta para ela, surpresa.

"Nada está me chateando. Bem, a não ser o fato de que teremos cinquenta adolescentes se registrando amanhã e não estamos sequer perto de…"

"Sério?", interrompeu-me Sarah. "Você não tem *nada* para me contar? Nada mesmo acontecendo em sua vida que possa estar distraindo você? Tanto que você se esqueceu de me trazer um Shack Attack do Shake Shack depois da consulta médica na segunda-feira passada, mesmo depois de ter dito que traria porque o consultório da sua médica fica bem perto do Shake Shack da Madison Park e você não consegue resistir a uma visita? Mas, evidentemente, *algo* a impediu de ir, não foi?, ou pelo menos de se lembrar de meu Shack Attack. E você nem mesmo pediu desculpas."

Encarei-a, boquiaberta. Eu tinha ficado tão chocada após a consulta que nem reparei no Shake Shack, o que *era* estranho, porque a fila serpenteava quase até o parque.

"Sarah", falei, "sinto muito. Esqueci completamente do seu shake..."

"Não tem problema", disse Sarah, com o tipo de dar de ombros hostil que indicava que era, de fato, um grande problema. "Sei que sou apenas alguém com quem você trabalha, não uma amiga com quem você possa trocar confidências. E o Shack Attack é feito de calda congelada; não é um shake, para sua informação."

"Sarah", falei, "*é claro* que você é minha amiga..."

"Mas não uma com quem você compartilha novidades pessoais", disse ela, com um choramingo. "Como faz com Muffy Fowler."

"Muffy Fowler?" Do que ela estava falando? Não compartilhei nenhuma novidade pessoal com Muffy.

Eu nem mesmo tinha compartilhado com Cooper as novidades que recebera na consulta médica. Não que fosse algo com que se preocupar.

"Ah, é?", perguntou Sarah. "Então como foi que ouvi Muffy e aquela tal Brewer falando sobre você e Cooper estarem noivos? Se você e eu somos tão amigas assim, por que sou a última a saber que você vai se casar? Você sequer me contou que vocês dois estavam oficialmente namorando. Embora apenas um cego não tivesse notado."

Stephanie. Eu deveria saber que ela não manteria a boca fechada.

"Sarah", eu disse. "Sinto muito. Cooper e eu estamos namorando. Mas temos tentado ser discretos, porque é complicado com a família dele, como você deve imaginar. Posso

Tamanho 42 e pronta para arrasar **157**

assegurar a você que não estamos noivos." Gesticulei para ela. "Está vendo? Sem aliança. É verdade que conversamos sobre casamento, mas não existe uma data definida."

Nada daquilo era tecnicamente mentira.

"E fico surpresa com você, dando ouvidos a fofoca de escritório. Não foi você quem me disse uma vez que a fofoca é uma arma social usada mais frequentemente para magoar do que para ajudar?"

Embora eu tenha falado tudo isso com um tom que considerei de provocação bem-humorada, Sarah só ficou mais deprimida.

"Sim. Mas..."

"Então o que está acontecendo com você de verdade?", perguntei. "É Sebastian? Porque reparei que ele não anda muito por aqui ultimamente..."

Sarah arrancou o pedido de suprimentos da impressora e disse:

— Vou para a central de suprimentos pegar mais marcadores de texto e cartolina. Graças a toda a decoração nos andares que os assistentes de residentes fizeram, estamos quase sem. — Então disparou escritório afora, quase trombando com Lisa Wu, que estava *entrando* no escritório. Sarah não parou para pedir desculpas.

— Qual o problema dela? — perguntou Lisa, quando Sarah passou disparada, segurando um soluço.

— Ela não quer dizer. Como você está? — perguntei. Fiquei meio aliviada pela interrupção. — Quase instalada?

— Quase lá. — Lisa, de chinelos, short e uma camiseta de seu aparentemente infinito estoque, segurava uma bandeja com copos enormes de café gelado em uma das mãos e uma

158   *Meg Cabot*

guia na outra. Na ponta da guia, em uma coleira, estava um cachorro pequeno, marrom e branco. — Quis dar uma passada por aqui e te apresentar ao outro homem da minha vida, pois este aqui provavelmente passará muito tempo conosco no escritório. Este é Truque. Chamo-o assim porque ele conhece muitos truques. Truque, *bang*.

Truque, um Jack Russel Terrier, prontamente caiu no chão do escritório, fingindo-se de morto.

Encantada, falei:

— Ele é uma graça. Tenho um cachorro também. O nome dela é Lucy. Mas não sabe fazer nenhum...

— Pare! — gritou uma voz do corredor. Assustado, o cachorro de Lisa saltou de pé.

Era apenas Jared Greenberg, o "produtor de campo" de *Jordan ama Tania*. Com ele estavam o *cameraman*, de quem me lembrava da noite do Incidente com Tania, e Marcos, o cara do som. A câmera parecia estar ligada, pois eu conseguia ver uma luz vermelha piscando na lateral, e o operador de câmera estava com a lente grudada no rosto.

— Pode fazer com que ele repita isso? — perguntou Jared a Lisa, animado, apontando para Truque.

— Hã — respondeu ela, parecendo em pânico. Eu também pareceria se estivesse suada por carregar coisas o dia todo, sem maquiagem e vestindo short, e algum produtor importante tentasse me filmar. — Agora, não. Só desci para comprar essas bebidas para meus pais; eles estão lá em cima, em meu apartamento, me ajudando a desempacotar as coisas. Tenho de estar pronta para amanhã, certo? Ah, aí está o elevador, preciso ir, tchau.

Lisa, aos tropeços, disparou com o cachorro para pegar o elevador, cujas portas tinham aberto ao som da campainha.

Jared olhou para mim e falou, um pouco deprimido:

— Não somos monstros, sabe. Não mordemos.

Dei de ombros.

— Não é pessoal. Nenhum de nós entrou aqui para participar de um programa de TV, é só isso.

— Você acha que algum de *nós* quer estar aqui? — Jared afundou na cadeira de visitantes ao lado da minha mesa. Sei que o assento parece convidativo, mas gostaria muito que as pessoas não se sentassem nele a não ser que fossem convidadas. Como vou conseguir fazer algum trabalho de Psicologia I (ou algum trabalho do trabalho) se alguém está sempre sentado ao lado da minha mesa querendo conversar?

— Eu estudei aqui, sabe. Me formei no departamento de cinema. Todos nós. — continuou, indicando Marcos, que abaixou o *boom* e pegou o celular, e o operador de câmera, que havia começado a dar um zoom no vidro de doces em minha mesa, o qual eu mantinha cheio de camisinhas em vez de doces. Imaginei que estivesse filmando para praticar. Tinha quase certeza de que não usariam imagens de um vaso cheio de camisinhas para *Jordan ama Tania*. — A não ser por Stephanie, é claro. Acho que ela contou a você sobre o MBA em Harvard.

Assenti. Eu não tinha certeza do que havia feito para encorajar essa ideia de que Jared e eu éramos amiguinhos. Talvez Cooper estivesse certo a respeito de eu inspirar confiança nas pessoas. Talvez devesse considerar uma graduação em psicologia.

— *Eu* quero fazer documentários — falou Jared, batendo com o polegar no próprio peito. — Documentários importantes sobre pessoas que são erroneamente condenadas por crimes que não cometeram. Quero que meus filmes ajudem as pessoas, façam diferença, sabe? Talvez eu consiga reverter a condenação de alguém. — Eu sabia exatamente de que tipo de filmes ele estava falando. Tinha visto vários na HBO. — Consigo que um único estúdio financie *essa* ideia? Não. Mas Stephanie conseguiu que a Emissora Cartwright financiasse a porcaria dela sem problemas. Sabe do que estão chamando *Jordan ama Tania*?

Sacudi a cabeça.

— Não...

— Um reality-documentário. Dá para acreditar?

— E não é o que é? — perguntei.

— Espere até ver o produto final — respondeu Jared, em tom de agouro.

— Por quê? — perguntei.

— Acho que você vai ficar maravilhada — disse ele — com o pouco de realidade que há nele.

Antes que tivesse a chance de perguntar o que ele queria dizer com aquilo, o câmera abaixou a lente.

— Vamos, Jare — disse ele. — Estou com fome. Você prometeu que conseguiria que a emissora nos reembolsasse pela comida no Ray's.

Jared suspirou.

— Está vendo? — falou, rindo. — Está vendo com o que preciso lidar? — Então disse tchau e saiu.

Acho que, considerando tudo isso, eu deveria ter esperado pelo que acontece na manhã que as garotas do Acampamento de Rock Tania Trace se registram. Em vez disso, estou completamente às cegas.

Tamanho 42 e pronta para arrasar   *161*

É difícil acreditar que algo ruim possa acontecer em um dia tão lindo de verão, principalmente quando, a caminho do trabalho, meu celular toca e atendo para escutar Cooper dizer:

— Não consigo encontrar minha calça.

— E um bom-dia para você também, querido — respondo cantarolando.

— Estou falando sério — diz ele. — Colocou ela em algum lugar?

— Onde eu teria colocado sua calça? — pergunto, com os olhos arregalados de inocência.

— Tipo no cesto de roupas sujas ou algo assim?

— Cooper — falo, e dou uma risada. — Valorizo nosso relacionamento. Não vou mais lavar suas roupas. Sei como você é em relação a elas. Aquela vez em que *acidentalmente*, porque, apesar do que você parece pensar, *foi* um acidente, encolhi sua camiseta dos Knicks? Achei que você ia ter uma embolia. Já falei, nós precisamos de um profissional competente, o qual *pagaremos* para cuidar de nossas tarefas domésticas. E conheço a pessoa perfeita, a prima de Magda, aquela que...

Cooper interrompe.

— Eu estava vestindo ela ontem. Deixei bem ao lado da cama depois que a tirei ontem à noite.

— Eu me lembro — respondo, com olhar lascivo, o qual, é claro, ele não pode ver, pois está em casa sem calça.

Um homem revirando as latas de lixo sob uma cerca próxima vê meu olhar lascivo, no entanto, e grita uma obscenidade para mim, estragando o clima de certo modo.

— Cooper, você é um detetive particular — digo, dobrando a esquina na Washington Square West e deixando para trás o mendigo e seu desejo de que eu faça algo inominável com suas partes íntimas. — Não deveria conseguir encontrar sua própria calça?

— Não quando alguém em minha própria casa deliberadamente a escondeu de mim — observa Cooper. Não acredito que ele me desmascarou. — Alguém acaba de gritar o que acho que gritaram para você?

— Não sei do que você está falando — respondo. — E por que eu faria algo tão infantil quanto esconder sua calça?

— Não sei — diz Cooper. — Você é uma mulher complicada. Mas está certa. Não quis te acusar. A questão é que preciso muito daquela calça hoje. Não consigo imaginar onde ela possa ter ido parar.

— Você tem muitas outras calças — respondo. — Por que precisa usar a cargo? E quanto àquela social sem pregas de cor cáqui que eu comprei? Ou a jeans que você estava usando outro dia. Você estava muito sexy nelas. — Faço o olhar lascivo de novo. Não consigo evitar.

— Eu *preciso* da minha calça cargo, Heather — fala Cooper. — Para trabalhar. Gosto de guardar as coisas nos bolsos.

Não entendo isso.

— A jeans também tem bolsos — lembro-o, reparando que há um número considerável de carros estacionados do lado de fora do Conjunto Residencial Fischer, o que é incomum em um sábado de manhã, principalmente porque estacionar na Washington Square West é ilegal.

— Não o suficiente — diz Cooper. — E eles não são fundos o bastante.

— Fundos o bastante para quê? Agora só falta — respondo com bom humor — você começar a usar pochete.

Cooper não fala nada.

Tamanho 42 e pronta para arrasar **163**

Além dos carros, reparo que há uma agitação maior do que a habitual ao redor do Conjunto Residencial Fischer. Não são alunos, porque têm a idade errada e vestem-se bem demais. Estou acostumada a ver grupos de turistas serem conduzidos pelo entorno do Village por guias com chapéus engraçados erguendo placas, mas essas pessoas não parecem turistas. Não há qualquer coesão no grupo. Alguns deles estão recostados nos carros, e outros estão de pé em pequenas aglomerações, olhando a porta de entrada do Conjunto Residencial Fischer de forma suspeita — quase hostil.

Também há um número incomumente grande de mulheres jovens e magras, todas de roupas bem coloridas, fazendo alongamento e dando estrelas ao longo da calçada. Turistas não fariam isso, e nem alunos. *Talvez*, penso, *com uma pontada de animação, vá acontecer um flash mob.*

Então, conforme me aproximo, percebo que as mulheres jovens e magras nas roupas de cores fortes não são nada mulheres, mas garotas, e as pessoas recostadas nos carros, abanando-se impacientemente sob o calor que começa a ficar um pouco desconfortável, são todas mulheres — mais provavelmente as mães das garotas —, todas esperando para se registrar no Acampamento de Rock Tania Trace.

Mas a Emissora Cartwright Records havia me assegurado de que o registro não começaria até as 10 horas em ponto, o que me daria, ao chegar às 9 horas, uma hora para fazer os ajustes finais necessários.

— *Merda* — digo.

> *Replay*
>
> *Quero um replay*
> *Quando as coisas vão começar a ser do meu jeito?*
> *Não precisa acontecer todo dia*
> *Só quero um replay*
>
> "Replay"
> Composta por Heather Wells

— O que houve? — pergunta Cooper pelo celular.

— Todas as garotas do acampamento estão aqui uma hora mais cedo.

Notei algumas pessoas familiares recostadas no prédio de tijolos vermelhos, em um dos lados da porta de entrada — Pete, em seu uniforme de segurança da Faculdade de Nova York, e Magda, com o uniforme cor-de-rosa do serviço de comida. Ambos seguram xícaras de café. Magda, por algum motivo, segura duas.

— Consegue o papel quem cedo madruga, acho — diz Cooper.

— Isso não é uma expressão do *show business* — falo. — Sequer faz sentido. Elas já conseguiram os papéis. — Então percebo que Cooper não respondeu minha afirmativa anterior. — Espere um pouco — digo ao telefone. — Você não *tem* uma pochete, tem?

Tamanho 42 e pronta para arrasar **165**

— Preciso me encontrar com Tania agora. — A voz de Cooper soa engraçada. — Ela vai chegar no fim da tarde de hoje para fazer o discurso de boas-vindas. Mande lembranças minhas à Broadway.

Ele desliga. Eu também, mas não antes de semicerrar os olhos com curiosidade para o celular. Homens são tão esquisitos.

— Acho que Cooper acaba de admitir para mim que às vezes usa pochete — falo, quando me aproximo de Magda e Pete.

— É claro que usa — diz Pete. — Onde mais ele vai guardar a arma no verão?

— Cooper não tem arma — respondo, enquanto Magda me entrega um copo grande e de plástico com as cores da Faculdade de Nova York. — Obrigada. O que *você* está fazendo aqui? Não que eu não esteja exultante por vê-la, mas...

— Não soube? — Magda estende o braço para abaixar os cabelos, os quais ela prendeu de modo que ficassem quase 15 centímetros acima da cabeça. As unhas estavam pintadas, cada uma com uma letra minúscula. Quando olho melhor, percebo que soletram H-O-L-L-Y-W-O-O-D! — O produtor foi ao café na semana passada para comprar um *latte* e disse que gostava tanto do meu estilo que precisava de mim no programa.

— É claro que precisava — falo, tomando um gole. Meu café preferido, mocha. Delicioso.

— Ele disse que vão reabrir o refeitório — continua Magda. — Já viu? Arrumaram tudo lá, ficou tão *buniiito*! — A voz de Magda, com o sotaque espanhol pesado, é tão distinta que diversas garotas param de fazer ginástica e as mães erguem os olhos dos celulares, todas virando curiosamente em nossa direção. Vindas do coração do Centro-Oeste, ou de onde quer que seja, é provável que nunca tenham ouvido, ou visto, alguém como Magda, exceto, talvez, na TV.

— Com licença — diz uma das mães, apressando-se ao nosso encontro. Ela usa mais colares do que o Mr. T naquelas reprises de *Esquadrão Classe A*, e maquiagem o suficiente para fazer com que Magda pareça estar ao natural. — Você é alguém no comando?

Espantada, olho ao redor, procurando por Stephanie ou Jared, mas está claro que ela fala comigo.

— Eu? Não, só trabalho aqui.

A mulher parece não acreditar em mim.

— Você parece tão familiar — diz ela. — Estava nos testes de retorno em Nashville?

— Sinto muito — falo. — Não faço ideia do que você está falando.

— Moça, como eu disse antes — diz Pete, com a voz cansada —, quando o pessoal de *Jordan ama Tania* estiver pronto para vocês, eles vão sair e dizer. Enquanto isso, não pode entrar. Precisa esperar como todas as outras...

— Acho que você não está entendendo. Estamos esperando aqui já faz uma hora — responde a mulher, irritada.

— Minha Cassidy é muito especial. O produtor disse isso quando ela fez o teste. E agora está começando a suar. — A mulher aponta uma unha perfeitamente pintada para uma garota vestindo uma regata verde-limão e legging preta que parece, de fato, um pouco suada, mas provavelmente porque um minuto antes estava demonstrando como se planta bananeira para algumas das outras garotas, as quais admiravam o

Tamanho 42 e pronta para arrasar   167

corpo perfeito da menina. — Como Cassidy pode apresentar sua melhor aparência quando está suando?

— Não sei — fala Pete. — Talvez se você tivesse chegado quando deveria, às dez...

— Há alguns cafés ao redor aos quais poderia levar sua filha para comprar um refrigerante ou algo para se refrescar enquanto esperam — apresso-me em oferecer, achando que Pete está sendo um pouco rabugento. Essas pessoas vieram de outra cidade, afinal de contas. Não sabem a respeito dos nova-iorquinos e de sua notória grosseria. — O Washington Square Diner fica bem na esquina...

— Ah, todos gostariam disso, não é — dispara a mulher, irritada. — Que minha Cassidy ficasse viciada em refrigerante e engordasse até parecer um zepelim para o Rock Off? Bem, *não vai acontecer.*

Arregalo os olhos. Estou achando-a tão familiar quanto ela parece me achar, mas não consigo descobrir por quê.

— Me diz uma coisa — fala a mãe. — Profissionais de cabelo e maquiagem serão disponibilizados para as garotas? Porque não vejo um trailer estacionado em lugar nenhum por perto. Estão em alguma sala lá dentro?

Fico tão confusa com essa pergunta que não consigo falar. Felizmente, Magda assume.

— Não, senhora — diz ela. — Já perguntei isso, e disseram que apenas Tania Trace recebe maquiador e cabeleireiro profissionais, porque ela é a estrela. O resto de nós precisa fazer isso por conta própria.

A mulher parece tão transtornada que quase espero, quando ela coloca a mão dentro da enorme bolsa de marca, que vá puxar uma arma. Em vez disso, ela começa a procurar o celular.

— Veremos o que o agente de Cassidy tem a dizer sobre isso — fala ela, e sai batendo os pés nos saltos altos enormes, com o celular ao ouvido. — Meninas — grita ela para as outras mães —, vocês não vão acreditar nisso.

Olho para Pete, as sobrancelhas erguidas.

— E achei que os pais dos alunos da graduação eram ruins — digo.

— Está vendo? — pergunta Pete, bebericando calmamente o café. — Está vendo por que meu salário é astronômico? É isso que venho aturando a manhã inteira. Essa é a Sra. Upton, aliás, também conhecida como a mãe de Cassidy.

Uma sensação de horror toma conta de mim. Designei todos os quartos do Acampamento de Rock Tania Trace sozinha, à mão, então reconheço o nome instantaneamente.

— Ai, Deus — falo. — A Sra. Upton é uma das acompanhantes. Designei-a, com Cassidy para o quarto Nárnia.

— Legal — diz Pete, com um sorriso largo. — Melhor esperar que os desodorizadores que Manuel colocou lá funcionem. Acho que ela não é do tipo que apreciaria *eau de Cannabis*.

— Esse dia já é um desastre — falo, afundando o rosto nas mãos. — Por que as estão fazendo esperar? Por que não as deixam entrar?

— Um monte de frescuras lá dentro — diz Pete, indicando a porta atrás de nós com a cabeça. — Todos desde o presidente querem parar e dizer oi e parabéns enquanto estão arrumando as coisas. Então, de volta à pochete. É onde muitos policiais à paisana guardam suas armas. Ali ou no bolso de uma calça cargo.

Tamanho 42 e pronta para arrasar   **169**

Isso me distrai completamente das preocupações com a Sra. Upton e com o que ela pode dizer quando abrir a porta do quarto 1621.

— Está falando sério? Porque escondi uma calça cargo que Cooper insiste em usar ultimamente...

Pete parece enojado.

— Qual é o seu problema? Não se esconde a calça de um homem. De toda forma, qual é o problema com calças cargo?

— Tudo — responde Magda, revirando os olhos com maquiagem pesada.

— Sério — falo. — São *todas* erradas de todos os modos, a não ser que você seja um guarda florestal. E você está maluco. Cooper não tem uma arma. Ele me disse.

— Claro — diz Pete, tranquilamente. — Claro que ele te disse isso, porque moram juntos e você é mulher; o tipo de mulher que poderia ficar chateada ao saber que há uma arma na casa.

Quando começo a protestar sobre como isso não é verdade, Pete me lança um olhar sarcástico, e calo a boca. É meio que verdade que posso ficar chateada ao saber que Cooper tem uma arma, mas só porque ele mentiu para mim a respeito disso. E porque ele pode dar um tiro em si mesmo com ela. Ou levar um tiro ao apontá-la para outra pessoa.

— Ele está trabalhando como guarda-costas de Tania Trace neste momento — observa Pete. — O noticiário não disse que o último levou um tiro?

Até aquele exato momento, eu tinha me esquecido completamente de Urso e das suspeitas de Cooper de que o disparo poderia não ter sido tão acidental no fim das contas, considerando a boa vontade da emissora em realocar o Acampamento de Rock Tania Trace a um custo tão alto.

— Tudo bem — digo —, mas...

— Coldres de ombro só funcionam debaixo de casacos — continua Pete. Ele está declamando a respeito de onde gosta de guardar a própria arma quando não está em serviço. Os oficiais de segurança da Faculdade de Nova York não são autorizados a portar armas (pelo menos não oficialmente), apenas *tasers*. — Coldres de canela causam irritação. Dá para carregar uma Glock no cinto, mas todos a verão, a não ser que você coloque um casaco ou mantenha a camisa para dentro da calça. Vocês, mulheres, têm mais facilidades, com as bolsas. Podem esconder o que quiserem aí dentro.

Estou começando a me arrepender de ter dito qualquer coisa.

Então a porta de entrada do Conjunto Residencial Fischer se escancara, e Gavin sai correndo por ela, gritando.

— Heather! Heather, venha, rápido!

Então me processe

Todas aquelas vezes que você disse
Que eu jamais conseguiria
Todas as vezes que disse
Que eu deveria desistir

Todas as vezes que disse
Que não sou nada sem você
A parte triste é que
Eu acreditei também

Então você partiu e
Quem diria?
Eu venci
Sozinha

Então vá em frente e me processe
Você me ouviu
Vá em frente e me processe

Agora que venci
Você diz que é você a quem devo
Bem, você também me deve
Pelo coração que roubou

Se tenho um arrependimento
É todo o tempo que passei
Todas as lágrimas que derramei
Pensando que você valia a pena

Vá em frente, vá até o fim
Leve-me para o tribunal
Isso vai fazer meu dia
Então me processe

Vá em frente e me processe

"Então me processe"
Interpretada e composta
por Tania Trace
Álbum *Então me processe*
Cartwright Records
Nove semanas consecutivas como Hit
Número 1 da Billboard Hot 100

Não sei como ele percebeu que eu estava ali. Talvez seja aquele tipo de sexto sentido que animais têm quando sabem que as mães estão por perto.

Espere... isso é para mamães urso e é o que elas usam para encontrar os filhotes perdidos. Provavelmente Gavin me viu pela janela.

De toda forma, devolvo o café para Magda e corro para dentro do Conjunto Residencial Fischer atrás dele à espera de encontrar o lugar em chamas, no mínimo.

Em vez disso, encontro Davinia, uma das assistentes dos residentes, aos prantos, com Sarah, Lisa Wu e a namorada de Gavin, Jamie, ao redor dela. Minha equipe inteira, ao que parece, está reunida no saguão, assim como a equipe de *Jordan ama Tania*, exceto pelas estrelas. Stephanie Brewer está de pé em frente ao balcão, dando instruções com certa urgência à equipe dela, que está, por algum motivo, *atrás* do balcão, onde não deveria. É ali que guardo toda a correspondência e as entregas para os residentes.

Ou possivelmente a mensagem não é urgente. Talvez ela esteja gritando com toda a força dos pulmões porque Manuel, o chefe do departamento de limpeza, decidiu limpar o chão do saguão uma última vez com sua enceradeira elétrica industrial. O barulho é inacreditável... tão alto que o Dr. Jessup, que apareceu para trabalhar em um sábado, está com as mãos sobre as orelhas, parado ao lado de Muffy Fowler, do presidente Allington, de Christopher Allington e, dentre todas as pessoas, de Simon Hague.

Devem ser essas as frescuras às quais Pete se referiu. Imagino que faça sentido. Por que Simon Hague *não* viria saltitando de seu conjunto residencial até o meu em um sábado de manhã para assistir ao registro do Acampamento de Rock Tania Trace? Não é como se ele tivesse uma vida.

— Bem, oi, Heather — grita Muffy para consegui ser ouvida por cima da enceradeira. — Legal da sua parte aparecer.

Semicerro os olhos para ela. Dá para ver que Muffy acha que a situação toda é engraçada, mas não, isso não é nem um pouco verdade. O presidente Allington — vestido, como sempre, com as cores da Faculdade de Nova York, azul e dourado; neste caso, calça e casaco de veludo nas cores azul e dourado sobre uma camiseta branca — apoia-se negligentemente sobre os monitores no balcão de segurança, comendo salada de fruta em um prato de papel. Não há um segurança para mandá-lo não fazer isso, pois Pete está do lado de fora, impedindo a Sra. Upton e as outras mães de correrem até uma loja de forquilhas para instigarem uma revolta.

O prédio todo, ao que parece, embarcou no trem para a cidade dos loucos.

Hesito, sem saber para onde me dirigir primeiro: o balcão de entrada, para exigir uma explicação de por que a equipe de Stephanie está onde não deveria? Para o chefe do meu departamento, a fim de explicar que nada disso é culpa minha? Para o presidente, com o objetivo de dizer a ele que não derrame salada de frutas em nosso equipamento de segurança bastante caro? Para Davinia, uma aluna em apuros, para tentar descobrir qual é o problema? Ou para Manuel, mandando que desligue aquela porcaria, pelo amor de Deus?

Sigo na direção de Davinia, gesticulando um corte na altura da garganta para Manuel, que ergueu o rosto quando entrei e acenou animadamente, como de costume.

Quando ele me vê fazendo o gesto, parece espantado. Obviamente não reparou na atividade ao seu redor, absorto demais no trabalho... o que, considerando se tratar de Manuel, que tem muito orgulho de manter as peças metálicas e os chãos de mármore do Conjunto Fischer imaculados, não é de surpreender. Ele retira os tampões de ouvido, então desliga a enceradeira. O nível de barulho no saguão não diminui muito.

— Heather. — Manuel corre para falar comigo, parecendo estarrecido. — Sinto muito! Quero que o saguão fique bonito para o filme e para todas aquelas moças que ficam tentando entrar.

— Tudo bem, Manuel — falo. — Obrigada. O saguão está ótimo.

Na verdade, parece tão mais limpo do que o meu apartamento que considero contratar Manuel imediatamente como meu faxineiro. Eu sei, no entanto, que essa ideia não apenas o insultaria profundamente — ele não lava roupas —, mas também que Manuel pertence a um dos sindicatos mais poderosos da cidade de Nova York e ganha aproximadamente três vezes o meu salário. Cooper e eu jamais conseguiríamos pagar por ele.

Corro até a garota que está aos prantos.

— Davinia — digo. — Qual é o problema?

— N-nada — responde Davinia, limpando as lágrimas com o dorso da mão.

— *Não* é nada — assegura-me Simon Hague, com um prazer malévolo, enfiando salada de frutas na boca. Ele também tem um prato de papel, assim como o presidente. Olho ao redor e noto que as portas do refeitório estão abertas. Ele está funcionando de novo, e todos estão se servindo. Legal.

Sarah lança um olhar sombrio na direção de Simon.

— Obrigada — diz a ele. — Mas podemos cuidar disso.
— Para mim, Sarah sibila: — Aquela vaca da Stephanie...

— Está tudo bem — fala Lisa, olhando, nervosa, na direção do Dr. Jessup. Felizmente, ele está profundamente absorto no prato de salada de frutas que está trazendo do refeitório. Também percebo que afanou algumas tiras de bacon e um bagel. — A Srta. Brewer magoou Davinia ao dizer que a decoração do corredor do décimo sexto andar não está nada bonita...

— Ela arrancou as placas em formato de sereia que Davinia ficou até 1 hora da manhã desenhando e pendurando nas portas — interrompe Sarah, praticamente espumando pela boca, de tão irritada. — Simplesmente arrancou-as e as jogou fora.

Olho de modo inquisitivo para a assistente de residentes. Davinia é uma garota alta, estudante de artes, que conseguiu um estágio incrível no Met, mas que precisaria recusá-lo e voltar para a Índia porque seus pais não poderiam pagar o aluguel dela durante o verão... pelo menos não até a Rainha da Ilha dos Brinquedos Quebrados, também conhecida como Heather Wells, aparecer e fazer tudo ficar melhor.

— As placas nas portas deveriam ser um tributo a *A pequena sereia* — sussurra Davinia. — Ariel é minha princesa favorita da Disney. E *A pequena sereia* é um musical, então ainda combina com o tema do acampamento. Mas a Srta. Brewer disse que o esquema de cores do décimo sexto andar deveria ser preto e roxo, algo um pouco mais ousado.

Não faço ideia do que ela está falando. Também não posso acreditar que é por isso que estão todos tão transtornados.

— Preto e roxo? Como um hematoma? — pergunto.

— Não, não como um hematoma — fala Stephanie, tão alto que dou um salto. Não tinha ideia de que ela havia se esgueirado para trás de mim. — A Mulher-Gato ou, neste caso, o rosto de Tania sobreposto ao corpo da Mulher-Gato, com um balão de fala saindo da boca e dizendo "Vocês são perrrfeitas", com os nomes das garotas. A Mulher-Gato, desenhada segurará um chicote. Lauren, descubra quanto tempo o departamento de arte vai levar com essas placas para as portas.

Lauren, a sempre fiel assistente de produção, ergue o celular para mandar uma mensagem de texto.

Tamanho 42 e pronta para arrasar **177**

— O registro é hoje — lembro Stephanie, sentindo o pânico começar a crescer no peito. — Em *uma hora*, para falar a verdade. As garotas do acampamento e as mães estão todas esperando do lado de fora. Estão muito nervosas por que não deixamos elas entrarem...

— Isso não é problema meu — diz Stephanie, com uma voz irritantemente tranquila. — Ninguém disse para chegarem cedo. Fazemos as coisas de acordo com o nosso cronograma, não o delas.

Arregalo os olhos para Stephanie. É cedo demais — e humilhante demais — ter essa discussão na frente da minha nova chefe. E do chefe *dela*. E do chefe *dele*, e do filho *dele*, que está claramente tão entediado com isso tudo que pegou o celular e começou a trocar mensagens de texto com alguém. Talvez até com a própria Stephanie, pois ela pega o próprio celular e começa a gargalhar. Sério mesmo?

— Importa tanto assim como são as placas das portas? — sussurro, tentando chamar a atenção de Stephanie. Inclino a cabeça na direção de Davinia, que parece arrasada porque suas sereias foram substituídas por dominatrizes em fantasias de gato. — Davinia trabalhou tanto nelas.

— Hã, sim, importa — responde Stephanie, sem tirar os olhos do celular. — O esquema de cores não funcionou. Davinia usou um tipo de tema aquático, e o décimo sexto andar deveria ser de hard rock. Bridget e Cassidy vão ficar nesse andar, com aquela garota Mallory. Certo?

Não faço ideia se ela sequer está falando comigo em vez de com o celular, até que Simon Hague, que, é claro, esteve prestando muitíssima atenção à conversa, fala, com a boca cheia de melão:

— Hã, acho que ela está falando com você, Heather.

— Ah. — Entro em ação muito rápido, mas apenas porque todos os meus supervisores estão assistindo. — Você precisa da designação dos quartos? Deixe-me ver.

Corro até o balcão de entrada, onde o fichário contendo as designações dos quartos está guardado. Nenhum dos balcões de entrada da Faculdade de Nova York tem um computador, sob a justificativa de restrições orçamentárias, mas, na verdade, é devido ao fato de que os balcões de entrada são ocupados por funcionários estudantes, e o escritório da presidência teme que os computadores sejam usados para pornografia ou até mesmo roubados.

— Ei — digo a Gavin. Ele está sentado na cadeira de rodinhas alta e acolchoada atrás do balcão, onde tem acesso à designação dos quartos, à caixa fechada com cadeado que contém as chaves de todos os quartos do prédio, ao sistema de intercomunicação (a única forma de os alunos serem contatados em seus quartos para serem avisados de que chegou uma visita, a não ser que tenham dado à referida visita o número de seu celular) e às caixas de correspondências dos alunos. — Me passe a lista.

Gavin joga um fichário preto em minha mão.

— Por que os deixou entrarem aí? — pergunto para ele num sussurro, indicando com a cabeça Jared e a equipe de filmagens. Estão todos espremidos atrás de Gavin, recostados à beira da saída de ar condicionado, ao parapeito da janela e à mesa onde a correspondência costuma ser separada, tendo uma conversa séria sobre os méritos de filmes de zumbi contra os de carnificina. — Sabe que ninguém pode ficar aí atrás a não ser vocês.

Tamanho 42 e pronta para arrasar **179**

— O cara de terno mandou — sussurra Gavin de volta, indicando com a cabeça o Dr. Jessup. Imagino brevemente como o vice-presidente se sentiria ao saber que referem-se a ele como "o cara de terno". O Dr. Jessup tenta com afinco se manter atualizado com o que ele acha que é o linguajar da geração do milênio. Certa vez ouvi-o se referir a um filme que tinha visto, do Woody Allen, como "irado". — Querem filmar as reações das garotas enquanto elas se registram. Os gritos de animação e alegria, ou seja lá o que for, conforme elas pegam as chaves para os quartos na fabulosa cidade de Nova York.

Gavin está tentando ser sarcástico, mas percebo que ele vestiu uma calça cáqui limpa — calça, não bermuda — e uma camisa de botões branca que alguém — imagino que a namorada dele, Jamie — teve o trabalho de passar. O cabelo de Gavin está molhado nas pontas, indicando que ele tomou banho antes de sair para o trabalho. Normalmente, Gavin rola para fora da cama e vem para o balcão comendo uma tigela de Fruit Loops, ainda de pijamas. O odor pungente e distinto de desodorante Axe paira, pesado.

O que está acontecendo? Gavin — que, dentre todos os meus alunos-funcionários, se esforça muito para agir como se não ligasse pra nada — está, de fato, tentando ficar bonito para um reality-documentário idiota que será filmado para a Emissora Cartwright Records? Sou tomada por uma vontade repentina de chorar diante de algo tão fofo. Acho que no fim das contas pode ser que minhas pílulas anticoncepcionais de ciclo contínuo não estejam suprimindo meus hormônios totalmente.

— Por que *você* está aí atrás? — pergunto, semicerrando os olhos para Brad, pois ele está inclinado sobre o sistema de intercomunicação ao lado de Gavin. Preciso me distrair antes que comece a chorar na frente dos dois.

Brad faz uma cara de espanto, que é sua expressão normal.

— É dia de registro — diz ele. — Achei que todos teríamos de estar aqui.

Pelo menos Brad não tomou banho *ou* se arrumou. Mas, também, ele não precisa. Com o corpo de um modelo de perfumes da Dolce & Gabbana devido à rotina rigorosa de exercícios — seu plano B, caso a formação em fisioterapia não dê em nada —, Brad ficaria bem vestindo um saco de papel. Isso não tem nada a ver com o motivo pelo qual Sarah e eu o contratamos, é claro.

— É — digo, abrindo o fichário. Está dividido em seções, primeiro em ordem alfabética pelos nomes dos residentes, então por andar. — Bem, obrigada por vir. — Franzo o nariz. — Que cheiro é esse? — Não estou me referindo ao desodorante. Esse cheiro, se é que é possível, é mais forte e mais enjoativo.

— Ah — fala Gavin. — Devem ser as flores. São para Tania. Os fãs sabem que o acampamento de rock acontecerá aqui, e tuitaram a respeito. Estão entrando e deixando flores a manhã toda, na esperança de vê-la — continua Gavin. — Mas Pete está fazendo com que deixem as flores e saiam, dizendo que não podem ficar perambulando pelo local.

Olho para onde Gavin apontou e percebo que, alinhados ao parapeito da janela atrás da equipe de filmagens, há buquês de rosa em número suficiente para deixar um floricultor com inveja. Alguns deles estão presos a balões de ar.

Resmungo. Essa é a última coisa de que precisamos.

— Estão deixando outras coisas também — fala Brad, animado, erguendo uma caixa cor-de-rosa. — Olha! Bolo de sorvete. — O tom de voz dele torna-se respeitoso. — É da *Carvel*.

— Eca — digo, torcendo o nariz. — Você *não* vai comer isso.

— É claro que não — fala Brad, parecendo magoado. — É para a Srta. Trace. Além disso, eu jamais colocaria todo esse açúcar processado com farinha dentro do meu corpo.

— Eu colocaria — declara Gavin. — Estou só esperando que Jamie traga uma colher do refeitório. Ela está ocupada demais lidando com a crise de Davinia...

— *Não* — respondo, com firmeza. — Qual é o seu problema? Sua mãe nunca lhe disse para não aceitar doces de estranhos? Jogue isso fora imediatamente antes que derreta e suje tudo.

— Ninguém vai jogar nada fora — diz Jared, com um tom de aviso, de repente atento a nossa conversa. — Depois que Tania vir o que foi deixado pelos fãs, reuniremos tudo e levaremos para um hospital a fim de ser doado à ala infantil. Ela gosta que façamos isso.

— Espere — digo, reparando pela primeira vez em como Jared está ocupando seu tempo enquanto aguarda o início das filmagens, além de com a discussão sobre filmes de terror. — O que você está fazendo?

— Bem, obviamente não doamos itens *perecíveis* — diz ele, com a boca cheia. — Nós mesmos comemos esses. Quer um? — Ele inclina na minha direção uma caixa com estampa de bolinhas rosa e branca de uma confeitaria. — São bons. Da Pattycakes, aquela confeitaria vegana que fica na Bleeker Street.

— Ah, Pattycakes? — Muffy Fowler de repente se atira na conversa, inclinando-se contra a mesa ao meu lado. — Que gracinha. Você sabe, Tania e Jordan contrataram a Pattycakes para fazer seu bolo de casamento.

— É por isso que ninguém além de Jared vai comer essas coisas nojentas — diz Marcos, o cara do som, com uma risada de escárnio. Ele está com a mão em um saco de lascas fritas de pão árabe vegano, que tem um bilhete: "Para Tania, Divalicioso", grudado a ele. — Quem quer um cupcake feito sem ovos, derivados de leite ou açúcar processado?

— Pois deixe-me contar — fala Jared, dando mais uma mordida no cupcake cheio de cobertura que está segurando — que esses cupcakes ganharam o programa *A guerra dos cupcakes*, da Food Network.

— Eles ganharam *A guerra dos cupcakes*? — Agora Stephanie está interessada. — Me dê um.

— Ah, gostaria de provar um também, por favor — diz Simon, arrastando-se até o balcão.

Não sei se Simon está interessado em Stephanie ou nos cupcakes — eles parecem bons, com uma cobertura alta de baunilha decorada com uma flor de açúcar roxa no topo. Mas, de toda forma, não gosto do rumo que isso está tomando, principalmente considerando o fato de que ninguém parece se lembrar de que há cinquenta garotas e suas mães aguardando na calçada do lado fora e que estou trabalhando em um sábado, horas pelas quais não receberei e nem serei compensada com folga.

— Podemos ao menos — digo — começar o registro, visto que estamos todos aqui?

— Cruzes, não — responde Stephanie. — Deixe que todos terminem o café da manhã em paz. Assim que as deixarmos

Tamanho 42 e pronta para arrasar　　**183**

entrar, começarão a fazer exigências. Estou surpresa com você, Heather. Achei que saberia um pouco sobre mães de palco insistentes.

Sorrio sem humor para ela. Ha-ha.

Gavin gira na cadeira do balcão para reclamar quando Jared passa um cupcake para Stephanie.

— Por que *eles* podem comer as coisas que as pessoas deixaram aqui para Tania, mas você não nos deixa comer nada?

— Porque — sussurro, ainda mais irritada quando Christopher Allington desliza até Stephanie e murmura um "me dá uma mordida, querida" — neste prédio temos uma política. Não pegamos, nem *comemos*, coisas que não nos pertencem.

— E Heather estava certa quando disse que você não sabe de onde vieram — observa Lisa. Mas não deixo de perceber o brilho de inveja nos olhos dela conforme observa Stephanie dar uma mordida.

— Sabemos exatamente de onde vieram — diz Stephanie, mastigando. — Dos fãs de Tania. Não podemos nos esquecer, são eles — ela faz uma pequena careta — que pagam nossos salários.

Christopher caminha até a lixeira mais próxima e cospe o que estava em sua boca, mas Simon tenta ser mais discreto.

— Acho que está muito bom — diz ele, mastigando. — Um pouco seco, talvez. — Reparo, entretanto, que Simon deixa o resto do cupcake no prato de papel em que está a salada de frutas.

Muffy parece desapontada.

— Ah, isso é uma pena — diz ela. — Ouvi tantas coisas boas a respeito deles.

O presidente Allington estava com a mão esticada sobre o balcão. Agora, ele a puxa de volta.

— Não, obrigado — diz o presidente. — Estou tentando manter a forma. Não há por que desperdiçar calorias em algo que não tem um gosto tão bom quanto aparenta.

Reparo que alguns dos jogadores de basquete estão reunidos no saguão também. Nada conseguiria mantê-los longe de uma oportunidade de pegar um pouco de comida de graça e talvez dar uma olhada em Tania Trace, e eles se entreolham com risadas muito mal disfarçadas no rosto.

— Sinceramente, Jared, ele está certo — diz Stephanie, ignorando o que acontece atrás de si. — Como pode ficar aí sentado comendo esses cupcakes? Têm gosto de papelão.

— Não sei — diz Jared. Ele parece perder parte do entusiasmo e limpa o nariz com a manga da camisa. — Estava com fome. Não tomei café da manhã.

— Bem, vá pegar um bagel no refeitório — diz Stephanie, irritada. — Então, em que quartos estão Cassidy e aquelas outras garotas? — pergunta ela para mim.

— No 1621 — respondo, sem verificar a lista.

Lisa sorri para mim, impressionada, mas a verdade é que eu sabia disso o tempo todo. Estava enrolando para conseguir ter uma noção do que estava acontecendo atrás do balcão. Memorizei a designação de todos os quartos, considerando que eu mesma a fiz. Não posso usar o sistema de computadores — pelo qual Muffy me contou que a faculdade pagou uma quantia escandalosa em dinheiro — para fazer isso, porque ele comete erros demais. Designa pessoas que pediram um quarto "em um andar baixo, com janela voltada para o sul" para um quarto em um andar alto com janelas voltadas para o norte. É mais fácil, para mim, simplesmente fazer tudo à mão.

Tamanho 42 e pronta para arrasar **185**

— Havia um bilhete me pedindo para colocar Bridget, Cassidy e Mallory no mesmo quarto — explico a Stephanie. — Então o fiz, com a mãe de Cassidy no quarto externo como acompanhante. Mas agora que conheci a Sra. Upton, acho que pode não ser tão...

— Brilhante — diz Stephanie, sem esperar que eu conclua. — Essas três garotas atingiram os maiores índices de QTV entre as plateias de teste que assistiram às audições delas. Se conseguíssemos um nocaute entre as três no Rock Off, seria sensacional.

Minhas sobrancelhas se erguem, e ouço Lisa perguntar *o quê?* alarmada.

— Não um nocaute de verdade — assegura-nos Lauren, a assistente de produção. Ela não está no ramo da televisão tempo o suficiente para ter se tornado tão apática quanto a chefe. — Ela está falando de um nocaute vocal. O Rock Off é o show de talentos que teremos na última noite do acampamento para ver quem é a intérprete mais talentosa. A vencedora ganha 50 mil dólares e um contrato com a Cartwright Records.

— As três garotas cantaram a mesma música quando fizeram os testes para o programa — fala Stephanie. Reparo que ela diz "o programa" e não "acampamento". — Foi "Então me processe".

— Ah, adoro essa música — fala Jamie, e as outras assistentes de residente do sexo feminino, Tina e Jean, e até mesmo Davinia, concordam entusiasmadas.

Não as culpo. "Então me processe" tem, sim, uma energia diferente daquela das músicas anteriores de Tania e não somente porque exibe perfeitamente a voz poderosa de Tania ou porque seja a música título do mais novo álbum dela e sua primeira balada de força ao estilo Mariah. Embora cantoras — principalmente as populares, como Tania — costumem receber crédito de coautoria pelas músicas que cantam, nem sempre é porque escreveram a música de fato. Os compositores recebem direitos residuais da gravadora, mas os músicos e intérpretes, não.

Cada palavra de "Então me processe", na qual Tania recebe crédito de coautoria, parece dizer algo pessoal para ela, no entanto, e vir de um lugar bem profundo na alma de Tania. Como sempre fico arrepiada quando a ouço cantando, quase acredito que Tania a escreveu sozinha.

E todo mundo também deve acreditar, porque essa é a música número um do país — e da Europa — há semanas.

— É por isso que queremos que o andar tenha uma sensação de rock'n'roll — explica Lauren, mais para Davinia do que para mim. — Mallory e Bridget provavelmente ficarão nervosas com as músicas para o Rock Off. Não podemos ter certeza quanto a Cassidy, com aquela mãe...

— Faremos com que o agente dela a faça cantar pop — diz Stephanie, com firmeza. — Ela cantará "Então me processe", arrasará com todas as competidoras, Tania vai chorar, Cassidy vai ganhar, e os patrocinadores *amarão*.

Estou começando a entender o que Jared quis dizer em meu escritório quando falou que eu ficaria espantada com o pouco de realidade que de fato há no "reality-documentário".

— E por falar em Cassidy — digo —, quando conheci a Sra. Upton do lado de fora, agora mesmo, eu...

— Depois, está bem? — diz Stephanie. — Lauren, o que disse o departamento de artes?

Tamanho 42 e pronta para arrasar   **187**

— Está pronto — afirma Lauren, verificando o celular.
— Podemos imprimir em seu escritório, Lisa?

— Hã — responde Lisa, incerta. — Claro, acho...

— Fantástico — diz Stephanie, e olha para Davinia. — Não é que os seus não fossem bons, querida. Só não eram bons para o *programa*.

— Não me sinto muito bem — diz Jared detrás do balcão.

Gavin gira na cadeira alta do balcão de entrada para olhar para ele.

— Cara. Tem sangue no seu nariz.

Esse é o eufemismo do verão — talvez do ano. Sangue escorre em dois fluxos contínuos das narinas de Jared, pingando em sua camiseta cinza surrada da Faculdade de Nova York.

Fico imediatamente alarmada, principalmente quando Jared diz, de modo sarcástico:

— Acha que não sei disso? — Então ele ergue o braço. Ao que parece, Jared está limpando o nariz há algum tempo, pois a manga de seu moletom azul está preta. — Não quer parar. E acho que vou vomitar. Se alguém pudesse ligar para o meu médico... aqui, está em meus contatos importantes... — Jared remexe o bolso em busca do iPhone, então deixa-o cair. — Droga.

Minha mente relembra um dos muitos episódios de *Freaky Eaters* a que assisti... e também uma das reuniões de equipe obrigatórias que me forçaram a ir nos últimos meses.

— Gavin — digo, abrindo a porta para o balcão da frente —, ligue para a emergência. Brad, pegue o kit de primeiros socorros. Há uma garrafa de água oxigenada nele...

Gavin estende a mão para o telefone.

— Não deixem que ele vomite aqui atrás — diz Gavin, conforme faz a ligação. — Levem ele para o banheiro.

— O que é isso? — Os olhos de Stephanie estão arregalados. — Qual é o problema dele?

— Acho que é varfarina — digo, então pego embaixo do balcão um rolo de papel higiênico, uma das poucas coisas que os residentes do Conjunto Residencial Fischer recebem gratuitamente, de debaixo do balcão e enfio dois pedaços nas narinas de Jared. — É um anticoagulante. O ingrediente ativo de muitos venenos de rato.

— Ai, meu Deus — grita Lisa, entendendo o quero dizer. Ela tira a garrafa de água oxigenada de Brad e arranca a tampa, enfiando a garrafa no rosto de Jared. — Quanto ele deve beber?

Tento me lembrar.

— Não sei. Apenas faça-o vomitar.

— Hã — diz o Dr. Jessup, aproximando-se do balcão, com Simon e Muffy logo atrás. — Talvez isso não seja...

— Ai, nossa — fala Jared, empurrando Lisa. — Não se preocupem. Não é veneno. É só uma...

— Não se levante! — gritamos Lisa e eu exatamente ao mesmo tempo, enquanto Jared tenta ficar de pé.

É tarde demais. As pernas de Jared fraquejam, e ele revira os olhos para trás da cabeça, e nem Lisa nem eu temos força o bastante para segurar o peso dele conforme desaba.

Bem-vindas a seu novo quarto na Faculdade de Nova York!

Uma das partes mais gratificantes de sua experiência universitária pode ser o convívio com uma colega de quarto. Seja pelo aprendizado de uma nova cultura ou por hobby ou por ganhar uma amiga para a vida toda, o convívio com uma colega de quarto pode ser uma jornada incrível... mas cabe a você dar o primeiro passo.

Resolva quaisquer conflitos que possam surgir entre você e sua colega de quarto assim que possível, para que todos que moram em seu quarto/suíte possam aproveitar sua experiência universitária.
Lembre-se dos três Cs:

Conflito pode ser
Construtivo se você se
Comunicar!

Muffy Fowler decide — e o Dr. Jessup concorda — que não é uma boa ideia que as mães vejam o produtor de campo do programa ser empurrado sobre uma maca e coberto de sangue para fora do Conjunto Residencial Fischer. Ela também não acha que seja uma boa ideia que as mães vejam o inspetor Canavan e outros oficiais da 6ª Delegacia de Polícia, os quais aparecem para interrogar Gavin e qualquer outro que possa ter tido contato com o indivíduo que deixou os cupcakes (embora, até que haja um relatório toxicológico comprovando que eles de fato continham uma substância venenosa, o inspetor Canavan insiste para que "não façamos suposições").

Também parece sensato evitar que as garotas do acampamento e as mães testemunhem o ataque nervoso que Simon Hague tem no meio do saguão, logo após o colapso de Jared.

— *Eu* comi um! — grita ele, com a voz esganiçada. — *Eu* dei uma mordida em um daqueles cupcakes também! Meu Deus do Céu, não quero morrer!

Nesse momento, Lisa e eu o obrigamos — e a Stephanie também — a tomar um pouco de água oxigenada e vomitar em diversas latas de lixo (para que possamos conservar as provas).

Então mandamos os assistentes de residente para fora a fim de convidar todas as garotas para o refeitório, para que saboreiem um café da manhã e "aproximem-se" umas das outras. Parece funcionar. Não só nenhuma das mães repara no homem inconsciente sendo contrabandeado para fora do prédio por uma saída lateral até a ambulância que o aguarda — ou nos membros da equipe que saltam para um táxi para segui-la (Muffy acha que representantes da Faculdade de Nova York deveriam ir ao hospital para dar apoio a Jared e Stephanie e, é claro, a Simon) —, mas também parecem inabaladas pelo anúncio de que as filmagens foram adiadas até amanhã por causa de um "atraso técnico". Também ajuda que Magda esteja fazendo um ótimo trabalho ao dizer a elas como estão todas tão *"buniiitas"*, como verdadeiras estrelas de cinema, certificando-se de que recebam toda a salada de fruta e iogurte sem gordura que consigam comer.

O resto da equipe também executa as próprias tarefas de modo incrível, exatamente como fora treinado... Bem, exceto pelo presidente, que sai murmurando:

— Ainda bem que não comi uma daquelas coisas.

Estou sentada à mesa, esperando para prestar meu depoimento para o inspetor Canavan e encarando um pontinho vermelho na manga da minha camisa branca — um pontinho, percebo, que provavelmente jamais vai sair, não importa quanto removedor de manchas eu use, porque é o sangue de Jared Greenberg.

Fora isso, o registro seguiu como o planejado, apenas umas duas horas depois do previsto. Todas as garotas (e suas mães) parecem felizes com seus quartos — o que, considerando quanto dinheiro a ECR gastou na decoração, era o esperado. Há televisões de tela plana maiores do que minha escrivaninha em cada quarto, assim como amontoados de brindes doados pela Sephora e pela Bed Bath & Beyond. Davinia relatou ter sido capaz de escutar do seu próprio quarto os gritinhos de felicidade vindos do fim do corredor.

Meu telefone toca, mas é o celular, não o telefone do escritório.

— Acabei de saber — diz Cooper, quando atendo. — Você está bem?

— Estou — minto. Meus dedos ainda não pararam de tremer, apesar dos dois refrigerantes normais que tomei e do sanduíche Reuben que engoli para amaciar o choque. — Não fui *eu* quem engoliu um cupcake vegano salpicado de veneno de rato.

— Graças a Deus — fala Cooper. — Meu pai disse que estão fazendo o possível pelo cara, mas que a coisa não vai muito bem. Stephanie Brewer parece OK, no entanto, assim como o cara do outro conjunto residencial...

Tinha me esquecido completamente de Simon.

— Que pena — digo, antes que consiga me impedir. — Se alguém merece morrer como um rato...

Então tapo a boca, com culpa. Não posso desejar esse tipo de morte para ninguém, nem mesmo para Simon... principalmente quando Sarah, sentada à mesa próxima, ergue o rosto da conversa aos sussurros que está tendo ao celular com uma expressão de surpresa. Sinto-me envergonhada. Eu deveria ser um exemplo.

— Heather, não há provas de que foi veneno — diz Cooper. — O cara pode ter tido um ataque cardíaco, até onde sabemos.

— Cooper. — Abaixo a voz, consciente do olhar de Sarah sobre mim e do fato de que o inspetor Canavan está no escritório de Lisa com outro policial, interrogando Gavin e Brad. O escritório dela é separado do escritório externo, onde fica minha mesa, por apenas meia divisória e uma grade de metal. Muffy nos deu instruções rigorosas de que se uma só palavra do que aconteceu for a público, perderemos o emprego. Ainda que eu saiba que Cooper não vai correr até o *Post* com o que estou contando a ele, não quero ser pega fofocando. — Um ataque cardíaco? Está de brincadeira? Sangue jorrava do nariz do cara feito um chafariz. Apenas segundos antes ele estava comendo cupcakes que um fã deixou no prédio para Tania.

— Isso não quer dizer...

Tamanho 42 e pronta para arrasar 193

— Cooper, eles nos ensinaram em uma reunião de equipe, faz pouco tempo, quais os sintomas que indicam ingestão de veneno por humanos. Sangramento nasal e náusea são dois deles. Jared estava sofrendo dos dois antes de desmaiar. Varfarina, o ingrediente ativo em venenos mais antigos contra ratos, não tem nem cheiro nem sabor. Assisti a um episódio de *Freaky Eaters* sobre uma mulher que amava comer isso, mas em pequenas porções. Estava matando-a também, apenas mais devagar.

— Quem diabo — pergunta Cooper — come veneno de rato de propósito?

— Não sei — digo. — Teve um cara que comia o próprio carro. "Quando um hobby se transforma em obsessão" — informo Cooper, citando o trecho de um de meus outros programas preferidos — "chama-se vício. E é quando você precisa de uma *intervenção*".

Cooper fica em silêncio por um momento. Então diz:

— Vou cancelar nossa assinatura de TV a cabo. Você assiste muita televisão. Demais.

— Diz o homem que carrega uma arma na pochete. Você não pode falar nada.

— Eu não... o que você... — gagueja Cooper. — *Quem te contou?*

— Não importa, Cooper — falo, olhando para Sarah. Ela girou na cadeira de escritório para ficar de frente para a parede e está falando em sussurros apressados e raivosos ao telefone. Imagino que seja com Sebastian. Depois da experiência de quase morte que acabamos de testemunhar, faz sentido procurarmos nossos entes queridos. Também faz sentido podermos descontar neles. As tensões estão a todo vapor. — Eu sei, está bem? Sei por que você estava tão irritado e incomodado em busca da calça cargo. Sei que mentiu para mim a respeito de ter uma arma. E não tem problema, porque, adivinhe só? Também tenho segredos.

— Que segredos? — Cooper exige saber. — E eu não menti para você exatamente. Omiti a verdade a respeito de algo que eu sabia que só iria...

— Com licença. — Duas figuras aparecem à porta do escritório. São a Sra. Upton e a filha, Cassidy. Preciso conter um resmungo. Sério? *Agora?*

— Preciso desligar — digo a Cooper. — Falo com você mais tarde sobre isso. — Desligo, então sorrio para as Upton com o máximo de graciosidade que consigo. — Olá, senhoras. Posso ajudá-las?

— Certamente espero que sim — diz a Sra. Upton, empurrando a filha pelo ombro para dentro do escritório e para o sofá diante da minha mesa. A expressão de Cassidy é de tédio, e, quando a mãe solta os ombros dela, a garota afunda no sofá como se não tivesse um único osso no corpo.

A mãe acomoda-se na cadeira ao lado da minha mesa. Estou disposta a deixar passar desta vez, pois estou morrendo de medo da Sra. Upton, mas não a convidei para sentar.

— A jovem no balcão da entrada me disse que você era a pessoa com quem eu deveria falar a respeito disso — diz a Sra. Upton, com um sorriso gracioso, evidentemente sem se lembrar de nosso encontro mais cedo. Eu sei que é Jamie quem está trabalhando no balcão enquanto Gavin e Brad estão com a polícia. — Gostaria de ver o que posso fazer quanto a trocarmos de quarto.

Tamanho 42 e pronta para arrasar **195**

Olho de Cassidy para a Sra. Upton, então de volta para a filha. A expressão de Cassidy ainda é de tédio. Seu rosto de feições élficas está inclinado para o teto, o lábio inferior projetando-se para fora, os longos cabelos loiros esparramados pelo sofá azul.

— Entendo — digo. — Posso perguntar qual é o problema com seu quarto atual? — Além do fato de ter sido usado como um tributo bizarro ao príncipe Caspian. — Porque sei que a Cartwright Records teve um grande trabalho para remobiliar...

— Ah, não é a mobília — fala a Sra. Upton, de modo encantador. — Ela é muito bonita. É só que Cassidy jamais precisou compartilhar um quarto antes e agora está dividindo um com não apenas uma, mas duas garotas, assim como eu, e temo que isso não vá...

— A senhora está em um quarto separado — observo. Sei que é grosseiro interromper, mas depois do dia que tive, não consigo evitar.

— Sim — fala a Sra. Upton, o tom de voz não mais tão encantador quanto antes. — Mas as garotas precisam passar pelo meu quarto para entrarem e saírem da suíte.

— Sim — digo. — Porque elas têm 15 anos e a senhora concordou em ser a acompanhante delas. A Faculdade de Nova York não permite que residentes menores de 18 anos...

— Bem, isso é uma besteira — diz a Sra. Upton, começando a balançar o pé calçado em um Louboutin. — Minha Cassidy é muito madura para sua idade. Ela sabe perfeitamente bem como tomar conta de si...

— O que é isso? — pergunta Cassidy, apontando para as camisinhas no pote de doces em minha mesa.

196 Meg Cabot

A Sra. Upton olha na direção em que Cassidy aponta e cora em um tom de rosa que contrasta bem com os muitos colares de ouro amarelo que ela usa.

— Abaixe o dedo, Cass — diz ela, virando o rosto rapidamente. — Você sabe que não deve apontar.

— Mas o que *é*? — pergunta Cassidy. — Nunca vi doces assim. — Há malícia em seu sorrisinho perfeito, o que me diz que ela sabe *exatamente* o que são e está brincando conosco (ela é uma adolescente, afinal de contas, é claro que já assistiu MTV), mas a mãe, obviamente, não repara.

— É porque não são doces — explica a Sra. Upton, em tom de reprovação. — São algo que não deveria estar em um vaso de doces sobre a mesa de uma moça.

— Então por que estão na mesa dessa moça? — pergunta Cassidy, esticando o pescoço na minha direção do modo como Owen estica o dele para a parede quando ouve ratos arranhando do outro lado.

Da própria mesa, Sarah desliga o celular e diz, em voz alta:

— São camisinhas, como você bem sabe, Cassidy. Camisinhas, não doces. Agora sabe onde consegui-las, visto que é tão madura.

A Sra. Upton inspira com força.

— Como *é*?

— Sinto muito, Sra. Upton — digo, inclinando-me para a frente, erguendo o vaso com rapidez e colocando-o no chão, longe da visão da garota. — Não posso trocá-la de quarto. Você se inscreveu para ser acompanhante, e se eu mudá-la de quarto, Mallory e Bridget não terão um adulto em idade legal para cuidar delas. Eu posso, é claro, trocar Cassidy, se ela quiser...

— Isso seria bom — diz Cassidy, ansiosa.

— Não — diz a Sra. Upton. — Cassidy, não seja boba, não pode ficar longe de mim.

— Por quê? — Cassidy exige saber, em tom afiado. — É o que eu quero.

Não tenho certeza do que fazer. Talvez Cassidy realmente precise dessa troca de quarto, para sair de perto da mãe difícil de aturar. A maioria das adolescentes não vai ao acampamento de verão com as mães dormindo no quarto ao lado. Sinto um pouco de pena de Cassidy, apesar de ela parecer ser uma conspiradorazinha astuta.

— Se eu trocar você, ainda terá colegas de quarto — aviso-a, esticando a mão para pegar a lista. — E uma acompanhante adulta no quarto ao lado, exatamente como tem agora. — Posso fazer a troca, mas tenho quase certeza de que Stephanie teria uma embolia diante disso. Mas o Rock Off sem dúvida terminaria do mesmo jeito, se Cassidy é tão talentosa quanto todos dizem...

— Tudo bem — fala Cassidy. — Moro com qualquer um, desde que não seja minha *mãe*.

Ergo as sobrancelhas diante desse rompante de impertinência adolescente, minha compaixão passando instantaneamente para a Sra. Upton.

— Cassidy — diz a Sra. Upton, ficando de pé —, agora você está sendo grosseira. Sabe que não quis dizer isso. Vamos, já incomodamos a dona... — Ela olha para mim de modo inquisidor.

— Srta. Wells — respondo, com ênfase no "Srta.".

— ...a dona Wells o bastante por um dia. Vamos.

— Sim, eu *quis* dizer aquilo — protesta Cassidy. — Não é justo. Mallory e Bridget não precisam ficar com as mães *delas*...

— Bem, as mães delas não se importam tanto quanto eu — fala a Sra. Upton. — Não se inscreveram para fazer isso. — Ela estica a mão para baixo, pegando o braço de Cassidy, e puxa a filha ao dizer a palavra "isso".

Embora o gesto seja súbito, dá para ver que a mulher não tem intenção de machucar Cassidy. Ela apenas ficou frustrada com o comportamento manhoso da filha.

Ainda assim, Cassidy reage como se a mãe a tivesse esfaqueado.

— Ai! — grita a garota, saltando de pé e agarrando o braço. A Sra. Upton se encolhe, alarmada. — Vocês viram? — pergunta Cassidy a Sarah e a mim, lágrimas enormes formam-se devido à tristeza infantil dela. Os talentos dramáticos da garota são fenomenais. — Vocês viram o que ela fez comigo?

— Cale a boca, *drama queen* — dispara Sarah de sua mesa. — As pessoas estão tentando fazer uma reunião ali. — Ela aponta para a porta do escritório de Lisa. — E sim, nós duas vimos. Sua mãe mal tocou em você.

— Mas... — Cassidy volta o olhar marejado para mim. — Mas você viu. Ela me *bateu*.

A Sra. Upton arqueja.

— Cassidy! Eu não fiz nada disso. Qual é o seu problema?

— Vou lhe dizer qual é o problema dela — fala Sarah. — Distúrbio de personalidade narcisista clássico, causado pela mãe que constantemente reforça a convicção de que ela é a criança mais bem-dotada e talentosa que já existiu...

— Sarah. — Fecho a lista. Cassidy só vai trocar de quarto sobre o meu cadáver... hã, escolha ruim de palavras. O que quis dizer é que não vou trocá-la e torná-la o problema de outra acompanhante. — Deixe comigo. Quer saber, Cassidy? — Encaro a garota diretamente. — Tem sorte de ter uma mãe que se importa tanto com você. Algumas de nós não são tão sortudas. Agora... vá para o seu quarto.

As lágrimas nos olhos azuis de Cassidy secam instantaneamente.

— Veremos o que Tania tem a dizer sobre tudo isso — diz ela, com frieza. — Não veremos?

— Ah, certamente veremos — respondo, com a mesma frieza. Essa garota está de sacanagem comigo? Quem ela acha que é?

— Vamos, Cass — diz a Sra. Upton, segurando a mão da filha e puxando-a para o corredor. — Vamos subir e ver o que Mallory e Bridget estão fazendo.

— Odeio elas. — Ouço Cassidy reclamar.

— Não se esqueça de que parte da experiência no Acampamento de Rock Tania Trace — grito atrás delas — é conhecer pessoas e culturas novas na Faculdade de Nova York. — Essa é a fala que devemos repetir aos alunos e pais que entram em nosso escritório para reclamar dos colegas de quarto, em geral porque possuem raça, orientação religiosa ou sexual diferente da deles. — Mantenha mente e coração abertos!

— Exatamente — diz a mãe de Cassidy. Ouço-a bater nos botões dos elevadores. — Ouviu o que a moça falou? Não *odiamos* ninguém...

— Eu odeio você — assegura Cassidy, certificando-se de falar alto o bastante para que eu ouça. — E odeio aquela moça gorda lá dentro.

200   *Meg Cabot*

Antes que consiga digerir isso de maneira apropriada, a porta do escritório de Lisa é escancarada e o inspetor Canavan, da 6ª Delegacia, sai por ela. Ele passou tanto tempo no Conjunto Residencial Fischer no último ano devido a todas as mortes no prédio que não estou surpresa por sentir como se ele trabalhasse aqui. Mas isso não lhe dá o direito de gritar.

— Que diabos — pergunta ele, o bigode cinza despenteado — está acontecendo aqui? Parece um episódio daquela porcaria de programa a que minha filha sempre assiste, aquele sobre as filhas de Bruce Jenner.

Levo um segundo para perceber que ele está falando das Kardashian.

— São enteadas dele — digo. — E estávamos apenas tendo uma conversa de garota.

— Ah — exclama o detetive, mas parece que ele não acredita nisso. Canavan tira um cigarro do bolso de sua calça cáqui e coloca-o na lateral da boca. — Então, o que é isso que ouvi sobre você estar noiva?

Arregalo os olhos para Sarah, mas ela apenas balança a cabeça vigorosamente e fala *Não fui eu* sem emitir nenhum som.

— Não estou noiva. — Ergo a mão esquerda. — Está vendo? Nada de anel.

— Isso não significa nada — argumenta o inspetor Canavan. — Soube que vai fugir para se casar. Não me lance este olhar apatetado. Trabalho com isso há trinta anos. De qualquer forma, *mazel tov*.

— Não vou fugir — digo, e sinto o rosto esquentar.

— Claro que não — fala o inspetor Canavan. — Não se esqueça de registrar a lista de presentes em algum lugar.

Tamanho 42 e pronta para arrasar **201**

Minha mulher vai mandar uma linda panela elétrica para você e Cartwright. Vocês dois. — Ele se vira e gesticula para o escritório interno. — Venham.

Gavin e Brad saem arrastando os pés do escritório da diretora do conjunto residencial. Ambos estão com as cabeças abaixadas, parecendo crianças que foram pegas furtando numa loja.

— Qual é o problema com vocês dois? — pergunto, aliviada por ter a atenção do detetive desviada de mim.

— Parece que meus poderes de observação deixam algo a desejar — diz Gavin, lançando um olhar indignado na direção do inspetor Canavan.

— A pior testemunha que já tive — concorda o detetive, e lança um irritado olhar de reprovação para Gavin. — E ainda me diz que quer dirigir. Filmes, somente isso. Um Scorsese ele não é.

— Estava muito cheio quando abri o balcão esta manhã — diz Gavin para mim. — As pessoas estavam empurrando rosas e caixas para mim de todas as direções. Como vocês querem que eu me lembre quem deixou o quê?

— Se foi o bolo de sorvete — intromete-se Brad —, posso dizer. Disso eu me lembro, pois queria muito um pedaço. Não que eu fosse comer um, porque todo aquele açúcar é realmente muito ruim para o corpo.

— Acho que foi um cara — diz Gavin.

— Um cara — repete o inspetor Canavan. — Está ouvindo esse garoto? Acha que foi um "cara". Vai ser um verdadeiro Francis Ford Coppola quando se formar. Conte a ele como era "o cara".

Gavin abaixa o rosto para mim, desconfortável.

— Hã — diz ele. — Não sei. Acho que estava usando um boné de beisebol. E um capuz. Não dava para ver direito, porque havia uma multidão. Apenas recebi tudo o que me entregaram e coloquei na mesa.

De volta ao escritório de Lisa, o policial que faz as anotações não consegue conter uma risada.

— Não ligue para nós — fala o inspetor Canavan para Gavin e Brad, depois gesticula com o dedo indicador como se fosse uma pistola, então atira. — Nós ligaremos para você.

Deprimidos, Gavin e Brad saem do escritório arrastando os pés. Depois de irem embora, falo, em tom de sermão:

— Não precisava ser tão rigoroso com eles. Temos as filmagens do circuito de segurança do saguão e das câmeras na frente do prédio. Não conseguiu nada com elas?

O inspetor Canavan assente.

— Ah, sim — diz ele. — Uma imagem granulada de uma grande multidão de fãs de Tania Trace, um dos quais era do sexo masculino e usava um boné de beisebol e um capuz. Estava carregando uma bolsa de plástico branca que parecia conter uma caixa. Meu palpite é que era uma caixa de cupcakes da Pattycakes. Muito observador esse rapaz de vocês.

Meu telefone toca... o do escritório, dessa vez. Vejo um número no identificador de chamadas que não reconheço. Atendo.

— Conjunto Residencial Fischer, aqui é Heather, como posso ajudar?

— Ah, oi, Heather, é Lisa. — A voz de Lisa parece sufocada. — Stan... o Dr. Jessup... me pediu para dar notícias. Ainda estamos no hospital.

— Ah — respondo. — Ótimo. Como estão as coisas?

Tamanho 42 e pronta para arrasar   203

— Bem, há notícias boas e notícias ruins — diz Lisa, ainda parecendo chateada, mas tentando esconder. — A boa notícia é que o hospital descobriu qual foi o problema. Você estava certa, havia veneno de rato naqueles cupcakes.

— Ah — exclamo. Não sei bem de que forma isso é a boa notícia. — Tudo bem.

— Felizmente, nem Stephanie nem Simon comeram o suficiente para serem afetados.

Ah. Dessa forma.

— A má notícia — continua Lisa — é que Jared Greenberg comeu. Ele faleceu há pouco mais de uma hora.

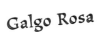

Galgo Rosa

60 mililitros de vodca
120 mililitros de suco de toranja fresco
Gelo
Misturar a vodca, o suco e o gelo.
Bater bem.
Decoração opcional: ramo de alecrim.

Ao chegar em casa naquela noite, tudo o que quero fazer é preparar uma bebida forte, tirar as roupas — as quais cheiram levemente a vômito e nas quais encontrei ainda mais pontinhos do sangue de Jared Greenberg — tomar um banho de espuma e afogar meus problemas.

Em vez disso, encontro-me espremida em um vestido que quase nunca uso, uma bermuda modeladora e um par de saltos altos apertados demais a caminho da parte nobre de Nova York, dentro de um carro preto com motorista enviado para me buscar pela Emissora Cartwright Records.

Não é por escolha.

— Por favor — implora Cooper.

Tamanho 42 e pronta para arrasar   **205**

Reparo no carro preto com vidros fumê estacionado em frente a nosso prédio de tijolinhos quando retorno da caminhada com Lucy, após o trabalho, mas não percebo que tem algo a ver comigo até que Cooper liga para dizer que está na cobertura dos pais com uma quase catatônica Tania e que o inspetor Canavan acaba de sair de lá, frustrado. Tania mal falou com ele. Cooper quer que eu vá ajudá-lo a lidar com ela... e com o resto da família.

— Você parece bastante otimista sobre qual será minha resposta — digo. — Já até enviou um carro.

Ouço Cooper dar um gemido baixinho. Sei que ele está se encolhendo.

— Desculpe — fala Cooper. — Não era para ele já estar aí. Olha, sei pelo que você passou...

— Sabe? — pergunto. — Quando foi a última vez que vomitaram em você? Ou sangraram em você? Ou que foi chamado de gordo por uma adolescente mimada?

Sei que o último fato não deveria me incomodar tanto, considerando que um homem perdeu a vida — e *não* me incomoda tanto —, mas também não ajudou muito a melhorar meu humor.

— Uma delas chamou você de gorda? — Cooper parece divertir-se. — Disse a ela que seu namorado acha que você é perfeita exatamente como é e que ele tem uma arma e licença para portá-la na cidade de Nova York?

Não acho isso divertido.

— Não. O que eu deveria ter dito a ela — falo — é que não vai conseguir ir muito longe na vida se não aprender a não insultar as pessoas que não dão a ela exatamente o que quer.

— Interessante — diz Cooper. — Ela me lembra de alguém. Quem poderia ser? Ah, certo. Meu *pai*.

Engulo em seco. Grant Cartwright ficou tão furioso quando o filho mais velho recusou-se a entrar no negócio musical da família que deserdou Cooper, recusando-se até a pagar pela faculdade dele. Cooper não voltou atrás, entretanto, e trabalhou dia e noite para pagar, ele mesmo, pelos estudos, o que impressionou tanto seu avô, Arthur, que ele decidiu pagar as contas da faculdade de Cooper, além de deixar para ele o prédio quando morreu... o que só irritou mais Grant Cartwright.

Eu também havia incitado a ira do pai de Cooper quando tentei pensar por conta própria. Cansada do pop chiclete que a gravadora lançava aos montes para que eu cantasse, convenci Grant Cartwright a ouvir algumas das músicas que eu mesma havia escrito. Isso se revelou um grande erro. Logo depois, Tania Trace estava abrindo os shows de Jordan em vez de mim... além de outras coisas também.

— Olhe, Heather — diz Cooper —, entendo que não queira vir aqui esta noite. *Eu* não queria vir aqui esta noite. Mas este é o primeiro jantar de família a que compareço em dez anos. Não posso suportá-lo sem você.

— Eu sei — digo, e suspiro. Abro a cortina e olho para o carro. O motorista está inclinado contra a porta do passageiro, conversando com alguém no celular. — E eu irei até aí, Coop. Mas só para você saber: passar um tempo com seu pai não estava no topo da minha lista de coisas que esperava fazer esta noite. Vestir o pijama, pedir pizza do Tre Giovanni's e assistir a *Tabitha Takes Over* na cama com você era mais o que eu tinha em mente...

— Esqueça Tabitha — fala Cooper, parecendo aliviado. — Eu deixarei que *você* assuma o comando. Pode contratar quantas pessoas quiser para limpar a casa. A Agência Federal para o Gerenciamento de Emergências, a Mary Poppins, a Guarda Nacional, quem quiser.

— Sério? — Meu humor melhora.

— Sério. Só venha para cá. — Cooper abaixa o tom de voz. Parece que alguém acaba de entrar no quarto. — Um aviso, entretanto: Jordan também está aqui.

— Imaginei. — Passar um tempo com meu ex e sua nova esposa está ainda mais abaixo na lista de coisas que eu esperava fazer esta noite do que passar um tempo com Grant Cartwright. — Como Tania está?

— Bem, se lembra de quando a vimos aquela noite no apartamento dos Allington — pergunta Cooper — e ela só ficava sentada beijando aquela porcaria de cachorro, que se chama Baby, aliás?

— Sim — respondo.

— Imagine-a do mesmo jeito, mas multiplique por mil.

— Isso não é bom.

— Não — diz Cooper. — E agora minhas *irmãs* apareceram...

— Suas irmãs? — Não vejo as gêmeas, irmãs de Cooper e Jordan e resultado de uma gravidez tardia "surpresa" da qual a Sra. Cartwright jamais pareceu se recuperar, desde que as duas foram enviadas para um internato, a pedido do pai. Devem ter se formado na faculdade a essa altura.

— Sim — fala Cooper. Ele abaixa a voz em tom sarcástico. — Nicole voluntariou-se como fonte de conforto para Tania, que por sua vez está se culpando pelo que aconteceu com Jared, embora, é claro, afirme que não tem um só fã que machucaria um fio de seu cabelo. Jessica já se voluntariou para matar Nicole. Entre as três, acho que também vou engolir um pouco de veneno de rato.

— Vejo você em 45 minutos — falo, e desligo.

O carro me deixa em frente a um prédio na Park Avenue, do qual me lembro muito bem pelos diversos jantares desconfortáveis aos quais fui quando namorava Jordan. Até o porteiro é o mesmo.

— Olá, Srta. Wells — diz ele, sorrindo para mim com o que parece ser prazer genuíno. — Como está? É muito bom vê-la de novo.

— É bom ver você também, Eddie — respondo. De repente, fico nervosa. O saguão é mil vezes mais chique do que eu me lembrava. Tudo foi atualizado com bom gosto, desde o uniforme verde-escuro de Eddie até os diversos espelhos com moldura dourada que mostram meu reflexo. A única coisa que parece deslocada sou eu.

Isso é porque estou muito mais velha e sábia agora do que da última vez que estive nele, digo a mim mesma. Minha fama se foi há muito tempo, mas meus longos cabelos loiros ainda estão brilhosos e saudáveis, e, embora o vestido que estou usando possa ter sido comprado com um grande desconto, ele cabe perfeitamente, enfatizando todas as coisas certas e escondendo o que não quero exibir. Se meus pés já estão latejando porque estou muito pouco acostumada a calçar os saltos nos quais os enfiei, pelo menos ninguém além de mim será capaz de dizer.

Ainda assim... O que estou fazendo aqui? Por que concordei em vir? É claro que Cooper disse que precisava de mim,

Tamanho 42 e pronta para arrasar **209**

mas ele tem uma arma. Poderia sacá-la e dizer à família para deixá-lo em paz.

— A Sra. Cartwright ligou para a portaria para avisar que a está esperando — informa-me Eddie, sorrindo, enquanto me leva até um elevador aberto e aperta o botão para a cobertura. — Ela disse que pode subir direto.

— Obrigada — respondo, sentindo-me enjoada. As portas do elevador se fecham antes que eu consiga dar meia-volta e correr pela minha vida... Não que eu fosse conseguir chegar muito longe nesses saltos.

Quando as portas se abrem de novo — muito mais cedo do que eu gostaria —, é para uma vista deslumbrante. O saguão do prédio dos Cartwright não foi a única coisa reformada: a cobertura também foi refeita. Agora, em vez de entrar em um foyer abafado, as portas do elevador se abrem direto para a sala de estar dos pais de Cooper. A maioria das paredes foram derrubadas e substituídas por janelas francesas, do chão ao teto, que dão para o terraço, então a primeira coisa que se vê ao sair do elevador é o brilho do sol que se põe a oeste.

Onde não há vidro, há pilastras brancas, aço inoxidável e concreto. O lugar se parece com algo saído da *Architectural Digest*, e, conhecendo Grant Cartwright, imagino que a cobertura provavelmente tenha aparecido na revista.

Dou um passo em direção ao chão de ébano extremamente encerado.

— Olá?

— Heather? — Fico assustada quando uma jovem mignon, fina como um trilho de ferrovia (com o alargamento dos tamanhos, deve vestir um 36) e cabelo castanho-escuro bastante alisado sai de trás de uma pilastra branca e me olha, de modo defensivo, mas não hostil. — Ai, meu Deus, *é* você. Sou eu, Jessica.

Então, para minha surpresa, ela me puxa e me abraça. É como ser abraçada por um gato bem magricela... se gatos usassem muito delineador esfumaçado, braceletes prateados e cheirassem a cigarro.

— É tão bom ver você — diz ela, no meu cabelo. — Faz *séculos*. Você está ótima.

— Obrigada — respondo, a voz um pouco rouca, pois a cabeça da garota está enfiada em meu pescoço. — Você também.

A última vez que vi a irmãzinha de Cooper, Jessica, ela estava de trancinhas e se dirigia à porta para a aula de hipismo com pônei. Usava aparelho, tinha a língua presa e uma atitude que era pior, de muitas formas, do que a de Cassidy Upton.

— Cooper me contou tudo — diz ela, quando finalmente me solta.

— Ele contou? — Não faço ideia do que ela está falando. Cooper não é próximo de nenhuma das irmãs, pois o pai o colocou para fora de casa quando era muito novo e a diferença de idade entre eles é de mais de 15 anos.

— Bem — diz Jessica, indicando para que eu a siga através de uma cozinha americana cheia de utensílios de aço inoxidável e balcões em granito —, eu meio que subornei a informação dele. Estou trabalhando este verão como estagiária para Marc Jacobs e disse a ele que poderia conseguir todas as roupas e acessórios que vocês quiserem, tipo, de graça. Mas ele não teria me contado se não quisesse que eu soubesse, porque não é como se fosse possível fazer Cooper contar algo que ele não quer que você saiba. Sabe?

Tamanho 42 e pronta para arrasar **211**

É só então que percebo que Jessica está meio chapada. Ela não está caindo de bêbada, mas está descalça — um look que não cai tão mal com os braceletes prateados e a blusa e calça preta esvoaçante que está vestindo. Mas definitivamente não está sóbria.

— Quer uma bebida? — pergunta ela. — Todo mundo está tomando martíni antes do jantar, no terraço, mas eu detesto essas drogas de martínis. Estou tomando galgos rosa. Preparo um para você, se quiser. É uma bebida de *brunch*, mas quem dá a mínima para o horário quando alguém está tentando matar você, certo? — Jessica dá uma risadinha, então leva um dedo, com a unha pintada de preto, é claro, até os lábios. — Opa, desculpe, quis dizer Tania. Não quero roubar o momento dela. Nicole é quem acha que tem alguém tentando matar a todos nós. Mas sabe como é Nicole. — Jessica revira os olhos ao servir uma quantidade generosa de vodca em dois copos altos e finos cheios de gelo.

— Cuidado — digo, quando Jessica derrama metade do que está servindo no balcão.

— Opa — fala Jessica novamente, e dá mais risadinhas. — De toda forma, estou superfeliz por você e Coop. Jordan é tão babaca. Sempre achei que você poderia conseguir alguém bem melhor.

Percebo que Cooper *de fato* contou tudo a Jessica.

— Nossa — digo, enquanto Jessica serve suco de toranja fresco nos copos. — Obrigada.

— Não, sério. Sei que Jordan é meu irmão e tal — ela joga um ramo de alecrim como decoração surpresa em cada copo, então começa a mexer o líquido violentamente com uma colher de prata longa, que provavelmente foi herdada pela família de algum puritano que estava no *Mayflower* e jamais imaginou que sua herança seria usada para mexer coquetéis —, mas ele é um tremendo puxa-saco. Faz qualquer coisa que papai mandar. Aqui. — Ela me passa um dos copos. — Um brinde a estar com o cara certo. *L'chaim.* Ah, sim, Nicole está se convertendo ao judaísmo para irritar meu pai.

— *L'chaim.* — Toco a borda do meu copo no dela. Galgos rosa têm gosto de paraíso, se o paraíso puder ser algo preparado por garotas descalças usando muito delineador preto. — Uau — exclamo.

— Eu sei, são bons, não é? — Jessica sorri. — Vamos encher a cara.

— Você está aqui. — Cooper aparece na cozinha segurando uma bandeja de copos vazios.

Como sempre, sinto um formigamento no plexo solar diante da beleza dele, principalmente porque está vestindo jeans e não a calça cargo que não conseguiu encontrar, porque eu a escondi atrás da secadora. Não há sinal de uma pochete. Ele veste uma camisa de mangas curtas de linho cinza que faz os olhos dele parecerem ainda mais azuis do que cinza, duas cores entre as quais estão sempre alternando. A camisa está para fora da calça, no entanto, o que me causa ansiedade quando me lembro do que Pete falou.

— Estou aqui — murmuro. Nossos olhares se encontram, e quero virar a bebida, correr até o outro lado da cozinha e pular nos braços dele, apesar do fato de que Cooper provavelmente está armado. Mas algo no olhar dele diz *Não.*

A princípio, acho que é porque não quer que eu tateie em busca de calombos onde a arma possa estar. Um segundo depois, percebo que é porque sua mãe está logo atrás dele.

Tamanho 42 e pronta para arrasar **213**

— Cooper, por que parou no meio da cozinha? Como vou conseguir passar... *ah*.

Patricia Cartwright parece espantada ao me ver na cozinha dela, ainda que o porteiro tenha dito que ela o pediu para me mandar subir. Toda vestida em tons de bege e segurando uma taça de martíni vazia, está cuidando muito bem de si mesma ou tem um cirurgião plástico muito bom, porque parece *mais jovem* do que da última vez que a vi.

Por outro lado, a empresa do marido de Patricia — e meu empresário — ganhou milhões de dólares com as músicas que eu gravei para eles. A mãe de Cooper pode pagar pelos produtos dermatológicos mais caros do mundo, até os feitos de placenta de bebê baleia.

— Heather — grita ela, deslizando em minha direção com um sorriso minúsculo no rosto... porque não tenho certeza se o resto do rosto dela consegue se mover, graças a todo o Botox que colocou. — Que maravilha ter podido vir. Sinto muito que tenha de ser sob circunstâncias tão terríveis. Foi *horrível*?

A Sra. Cartwright me envolve com os braços exatamente como Jessica fez, mas a mãe, se é possível, é ainda mais ossuda. Se abraçar Jessica foi como abraçar um gato magricela, abraçar a Sra. Cartwright é como abraçar o esqueleto de um gato.

Olho por cima do ombro dela para Cooper e observo-o estremecer de modo engraçado em compaixão a mim. Jessica, de pé ao meu lado, percebe a brincadeira do irmão e solta uma gargalhada rouca.

— Foi bem horrível — falo, tentando encobrir a gargalhada de Jessica conforme a Sra. Cartwright me solta.

— Posso acreditar — diz a mãe de Cooper. Os olhos azuis de Patricia, como os de Cooper, embora tão diferentes dos dele, semicerram-se com reprovação para Jessica. Aparentemente, ela percebeu a risada. — O pobre homem esteve bem aqui, nesta casa, semana passada, filmando cenas de Tania e Jordan para o programa deles e tentando conseguir com que eu investisse pessoalmente em algum documentário horroroso que estava fazendo sobre um presidiário no corredor da morte. E agora é *ele* quem está morto. — Patricia leva a mão esquerda ao coração, e não posso deixar de reparar na enorme esmeralda que tem no dedo anelar. — A morte de cada homem me diminui, pois sou parte da humanidade. Portanto, não pergunte por quem os sinos dobram. Eles dobram por ti. — Ela abaixa a mão e diz, solenemente: — F. Scott Fitzgerald. Um escritor maravilhoso.

— John Donne, na verdade — diz Cooper, apoiando a bandeja que segurava. — Nascido aproximadamente quatro séculos antes de Fitzgerald, mas quem se importa? Por que não pego um copo d'água para você, mãe? Ou um pouco de café?

— Não seja bobo — fala a Sra. Cartwright. — Vamos servir o jantar em breve. Deveríamos abrir o vinho. Heather, espero que não se importe, tivemos de pedir comida no Palm. Depois de notícias tão terríveis, ninguém estava com muita vontade de cozinhar, muito menos de sair. O Palm não costuma entregar, é claro, mas o dono entrega como um favor especial a Grant, porque sabe o quanto ele ama os bifes de lá e os dois são amigos pessoais.

— E — acrescenta Jessica, mexendo o gelo no copo — como *deveríamos* estar nos Hamptons, mamãe deu a semana de folga para os funcionários...

Tamanho 42 e pronta para arrasar **215**

Patricia Cartwright ergue a taça de martíni vazia de modo imperioso para a filha respondona, sem ao menos olhar na direção dela. Jessica, ao entender a mensagem, pega a taça e vai até o bar ao fim do balcão da cozinha para preparar a bebida da mãe.

— Heather — fala a Sra. Cartwright, e estende o braço para tirar uma mecha de cabelo do meu rosto. — Faz tanto tempo. Tempo demais. Sinto muito pelo que aconteceu entre você e Jordan. Não comentarei nada sobre aquela experiência desagradável a não ser para dizer que foi um golpe muito forte para mim, pessoalmente. Senti de verdade como se tivesse perdido uma filha.

Reparo que Cooper está preparando um *drink* para si ao fundo, colocando gelo em um copo raso e estendendo o braço para pegar a garrafa de vodca que a irmã usou para preparar nossos galgos rosa. Ele não se dá o trabalho de colocar o suco de toranja.

— Muito obrigada, Sra. Cartwright — respondo.

— Sabe, mãe — fala Jessica, enquanto enche uma coqueteleira prateada para martíni com gelo —, você pode não ter perdido Heather como filha, afinal de contas. Talvez seu outro filho possa...

Tudo o que vejo em seguida é Cooper agarrando a irmã pelo pescoço em um mata leão.

— Enquanto Jessica e eu refazemos as bebidas de todos, mãe — diz ele casualmente, como se não fosse incomum andar por aí com a cabeça da irmã presa na dobra de seu cotovelo —, por que você e Heather não vão até o terraço e se juntam a papai e aos outros?

— Argh — fala Jessica, lutando para se libertar. Percebo que não deve estar tão em perigo assim, pois segura a coqueteleira de martíni cuidadosamente distante sem derramar uma gota.

— Sim, é claro — diz Patricia Cartwright. Ela pega meu braço e começa a me levar na direção das portas que vão do chão ao teto e dão para o terraço da cobertura. — Tenho certeza de que está ansiosa para ver o resto do apartamento. Não esteve aqui desde que reformamos. Contratamos Dominique Fabré, conhece? É simplesmente um arquiteto fabuloso. Tivemos muitos problemas para aprovar a planta com o conselho, é claro. Ai, nossa, como a sua pele é macia. Que produtos usa, se não se importa que eu pergunte?

— Lágrimas de alunos universitários com saudades de casa — respondo, com seriedade.

A Sra. Cartwright ergue o rosto para mim com esperteza — de saltos, sou bem mais alta do que ela.

— Ah, você está brincando — responde ela. — Entendo. Sim, você sempre foi inteligente, agora me lembro. Sempre me perguntava o que é que via em Jordan, porque, embora eu o ame demais, tenho perfeita noção de que não é meu filho mais inteligente. Esse é Cooper, embora sempre tenha sido a maior decepção do pai. Tão talentoso, tão esperto, poderia ter feito qualquer coisa, mas decidiu se tornar um detetive particular. — Patricia solta uma gargalhada amarga. — Deveria ouvir o que nossos amigos dizem quando tentamos explicar. Que tipo de pessoa se torna detetive particular?

É uma pergunta fútil, lançada casualmente enquanto a Sra. Cartwright abre uma das portas de vidro e nós saímos

Tamanho 42 e pronta para arrasar **217**

para o terraço da cobertura. Tenho certeza de que não espera uma resposta, mas dou uma mesmo assim.

— Alguém que quer usar seus dons para ajudar pessoas com problemas. Em uma era diferente, acho que eram chamados de cavalheiros sobre cavalos brancos.

A Sra. Cartwright olha para mim, surpresa.

— Sim — responde ela, o tom de voz não mais casual. — Ele certamente resgatou você, pelo que soube.

— Não sei do que está falando — digo, corando. — Apenas emito as cobranças dos clientes dele.

— É claro — fala Patricia, o sorriso malicioso. — As cobranças. Por que não? Bem, venha dizer "oi" para todos.

O terraço dos Cartwright é muito mais largo e extenso do que o dos Allington. Um helicóptero poderia facilmente pousar no gramado de golfe que Grant Cartwright mandou plantar em uma das pontas, e a piscina, embora não seja olímpica, poderia abrigar modelos da Victoria's Secret em número suficiente para alegrar até mesmo um promoter de boate de celebridades.

Os membros da família Cartwright, incluindo Tania, estão sentados em espreguiçadeiras de estofado luxuoso, organizadas ao redor de um poço para fogueiras externas, as chamas de gás ajustadas para ficarem brandas, porque está quente do lado de fora. Posso ver que o Sr. Cartwright está mandando mensagens de texto freneticamente, ignorando por completo o lindo pôr do sol diante de si, mas Jordan dá atenção total a ele. Tania está encolhida em uma espreguiçadeira não muito longe da de Jordan, parecendo ainda menor do que quando a vi pela última vez. "Baby" está em seu colo. Mesmo de onde estou, o tom de pele de

218   *Meg Cabot*

Tania parece desbotado. Os olhos dela estão escondidos atrás de óculos escuros.

Do lado oposto da fogueira, uma garota que reconheço como Nicole — uma década mais velha do que quando a vi pela última vez — está dedilhando um violão. Ela lembra a irmã gêmea apenas nos modos mais básicos. Os cabelos longos têm o mesmo tom chocolate, mas ela o prendeu com duas tranças. Não está com um pingo de maquiagem e, no lugar de braceletes prateados, usa pulseiras de couro retorcido com miçangas. É cerca de 25 quilos mais pesada do que Jessica e, em vez de estar toda de preto, colocou um vestido branco *vintage* estampado com cerejas vermelhas alegres. Nos pés, calça um par de rasteirinhas também vermelhas, e óculos de armação grossa e preta apoiam-se sobre seu nariz.

— Ai, meu Deus. — Ouço Patricia murmurar quando as notas do violão chegam até nós. — De novo, não.

— Por quê? — pergunto. Inclino a cabeça, em um esforço para captar melhor o som. O vento no décimo terceiro andar é quente, mas não gentil. Seguro com cuidado a bainha da saia. — Ela parece ótima.

— Ai, Jesus Cristo. — Ouço Jessica rosnar quando surge atrás de nós. Ela segura o galgo rosa em uma das mãos e a bebida da mãe na outra. — Mãe, achei que você tivesse dito que iria fazê-la parar.

— O que quer que eu faça? — pergunta a Sra. Cartwright

— Coloque uma mordaça nela?

— É o que vai fazer se quiser evitar que eu a ataque — fala Jessica, e dispara por mim. — Nic — grita ela, com raiva, conforme caminha na direção da fogueira —, dá um tempo. Papai não vai comprar nenhuma das suas músicas idiotas.

Tamanho 42 e pronta para arrasar   **219**

Sigo Jessica, tendo que tomar cuidado extra com minha bebida, pois o caminho até a fogueira é feito de grama de verdade e meus saltos afundam no solo.

— Aqui — fala uma voz masculina atrás de mim. — Permita-me.

É Cooper. Ele está carregando uma bandeja de bebidas variadas em uma das mãos. Com a outra, pega meu braço, ajudando-me a manobrar pelo caminho traiçoeiro.

— Então, qual é o segredo do qual estava falando ao telefone mais cedo? — pergunta, em voz baixa. — Tem algo a ver com o que está usando por baixo desse vestido?

O sorriso de Cooper é brincalhão. Infelizmente, meu segredo é tudo, menos isso.

— Conversaremos mais tarde — respondo. — Na mesma hora em que conversarmos sobre onde você guarda a arma quando ela está em casa.

— Heather — começa Cooper, mas interrompo-o.

— Agora não — digo. — Vamos descobrir quem está tentando matar Tania primeiro. Depois podemos lidar com nossos problemas.

Conforme me aproximo da fogueira, compreendo um pouco do que Nicole está cantando. A voz dela é agradável, com uma deliciosa leveza.

Infelizmente, o mesmo não pode ser dito a respeito da letra da música.

— Meu sangue — canta Nicole, com profundidade, conforme observa o pôr do sol —, meu sangue, provei meu sangue menstrual. E sim, tinha um gosto bom, como eu sabia que teria...

Jessica profere um palavrão de queimar os ouvidos, então diz:

— Mãe, juro por Deus, se não fizer com que ela pare, eu faço. Vou pular nela.

— Bem-vinda de volta à família — sussurra Cooper, e dá um beijo de leve em minha bochecha antes de servir as bebidas.

A salada vegana especial do Palm feita exclusivamente para Tania Trace

Serve 4 porções
Ingredientes para a salada de Tania

250 gramas de vagem, limpa e cortada em pedaços de 2,50 centímetros, cozidas até ficarem levemente macias, por cerca de 4 minutos.
1 a 2 tomates grandes, sem sementes e picados em cubos de 2,50 centímetros
1 cebola adocicada, como a Vidalia, picada em pedaços de 1,50 centímetro

Modo de preparo para a salada de Tania

Verter os ingredientes para o molho da salada em um pote e mexer até incorporar.
Provar o tempero.
Juntar a vagem, os tomates e as cebolas.
Misturar com o molho.
Servir em um prato de salada resfriado.

O jantar é servido do lado de fora, em uma mesa feita de pedra — muito provavelmente roubada de Stonehenge — sob as estrelas, as quais começam a brilhar logo que o sol se põe. Dois garçons e um auxiliar do Palm aparecem com um número extraordinariamente grande de bolsas térmicas contendo os bifes, as lagostas, as batatas fritas, os purês de batata e os cheesecakes que Grant Cartwright pediu. Os funcionários saem para o terraço e começam a arrumar a mesa como se fosse algo que fazem noite sim, noite não. Até onde sei, talvez façam.

Para Tania, há uma salada vegetariana especial que o dono do restaurante nomeou em homenagem a ela — a variação de uma salada que já estava no cardápio — depois que Tania, celebremente, pediu-a (omitidos o camarão e o bacon) em todos os restaurantes Palm do país durante a última turnê nacional, tornando a salada um dos itens mais populares no cardápio.

Mas depois de os garçons terem todo o trabalho de temperarem, servirem e então apresentarem a salada a Tania com um floreio muito galante, tudo o que ela faz — após agradecê-los com gentileza — é beliscar a comida. Até o cachorro de Tania, o qual ela mantém o tempo inteiro no colo, não parece interessado em comê-la. (Eu também não estaria, a não ser que ainda tivesse o camarão e o bacon. Lucy, no entanto, frequentemente tenta comer da caixinha de areia de Owen, então tenho quase certeza de que *ela* teria comido a salada, mesmo sem o camarão e o bacon.)

A maioria das pessoas à mesa de jantar faz o máximo para, educadamente, tirar a conversa da ocorrência terrível em meu local de trabalho. Até mesmo Grant Cartwright, a pessoa responsável por meu atual estado de pobreza (sem falar da minha mãe e do namorado dela, Ricardo), finge estar superinteressado em onde estive desde que o vi pela última vez.

Tamanho 42 e pronta para arrasar   223

— Eu não fazia ideia de que você tinha uma cabeça tão boa para números, Heather — diz Grant. — Sempre me pareceu fazer mais o tipo criativo.

— As pessoas podem ser os dois, pai — intromete-se Nicole. — Por exemplo, eu componho músicas, mas também trabalho no programa Teach for America, porque quero muito dar algo de volta...

— Alguém pode, por favor, me passar o viiiiinho — fala Jessica, em voz alta.

— Jessica — diz a mãe, com um olhar de reprovação. — Não.

— Então você faz a contabilidade do prédio todo? — pergunta o Sr. Cartwright, ignorando as filhas. — E a de Cooper também?

— Não do prédio inteiro — respondo. — Apenas da equipe de alunos que trabalham e estudam. E cuidar das finanças de Cooper revelou-se moleza depois que criei um sistema. — Educadamente, abstenho-me de contar aos pais de Cooper que o sistema anterior dele era inexistente. Encontrei recibos de meia década atrás enfiados na gaveta de cuecas. Isso, é claro, foi uma descoberta recente, pois não tinha intimidade com o conteúdo das cuecas dele até pouco tempo.

— Ela causou uma reviravolta no meu negócio — diz Cooper, e há uma pontinha de orgulho na voz dele.

— Ajudou termos encontrado um contador que não está atualmente na cadeia — falo, sem querer levar todo o crédito.

— Eu devia um favor a ele — explica Cooper. — Você não precisa trabalhar em um escritório para ser um bom contador.

— Concordo plenamente — digo. — E Cooper tem um grupo de amigos muito... diversificado. Mas é mais fácil ligar para um contador que não fica trancado em uma cela de 2 por 3 metros durante a maior parte do dia.

— Heather sempre teve uma cabeça boa para os negócios — fala Jordan, enquanto come um pouco de lagosta. — Foi por isso que jamais entendi as pessoas que fazem piadas sobre loiras burras. Eu ficava, tipo, "Você não conheceu minha namorada". — Ele se encolhe após ter, aparentemente, recebido um chute de uma das irmãs por debaixo da mesa. Então olha com nervosismo para Tania. — Quero dizer, ex-namorada. Mas Tania também é muito inteligente para essas coisas.

Tania não parece estar prestando o mínimo de atenção. Está brincando com a salada, separando a vagem dos tomates e das cebolas, até que seu prato começa a se parecer com uma pequena bandeira da Itália.

— Bem, acho que é adorável Heather ter podido se juntar a nós esta noite — fala a Sra. Cartwright. Ela está na terceira, ou talvez quarta, taça de vinho. Grant Cartwright tem uma geladeira enorme na cozinha dedicada exclusivamente a vinhos, ajustada em diversas temperaturas: um compartimento para os tintos, o outro para os brancos. — Se eu fosse Heather, teria dito a esta família inteira para ir para o inferno. É tão legal quando ex-namorados conseguem continuar amigos em vez de se atacarem.

Tania deixa o garfo cair.

— Deixe — fala Jordan, apoiando a mão sobre a da esposa para evitar que ela se enfie debaixo da mesa para recuperar o talher, o que Tania parecia prestes a fazer. — Você está bem, querida?

— Ainda não estou me sentindo muito bem. — Tania desliza a mão para longe da de Jordan e coloca os dedos ao

Tamanho 42 e pronta para arrasar   225

redor da garrafa d'água que esteve bebericando a noite toda.
— Se não houver nenhum problema, vou entrar e me deitar.

— Claro que não há problema — fala Grant Cartwright, parecendo, de fato, genuinamente preocupado com alguém além de si mesmo uma vez na vida. É fácil ver de quem os filhos herdaram a beleza, pois Grant tem o mesmo porte esguio, o maxilar quadrado e os olhos cinza-azulados penetrantes. A única diferença real é que os cabelos dele ficaram totalmente brancos, e, é claro, ainda estou para ver provas concretas de que Grant tem alma, assim como às vezes suspeito de que Jordan não tenha um cérebro completamente funcional. — Nicole, por que não a leva para seu quarto...

Nicole quase derruba a cadeira na ansiedade em ajudar.

— É claro — diz ela. — Vamos, Tania. Vou cantar para você a nova música em que estou trabalhando. Chama-se "Minha gêmea, minha opressora"...

— Está de *sacanagem*? — exclama Jessica, batendo a taça de vinho na mesa com tanta força que fico surpresa por não se espatifar.

— Ah, sinto muito — fala Nicole, não parecendo nada arrependida. — Não achei que gostaria que eu mostrasse o *seu* quarto a Tania, porque ele fede a cigarro e isso não é bom para o bebê.

A Sra. Cartwright, na outra ponta da mesa, olha para Jessica, surpresa.

— Agora você está *fumando*?

— O médico receitou — insiste Jessica. — Como forma de controlar minha síndrome do intestino irritável...

— Ah, tá — diz Nicole, com uma gargalhada sarcástica. — Não tem nada a ver com o fato de que você quer inibir o apetite depois de trabalhar o dia todo com modelos tamanho 34...

— Pelo menos estou, de fato, recebendo um *salário* — dispara Jessica —, em vez de parasitar mamãe e papai como você faz todo verão de todos os anos desde... ah, sua vida inteira.

Nicole semicerra os olhos e senta-se de novo, pronta para a batalha.

— Com licença, Srta. "Eu trabalho em uma Indústria que Encoraja as Mulheres a Passar Fome", mas assim que terminar no instituto de treinamento do Teach for America, farei algo importante com minha vida. E o que *você* vai fazer? Ah, é: trabalhar para o papai. *Eu ensinarei crianças a ler.*

Uau. É difícil manter um placar, mas acho que precisarei dar o ponto para Nicole por essa, embora em nossa aula de psicologia tenhamos aprendido que as três necessidades básicas do homem são comida (incluindo água), abrigo e roupas. A leitura não figurava na lista até que os cientistas começaram a fazer experiências com macacos, privando-os das mães quando bebês e criando-os em gaiolas isoladas sem qualquer contato com outros macacos ou humanos, então reparando que os bebês macacos tornavam-se completamente antissociais, tentavam arrancar os olhos dos cientistas com as garras, jogavam cocô neles, e depois morriam.

Somente então os cientistas decidiram acrescentar amor, socialização, higiene e saúde à lista de necessidades básicas, sem os quais todas as criaturas, em algum momento, ficarão malucas e morrerão (sem falar em jogar o próprio cocô).

Decidi manter a formação em justiça criminal, pois psicologia parecia um pouco duro.

Levo um minuto para perceber que Tania sumiu, esgueirando-se, despercebida, durante a discussão das garotas. Somente a vejo quando Tania chega às portas de vidro que

Tamanho 42 e pronta para arrasar

227

dão para a cobertura e entra, com Baby em seu encalço. Lanço um olhar inquisidor para Cooper, e ele faz que sim com a cabeça.

Limpo a boca com o guardanapo e apoio-o ao lado do prato quase vazio — minha porção de costela era grande demais, mesmo para mim, e sou uma garota que aprecia um bife bem preparado. Mas consegui limpar todo o purê de batatas.

— Com licença — murmuro, então me levanto, sem deixar de ver o olhar de gratidão que Cooper me lança do outro lado da mesa. Ele sabe para onde vou e fica agradecido. Tania precisa de alguém para cuidar dela. Ninguém mais repara que me levantei.

— Jess. — Ouço Jordan dizer em tom de voz compreensivo, conforme me afasto da mesa — Entendo a coisa de inibir o apetite, de verdade. Mas fumar faz tão mal para você. Peça que o Dr. Shipley receite uns remédios para DDA. É o que faço quando preciso perder alguns quilos antes de uma apresentação. Essas coisas funcionam como mágica. E o benefício colateral é que os remédios me ajudam mesmo a me concentrar, na coreografia e tal.

— Talvez seja porque você de fato tem DDA — sugere Cooper, mas Jordan apenas ri e soca o irmão no braço.

— Em nossa época — fala Grant Cartwright —, chamavam esses remédios de "bolinha".

— Certo — concorda a mulher dele. — Lembra daquela vez que tomamos todas aquelas bolinhas e fomos dirigir em Martha's Vineyard, querido?

— Não — responde Grant Cartwright. — Essa foi a vez em que tomamos muitas margaritas.

— Ah, é — diz Patricia Cartwright. — As pessoas não pareciam fazer cara feia para bebida e direção tanto quanto fazem agora. Embora aquele fazendeiro tenha ficado chateado com a cerca.

— Vocês são nojentos — fala Nicole.

Jessica parece concordar com a irmã pelo menos uma vez.

— Sério.

As vozes deles se dissipam conforme sigo o caminho — agora sutilmente aceso por lâmpadas de halogênio escondidas em mudas — em direção à cobertura. Não há sinal de Tania quando entro, mas ouço o som de uma televisão e o tilintar de uma coleira de cachorro... Baby está se coçando. Sigo o som até que me encontro em uma sala de mídia, toda feita de painéis de madeira escura e com sofás de couro preto, e vejo Tania afundada no meio de um deles, banhada pela iluminação de uma TV de tela plana. Ela está com uma manta de pele falsa de chinchila estendida sobre as pernas nuas para se proteger do ar condicionado, e Baby está em seu colo, coçando as orelhas energicamente. Os dois erguem o rosto para mim quando surjo à porta.

— Ah, oi — falo, hesitante. Nem o cão nem a dona parecem particularmente felizes em me ver. — Eu estava apenas...

Tentando encontrar o banheiro? A caminho da rua e peguei um corredor errado?

Quer saber? Que se dane. Um produtor com quem essa garota trabalhava todos os dias morreu hoje, praticamente em meus braços. Mereço algumas respostas, e está na hora de ver se Tania tem algumas.

— ...me perguntando se podia me juntar a você — digo, e entro no quarto, fechando a porta atrás de mim. — Há um

Tamanho 42 e pronta para arrasar   229

limite de família Cartwright que consigo suportar ao mesmo tempo. — Atravesso o quarto, desviando da enorme mesa de centro sobre a qual está apoiada uma cesta decorativa de bolas de *ratan* (queridos decoradores do mundo: qual é a dessas bolas de *ratan*?), e sigo direto para o sofá no qual Tania está sentada. — Dê um espacinho.

Ela fica exatamente onde está, de olhos arregalados e confusa.

— Há bastante espaço ali — fala Tania, apontando, com o controle remoto nas mãos, para o sofá oposto ao que ocupa.

— Sim — concordo —, mas você tem todos os cobertores.

Ergo a falsa pele de chinchila e sento-me ao lado dela, com cuidado para não tocá-la, tirando os sapatos — que alívio! — e dobrando as pernas sob o corpo, imitando a postura dela. Aprendemos na aula de psicologia — demonstrado em estudo após estudo — que imitar sutilmente os movimentos corporais de outra pessoa aumenta nossas chances de um envolvimento interpessoal bem-sucedido. Baby certamente parece achar a situação aceitável, pois rapidamente se aconchega na pequena vala de cobertor que se formou entre nós duas.

— Então — digo. — Os Cartwright parecem gostar mesmo de você. Isso é legal. Eles são meio loucos, mas acho que a maioria das famílias é. Certamente todas as da Faculdade de Nova York, onde trabalho, são. Não acho que exista algo como uma família normal. O que quer dizer normal, afinal de contas?

Tania não responde. Mantém o olhar na televisão. Está mudando de canais como se não fosse da conta de ninguém e parece ter problemas em encontrar alguma coisa para assistir, embora os Cartwright tenham TV por satélite e Tania já tenha chegado ao canal 900. Mas ela abaixou o volume, o que é um bom sinal.

— É legal — falo, tentando novamente — que, quando tiver sua filha, ela terá tanta gente se importando com ela, mesmo que a sanidade dessas pessoas seja levemente questionável. Soube que é possível restringir o número de pessoas no quarto quando se dá a luz, então você pode considerar essa opção. Caso contrário, consigo ver Nicole querendo estar lá durante a coisa toda, para poder reunir material sobre uma música a respeito de provar a placenta...

Tania finalmente dá um sorriso.

— Não — diz ela, tirando o olhar da televisão. — Ela não faria isso.

— Estou falando sério — respondo. — Talvez faça. É difícil achar palavras para rimar com "placenta", mas aposto que Nicole conseguirá. "Era de cor magenta. Tinha gosto de polenta".

— Pare — diz Tania, gargalhando. Ela pega uma almofada próxima e a atira de leve em mim, o que faz com que Baby emita um latido baixinho.

Pego a almofada e finjo afundá-la na cabeça de Tania, então digo, enquanto Tania ainda ri e Baby corre pela falsa chinchila falsa em círculos agitados:

— Então. Quer me dizer quem te odeia o bastante para tentar te envenenar? Porque acho que você sabe.

A gargalhada de Tania para abruptamente. Ela afunda contra as almofadas de couro e encara a tela da TV, mas não me parece que a esteja mesmo assistindo.

— Eu não sei — responde ela. Está usando um vestido fininho e multicolorido, os ombros à mostra, o cabelo levemente cacheado. Quando Tania sacode a cabeça, os cachos pulam. — Eu não sei.

— Não minta para mim, Tania — digo. Não estou mais imitando a postura dela, que está jogada, em derrota. Estou sentada com as costas retas. — Você pode mentir para todo mundo, mas não para mim. Você me *deve* isso. Na verdade, me deve em dobro, porque Jared morreu em meu prédio. — Isso é um leve exagero, pois Jared morreu horas depois de desmaiar diante de mim, no hospital, mas tenho quase certeza de que Tania não sabe disso. — E se não fosse por você, *eu* seria a esposa de Jordan.

Estou empilhando mentira em cima de mentira, mas digo a mim mesma que é por um bem maior, que é chegar à verdade. Se não tivesse surpreendido Tania com Jordan, ele e eu teríamos terminado de qualquer maneira, porque eu teria ficado mais esperta por conta própria e perceberia que casal terrível nós formávamos... e como eu combinaria muito melhor com o irmão mais velho dele, Cooper, se ao menos conseguisse fazer com que ele olhasse na minha direção. (Não consigo acreditar que demorou tanto para conseguir isso.)

Tania não precisa saber disso, no entanto.

Finalmente, ela olha para mim.

— Achei que tivesse superado Jordan — diz ela, parecendo levemente desconfiada. — Achei que estivesse com Cooper agora.

Fico tão chocada que quase chuto Baby para fora da manta e para o outro lado da sala, como se ele fosse uma bola de futebol de chihuahua.

— Como você soube *disso*? — exijo saber, a voz elevando-se até ficar esganiçada.

— Stephanie me contou — responde Tania.

Para quem Stephanie *não* contou?

— Jordan sabe? — pergunto. Presumo que não ou ele não teria ficado tão carinhoso com Cooper durante o jantar... a não ser que fosse tudo encenação para atrair Cooper para uma sensação de falsa segurança, para que assim, mais tarde, Jordan pudesse empurrar o irmão do terraço. Mas não acho que Jordan seja capaz desse tipo de duplicidade, e Cooper está armado, de toda forma.

— Não — responde Tania, balançando a cabeça. Os cachos pulam. — Jordan não sabe. Stephanie disse para não contar a ele. Ela disse... disse que você e Cooper vão se casar.

— Bem — falo. Vou dar um soco na cara de Stephanie da próxima vez em que a vir. Não me importa ela ter passado o dia fazendo lavagem estomacal com carvão porque comeu veneno de rato. — Não tem data marcada nem nada, mas é algo sobre o qual Cooper e eu já conversamos. Stephanie está certa, seria ótimo se você não contasse a Jordan ainda. É um pouco... esquisito.

— Eu entendo — fala Tania, então abaixa o rosto na direção das mãos. No terceiro dedo da mão esquerda há um diamante que tem aproximadamente o tamanho de Dayton, em Ohio, ou até de Paris, na França. — Jordan pode ser um pouco... infantil a respeito de algumas coisas.

— Sim — digo, surpresa pela maturidade tanto do reconhecimento quanto do tom de voz dela. — Ele pode ser, às vezes.

— Sinto muito por ter feito aquilo com você — diz Tania, falando para o anel de diamante. — Aquilo que me viu fazendo naquele dia com Jordan. Eu sabia que você ainda estava com ele, mas eu... eu *precisava* fazer.

Tamanho 42 e pronta para arrasar   233

"Você *precisava* pagar um boquete para o meu namorado?", quero perguntar.

Em vez disso, digo:

— Entendo. — Ainda que não entenda.

— Você já foi casada, Heather? — pergunta Tania, ainda olhando para o anel.

— Não — respondo, incapaz de segurar um sorriso. Tania não quer ser engraçada, eu sei, mas não consigo evitar rir um pouquinho. De repente me parece divertido que ela esteja prestes a *me* dar conselhos matrimoniais, ainda que eu seja bem mais velha. Tania está mais próxima da idade de Jessica e de Nicole do que da de Jordan.

— Bem — diz Tania, com um suspiro audível —, eu já. É o motivo de tudo isso estar acontecendo.

— Espere — falo, o sorriso desaparecendo conforme percebo que Tania estava perguntando se eu tinha sido casada antes porque *ela* já foi. Mas isso é impossível, porque a garota mal tem idade para beber legalmente... só uns anos a mais. — O *quê*?

— É o motivo de tudo isso estar acontecendo — repete Tania. — Você está certa, eu *devo* a verdade a você. E quer saber? Me sinto melhor a respeito disso agora que contei. — Tania sorri e pega o cachorro no colo, dando-lhe um pequeno apertão. — Uau, é fácil conversar com você. Eu sabia que entenderia. Não é de espantar que seja tão boa no que faz. Aposto que aqueles alunos contam coisas a você o tempo todo. Segredos que jamais contaram a ninguém, como o que acabei de contar. Eu nunca contei isso a ninguém antes, nem mesmo ao meu cabeleireiro. Ou a Jordan.

Jogo a manta de chinchila longe, coloco os dois pés no chão e encaro Tania diretamente. Mas ela não olha para mim, porque está com o rosto enterrado no pelo de Baby.

— Tania — falo. — Do que exatamente você está falando? Que segredo? O que está acontecendo?

— Tudo — responde ela, gesticulando com os ombros élficos enquanto abraça Baby tão forte que ele começa a se debater. Tania não solta o cão e não ergue o rosto, e sua voz sai abafada enquanto esconde a face envergonhada. — Por que tive de roubar Jordan de você. Por que Urso levou um tiro. E por que Jared morreu hoje.

— Por quê? — pergunto, embora eu ache que finalmente sei.

Quando Tania ergue o rosto finalmente, está com as bochechas molhadas de lágrimas.

— Por causa do meu ex-marido — diz ela. — Ele disse que vai me matar.

Baby Mama Drama

Baby mama
É assim que ele me chama

Não quero drama
Então não digo nada

Mas não sou a sua mama
E este baby não é dele

Então vou causar um trauma
Se eu não esclarecer esse negócio

"Baby Mama"
Interpretada por Tania Trace
Composta por Larson/Trace
Cartwright Records
Álbum *Então me processe*

17

— Então, o que ela disse? — pergunta Cooper, assim que volta para o Cadillac Escalade no qual somos levados para casa. Ele acabou de acompanhar Tania e Jordan até o apartamento deles, que fica em um prédio na Quinta Avenida a alguns quarteirões do prédio de Grant Cartwright, no sentido centro da cidade/oeste. Escolhi ficar no carro, perturbada demais pela história que Tania havia me contado na casa dos pais de Cooper para fazer mais do que murmurar um boa-noite educado.

— Te conto quando chegarmos em casa — digo, meu olhar no motorista.

— Tem certeza? — pergunta Cooper, parecendo surpreso.

— Ah, sim — respondo. — Tenho certeza.

Cooper, depois de me lançar um olhar inquisidor, inclina-se para a frente e informa nosso endereço ao motorista, então afundo de volta nos assentos de couro costurados à mão e encaro, sem enxergar, o lado de fora da janela fumê.

— Só me certificando de que papai faça o dinheiro dele valer — dissera Cooper, de brincadeira, quando Jordan e o porteiro do prédio insistiram que não era necessário que ele acompanhasse Tania até a porta e depois até *dentro* do apartamento que ela divide com Jordan.

— Nossa segurança neste prédio é muito boa, senhor — falou o porteiro para Cooper. — Temos um vigia noturno a postos na porta da garagem lá embaixo e monitores em todas as saídas e escadas.

— E nossa fechadura é da Medeco — observou Jordan com orgulho.

— Acho que deveriam deixá-lo entrar — falei, de dentro do Escalade.

Cooper, Jordan e o porteiro se inclinaram para dentro da porta aberta do carro para me olhar de modo esquisito. Tania manteve o rosto enterrado no pelo reluzente do chihuahua, olhando para ninguém.

— Como é, moça? — dissera o porteiro.

— Acho que deveriam deixar este homem acompanhá-los até o apartamento — falei. — Eu esperarei aqui embaixo no carro. Vai levar apenas um minuto. Não sei se você soube, mas houve um assassinato hoje. Um perseguidor da Sra.

Tamanho 42 e pronta para arrasar   **237**

Trace enviou a ela uma caixa de cupcakes recheados com veneno de rato, e uma pessoa comeu um e morreu. Quaisquer que sejam as precauções de segurança normais para ela, quadruplique-as. E não coma, nem mesmo abra, nada que esteja endereçado a ela. Tenho certeza de que a polícia passou por aqui...

O porteiro era jovem.

— Na verdade — disse ele, engolindo em seco —, acabo de começar meu turno. Sequer tive a chance de ler os recados...

— É por isso que estou aqui — falou Cooper, colocando o blazer de linho sobre os ombros de Tania enquanto a acompanhava para dentro do prédio, com o porteiro e Jordan os seguindo de perto. — Serviços de Segurança Cooper Cartwright. Não pode se livrar de mim até que eu tenha instruído toda a sua equipe e verificado debaixo de sua cama em busca de intrusos. Só depois disso encerro a noite.

A parte engraçada, se é que se pode chamar isso de engraçado, é que ainda não tive a chance de contar a Cooper a história aterrorizante que, uma hora antes, Tania jogara em mim como se fosse uma bomba de hidrogênio. Tinha sido quase um alívio quando Nicole irrompera na sala de mídia, exigindo que Tania e eu assistíssemos a um DVD da performance dela no concurso de talentos da faculdade só para mulheres no ano anterior, no qual Nicole ficara em terceiro lugar (na categoria vocalista solo).

— Mããããe — gritara Jessica, atrás da irmã — ela está obrigando as pessoas a assistirem àquilo de novo!

Eu gostei do vídeo — no qual Nicole interpretou a música "Witchy Woman", do Eagles, no violão —, pois me deu a oportunidade de tentar processar as confidências de Tania.

Finalmente, a família toda saiu do terraço, e Cooper acabou sentado no braço do sofá de couro, ao meu lado.

— Você está bem? — Ele se inclinou para sussurrar em certo momento, fingindo esticar o braço para pegar um dos uísques que o pai havia servido para todos, exceto Tania. — Você parece... apavorada.

Quem não estaria? A história de Tania beirava o... Eu nem sabia o quê.

— Estou bem — sussurrei de volta. Mas fiquei aliviada quando Cooper sugeriu que todos fôssemos para casa alguns minutos depois, observando que Tania parecia cansada.

— Tem certeza? — perguntara Jordan, parecendo relutante em encerrar a noite. — Poderíamos passar lá em casa e tomar um Drambuie. Bem, nós *três* poderíamos. — Ele deu às irmãs um olhar sombrio. — *Elas* não estão convidadas. E Tania tem gostado de chá de camomila antes de dormir ultimamente.

A garota, conhecida por sucessos ousados como "Tapa na cara" e "Homem doce", não tentara negar. Em vez disso, trocamos olhares. Tania me fizera jurar não contar a ninguém — ninguém — o que havia me contado. Era uma questão de, dissera ela, vida e morte. A vida do bebê e a morte de Tania.

Acreditei nela, agora mais do que nunca. Nos poucos minutos em que Cooper esteve lá em cima, no apartamento de Tania e de Jordan, me deixando sozinha no carro com meus pensamentos e o motorista dos Cartwright, ouvi as palavras "Faculdade de Nova York" na rádio que o motorista ouvia baixinho.

— Pode aumentar o volume, por favor? — pedi, então me arrependi imediatamente quando ele o fez.

— Ainda sem informações da polícia a respeito de o envenenamento ter sido acidental — disse a voz familiar do radialista. Era uma rádio de notícias 24 horas, a qual Sarah insistia em ouvir incessantemente no escritório para saber notícias sobre o conflito Israel-Palestina. Não que eu não me sentisse mal pelo conflito. Apenas preferia ouvir música enquanto trabalhava. — De acordo com um comunicado emitido por Grant Cartwright, presidente e CEO da Emissora Cartwright Records, o produtor estava trabalhando em um novo reality show, estrelado por Jordan Cartwright, vocalista principal da agora extinta boy band Easy Street, e sua nova esposa, Tania Trace, cuja música "Então me processe" é o *single* número um do país. O programa está sendo filmado no Conjunto Residencial Fischer, um dormitório da Faculdade de Nova York conhecido por ter sido local de várias mortes violentas este ano, algumas envolvendo alunos da Faculdade de Nova York. O local atualmente abriga cinquenta garotas adolescentes, não alunas, todas participantes de um acampamento de rock cuja anfitriã é Trace. Não há notícias sobre se o acampamento ou as filmagens do reality show serão suspensos devido à morte.

Afundei o rosto nas mãos, as palavras de Tania ecoando em minha mente.

— Conheci meu marido no ensino médio. Fazíamos parte do coral. Eu era soprano. Ele era tenor. Mas eu podia cantar qualquer parte, então, às vezes, se o Sr. Hall precisasse, eu cantava em alto. Não me importava, contanto que estivesse cantando. Cantar é a única coisa que sempre me deixou verdadeiramente feliz.

Eu fiquei sentada, olhando para Tania sob o brilho da televisão, a única luz na sala sem janelas. Tania parecera tão frágil e vulnerável.

— Talvez — acrescentou ela, olhando para baixo em direção à saliência quase imperceptível na própria barriga —, ter um bebê me deixe feliz. Ouvi pessoas dizerem que não conheciam a felicidade verdadeira até que olharam nos olhos de seus recém-nascidos, mas não acho que essas pessoas saibam qual é a sensação de cantar. Quando eu canto... é como se nada pudesse me tocar. Sabe?

Essa declaração não me surpreendeu. Considerando a ascensão meteórica de Tania para a fama, fazia sentido. Pessoas bem-sucedidas costumam ser mais felizes quando fazem o que amam.

O que me *surpreendeu* foi a afirmativa esquisita sobre por que gostava tanto de cantar. Com aquilo eu não consegui me identificar. Como se nada pudesse tocá-la? O que aquilo queria dizer? Quem — ou o quê — estava tentando tocá-la?

E de onde viera esse ex-marido? Jamais ouvira falar de Tania ter um ex-marido, ainda mais um tão antigo como um do ensino médio. Como Tania Trace podia ter um ex-marido? Como a Cartwright Records conseguira manter isso fora da página de Tania na Wikipédia, ainda mais da seção de fofocas? Ela e Jordan tinham acabado de realizar um casamento de um milhão de dólares — nada menos do que a catedral de St. Patrick! A Igreja Católica costuma ser bem minuciosa quando verifica essas coisas.

— Éramos bons — disse Tania, acariciando as orelhas de Baby. — Éramos a menor escola do distrito mais pobre de nosso condado, mas fomos convidados para o campeonato

Tamanho 42 e pronta para arrasar   241

estadual. Sabe quando você canta no palco com um grupo e todas as vozes se mesclam perfeitamente, e então você ouve um som de campainha, feito um sino, dentro da cabeça?

Foi quando percebi que ela estava falando do coral, não de como ela e o namorado do colégio se relacionavam como um casal.

— Hã... claro, eu acho — respondi, abaixando o olhar. Eu não queria que Tania visse as lágrimas que haviam se formado em meus olhos. Parecia bobo, mas eu estava familiarizada com o som do qual ela estava falando. Não percebera, até precisamente aquele momento, o quanto sentia falta dele. — Então era isso o que acontecia quando vocês se apresentavam? Vocês dois ouviam o sino juntos?

— Sim — disse Tania, sorrindo, como se aliviada por eu entender. — Nós... nos mesclávamos, sabe? Todo o auditório ficava parado em silêncio depois de uma apresentação nossa, ouvindo o último eco de nossas vozes se dissipar... Só então todos se levantavam e começavam a bater palmas. Como se chama isso, Heather? — perguntou ela a mim, com uma ingenuidade que me lembrava um pouco de Jordan.

— Uma ovação de pé? — perguntei.

— Não, não isso. Quando as vozes se mesclam dessa forma.

Generosidade, eu queria dizer a ela. Quando nenhum vocalista tenta se sobressair, é porque estão todos trabalhando pelo bem do grupo. Chama-se boa performance e generosidade, e é extremamente raro. Tende a acontecer somente em corais profissionais e, eu tinha quase certeza, em qualquer coral do qual Tania Trace participasse, porque todos nele sentiam que talento fantástico Tania possuía, e esperavam que parte disso passasse para eles.

242   *Meg Cabot*

Se alguém quisesse tratar isso com cinismo, poderia concluir que talvez eles esperassem que, ao enaltecer o talento de Tania, ela seria generosa com eles quando fosse famosa, como o coral certamente sabia que ela seria, e os trataria bem em troca. Era assim que funcionava o *show business*.

— Não sei — respondi, em vez disso, querendo redirecionar a conversa para o namorado dela... E agora ex-marido, *stalker* e futuro assassino. — Tania, não acho que isso tinha algo a ver com ele ou o resto do coral. Acho que era você. Porque obviamente foi você quem seguiu adiante e construiu uma carreira tão fantástica. Já pensou nisso?

Ela balançou a cabeça com tanta veemência que os cachos pularam para todos os lados.

— Não — respondeu Tania. — Nós ficamos em primeiro. Primeiro lugar no estado inteiro. Foi por causa dele, porque era *tão* talentoso e *tão* motivado, e me fez acreditar que eu poderia ser alguém especial. Foi ele quem disse que deveríamos nos casar e mudar para Nova York, e que eu deveria tentar fazer testes para espetáculos da Broadway.

É claro que dissera. Não havia generosidade envolvida. O cara quisera usar Tania como o ingresso para a fama, do modo como a Sra. Upton estava fazendo com Cassidy, do modo como minha mãe e Ricardo (e, vamos encarar, meu pai) tinham feito comigo.

— E quanto a seus pais? — perguntei. — Eles não acharam que talvez você devesse diminuir um pouco o ritmo, fazer algumas aulas na faculdade antes ou algo assim?

— Não sou como você, Heather — falou Tania, com um sorriso compadecido, como se eu tivesse dito algo engraça-

Tamanho 42 e pronta para arrasar   243

do e fofo. — Não tive pais que fizeram coisas como juntar dinheiro para a faculdade.

Na verdade, eu também não tive, mas não vi razão para mencionar isso.

— Meu pai foi embora quando eu era bebê — continuou Tania. — Minha mãe me apoiou bastante quando eu disse que estava me mudando para Nova York, porque ela estava com dificuldade o suficiente para alimentar meus três irmãos mais novos com o salário que ganhava no restaurante. Além disso — a cor começou a voltar ao rosto de Tania — ela estava casada de novo, e com a presença do meu padrasto... bem, a casa estava ficando um pouco lotada.

Eu podia apenas imaginar como estava ficando "lotada" na casa e como a mãe de Tania devia ter visto de forma positiva a decisão da filha de se mudar para Nova York, principalmente quando se tratava de afastá-la do novo padrasto. A pessoa não se torna uma das mais bonitas da revista *People* da noite para o dia. Tania devia ser tão arrasadora linda antigamente quanto era agora.

— Então você se casou e se mudou para cá — falei.

— É — respondeu Tania, olhando para um dos pés descalços, o qual despontava por debaixo da falsa pele de chinchila. Tania tinha pintado as unhas dos pés de uma cor linda para combinar com as das mãos, roxas e com brilho. A manicure devia ter finalizado o dedo mindinho do pé sem cuidado, pois Tania encontrou um ponto grosso e começou a cutucá-lo. — E ainda que eu saiba que nós deveríamos ter sido felizes como recém-casados, fora muito mais difícil do que eu pensava, a princípio. O único apartamento que podíamos pagar era um estúdio minúsculo de um cômodo no Queens, no segundo andar de um bar. Não era apenas barulhento, mas estava cheio de baratas. Quando a gente acendia a luz, elas saíam correndo para debaixo da geladeira. — Reparei que Tania estava mexendo com mais força no esmalte. — Mas Gary disse que assim que eu conseguisse um emprego, nos mudaríamos para um lugar melhor. E nos mudamos, depois que consegui um contrato como uma das cantoras do coro do *Williamsburg Live...* se lembra desse programa? Provavelmente não, porque ele foi cancelado após uma temporada. Então conseguimos um lugar melhor, em Chinatown. Ainda era de um cômodo só, mas pelo menos não tinha baratas. E conseguimos um ainda *melhor* depois que fui contratada como *backing vocal* para o Easy Street, na época que eles saíram naquela turnê europeia. Então consegui o contrato com a Cartwright Records...

— E o que Gary estava fazendo enquanto você trabalhava em todos esses empregos? — perguntei, pensando em como a história dela era comum, repetindo-se dia após dia, pelo menos em Nova York. Garota pobre conhece garoto pobre. Garota pobre se casa com garoto pobre, os dois se mudam para a cidade grande para ir atrás do grande sonho deles. Lá, a garota pobre conhece garoto rico, torna-se uma estrela e dá um fora no garoto pobre. Garoto pobre tenta assassinar a garota rica como vingança.

— Bem — disse ela, mordendo o lábio —, esse era o problema. Gary era meu empresário...

— *O quê?* — Essa era uma reviravolta diferente na história.

— Gary era meu empresário — repetiu Tania. — Então ele trabalhava bastante comigo, em meu treinamento vocal, e passava bastante tempo ao telefone com pessoas, tentando

Tamanho 42 e pronta para arrasar **245**

conseguir testes para mim e tal. A questão era que acho que Gary não tinha tantos contatos assim, ou tantos quanto ele disse que tinha, por ter vindo da Flórida. Comecei a ter a sensação de que ele estava, na maioria das vezes, irritando as pessoas...

Aposto que estava; um garoto do ensino médio que grudara em uma estrela como Tania. Aposto que irritava *muita* gente. Era incrível que ninguém tivesse tentado assassiná-lo.

— Então... — Tania cutucou o dedo do pé com mais força — comecei a ir sozinha a testes, a trabalhos dos quais ouvira falar por meio de outras garotas. Não queria deixar Gary irritado. Eu fiz isso porque o amava e queria provar que o que tínhamos era especial. Achei que as coisas ficariam melhores quando eu conseguisse um trabalho. Ele estava muito estressado porque eu não conseguia muito dinheiro para nós — falou Tania. — Era culpa minha, na verdade. Ele ficava tão alterado, dizia coisas que não queria dizer.

— Que tipo de coisas? — perguntei, mantendo a voz neutra com esforço. Queria voltar para o terraço, encontrar Cooper e dizer a ele para ir atrás desse tal de Gary com tudo, incluindo, e principalmente, a arma.

Mas eu sabia que precisava conseguir a história toda primeiro. Além disso, ninguém sabia melhor do que eu que violência não resolve nada. Na maioria das vezes.

— Ah — falou Tania, e deu de ombros, ainda cutucando o dedo —, coisas idiotas, como que eu jamais conseguiria porque não tinha talento o suficiente e talvez devesse desistir.

A letra do sucesso dela "Então me processe", aquela que era tão diferente das outras, veio à minha mente.

Todas aquelas vezes que você disse
Que eu jamais conseguiria
Todas as vezes que disse
Que eu deveria desistir

— Mas isso não fazia sentido algum, porque, se eu desistisse, não teríamos dinheiro *nenhum* — falou Tania. Reparei que os olhos dela estavam cheios de lágrimas. — E então, quando eu *conseguia* um trabalho — continuou ela —, ele ficava muito irritado porque, é claro, os trabalhos jamais tinham sido arranjados pelos contatos *dele*. Eu precisava fingir que eram, sabe, inventar coisas, como se alguém para quem ele ligara tivesse me contratado, em vez de alguém que eu conhecia. Caso contrário, as coisas que Gary dizia... eram ainda piores.

— Como o quê? — perguntei, com cautela.

Todas as vezes que disse
Que não sou nada sem você
A parte triste é que
Eu acreditei também

— Não sei — respondeu Tania, os ombros curvados de maneira defensiva. — Apenas... coisas.

Então fui embora e
Quem diria
Eu venci
Sozinha

Tamanho 42 e pronta para arrasar   **247**

— Tania — falei, ainda mantendo a voz neutra —, Gary bateu em você?

— Ah — falou Tania, desapontada. — Ah, não. De novo, não.

Olhei para baixo e vi que sangue escorria do dedo dela. Tania tirara o esmalte e, ao fazer isso, arrancara parte da unha. O rosto dela se contorceu.

— Não quero sujar de sangue a coisa peluda deles — disse Tania, lágrimas escorrendo do rosto.

— Não se preocupe — falei, embora meu coração estivesse acelerado. Ela havia arrancado parte da própria unha do pé, bem na minha frente, quando perguntei se Gary batera nela. — Aqui, tome um Band-Aid.

Com os dedos trêmulos, estiquei o braço até a bolsa. Tinha enfiado um punhado deles ali antes de sair de casa, antecipando as bolhas que teria por usar os saltos... Embora, na verdade, eu quase sempre tivesse um ou dois Band-Aids comigo. Era outro sintoma da hipervigilância da qual eu sofria por trabalhar no Dormitório da Morte. No entanto, como um Band-Aid teria ajudado Jared hoje eu não sei. Também não sabia como ajudaria Tania. Sabia apenas que precisava tentar.

Rasguei a embalagem do Band-Aid e enrolei-o gentilmente em volta do dedo do pé de Tania, o qual ela segurava estendido para mim como uma criança machucada. De certo modo, senti como se ela *fosse* uma criança machucada... uma criança machucada que carregava uma criança dentro de si em mais de um sentido.

— Pronto — falei, ao terminar. — Está melhor?

— Sim, obrigada. Sou tão burra — murmurou Tania, em meio às lágrimas. — Me desculpe. Me desculpe de verdade pelo que aconteceu com Jared. Foi tudo culpa minha. Eu não deveria ter parado de pagar Gary, eu devia ter acreditado quando ele disse que machucaria alguém se eu não...

— Você estava pagando a ele? — interrompi. — Ele está *chantageando* você?

— Não é chantagem — falou Tania, rapidamente. — Pensão alimentícia. Bem, meio que pensão alimentícia. Devo isso a ele...

Mais pedaços da letra surgem na minha mente:

Vá em frente, vá até o fim
Leve-me para o tribunal
Isso vai fazer o meu dia
Então me processe

Não era à toa que Tania cantava "Então me processe" com tanto sentimento. Ela não apenas havia escrito a música, ela a tinha *vivido*.

Francamente, não achava que Tania devia qualquer coisa a Gary, mas, aparentemente, um tribunal de divórcio de Nova York discordava.

— ...mas principalmente, me desculpe pelo que fiz a você, Heather, com Jordan — continuou Tania. — Eu sabia que era errado. Sabia que Jordan estava com você, mas era como se eu não pudesse me controlar. Talvez fosse porque eu sabia que precisava me livrar de Gary de alguma forma e não conseguiria fazer isso sozinha, e sabia que... Não sei. Era como se parte de mim soubesse que você ficaria bem? — Lágrimas pingam do queixo anguloso de Tania. — Não quero dizer isso do modo como soa, e sei que não é uma boa desculpa, mas é por isso que fiz o que fiz. Eu não sou como você, não sou forte. Me desculpe...

— Shhh — falei para ela. — Está tudo bem. — Tania começava a soluçar histericamente. Nada que ela dizia fazia sentido.

O que me sensibilizava, no entanto, é que Tania ficava pedindo desculpas... por ter cutucado o dedo até sangrar, por não ganhar dinheiro o bastante para Gary e, agora, por procurar amor, uma das necessidades básicas do ser humano, em outra pessoa. Havia algo tão errado com ela, tão quebrado, e, mesmo assim, era uma das mulheres mais bem-sucedidas da indústria musical... pelo menos no momento. Eu não podia evitar imaginar o que os fãs — o que *qualquer pessoa* — pensaria se soubesse a verdade sobre Tania Trace.

Não era de espantar que ela estivesse tão desesperada para escondê-la.

— Escute, tudo isso está no passado — falei, desesperada para fazê-la parar de chorar. — Perdoo você. E tenho certeza de que os Cartwright não se importam com essa coisa peluda idiota.

— Tem certeza? — perguntou ela. Baby tinha subido em seu peito e estava lambendo as lágrimas da dona, mas Tania não prestava atenção. — Isso faz com que eu me sinta muito melhor. Além do mais... Bem, eu realmente amo Jordan. Assim que começamos a cantar juntos, eu soube. Nossas vozes se mesclam. Não sei se você já ouviu a música dele, "Reboque", mas faço *backing vocal* nela. Ouvi aquele som de campainha na cabeça imediatamente, assim que começamos a cantar, exatamente como costumava ouvir com meu antigo coral.

— Quer dizer com Gary — falei.

— Gary? — Tania pareceu confusa. — Gary e eu nunca cantamos juntos.

— Mas — falei, agora confusa a respeito de tudo o que ouvira — você me contou que o coral ganhou o primeiro lugar no campeonato nacional... que ele os levou até lá.

— É claro — disse Tania. — Porque o Sr. Hall era o regente. Ele foi o melhor professor que eu já tive.

— Espere um pouco — falei. Uma sensação horrível começou a tomar conta de mim, meio que como uma das baratas que Tania mencionou, só que em vez de correr para debaixo da geladeira, ela estava correndo pela minha espinha. — Tania, Gary era o *professor do coral da sua escola*? Ela assentiu.

— Sim — respondeu Tania. — Eu não mencionei isso?

Não me importo

Não me importo
Com a vez em que você ganhou a competição

Não me importo
Que você ache que é o bonitão

Não me importo
Que você escreveu um sucesso em forma de livro

Mantenha sua grande boca fechada
E então será o tipo de cara que eu prefiro

Pare de falar sobre aquela vez
Que entrou na onda vegan

A verdade é, querido,
Que não me importo po**a nenhuma

Só estou aqui
Para tirar suas roupas

Então me dê a mão
Vamos lá, garoto, vamos dançar

"Não me importo"
Composta por Heather Wells

Assim que Cooper tranca a porta de casa atrás de nós — mesmo antes de eu conseguir contar a ele o que Tania me confessou —, ele anuncia:

— *Preciso* tirar essa coisa. Não dê um ataque, mas está acabando comigo a noite inteira.

Então Cooper passa o braço por trás do corpo e tira a arma do coldre, preso em seu corpo na altura da lombar, onde ficou escondido sob a camisa a noite inteira.

Eu não dou um ataque. Nem mesmo ergo uma sobrancelha.

Em vez disso, falo:

— Não dê um ataque, mas também *preciso* tirar essa coisa. Pode não ser uma arma mortal, mas está acabando comigo do mesmo jeito. — Então tiro a bermuda modeladora bem ali no foyer, depois de, primeiro, ter jogado longe os saltos.

Cooper chega a erguer uma sobrancelha.

— Isso quer dizer o que eu acho que quer dizer? — pergunta ele, lançando um olhar esperançoso para o chão.

— Eca — respondo. — Não. — Por que os homens sempre querem fazer sexo no chão? Qual é o grande problema de uma cama gostosa e aconchegante? — Sexo é a última coisa em minha mente agora, Cooper. Preciso de uma bebida. Uma bebida *de verdade*. E provavelmente uns cinco filmes nos quais Tyler Perry, vestido de Madea, é preso, para superar o que acabo de ouvir na casa dos seus pais.

Ele se encolhe.

— Tão ruim assim, é?

— O *pior* — respondo, a caminho das escadas, com a bermuda modeladora e os sapatos nas mãos. — Sem mencionar o fato de que você vem mentindo para mim a respeito de possuir uma arma esse tempo todo. Ah, e mencionei que por acaso testemunhei um *assassinato* no início desta tarde?

— Sim — diz Cooper —, eu menti para você, e sim, um homem morreu hoje. E sim, você precisou ouvir minha irmã cantar sobre provar o próprio sangue menstrual; tudo isso, de fato, foram eventos trágicos. Mas acho que tanto Jared quanto minha irmã gostariam que nós seguíssemos em frente com a ideia de aproveitar um amor gostoso jun...

Atiro um dos sapatos nele de cima da escada.

— Guarde essa arma — grito. — Terá sorte se algum dia eu fizer amor gostoso com você de novo. "Não, não tenho uma arma". — Caminho até o quarto, imitando Cooper. — "Não preciso de uma arma, sou faixa marrom em caratê".

— Faixa preta. — Ouço Cooper gritar do porão, onde, não fico surpresa em saber, ele guarda a arma em segurança. Isso explica por que jamais reparei nela. Tento nunca ir ao porão. Por que eu iria? É onde Cooper guarda todo o equipamento esportivo, como os tacos de golfe, a bicicleta de dez marchas, bolas de basquete, raquete e também, pelo visto, a coleção de armas. E é lá também onde ficam todas as aranhas.

Quando volto para o andar debaixo, depois de colocar as "roupas de relaxar" — calça de moletom acima do meu tamanho e uma camiseta larga que sobrou da turnê "Doce energia" — tenho de lidar com Lucy, que parece ser capaz de sentir como estou ansiosa... ou talvez seja o cheiro do bife que consumi na casa dos Cartwright... ou talvez o do cachorro de Tania, Baby. De toda forma, ela fica em cima de mim, querendo subir no meu colo assim como Baby fizera, mas Lucy não é um chihuahua, então isso não seria prático.

Tenho de dar a ela um osso, com o qual Lucy rapidamente some pela portinha de cachorro. Lucy sempre enterra os brinquedos... Ainda preciso fazer um curso de psicologia canina para descobrir o porquê.

— Aqui — diz Cooper, colocando um uísque com gelo em frente a minha cadeira à mesa da cozinha. — Não é um galgo rosa, mas pelo menos não é Drambuie, e é o melhor que posso fazer com tão pouca antecedência. Não me odeie.

— Não odeio você — falo, sentando-me e erguendo a bebida. — Odeio segredos. Eles sempre vêm à tona e aí estragam tudo.

— Bem — diz Cooper —, você sabe o meu agora. Conte o seu.

O odor do uísque me deixa um pouco enjoada. Percebo agora que o que eu queria era leite com biscoitos, porque tudo o que ouvi essa noite me dá vontade de voltar à infância — aquela que eu nunca consegui ter de verdade. Apoio o copo.

— Meu segredo parece idiota agora — digo. — Em comparação com o de Tania. Ela tem o segredo que acabou fazendo com que Jared Greenberg fosse morto.

— Tenho certeza de que o seu segredo não é idiota — fala Cooper, sentando-se em frente a mim. — Mas me conte o que Tania disse.

Então, sob as enormes janelas de estufa que dão para os fundos do Conjunto Residencial Fischer, no qual vejo algumas luzes brilhando, conto a ele tudo o que Tania me contou, ainda que ela tenha feito com que eu prometesse jamais repetir uma só palavra...

Se aprendi algo no último ano é que é melhor quebrar algumas promessas. A que fiz a Tania é uma delas.

— Como Tania Trace pode ter se casado com o professor do coral da escola — pergunta Cooper, incrédulo, quando termino — e essa história não estar estampada por toda a internet?

— Bem, talvez — digo, mergulhando um Oreo no copo de leite semidesnatado diante de mim — seja porque ela estava pagando a ele dez mil por mês para ficar de boca fechada.

— *Dez mil por mês?* — Cooper quase cospe o gole de café que acabou de tomar. Ele está de frente para o laptop. No meio da história, ele foi até o escritório para pegá-lo, a fim de que pudesse buscar os fatos relacionados à história conforme eu os contava. — Me desculpe — diz ele, limpando a tela com um guardanapo. — Não quis ser machista. Tenho clientes homens que pagam cinco vezes esse valor de pensão alimentícia para as ex-mulheres. Mas *dez mil* por mês para o professor do coral da escola?

— Ela pode pagar — falo, e dou de ombros. — Tania tem o *single* número um do país... e, ao contrário de mim quando estava nessa posição, ela de fato escreveu a música. Ganhará direitos autorais para sempre. Mas que juiz em perfeito juízo concederia uma pensão alimentícia de *qualquer* quantia para um babaca como Gary Hall?

— Nenhum juiz *iria querer* — diz Cooper —, se conhecesse a história toda. Mas se Tania entrou com um divórcio consensual, ele precisaria fazê-lo. No estado de Nova York, ao contrário da Flórida e da Califórnia, você ainda tem escolha: consensual ou litigioso. É assim que consigo a maior parte de meus ganhos: os clientes que escolhem divórcio litigioso precisam de provas do adultério ou do tratamento cruel ou desumano do cônjuge para montar o caso. Obviamente, Tania optou por não seguir esse caminho no tribunal. Parece que ainda está em profunda negação a respeito desse casamento.

— Está em profunda negação a respeito de *tudo* — falo, com amargura. — Ela realmente achou que se pagasse o babaca, ele ficaria quieto com relação à coisa toda. E por um bom tempo isso funcionou. Até que ele descobriu que Tania iria se casar com Jordan e que estava grávida do filho dele. Então, como qualquer canalha explorador, ele decidiu aumentar a vantagem e disse que queria vinte mil por mês ou iria à imprensa. E foi quando Tania finalmente tomou coragem e disse que não. Ela até começou a compor aqueles hinos de dane-se...

— Hinos de dane-se? — Cooper parece confuso.

— Tipo "Então me processe" — explico, abrindo um Oreo e raspando o recheio com o dedo. — Ao que parece, foi exatamente o que ela disse a Gary para fazer... processá-la se quisesse mais dinheiro. Ele ficou com raiva e disse que Tania devia a ele porque foi empresário dela no início da carreira e fez dela o que é hoje e blá-blá-blá.

— Meu Deus — fala Cooper. — Estou realmente começando a não gostar desse cara.

— Bem-vindo ao clube — falo. — Ele não deve achar que tem um caso sólido, no entanto, já que em vez de ir aos tribunais, está enviando e-mails para ela dizendo que, se Tania não pagar o que deve, terá o que merece, esse tipo de coisa.

— Ele é bom — diz Cooper, com admiração relutante. — Não há ameaça explícita de violência aí, então não é algo que Tania possa levar à polícia para conseguir uma ordem judicial ou medida cautelar, e isso *caso* ela quisesse arriscar

Tamanho 42 e pronta para arrasar   **257**

deixar qualquer uma dessas coisas se tornar pública, o que, é claro, ela não quer. Qual é a idade desse cara?

— *Apenas* 40 anos — respondo. — Foi assim que Tania colocou. Pelo menos ele tinha *apenas 40 anos* quando os dois começaram a namorar. Mas ela diz que Gary, quero dizer, o Sr. Hall e ela jamais "se pegaram" até Tania fazer 18. É a idade de consentimento na Flórida, de onde Tania vem. Ela diz que ele foi muito cuidadoso com relação a isso.

— Ah — diz Cooper, dando uma risada de escárnio e começando a digitar no laptop. — Tenho certeza de que foi. *Muito* cuidadoso. Parece um profissional.

Tive bastante certeza a essa altura de minha conversa com Tania que vomitaria todo o bife com purê de batatas que tinha comido. Mas, de alguma forma, consegui mantê-los no estômago.

— Sei que uma diferença de idade de 22 anos pode dar certo — digo a Cooper, deixando de lado a parte de biscoito do meu Oreo depois de comer o recheio. — Houve alguns casamentos bastante felizes e duradouros nos quais a diferença de idade era ainda maior. Acho que o Sr. Rochester era esse tanto mais velho do que Jane Eyre, ou perto disso, e esse livro é considerado um dos maiores romances de todos os tempos.

— Claro — responde Cooper. — E alguns relacionamentos entre professores e alunos também deram certo. Mas não conheço nenhum ao qual assassinato e chantagem tenham sido adicionados. De toda forma, de acordo com a Wikipédia, Tania tem 24 anos agora, o que faz nosso amigo Gary ter 46. — Cooper digita um pouco mais no laptop. — Então estamos procurando por caras chamados Gary Hall, embora eu duvide muito que esse seja o verdadeiro nome dele, que nasceram há aproximadamente 46 anos e moraram na Flórida. Imagino que ela não saiba o número de identidade, o endereço atual ou nada dessas coisas a respeito do ex?

— Nossa, não — respondo. — Tania disse que faz o contador dela transferir dez mil dólares para uma conta bancária todo mês. O contador acha, porque Tania falou isso para ele, que o dinheiro é para o avô convalescente. Como Tania também sustenta a mãe e os irmãos (o casamento com o novo padrasto não tinha dado certo), esse arranjo nunca foi questionado por ninguém.

— É claro que não — diz Cooper, ainda digitando. — E porque Tania a sustenta, a mãe também nunca vendeu a história a respeito do imprudente primeiro casamento para a imprensa, ainda que provavelmente pudesse conseguir um bom montante com ela. É uma verdadeira ONU, nossa Tania, sustentando tantos necessitados.

Penso na conversa que tive com Tania na sala de mídia do sogro dela. Eu tinha insistido — não, tinha implorado — para que ela fosse à polícia comigo, bem ali, naquele momento, com tudo o que sabia a respeito do ex. Tania se recusara.

— Você não entende — dissera ela. — *Fui* à polícia. Eu fui, Heather, juro, da primeira vez que ele... Da primeira vez. Reuni toda minha coragem, mas mostrei a eles o que Gary tinha feito comigo. Havia machucados e tudo. E sabe o que disseram? Que eu poderia preencher uma ocorrência e que o prenderiam, mas que, muito provavelmente, a única coisa que isso faria seria deixá-lo com mais raiva. Que Gary sairia da cadeia em alguns dias, talvez até algumas horas, e voltaria para casa para me bater ainda mais, mesmo que eu conseguisse uma medida cautelar contra ele. O que eu pre-

Tamanho 42 e pronta para arrasar 259

cisava fazer, a polícia falou, era encontrar um lugar seguro para ir, do qual Gary não soubesse, e ficar. Depois, se ainda quisesse preencher a ocorrência, eles o prenderiam. Mas eu não tinha nenhum lugar desse tipo para ir...

— É para isso que existem os abrigos para mulheres, Tania — explicara eu. — São feitos para mulheres que estão sendo espancadas. A polícia não falou com você sobre eles?

Tania fez uma careta.

— Ah, sim, é claro. Mas eu não iria a um *desses*. Eu não estava sendo espancada. Gary só me batia algumas vezes, quando estava superestressado.

Uau, foi tudo em que consegui pensar.

— Então jamais registrei queixa — falou Tania. — O Sr. Hall, quero dizer, Gary, diz que se eu contar... — A voz dela se dissipou.

— O quê? — Eu mal conseguia acreditar no que estava ouvindo. — O que, Tania? Qual é a pior coisa que ele pode fazer contra você? Já assassinou Jared, tentou matar Urso. Ou você vai ficar aí sentada e me dizer que aquele disparo foi uma bala perdida, como vem contando a todos?

Lágrimas encheram os enormes olhos de Bambi de Tania.

— Não contra mim — disse ela, com um soluço. — Não me importo comigo. Não há nada que ele possa fazer contra mim que já não tenha feito. Eu só... só não quero que ele machuque o bebê. Não posso deixar nada acontecer com ela.

Então era isso que desencadeara tudo. Tania não se importava com o que acontecesse consigo mesma — ela parecia pensar que merecia dor física, o bastante para infligi-la a si mesma. Mas o instinto maternal já havia se instalado e não permitiria que Tania deixasse alguém machucar o bebê que estava para nascer.

— Tudo bem — falei a ela. — Mas e se ele for atrás de Jordan a seguir? Não acha que Jordan tem o direito de saber? Ele ama você. Vai entender.

Tania fez que não com a cabeça.

— Você não entende — sussurrou ela. — *Ele tem fotos.* Diz que vai enviá-las a Jordan.

Ai, não, pensei. *Tem como isso ficar pior?*

— Tania — falei —, muitas artistas mulheres tiveram fotos constrangedoras publicadas na internet. Madonna. Scarlett Johansson. Katy Perry, no Twitter, daquela vez que não estava usando maquiagem. Não acho que Jordan vai se importar, e sua carreira certamente pode sobreviver a isso. — *Um bom relações públicas*, pensei, *poderia transformar essa coisa toda em ouro em um piscar de olhos.* Tudo o que Tania teria de fazer seria aparecer em um especial da Oprah, fornecer algumas fotos de si mesma quando criança no, indubitavelmente, lar destruído dela, e então Gary Hall apareceria como o monstro que era. — Algumas fotos sexy, mesmo um vídeo de sexo, não vão prejudicar seu casamento ou sua carreira.

— Não *esse* tipo de fotos — disse Tania, parecendo chocada. — Eu jamais faria *isso*. Não sou *burra*. Sempre soube que seria famosa, e jamais deixaria algum cara, nem mesmo meu marido, tirar fotos pornográficas de mim. Não, ele disse que publicaria as fotos do *casamento* — pela primeira vez durante a noite toda vi um lampejo da garota do videoclipe de "Então me processe", a diva feroz segurando o chicote que não aceitaria absurdos de homem nenhum —, e isso *não* vai acontecer. *Nada de polícia. Ninguém.* Apenas você.

— Tudo bem — falei, desistindo. — Cuidaremos disso em particular.

É claro que eu estava mentindo.

— Você disse que ele manda por e-mail as exigências da chantagem — fala Cooper. — Provavelmente é esperto o bastante para escrever para ela somente de computadores em cybercafés, mas Tania lhe deu cópias de algum desses e-mails? Porque poderiam nos ajudar a rastreá-lo, se ele estiver vivendo fora do mapa.

— Fora do mapa? — pergunto. — Tipo nos pântanos de Everglades ou algo assim?

Cooper dá um sorriso irônico.

— Não. Caras como ele não costumam ter cartões de crédito — explica ele —, porque não querem deixar rastros documentados ou qualquer coisa que possa identificá-los ou conectá-los a certo lugar no qual possam ter estado, seja pelo fato de serem paranoicos ou, como é o caso de nosso Sr. Hall, porque são criminosos. Efetuam todas as suas transações em dinheiro e definitivamente não pagam impostos. Isso torna ainda mais difícil rastrear os paradeiros deles. É possível que Gary carregue apenas um cartão conectado ao banco no qual Tania faz os depósitos, assim pode sacar sempre que precisar.

Balanço a cabeça.

— Ela não me deu cópias dos e-mails, mas posso tentar conseguir.

— Tudo bem — diz Cooper. — Ele é esperto, mas duvido que seja esperto o bastante para forjar o endereço de IP dos e-mails que manda.

— Que tipo de site é esse? — pergunto, semicerrando os olhos para o monitor de Cooper. Tenho quase certeza de que preciso de óculos para olhar para telas de computador, mas estou tentando combater o inevitável. — Um que só está disponível para detetives?

— E para qualquer um que pague 15 dólares por mês — responde Cooper. — Você não deveria comprar tanto online, aliás. Tem ideia de quantas vezes precisei apagar seu número de identidade? E seus fãs leais rastrearam este endereço e o puseram no Google Earth. Precisei apagar isso algumas vezes também.

— Oh — digo, me inclinando para beijar a bochecha com barba por fazer de Cooper. — Meu herói.

— Sim, bem — diz ele, parecendo envergonhado. — Eu não gostaria que nenhum cupcake recheado com veneno de rato fosse entregue aqui.

— Acho que consigo resistir à vontade de avançar na comida que apareça à nossa porta — respondo. — E o que faz você pensar que Gary Hall não é o nome verdadeiro dele?

— Porque acabo de encontrar duzentos Gary Halls — diz Cooper. — Todos com 40 e poucos anos, todos parecendo ter morado na Flórida em alguma época da vida. Jamais conseguirei descobrir qual deles é o Gary que queremos. Parece um pouco conveniente para mim.

— Não pode descobrir a partir da certidão de casamento deles? — pergunto. — Ou da certidão de divórcio? Essas coisas estão em arquivos públicos.

— Claro — responde Cooper. — Mas não conseguiremos colocar as mãos em nenhuma das duas até que o fórum abra, na segunda de manhã.

Aponto para o computador.

— Não pode procurar online, como fazem no CSI?

Tamanho 42 e pronta para arrasar **263**

Cooper solta uma gargalhada cínica.

— Ah, doce e ingênua menina. Algumas informações ainda estão disponíveis apenas em papel e, também, apenas para familiares imediatos. Se você não for da família, precisa se apresentar fisicamente no escritório da administração do condado, em geral com um pequeno suborno, para obtê-las. E, mesmo assim, só vão te entregar qualquer coisa se você for galante e afável como eu, com um brilho nos olhos firmes, porém despreocupados. Caso contrário, sempre vão barrar.

— Não acredito que se chamou de afável — respondo. — Firme, sim, e definitivamente despreocupado, mas afável? E jamais reparei se você é particularmente galante também.

— Galante o suficiente para conquistar você, baby — fala Cooper, e pisca um olho.

Estico o braço para pegar outro Oreo, ignorando-o.

— Não consegue rastrear Gary pelo site da escola dos dois?

— Está falando deste aqui? — diz Cooper, apontando o monitor do laptop na minha direção. Pisco diante do fundo azul e branco.

— Está escrito Escola de Ensino Médio Lago Istokpoga? Como se pronuncia isso?

— Significa "muitos homens morreram aqui" no idioma dos índios Seminole. Um grupo deles foi engolido por redemoinhos enquanto tentavam atravessar o lago. — Cooper gira o laptop e lê o site da escola. — O lago Istokpoga tem apenas 1,20 metros de profundidade na maioria dos lugares. Barqueiros precisam tomar cuidado para não ficarem atolados em pântanos. Interessante eles mencionarem isso, mas não o fato de que é a cidade de nascimento de Tania Trace.

— Talvez não seja algo que queiram divulgar — falo. Lucy voltou para dentro de casa, o osso aparentemente enterrado até que ela ficasse satisfeita. Lucy trota em nossa direção para se recostar em minha cadeira em busca de um agrado, então acaricio seu pelo macio. — Principalmente considerando que o professor do coral da escola fugiu com ela.

— Mesmo assim — diz Cooper, clicando pelo site do colégio — era de se imaginar que alguém mencionaria. Mas não é um site muito detalhado.

— Tania disse que não é a maior escola do distrito...

— Ou... — fala Cooper, em um tom que diz *a-há*, virando o monitor em minha direção — talvez ninguém lá esteja ciente de quem Tatiana Malcuzynski se tornou ao crescer.

Encaro a foto que ele descobriu do primeiro coral de ensino médio no distrito a se classificar para as finais estaduais da Flórida. Sorrindo para mim de modo querubínico na segunda fileira de sopranos está Tania Trace... Mas, a não ser que eu estivesse procurando por ela, não teria percebido. Ela parece seis anos mais nova, 15 quilos mais gorda e alguns centímetros mais baixa do que a Tania com a qual passei a maior parte da noite. Os cabelos são como uma nuvem negra ao redor do rosto, e os dentes estão sob aparelhos.

— Tudo bem — falo. — Ela está basicamente irreconhecível.

— E quanto a ele? — Cooper bate na tela, e dou uma primeira olhada em uma foto de Gary Hall.

Cabelos castanhos, olhos castanhos, nem atraente nem repulsivo, não é o tipo de homem que se destacaria em uma multidão. Parece exatamente com...

Um professor de ensino médio de 40 anos.

Tamanho 42 e pronta para arrasar 265

— Sr. Hall — falo, expirando.

— O jogo — diz Cooper — começou.

— Vai atirar nele? — pergunto.

— Vou fazer o que fui contratado para fazer — responde Cooper, e fecha o laptop. — Proteger minha cliente.

— Então — falo —, você vai atirar nele.

— Se ele estiver ameaçando minha cliente e por acaso estiver sob a mira — responde ele —, então provavelmente sim. Você tem algum problema com isso?

Mantenho a mão sobre a cabeça de Lucy.

— Não, contanto que você não erre — digo.

Informações para o registro de saída da Faculdade de Nova York

19

Está saindo de seu conjunto residencial na Faculdade de Nova York?
Siga estes cinco passos fáceis!

Remova todos os itens pessoais e o lixo de seu quarto. (Lembre-se, será cobrada multa dos estudantes que deixarem o quarto em condição inaceitável.)

Agende uma avaliação do quarto com seu assistente de residente.

Devolva todas as chaves ao balcão da entrada. (Qualquer chave não devolvida resultará em uma taxa pela troca da fechadura ou da chave.)

Assine e date seu cartão de saída.

Tenha um ótimo verão!

Além da minha cama, não há muitos lugares nos quais suporto ficar em um domingo de manhã, mas o Conjunto Residencial Fischer é um deles. Isso porque ninguém lá acorda antes do meio-dia nos finais de semana — a não ser que precisem, para fazer registro de entrada ou saída. Eu geralmente tenho o lugar só para mim.

E, nessa manhã, preciso desse tipo de paz e silêncio para me concentrar. Tenho muito trabalho a fazer.

Abro a porta de entrada e cumprimento a segurança, uma mulher chamada Wynona que costuma trabalhar à noite, um turno às vezes um pouco duro se bêbados entram desnorteados, vindos do parque (ou quando por acaso são alguns de nossos próprios residentes). Mas Wynona é sisuda o bastante — e grande o suficiente — para cuidar de quase qualquer um, bêbado ou sóbrio.

Wynona faz um gesto com a cabeça para mim por cima do enorme café que aperta com as duas mãos, mas não fala nada. Não a culpo. Foi uma noite longa para mim também. Eu mesma seguro uma caneca parecida, ainda que saiba que devem ter abarrotado o refeitório de comida para o café da manhã das meninas e suas acompanhantes. Não podia esperar. Retribuo o aceno.

Jamie está jogada atrás do balcão da entrada, ainda de pijama. Está folheando, sonolenta, revistas que sobraram, pois os correios só nos permitem encaminhar correspondências de primeira classe.

— Oi — cumprimenta Jamie, surpresa, quando ergue o rosto e me vê. — O que *você* está fazendo aqui?

— Nem pergunte — falo. — Como ficaram as coisas ontem à noite depois que fui embora?

Jamie dá de ombros.

— Nada mal, acho. Provavelmente Wynona pode te contar mais.

Lanço um olhar inquisidor para Wynona, mas ela apenas balança a cabeça e diz "Mmm-mmm-mmm" por cima do café, o sinal de que não está pronta para falar sobre o assunto. Volto-me para Jamie.

— Quatro solicitações de serviços e um relatório de incidente — diz Jamie, pegando os formulários administrativos da caixa de entrada do diretor do conjunto residencial. — Parece que havia uma pia vazando no 1718. O engenheiro de plantão consertou. O restante foi de garotas pedindo para que os batentes fossem retirados de suas janelas de modo que pudessem abri-las mais do que 5 centímetros e tirar foto da fonte no parque. Até parece que isso vai acontecer. Ah — acrescenta, com uma careta de preocupação —, uma coisa...

Não gosto de como isso soa.

— O quê? — pergunto, inexpressiva.

— Bem, parece que um grupo de garotas de uma das suítes escapou da acompanhante, depois que ela dormiu, e fugiu para o andar de baixo...

— *O quê?* — exijo saber, arrancando o relatório das mãos dela e o verificando. Conforme o faço, meu coração começa a bater forte. O formulário, que possui três vias, foi preenchido com caneta azul por Rajiv, o assistente de residentes que foi alertado da situação, e está extremamente detalhado, estendendo-se por algumas páginas. As garotas são citadas pelos nomes. O primeiro que vejo é Cassidy Upton.

— Por quê? — pergunto. — Aonde achavam que iriam? Não retiramos as identidades delas ontem à noite? — Aquele era um plano criado por Lisa e eu. Para evitar que as garotas saíssem escondidas do prédio à noite, requisitamos que entregassem as identidades emitidas pela Faculdade de Nova York, com foto, para o assistente de residentes de plantão todas as noites. Dessa forma, se saíssem, precisariam notificar o assistente para poderem entrar de volta depois.

Tamanho 42 e pronta para arrasar   **269**

— Sim — fala Jamie. — Bem, não fez muita diferença, porque as garotas não saíram do prédio. Encontraram alguns dos jogadores de basquete no saguão...

Deixo a cabeça cair sobre o balcão com um gemido.

— Nem me conte.

— Acho que sim — diz Jamie.

— Por favor, me diga que — ergo a cabeça para implorar a Jamie — eles fizeram pipoca, assistiram à maratona de *Glee* na sala de estar e foram dormir. Em quartos separados.

— Não posso — responde Jamie. — Porque não foi o que fizeram. Sabe Magnus, o bem altão? Bem, ele comprou cerveja para elas na delicatéssen da esquina. Então foram todos para o andar de baixo, no salão de jogos, beber e jogar totó e sinuca.

Continuo verificando a letra sofrível de Rajiv, ansiosa para descobrir o que aconteceu a seguir.

— Isso não é comportamento apropriado para o Acampamento de Rock Tania Trace para Garotas — murmuro baixinho.

— Não, eu diria que não — fala Jamie, parecendo vagamente entretida. — Wynona as estava observando o tempo todo, é claro, pelos monitores de segurança.

Olho para Wynona, que ergue o olho do café e fala, tranquilamente:

— Você devia ter visto a cara delas quando fui até lá perguntar o que diabos achavam que estavam fazendo.

Quero ir na direção dela e abraçá-la. Mas percebo que isso seria inapropriado.

— Elas ficaram surpresas? — pergunto, em vez disso.

— Não sei que tipo de lugar elas acham que estamos administrando aqui — responde Wynona. — Uma delas estava, de fato, de pé na mesa de sinuca, fazendo um tipo de *striptease* para os garotos. "Isso aqui se parece com um Hooters?", eu perguntei a ela. E aqueles garotos. Eles sabem que não deveriam fazer isso. Perguntei a eles: "Vocês já não se meteram em problemas demais? Querem mesmo que o presidente desta faculdade descubra que compraram cerveja para garotas que estão no nono ano?"

— Então o que aconteceu? — pergunto.

— Bem, é claro que os garotos alegaram que as meninas disseram que tinham 21. Mas que garota de 21 anos usa calcinha da Hello Kitty? Eu falei para a garota na mesa de sinuca: "Querida, vista suas roupas. Sabia que tenho o *striptease* que você acabou de fazer todinho registrado em minha câmera de segurança? Estou irritada o bastante agora para entregar essa fita para sua mãe. E se você fosse minha filha, eu te estapearia daqui até Newark."

— Me deixe adivinhar — falo, sem nem mesmo olhar para o relatório do incidente para verificar o nome. — Essa era Cassidy Upton?

— Como você sabe? — pergunta Wynona. — Todas parecem iguais para mim, com aqueles corpos esqueléticos e toda aquela maquiagem. Liguei para Rajiv, confisquei a cerveja e mandei chamar o técnico de basquete.

Meus olhos quase saltam das órbitas.

— Você chamou Steven... Quero dizer, o técnico Andrews?

— Pode acreditar que sim. Ele colocou o número do celular dele bem aqui — Wynona aponta para um post it colado ao balcão da segurança — com um bilhete que diz: "Ligar se os garotos fugirem ao controle". Então liguei, porque sabia que ele iria querer que eu fizesse isso. Ele veio, tirou os garotos dos seus quartos, levou-os para fora, e quando voltaram,

Tamanho 42 e pronta para arrasar   **271**

provavelmente duas horas depois, estavam exaustos como eu nunca vi ninguém antes. O técnico os fez correr em volta da quadra cinquenta vezes.

Uau. Eu havia tentado correr em volta da quadra uma vez e tive quase certeza de que meu útero iria cair.

— O que eu quero saber é — continua Wynona, depois de tomar um gole do café — o que vai acontecer com aquelas garotas? O que os garotos fizeram foi errado, mas elas não eram exatamente florzinhas inocentes, se querem saber minha opinião.

Faço que sim com a cabeça. Ela está certa quanto a isso. Rajiv anotara no relatório que, depois de acompanhar as garotas para o andar de cima, uma briga começou. Mallory St. Clare chamara Cassidy Upton de "piranha arrogante". Cassidy respondeu com um "vagabunda imunda que precisa tomar um banho para não ser tão imunda".

Todas as três, é claro — assim como os jogadores de basquete, apesar da punição de Steven —, obrigatoriamente terão uma reunião com Lisa após tal comportamento. A questão era se Lisa contaria à Sra. Upton o que havia acontecido. Como as meninas eram menores, parecia provável.

Mas e quanto a Tania? Era ela — junto à Emissora Cartwright Records — que deveria ser responsável por manter essas garotas ocupadas durante a estadia no acampamento.

— Perfeito — digo. — Isso é perfeito. — Stephanie ficará exultante em saber que o plano dela de transformar três vocalistas talentosas em minidivas traiçoeiras estava funcionando tão bem.

— Há também — fala Jamie — estes.

Ela me entrega dez cartões de registro, que os residentes assinam quando dão entrada no conjunto, afirmando que receberam a chave. Todos os dez têm chaves presas a eles e assinaturas sob a linha de saída.

— Elas foram embora? — pergunto, estupefata, ainda que seja óbvio.

— É — responde Jamie. — Na noite passada. Acho que o Acampamento de Rock Tania Trace não pareceu tão divertido depois que souberam que um cara tinha sido assassinado por um dos fãs da própria Tania bem aqui no prédio.

Consigo sentir minha boca se contraindo em uma linha fina.

— Não foi exatamente assim que aconteceu...

— Bem — diz Jamie —, é assim que estão noticiando nos jornais. Alguns dos pais das garotas souberam e piraram. Algumas das mães foram embora com as meninas. Um pai veio de carro de Delaware para buscar a filha. A colega de quarto foi com eles. As outras foram para hotéis. Acho que voltarão para casa de avião hoje. Lisa cuidou disso. Tenho certeza de que ouvirá tudo a respeito.

Tenho certeza de que irei.

— Obrigada, Jamie — falo.

— Sinto muito, Heather — diz ela, parecendo sincera. — Acho que nada disso está funcionando do jeito que imaginávamos. Ah, e nenhum de nós tem muita certeza do que fazer com as coisas na sala de encomendas.

— Que coisas na sala de encomendas? — pergunto, perplexa.

Ela me entrega a chave. Caminho até a porta, destranco-a e mal posso acreditar no que vejo. A sala inteira está cheia de entregas. Não apenas rosas, mas todo tipo concebível de flores, incluindo lírios e cravos e enormes gérberas. Há também montes de balões, ursos de pelúcia, velas, cestas de frutas, cartões comprados em lojas e outros feitos à mão, alguns de

Tamanho 42 e pronta para arrasar   273

1 metro de altura. A maioria deles está endereçada a Tania, mas alguns estão endereçados a Jared ou "Em memória de..."

— As pessoas começaram a passar com essas coisas ontem à noite, e elas continuam chegando desde então — diz Jamie. — Não tenho certeza do por quê. Não foi Tania quem morreu. Mas acho que descobriram que os cupcakes eram para ela e que alguém queria prejudicá-la. Alguns deles estavam chorando tanto que mal conseguiam falar. Não sabíamos ao certo o que fazer com isso, então Gavin começou a trancar tudo na sala de encomendas. Vamos ficar sem espaço em breve.

Meus olhos, inexplicavelmente, se enchem de lágrimas quando olho para todos os ursos de pelúcia com placas que dizem DEUS TE ABENÇOE! e os cartões feitos à mão — alguns em espanhol — que dizem NÓS SEMPRE AMAREMOS VOCÊ. Tania pode ter seus problemas, mas tem algo a respeito dela com o qual as pessoas parecem verdadeiramente se conectar. Não consigo evitar pensar que se as pessoas soubessem a verdade sobre as dificuldades que ela precisou superar — as dificuldades *de verdade*, aquelas que Tania têm vergonha demais para mencionar e com as quais lutou por tanto tempo para esconder —, iriam amá-la ainda mais.

— Obrigada, Jamie — falo, ao fechar a porta e entregar a chave de volta para ela. — Vou falar com a emissora para ver se podem mandar alguém aqui para recolher tudo. Continue aceitando o que as pessoas trazem; a não ser que seja comida, é claro. Diga a elas que você não tem permissão para aceitar qualquer comida. E se um homem de meia-idade com aparência bizarra aparecer...

Jamie olha para mim, confusa.

— Um homem de meia-idade? O que significa "aparência bizarra" exatamente? Porque alguns dos pais das garotas apareceram, e eles têm a aparência um pouco bizarra...

Percebo que me precipitei um pouco. Cooper havia deixado uma mensagem para o inspetor Canavan na noite anterior, pedindo que ele nos ligasse de volta assim que pudesse, ainda que eu tivesse argumentado que isso seria trair a confiança de Tania.

— Ela me pediu para não contar a *ninguém* — disse a ele. — E já contei para você, e agora você vai contar para a polícia...

— O homem é um assassino, Heather — falou Cooper. — Tania vai precisar parar de se preocupar tanto com a parte relações públicas da história e cair na real. Tudo vai vir à tona, de um jeito ou de outro.

— Não é com a má publicidade que ela está preocupada — falei. — É com a possibilidade de que ele vá machucar o bebê.

— Bem, as chances de Gary fazer isso serão muito menores depois que ele estiver preso em Rikers — respondeu Cooper.

Era difícil argumentar contra essa linha de raciocínio. Quando o detetive Canavan ligou de volta essa manhã, fui eu quem atendi ao telefone. Ele ouviu a tudo o que eu tinha a dizer sobre o ex-marido de Tania — e não floreei nada — interrompendo-me apenas para dizer um ocasional palavrão. Quando terminei, ele falou, no tom de voz mais sarcástico:

— Bem, isso é ótimo, Wells. É fantástico. Temos um maníaco homicida à solta, e você me diz que preciso guardar segredo por causa dos sentimentos da nova esposa do seu ex-namorado? Tenho novidades para você. Isso não é um especial do canal Lifetime, e não sou John Stamos.

Evitei mencionar que dificilmente o Lifetime escalaria alguém tão jovem quanto John Stamos para interpretar o papel do inspetor Canavan. Provavelmente seria Tom Selleck.

Tamanho 42 e pronta para arrasar 275

— Estamos mantendo você informado apenas como cortesia — falei. — Porque é um amigo.

Cooper encolheu-se quando falei isso. Na hora, não percebi por quê, até que o detetive expirou forte.

— Não sou seu amigo! — gritou ele ao telefone. — Sou um oficial da lei! Você acaba de me contar que uma testemunha, sua boa amiga Tania Trace, mentiu durante interrogatório, não apenas uma vez, mas duas. Como cidadã de Nova York, Tania tinha o dever de revelar o que sabia.

— Ela está assustada — falei. — Foi até a polícia antes para pedir ajuda, e eles não ofereceram nenhuma. Não há um estatuto ou algo assim para isso? Como a defesa daquela mulher que queimou o marido na cama? — Eu tinha mesmo visto um filme sobre isso no Lifetime.

— Fogo na cama o cacete — rosnou o inspetor Canavan. — Eu *queria* que ela queimasse esse cara na cama dele. Isso me pouparia um monte de burocracias. Sabe o que fiquei fazendo a noite toda? Interrogando confeiteiros de cupcake hippies e veganos, tentando descobrir se alguém naquela Pattycakes poderia se lembrar de ter vendido uma dúzia de porcarias sem glúten com geleca de soja de baunilha ou sei lá o quê para uma pessoa que tenha mencionado Tania Trace, ou se algum deles colocou o veneno nos bolinhos pessoalmente. Mas adivinhe só? Os resultados laboratoriais voltaram até bem rápido, para variar, e ao que parece aquelas coisas não eram veganas ou vegetarianas ou o que quer que devessem ser. Sequer vieram da Pattycakes. O cara só usou uma caixa da Pattycakes. Ele mesmo fez os cupcakes a partir de uma mistura, e, se quer saber, é como acho que se deve fazer um bolinho, para início de conversa. E que artista ele era, também, com a cobertura. Mas comprou as violetinhas; essas ele não fez.

— Bom saber isso — falou Cooper, parecendo animado.

— Quer dizer que Gary Hall está definitivamente hospedado em algum lugar na cidade, um com cozinha equipada, o que reduz o número possível de hotéis. Pode até ter um contrato de aluguel, o qual poderíamos rastrear...

— Que droga, Cartwright — gritou o inspetor Canavan. — Tire a ligação do viva-voz! Sabe como odeio isso.

Cooper tirou o telefone do gancho, e os dois homens começaram a conversar. Foi quando decidi que era hora de ir para o trabalho, assim poderia fazer o que estou prestes a fazer em meu escritório.

— Quer saber — digo a Jamie. — Vou preparar um aviso de *persona non grata*...

— Espere — fala Jamie. — Um PNG? Então eles sabem quem foi? Eles descobriram? Porque Gavin ainda está se sentindo muito mal por não ter conseguido descrever o cara bem o suficiente...

— Não temos certeza absoluta — digo, com cuidado. — Mas achamos que temos uma pista. E diga a Gavin para não se preocupar. O cara não é tão memorável assim.

A não ser, é claro, que você por acaso tenha se casado com ele. Então pode ser que não apenas se lembre dele, mas jamais consiga se livrar do homem.

Jamie estremece.

— Aposto que *eu* me lembraria dele — diz ela.

Espero que, com meus esforços, Jamie jamais tenha a chance de testar essa teoria.

Persona Non Grata

Esse indivíduo está IMPEDIDO de entrar no Conjunto Residencial Fischer, em qualquer evento ou atividade em curso ou patrocinada pelo Conjunto Residencial Fischer. Se esse indivíduo tentar entrar no Conjunto Residencial Fischer, em qualquer evento ou atividade em curso ou patrocinada pelo mesmo, deve ser escoltado imediatamente para fora dos limites, e a polícia de Nova York deve ser contatada. Se o indivíduo resistir, o uso de tasers é fortemente encorajado.

Nome: Gary Hall
ID/# Seguridade Social: Desconhecidos
Idade: 46
Altura: Desconhecida
Peso: Desconhecido
Cabelos: Castanhos
Olhos: Castanhos
Etnia: Caucasiano
Outras características distintas: Desconhecidas
Foto (se disponível): Ver anexo
Motivo para o PNG: Perseguição. Agressão com arma letal. Assassinato.

Olho para meu trabalho depois de tirar o formulário da impressora do escritório. Então me pergunto: seria exagero? Gary não foi, afinal de contas, *condenado* por assassinato. Talvez devesse ter escrito *"suspeito* de agressão com arma letal e de assassinato".

Por outro lado, restaram apenas quarenta garotas no acampamento. Gary Hall conseguiu matar um dos membros da equipe e nos despojar de dez participantes em um período de 24 horas.

Que se dane, decido. Vou pendurar o memorando no balcão de entrada e no de segurança também. A foto — ampliada a partir da que imprimi do site da escola de Tania — não está muito nítida, mas é tudo o que tenho. Farei cópias o suficiente para distribuir para cada um dos assistentes de residentes, para os atendentes dos balcões, para os encaminhadores de correspondência e até para o time de basquete. Não há motivo para não deixar todos em alerta.

Talvez não para as garotas do acampamento. Não quero começar uma onda de pânico.

A não ser entre as pessoas que precisam disso. Está na hora de fazer uma ligação de aviso. Sento-me à mesa e pego o celular.

— Alô? — A voz do outro lado da linha parece apenas meio acordada.

— Oi, Jordan — falo, mais alegre do que, de fato, me sinto. — Posso, por favor, falar com Tania?

— Tania? — Consigo imaginar Jordan em sua enorme cama circular (por que circular? Ele jamais conseguiu fornecer uma explicação cabível) com os lençóis de seda cinza. — Ela está dormindo. Heather, é você? Por que está ligando

Tamanho 42 e pronta para arrasar   **279**

para cá tão cedo? São tipo... — há uma pausa enquanto ele procura por um relógio — ...10 horas.

— Eu sei — digo. — E peço desculpas. Mas Tania e eu combinamos um dia de garotas, e só queria avisar a ela que...

— Heather? — Tania atende na outra linha. Ela parece bastante acordada, mas tenho certeza de que Jordan não estava mentindo. Ela sempre me pareceu um pouco com um gato, então não fico surpresa que seja capaz de ficar totalmente acordada em uma fração de segundo. — Qual é o problema?

— Não há problema algum — respondo. — Estava ligando a respeito dos planos que fizemos de ir às compras hoje naquela loja nova no SoHo, a Gary Hall...

— Vocês vão fazer compras? — diz Jordan, a voz duplamente ampliada porque não colocou o telefone no gancho ao lado da cama e também está deitado ao lado de Tania, a qual está na extensão a poucos metros do marido. — Por que não me contou?

— Jordan — fala Tania. — Desligue o telefone.

— Mas quero ir à Gary Hall. Parece legal.

— Jordan — diz Tania de novo, o tom de voz letal. — Desligue o telefone.

Ouço um clique, e então Tania fala com a voz um pouco ofegante, como se estivesse se mexendo rápido (provavelmente para se trancar no banheiro da suíte):

— O que você quer, Heather?

— Achei que gostaria de saber — falo — que dez garotas do seu acampamento foram embora ontem à noite. Dez garotas perderam a oportunidade de enriquecer culturalmente através da música, como diz o folheto do Acampamento de Rock Tania Trace, tudo porque você tem medo demais de Gary para enfrentá-lo.

— Eu o *enfrentei* — sussurra Tania. Há um pouco de eco na voz dela. Está definitivamente em um banheiro. — E isso fez com alguém fosse morto. Só falavam disso nos noticiários ontem à noite depois que chegamos em casa. *E havia uma mensagem do pai de Jordan dizendo que talvez precisem cancelar as filmagens. Então entendo por que todos os pais estão chateados. Talvez seja melhor nós...*

— Tania — digo. — Sabia que entrei no Conjunto Residencial Fischer esta manhã e encontrei-o cheio de flores, cartões e balões de seus fãs? Tantos que nem temos espaço para guardar todos. E não são de Gary. São de seus fãs *de verdade*. Os fãs que amam você e não querem nada além de que você continue se apresentando e ajudando-os a se esquecerem dos próprios problemas com sua linda voz.

Nossa, penso comigo mesma. *Sou boa nisso*. Talvez devesse mudar minha formação e me tornar relações públicas em vez de solucionadora de crimes internacional...

— Ah, é? — responde Tania, parecendo cansada. — Bem, para que eu faça isso, preciso descobrir um modo de cuidar dos meus próprios problemas. Ouça, Heather, já decidi. Vou simplesmente mandar o dinheiro para ele. Vou pagar o quanto Gary quer, e talvez ele pare. Talvez finalmente vá embora.

— Não, Tania — digo a ela. — Essa é a *pior* coisa que você pode fazer. Antes ele estava pedindo dez mil por mês. Agora são vinte. Que quantia será suficiente? Cem mil? *Duzentos*? Quando ele vai parar?

— Não tem problema — fala Tania, parecendo prestes a chorar. — Duzentos mil está bom. Dois milhões. Por que eu me importaria? Tenho o dinheiro. Não tenho nada além de dinheiro. O que não tenho é a paz de espírito de saber que, quando atravessar minha porta, Gary não vai estar lá com uma arma, tentando me matar...

— Por que ele tentaria matar você, Tania? — pergunto.

— Você é a única fonte de renda dele.

— Ele tentou me envenenar, não foi? — pergunta ela.

— Tania, ele sabia que você jamais comeria aqueles cupcakes. Por favor. Você é profissional. Alguma vez já comeu algum alimento que um fã deixou de presente depois de um show ou de uma apresentação? Ele conhece você. Provavelmente foi ele mesmo quem a alertou para não fazer isso.

Tania funga.

— O que significa que ele fez isso de propósito para ferir outra pessoa. E isso é ainda pior — diz ela.

— É claro que é — respondo. — É por isso que você estava certa com relação a parar de pagá-lo desde o início. É por isso que precisa continuar fazendo o que disse na música... enfrentá-lo, vencer sozinha. Você precisa ser um exemplo para aquelas garotas, porque estou te dizendo, Tania, elas precisam de você. Precisa mostrar a elas que, ao se expressarem criativamente por meio do canto, da composição e de apresentações, podem ser quem desejarem... não alguém que tira as roupas sobre uma mesa de sinuca em troca de cerveja; não alguém que pode ser comprada ou vendida; não algum objeto sexual para os desejos de um homem; mas uma mulher de negócios e uma artista forte, durona.

Tania funga de novo.

— Esse é mesmo um ótimo discurso, Heather — diz ela. — Mas ele quase matou Urso. E *matou* o coitado do Jared. Não vou arriscar que ele mate uma daquelas garotas ou Jordan ou o bebê ou Cooper ou *você*. E ele vai ficar suficientemente com raiva para fazer isso se eu não...

282   *Meg Cabot*

— *Ótimo* — respondo. — Vamos *deixá-lo* com raiva a esse ponto.

Há uma pausa de espanto antes que Tania diga:

— O quê?

— Você me ouviu — falo. — Vamos deixá-lo com raiva. Muita raiva. Vamos dar uma surra *nele*, para variar.

— Eu já contei a você, foi exatamente o que a polícia disse para *não* fazer quando eu...

— Tania — digo. — Quando foi até a polícia antes, Urso estava por perto?

— Não — admite ela, em lágrimas.

— E quanto a Cooper? Cooper estava por perto?

— Não — responde ela. — Mas...

— *Eu* estava por perto? E quanto a Jordan? Ou o pai dele? Ou Jessica ou Nicole? Alguma das pessoas que amam você e que estão com você agora estava ao seu lado naquela época?

— Não. Mas...

— Não. As coisas são diferentes agora. Vamos ajudar você, mas precisa deixar que a gente te ajude. Acho que você quer isso. Foi por isso que pediu que o acampamento de rock fosse deslocado para fora de Catskills e para dentro do meu prédio. Estou certa quanto a isso?

Ouço a voz de Tania falhar.

— Si-i-im — responde ela, insegura. — Mas só fiz isso porque você já pegou tantas pessoas más, e achei que se havia alguém capaz de pegar Gary, esse alguém seria você. Mas eu estava errada. Não achei que mais alguém fosse se machucar...

— Eu sei — respondo. Nunca havia pensado em mim mesma como alguém que pega "pessoas más", mesmo que eu tenha feito isso no passado. É estranho saber que é assim

Tamanho 42 e pronta para arrasar   **283**

que sou vista por uma diva do rock estonteantemente linda, ainda que totalmente problemática. — Mas se vamos consertar isso, precisa ser honesta comigo. Precisa confiar em mim e me ajudar. Está bem? Acha que consegue fazer isso?

Ela funga mais um pouco, mas finalmente responde:

— Tudo bem. Vou tentar. Ajudar como?

— Você disse que Gary tem mandado e-mails para você. Pode encaminhar cópias desses e-mails para mim?

— O que você vai fazer com eles? — pergunta Tania, desconfiada.

— Tania — digo, em tom de aviso. — Apenas encaminhe.

Dou a ela meu endereço de e-mail.

— Tudo bem. É só isso? — pergunta Tania, parecendo um pouco enjoada.

— É só isso, por enquanto — falo. — Apenas se lembre: você é um exemplo para todas essas garotas. Não pode se esconder e não pode ceder às exigências de Gary. — Então acrescento, ao me lembrar do comentário do inspetor Canavan sobre os filmes do Lifetime: — Mas não faça nada idiota também, como sair para se encontrar com ele sozinha em uma esquina escura.

— Por que eu faria isso? — pergunta ela. — Odeio Gary. Heather, você contou a ele?

Confusa, pergunto:

— Contei o quê, para quem?

— Cooper — diz Tania. — Você contou, não foi?

Ouço uma chave ser enfiada na fechadura da porta do escritório. Em vez de deixá-la entreaberta, como sempre faço durante a semana, fechei-a ao entrar.

— Hã, Tania — digo. — Preciso ir. Alguém está entrando.

— Você contou a ele — fala Tania, com um tom de resignação. — Tudo bem. Eu sabia que contaria. Contanto que ele não conte para Jordan, não me importo.

— Acho que *você* deveria contar a Jordan — falo. — Ele vai descobrir de qualquer modo. E prometo a você que ele vai entender. Até logo. — Desligo bem no momento em que Lisa entra, com o cachorro, Truque, ao lado.

— Ah — diz ela, parecendo surpresa, mas não descontente ao me ver à mesa. — Oi! O que está fazendo aqui?

— Ontem foi um desastre tão grande — digo, indicando os cartões com as chaves e as requisições de serviços na mesa. — Achei que deveria vir para tentar adiantar o trabalho.

Lisa revira os olhos.

— Ai, meu Deus — diz ela. — Eu sei. Eu também. Soube sobre os dez registros de saída? E sobre as garotas do 1621 com os jogadores de basquete?

— Sim — falo, pegando o relatório do incidente para ler. — Também soube que você é uma vagabunda imunda que precisa tomar um banho para não ser tão imunda.

— Bem — responde Lisa, gargalhando — o que eu ouvi foi que *você* é uma piranha arrogante.

Ambas começamos a gargalhar. Depois de começar, é difícil parar. Provavelmente porque estamos um pouco desorientadas devido ao estresse. Mas a sensação é muito boa.

— Ai, nossa — digo, depois de nos acalmarmos um pouco. — Alguém soube de Stephanie?

— Eu, não — responde Lisa. — Ela não parecia tão bem quando saiu do hospital ontem.

— Bem — respondo —, não posso imaginar por que pareceria. Imagino que fique fora do ar por alguns dias.

— O que nos deixa com um dormitório cheio de adolescentes sem nada para fazer — diz Lisa — e um time de basquete masculino da terceira divisão que fisicamente não podemos supervisionar o tempo todo. Isso é uma receita para o desastre. Você chegou a receber um itinerário com as atividades do acampamento?

— Não — digo. — E você?

— Por que Stephanie compartilharia algo comigo? — Lisa recosta-se no sofá sobre o qual afundou. — Sou apenas uma mera administradora de dormitório.

— Conjunto residencial — corrijo-a, com tom sombrio.

— Certo — diz ela, parecendo pensativa. — É melhor pensarmos em algumas atividades para essas garotas, e logo. *Do lado de fora* do prédio, para que não tropecem por acaso em Magnus e o grupo dele enquanto pintam os andares de baixo. Que tal um daqueles tours do *Sex and The City*? Todo mundo gostaria, até as mães.

— Isso é bom — respondo. — Mas que tal primeiro pegarmos todas as flores e os bichos de pelúcia que as pessoas estão trazendo para Tania e deixá-los no Hospital Infantil de Nova York? Jared me contou antes de morrer que é o que Tania gosta que façam com os presentes que os fãs trazem para ela. E poderíamos nos certificar de que os cartões sejam enviados para a família dele.

Os olhos de Lisa parecem ter se enchido de lágrimas de repente.

— Ah — diz ela. — Ah, acho que isso seria uma ótima atividade para todas as garotas. Mas seria especialmente significativo para as do 1621, que não parecem ter as prioridades muito bem definidas.

286   *Meg Cabot*

— Exato — falo. — E sabe o que mais seria divertido de fazer com elas? Levá-las para locais famosos relacionados ao rock em Nova York.

Lisa bate palmas.

— Como aquele lugar onde John Lennon levou um tiro. Ou o hotel onde aquele Sid matou Nancy!

— Ou — falo, tranquilamente — a lugares que não sejam associados a assassinato, para que elas parem de pensar no que aconteceu aqui. Talvez um tour mais positivo, centrado no sexo feminino.

— *Existem* lugares relacionados a roqueiras que não envolvam overdoses de drogas ou assassinato?

— Sim — respondo, lançando a ela um olhar horrorizado. — É claro. Apenas a um quarteirão deste prédio há o Washington Square Hotel, onde Joan Baez morou. Ela canta sobre o lugar lá na música "Diamonds and Rust". Não de um modo muito lisonjeiro, Joan se refere a ele como um "hotel aos pedaços", o que provavelmente era, na época. Mas ela o menciona.

— Joan *quem*? — pergunta Lisa, parecendo estupefata.

— Deixe para lá — falo, meu coração se partindo um pouquinho. Como ela podia não conhecer Joan Baez? É estranho trabalhar com uma chefe mais nova do que eu. Não que Joan e eu sejamos exatamente contemporâneas, mas pelo menos eu *ouvi falar* dela. — Tem o Webster Hall, onde todas, desde Tina Turner até as Ting Tings se apresentaram. E o Limelight, onde Gloria Estefan, Britney Spears e Whitney Houston se apresentaram antes de ser fechado. E... — digo, inclinando-me para a frente e começando a me animar — ...tem o John Varvatos. É um estilista de moda que tem uma loja de roupas masculinas no número 315 da Bowery, onde costumava ser o CBGB, mas ele usa a temática das boates underground como inspiração, então poderíamos levar as garotas lá, e elas poderiam saber como era quando Deborah Harry detonava com o Blondie e "Heart of Glass"... coisa do tipo. E Madonna morava no Chelsea Hotel, então poderíamos focar nesse aspecto, e não no da morte. Janis Joplin, Joni Mitchel, Patti Smith, é só dizer um nome, há tantas roqueiras ótimas que se hospedaram lá...

— Não faço ideia de quem seja Patti Smith — diz Lisa, coçando a cabeça de Truque enquanto ele pula no sofá ao lado da dona. — Mas tenho certeza de que ele é ótimo. Isso *tudo* parece ótimo.

— O que é ótimo? — pergunta Sarah, ao entrar no escritório batendo os pés calçados em Doc Martens. Os cabelos pretos dela estão voando para todos os lados, e uma das alças de seu macaquinho está solta. Isso parece menos intencionalmente sexy do que deprimida e chateada.

— Heather vai acompanhar as garotas do acampamento em um tour rock'n'roll por Nova York — diz Lisa, alegremente. — Depois de levarmos todos os presentes dos fãs para Tania ao Hospital Infantil.

— Espere um pouco — digo, recostando-me na cadeira. — Não falei que *eu* faria isso. Falei que *nós* deveríamos fazer isso...

— Mas você sabe tanto sobre o assunto — fala Lisa. — Quem mais poderia fazê-lo? Não conheço metade dessas pessoas que você acabou de citar, e jamais ouvi falar do Limelight ou do... qual era o outro lugar? John Varvargoes?

— Aquele cara? — Sarah me olha com incredulidade. — Aquele cara fez a bolsa de Sebastian.

Então ela irrompe em lágrimas.

— Ai, meu Deus — diz Lisa, olhando para mim surpresa, então de volta para Sarah. — O que houve, Sarah?

— Nada — responde Sarah, desabando à mesa, as lágrimas escorrendo livremente pelo rosto. — Estou bem. Só me deixe quieta. Caso não tenha notado, Sebastian e eu temos tido problemas.

Finalmente, penso comigo mesma. *Ela admite*. Estico o braço para pegar a caixa de lenços de papel que guardo na mesa, então deslizo com a cadeira até Sarah e entrego a embalagem para ela.

— Que tipo de problemas? — pergunto, pensando em como isso deixará Tom e Steve felizes. Não felizes porque Sarah está infeliz, é claro, mas felizes porque ela e Sebastian estão terminando, e os dois não o suportam.

— Bem — fala Sarah, pegando um punhado de lenços e pressionando-os contra o rosto —, se quer saber, são problemas que tem a ver com o futuro de nosso relacionamento. Me sinto ridícula discutindo isso com vocês duas, porque são tão felizes, as duas noivas...

Lisa lança um olhar penetrante para mim.

— Você está noiva?

Dou de ombros.

— Nada oficial. Só discutimos o assunto.

— ...e nem mesmo consigo fazer com que um cara que carrega uma bolsa de homem assuma um compromisso — choraminga Sarah.

— Bem — falo, aproximando a cadeira da mesa de Sarah — se Sebastian não consegue ver como você é ótima, está melhor sem ele.

Tamanho 42 e pronta para arrasar **289**

— Não, não estou — choraminga Sarah. — Eu amo Sebastian, ainda que ele seja um desgraçado covarde que não teve a decência de me dizer pessoalmente que vai se mudar para Israel. — Sarah pega o celular e me mostra a tela. — Ele mandou uma *mensagem de texto*. Dá para acreditar? Vai embora por *um ano e meio* para se juntar às Forças de Defesa Israelenses. Sente que é seu dever como judeu norte-americano. Por que não pode simplesmente ir morar em um kibutz durante o verão, como eu fiz?

Então Sarah dispara, falando sobre como Sebastian vai ser morto e como ela jamais ouviu nada tão estúpido... Embora, por outro lado, Sebastian provavelmente vá desenvolver uma excelente definição muscular. Mas qual é o propósito, se alguma garota israelense gostosa que se parece com a Natalie Portman vai simplesmente roubar o coração dele (é o que diz Sarah)?

Lisa parece chocada. Jamais testemunhou um dos discursos apaixonados de Sarah. Felizmente, esse é interrompido (bem na hora em que Sarah chega à parte sobre como se Sebastian pensa que ela vai esperar por ele, está louco) por uma batida à porta.

— Com licença. — Todas nos viramos e vemos a Sra. Upton de pé à porta, as mãos sobre os ombros da filha, Cassidy. A Sra. Upton veste jeans branco e uma blusa surrada, porém aparentemente muito cara. Cassidy está de short, botas Ugg e uma expressão obstinada.

— Sinto interromper — fala a Sra. Upton. — Mas recebi esta carta por debaixo da porta — ela mostra o papel de carta do escritório do diretor do Conjunto Residencial Fischer — solicitando uma reunião comigo, e estava imaginando se esta seria uma boa hora.

— Esta é uma ótima hora — diz Lisa, saltando do sofá e dirigindo-se ao escritório. Truque dispara atrás dela. — As duas poderiam entrar?

— Que bom — diz a Sra. Upton, lançando-me um sorriso que não se reflete nos olhos, então lança a Sarah um olhar de *o que há de errado com você?* conforme ela e a filha seguem Lisa até o escritório. — Acredito que tenha havido um mal-entendido terrível, então obrigada por nos dar esta oportunidade de esclarecer.

— Ah — ouço Lisa dizer enquanto fecha a porta —, não há mal-entendido, Sra. Upton...

Depois disso, as vozes delas ficam mais baixas, mas ainda é possível ouvir cada palavra do que dizem através da grade longa que fica acima da minha mesa e da de Sarah. Até mesmo Sarah está intrigada o suficiente para parar de chorar e se inclinar para ouvir.

— O quê? — exclama a Sra. Upton, parecendo espantada depois de algo que Lisa murmura. — Cassidy certamente *não fez isso*. Cassidy já me contou tudo, e foi aquela garota horrível, Mallory. Foi ela que...

— Sra. Upton — interrompe Lisa, tranquilamente — temos câmeras de segurança na sala de jogos. Gostaria que eu exibisse a fita em que sua filha é claramente vista...

— *Não, eu não gostaria.*

Depois disso, as coisas ficam mais silenciosas. Fico cansada de me esforçar tanto para ouvir, então falo, gentilmente, para Sarah:

— Então, você vai ficar bem?

Sarah abaixa o rosto e encara o próprio colo.

— Acho que sim. Este é meu primeiro rompimento. Os primeiros rompimentos deveriam ser difíceis, não é?

Tamanho 42 e pronta para arrasar **291**

Penso em meu primeiro. Fora com Jordan. Agora que estou com Cooper, meu amor por Jordan parece ter sido uma paixão adolescente, superada em um dia. Se Cooper e eu terminássemos — o que não consigo imaginar acontecendo jamais, a não ser que ele morra — eu levaria anos para superar, talvez a vida inteira.

— Términos são difíceis — digo. — Mas ficam um pouco mais fáceis a cada dia, até que uma hora você conhece alguém que te faz esquecer tudo a respeito da outra pessoa, e você percebe que terminar foi a melhor coisa que já aconteceu com você.

— Sério? — Sarah me olha com os olhos vermelhos. — Acho isso quase impossível de acreditar no momento.

— É verdade — asseguro. — Embora um sorvete de chocolate com nozes e *marshmallow* também ajude muito.

Sarah suspira.

— Acho melhor ir ver se tem algo no refeitório — diz ela.

— Aqui — falo, entregando meu cartão de refeição. — Por minha conta.

Sarah hesita, como se não fosse aceitar, então muda de ideia.

— Me desculpe por ter sido tão horrível ultimamente — diz ela, enquanto se levanta. — Acho que agora você sabe o porquê. Eu sabia que Sebastian estava pensando em fazer isso, mas nunca pensei que ele iria adiante. Acho que pensei que se me amasse o suficiente, esse amor seria mais forte do que a vontade de ir... mas não foi.

— Ele pode amar você e ainda assim sentir que precisa fazer isso, Sarah — falo, com carinho. — Isso não quer dizer que o amor dele por você não seja forte. Quer dizer apenas que é um tipo de amor diferente do que aquele que Sebastian sente por... bem, por essa coisa que ele precisa fazer.

— É — responde Sarah, abaixando o olhar para meu cartão. — Bem, isso não importa. Como eu disse, não vou ficar esperando por ele.

— Não disse que você deveria. Mas não ouvi você dizer que ele terminou o namoro. Apenas mandou uma mensagem de texto dizendo que vai. *É você* que está rompendo com ele por isso. E se o ama, isso parece um pouco injusto. Talvez vocês dois precisem conversar mais um pouco sobre isso... e não por mensagens.

Sarah vira meu cartão de refeição nas mãos algumas vezes.

— Tudo bem — diz ela, finalmente. — Acho que devo isso a Sebastian, no mínimo. — Então olha para mim. — Quando foi que você ficou tão inteligente com essas coisas?

— Bem, *estou* fazendo Psicologia I — respondo, com modéstia.

Sarah balança a cabeça.

— Não — diz ela. — Isso não explica. Esse curso é superficial.

Então vai embora.

A porta do escritório de Lisa se abre, e a Sra. Upton sai, com Cassidy arrastando as solas das botas Ugg logo atrás.

— Espero, sinceramente — diz a Sra. Upton —, que você traga aqueles garotos aqui, Srta. Wu, porque eles tiveram tanta culpa quanto as garotas em tudo isso, ou até mais, pois são mais velhos...

— Estou ciente disso, Sra. Upton — diz Lisa. — E embora eles já tenham sido castigados pelo treinador, pode ter certeza de que receberão uma sanção administrativa deste escritório também.

Tamanho 42 e pronta para arrasar **293**

— E quanto a Mallory? — Cassidy finalmente abre a boca para exigir saber. — Ela também estava bebendo. Não vai acontecer nada com *ela*?

— Mallory também vai me ouvir — diz Lisa. — Assim como Bridget.

Um sorriso de satisfação se abre no rosto de Cassidy... pelo menos até a mãe a agarrar pelo braço e dizer:

— Vamos, Cass. Vamos tomar o café da manhã. Temos muito o que conversar, mocinha.

Assim que vão embora, Lisa desaba no sofá em meu escritório com um resmungo. Truque pula em sua barriga, e ela solta mais um resmungo.

— Sai, Truque — diz ela, então empurra o cachorro para o lado, onde ele se senta, parecendo rejeitado.

— *Nunca* vou ter filhos — declara Lisa.

— Sério? — pergunto, interessada.

— Ouviu aquela mulher? — Lisa lança um olhar de incredulidade para mim. — Está convencida de que sua preciosa Cassidy *jamais* poderia ter feito aquilo que a surpreendemos fazendo e que está comprovado em fita. E aquela Cassidy... minha nossa, eu queria socar a boca daquela garota. Quando não ria com deboche, sorria com malícia. Não me entenda mal, algumas crianças são ótimas. Mas há um *limite*, cara. Ao todo, Cory e eu temos oito irmãos e irmãs, e agora estamos chegando a *dezenove* sobrinhas e sobrinhos. Venho trocando fraldas sem parar desde que tinha 10 anos. Se eu precisar esvaziar mais um porta-fraldas, vou vomitar.

Olho para Lisa, espantada. Não esperava esse tipo de revelação dela.

— Então por que se incomodar em se casar? — pergunto.

— Por que simplesmente não moram juntos?

— Bem, eu ainda quero *presentes* — diz ela, olhando para mim como se eu fosse idiota. — Como falei, somos de famílias grandes, e tanto Cory quanto eu fomos de fraternidades na faculdade. Fui madrinha de casamento *oito* vezes. Está na hora de receber o troco. E é melhor que abram as carteiras. Quero um liquidificador top de linha para poder receber você depois do trabalho e tomarmos margaritas.

— Legal — digo, com um sorriso. — Convite aceito.

— Qualquer hora te mostro minha lista de presentes online. Como vai se casar, precisa aprender como funciona.

— E-eu não vou — gaguejo. — Quero dizer, não estamos planejando um casamento grande. Vamos fugir para nos casar, na verdade.

— Não importa — diz Lisa, e dá de ombros. — As pessoas ainda assim vão querer comprar coisas para vocês, então é melhor se registrar ou vão te dar porcarias que você não quer. O que é isso? — Lisa aponta para algo em minha mesa.

— Isso? — Entrego a ela o formulário PNG. — Só uma coisa que fiz esta manhã.

Lisa lê rapidamente.

— Nossa. Esse é o cara? O cara de ontem?

— É — respondo. — Estava pensando... Devo mudar de "assassinato" para "suspeito de assassinato"?

Lisa estuda o PNG durante um tempo. Então entrega-o de volta para mim e diz:

— Que tal simplesmente "assédio"? A questão é que ainda não provaram que ele assassinou ou agrediu alguém, e não queremos deixar a faculdade exposta a processos se ele por acaso vir isso. Esse é o tipo de mundo em que vivemos. Se dizemos que ele assassinou alguém e ele não o fez, então

Tamanho 42 e pronta para arrasar 295

pode nos processar. É mais difícil definir assédio... Outro dia um cara colocou o pau para fora no metrô na minha frente. Acho que pensou que seria lisonjeiro.

Como uma nova-iorquina nativa, Lisa deve achar esse tipo de coisa bem corriqueira... da mesma forma com que são, aparentemente, os caras que perseguem e matam pessoas, como no meu PNG. Tão corriqueiro que é preciso ter cuidado para não insultar *esses caras*.

— Na verdade — continua Lisa —, essa é uma boa história para contar às garotas do acampamento quando formos de metrô para o hospital esta tarde. Muitas delas não só nunca devem ter usado o transporte público em uma cidade grande como talvez jamais tenham encontrado um exibicionista. Quero me certificar de que saibam o que fazer.

— O que você fez? — pergunto a ela. — Quando o cara colocou o pau para fora?

— Ah — diz Lisa, dando de ombros e passando o PNG de volta para mim —, filmei com o celular. Ele desceu na estação seguinte e fugiu. Postei o vídeo no YouTube e no Facebook. Espero que a mãe dele veja. Tenho certeza de que ficaria muito orgulhosa em saber o que o filho se tornou.

— Esse é exatamente — falo — o tipo de história que as garotas que frequentam o Acampamento de Rock Tania Trace precisam ouvir.

Febre Hebraica

Josué e Jericó
Moisés e o profundo mar Vermelho
Por que meu nome apenas ecoa?
Por que ele jamais pensa em mim?

Tenho febre hebraica
Mas ele vê somente o que quer
Tenho febre hebraica
Por que ele não deixa essa mulher?

Conheci só um israelense
Meu coração por ele é como a pedra de Isaac
Mas nada de cordeiro morto, nenhuma luz salvadora
Para ele, não passo de um badulaque

Tenho febre hebraica
Mas ele vê somente o que quer
Tenho febre hebraica
Por que ele não deixa essa mulher?

De Tel Aviv até Haifa
De Elat até Jerusalém
Eles cantam e dançam a hora
Como se não houvesse mais ninguém*

*Verso alternativo: Estou cheia de catarro também

Tenho febre hebraica
Mas ele vê somente o que quer
Tenho febre hebraica
Por que ele não deixa essa mulher?

Esta música foi composta,
produzida e criada por Sarah
Rosenberg, do departamento de
acomodação da Faculdade de
Nova York.
Todos os direitos reservados

— Então, quando você decide compor uma música — fala Tania, sentada curvada sobre um banquinho alto, no canto mais distante da biblioteca do segundo andar, bem afastada de todas as janelas — o que quer fazer é contar uma história...

A mão de alguém se ergue. Tania aponta para essa mão.

— Sim? Seu nome?

— Emmanuella — responde a dona da mão. — É, então...

Stephanie, de pé ao lado de Tania, fora do caminho das câmeras, gesticula com urgência um *Levante-se! Levante-se, sua idiota!* na direção da menina. Emmanuella, uma garota cheinha, de olhos claros e com óculos de armação azul, finalmente entende a mensagem e se levanta. Ouve-se um suspiro coletivo de alívio vindo da equipe de filmagens.

— Então, minha pergunta é: como você sabe *sobre o que* escrever? — pergunta Emmanuella. — Entendo que a música precisa contar uma história, mas como sabe *qual* história contar? Tenho tantas ideias na cabeça; acontecem coisas comigo todos os dias, e penso: *Ah, isso daria uma ótima música*, mas então escrevo e parece apenas idiota.

Cassidy, perto da qual, por acaso, estou sentada — ela está em um sofá ao lado da melhor "aminimiga", Mallory, e eu estou no chão, longe do alcance das câmeras — inclina-se e diz para Mallory:

— *Ela* é idiota.

Mallory dá risadinhas.

— Shhh — sussurra Sarah para as duas. Sarah, que está sentada ao meu lado, anotou cada palavra do que Tania disse durante a sessão de composição do acampamento de rock, tendo decidido que isso pode ser uma forma terapêutica de trabalhar a mágoa pelo rompimento do namoro com Sebastian, o qual está em curso.

Tento não levar para o lado pessoal o fato de Sarah sentar-se a meu lado há quase um ano e jamais ter feito uma pergunta sobre composição de músicas para mim, ainda que eu tenha escrito mais músicas do que Tania. Jamais cheguei a vender alguma delas, entretanto, então compreendo.

— Tente escrever sobre algo por que você tenha paixão — diz Tania, em resposta à pergunta de Emmanuella. — Minhas melhores músicas vêm todas do coração. Elas contam histórias sobre as vezes em que senti emoção de verdade em relação a algo... ou, acho, a alguém...

Tania abaixa os longos — e falsos — cílios de modo tímido, e todas as garotas dão risadinhas animadas. Elas acham que Tania está falando de Jordan. O efeito *é* muito fofo, como se Tania estivesse envergonhada de ter sido pega

Tamanho 42 e pronta para arrasar　　**299**

pensando na pessoa pela qual tem uma quedinha, a qual é, por acaso, seu adorável marido e estrela do rock...

Mas eu, é claro, sei que ela está falando de outra pessoa, e não de Jordan.

Jordan fez algumas aparições no Conjunto Residencial Fischer, no entanto, desde que Tania — para minha surpresa máxima — decidiu levar ao pé da letra o discurso que fiz, saindo da cama e começando a aparecer no próprio acampamento de rock. Sempre que um dos dois põe os pés no prédio, um frisson parece tomar conta do lugar. Longe de as pessoas ficarem chateadas com Tania pelo que aconteceu: o frisson não é de medo, e sim de animação. As pessoas — mesmo aquelas que odeiam tanto as músicas dela quanto as de Jordan, como Sarah — passaram a adorar os dois. Eles são muito atraentes quando estão juntos, e irradiam um brilho quase de outro mundo.

Mesmo agora, sentada sozinha, vestindo calça de couro marrom — tão inapropriada para o verão —, saltos de 15 centímetros, regata de paetês brancos e sombra esfumaçada nos olhos, Tania parece algo etéreo.

As garotas sentadas aos pés do banquinho não conseguem parar de olhar para ela. Assim como Sarah.

Contar história sobre épocas em que se sentiu mais emotiva, vejo Sarah rabiscar no caderno. *Como a vez em que Sebastian foi para Israel e partiu seu coração.*

Cassidy também repara que Sarah está fazendo anotações e inclina-se para sussurrar algo para Mallory, e as duas dão risadinhas de novo. Chuto a perna do sofá no qual as duas estão, e elas se viram para me olhar com uma expressão de reprimenda. Repreendo-as de volta.

— Prestem atenção — sussurro.

Cassidy mostra o dedo do meio para mim. Procuro pela mãe dela, mas a Sra. Upton não está em lugar algum. A maioria das acompanhantes considera o horário das "aulas" como um horário "para mim" — ao contrário do horário da "apresentação", quando estão quase sempre presentes para torcer pelas queridinhas, ou o horário das "refeições", quando as câmeras estão quase sempre ligadas. Elas saem correndo para fazer compras, malhar no Complexo Esportivo Winer, fazer os cabelos e as unhas ou — no caso de pelo menos duas das mães — beber o máximo de Cosmopolitans que conseguirem no bar do saguão do Washington Square Hotel, que fica no fim da rua.

— Escreva sobre a pessoa que você mais ama — continua Tania, dedilhando no violão que Lauren, a assistente de produção, entregou a ela de repente. — Escreva sobre a pessoa que você odeia.

Reparo que quando Tania diz as palavras "pessoa que você odeia", Cassidy começa a varrer o salão com os olhos em busca de alguém. Quem será que ela odeia essa semana, me pergunto. Na semana passada era Mallory, mas agora as duas são melhores amigas para sempre...

Ah. Bridget. O olhar de Cassidy recai sobre a garota bonita de cabelos pretos, encolhida sozinha em uma das charmosas poltronas vitorianas compradas pela ECR para as filmagens. Bridget olha, sonhadora, para as janelas de batente, sem prestar atenção ao que acontece ao redor de si. Cassidy, ao reparar nisso, cutuca Mallory e indica a colega de quarto com a cabeça. Mallory revira os olhos, e Cassidy dá um risinho.

Tamanho 42 e pronta para arrasar **301**

Hmmm. Então essa semana elas estão unidas contra Bridget. Imagino se teria algo a ver com a echarpe de seda rosa choque que ela passou a usar, ao estilo de Bollywood, ao redor do pescoço.

— Está fazendo isso para se sobressair nas câmeras. — Ouvi Mallory reclamar para algumas das outras garotas enquanto estavam do lado de fora do meu escritório outro dia, esperando o elevador chegar. — Principalmente em HD.

— Não. Eu sei por que está fazendo isso — falou Cassidy, de modo autoritário. — Ela tem tantas espinhas que acha que uma echarpe vai desviar a atenção do rosto dela. Mas, sinto muito, não está funcionando. E ela não tem talento o suficiente para desviar a atenção daquela cara de pizza também. Se acha que tem alguma chance de ganhar o Rock Off, está tristemente iludida.

As outras garotas concordaram.

Cheguei à conclusão de que, além dos nazistas, do Talibã e, possivelmente, do ratel, não há ninguém no planeta mais impiedoso do que uma garota adolescente quando ela decide que não gosta de você.

— Escreva sobre o que aconteceria se você perdesse a pessoa que mais ama no mundo inteiro — continua Tania, dedilhando o violão. Não sabia que ela tocava, mas toca, e de modo bem competente. — Escreva sobre o que aconteceria se a pessoa que você odeia mais do que qualquer outra no mundo — a expressão de Tania parece distante — de repente começasse a ameaçar de morte a pessoa que você mais ama no mundo inteiro. Como isso faria você se sentir?

O-oh. Olho para Cooper, que está de pé, discretamente fora do alcance das câmeras. Ele encontra meu olhar e ergue as sobrancelhas escuras. *Isso* tomou um rumo inesperado.

— Você ficaria acordada todas as noites pensando no quão vazia e solitária se sentiria sem essa pessoa? Como a vida seria insignificante sem ele ou ela? — Tania está dedilhando as cordas do violão com força desnecessária. — O que você faria? Você se mataria? Mas talvez você não possa, porque você tem um cachorro, e esse cachorro precisa de você...

— Tudo bem, corta — grita Stephanie, com o rosto um pouco vermelho. — Ótimo. — Ela tira o fone que estava usando. — Desculpem-me, todos. Tania, aquilo foi fantástico, podemos apenas voltar para a parte de escrever sobre o que você ama e se concentrar mais em... — Stephanie abaixa o tom de voz e fica de costas para nós, falando tão baixinho com Tania que não conseguimos mais ouvir o que ela diz.

As garotas, ficando impacientes pela hora que passaram filmando esse workshop, alongam-se, então começam a reclamar pedindo uma pausa. Não parecem ter sido afetadas pela viagem ao lado negro que Tania fez, nem ter prestado muita atenção a ela.

— Uau — fala uma voz masculina ao meu lado — se isso é trabalhar em uma produção profissional, talvez eu precise repensar a carreira que escolhi.

Viro-me para encontrar Gavin, recostado na parede.

— Como você entrou aqui? — exijo saber.

— Salvei você da morte uma vez no ano passado, lembra? — Gavin indica Cooper com a cabeça. — Ele disse que isso me garante passe livre para o resto da vida, até onde sabe.

Tento reprimir um sorriso, mas não consigo.

Tamanho 42 e pronta para arrasar   **303**

— Cooper disse isso?

— É — responde Gavin. — Mas preciso tomar cuidado ou ele me mata. Qual é o problema em estar aqui, de toda forma? Não me encaixo, exatamente, na descrição desse Gary Hall, não é?

Franzo a testa.

— Não — digo. — Não se encaixa.

Embora Tania não tenha gostado nem um pouco, procurar o inspetor Canavan tinha se revelado a coisa certa a fazer... Não, é claro, que a polícia estivesse tendo mais sorte na procura por Gary do que Cooper e eu. Além de localizarem uma foto mais recente dele no Departamento Estadual de Veículos de Nova York, de quando Gary fora renovar a carteira de motorista — na qual aparentava ter ganhado bastante peso; pintado o cabelo de vermelho; passado a usar óculos de armação grossa e preta que o faziam parecer, entre outras coisas, ainda mais desequilibrado; e acrescentado um cavanhaque, também pintado de vermelho, em alguma tentativa malsucedida de parecer mais jovem —, não parecia haver qualquer sinal do cara.

— Como isso é possível? — perguntei a Cooper, depois de se passarem dias sem que a polícia tivesse pistas, apesar de terem estampado a foto dele por todos os lados.

— É fácil, na verdade — explicou ele. — Há mais de oito milhões de pessoas nesta cidade. Tudo o que ele precisa fazer é raspar o cavanhaque, pintar o cabelo de volta para a cor original, jogar fora os óculos e não usar cartão de crédito para pagar nada, que ninguém jamais vai encontrá-lo.

— Mas e quanto aos caixas eletrônicos? — perguntei. — Você falou que...

304　　　　　　　*Meg Cabot*

— A última vez que esse cara fez um saque — falou Cooper — foi há nove semanas. Adivinhe quanto sobrou naquela conta?

— Não sei — respondi. — Você disse que ele provavelmente não paga impostos, então imagino que muito...

— Zero — falou Cooper. — Ele sacou tudo. O cara está carregando um monte de dinheiro... Ou isso ou abriu outra conta, sob outro nome, provavelmente um pseudônimo, a qual não podemos localizar.

— Mas na TV...

— Se disser "Mas na TV..." mais uma vez — disse Cooper —, vou me recusar a discutir isso com você daqui para a frente. A vida real não é como na TV. Na TV a polícia tem computadores com software de reconhecimento facial que podem ser ligados a câmeras de segurança em bancos e escanear fotos de pessoas, e assim eles podem comparar essas fotos com um banco de dados nacional de criminosos conhecidos. Na vida real, não apenas a maioria das delegacias não tem esse tipo de tecnologia como, mesmo que tivessem, tudo o que os criminosos precisariam fazer é alterar sutilmente a aparência ou mesmo manter o rosto em perfil o tempo todo, e a coisa toda iria para o brejo.

— Então... — Eu estava chocada. — E quanto ao endereço de IP do e-mail dele?

— Nada — disse Cooper. — Ele usou um monte de cafés aqui na cidade, como suspeitei. E não consegui encontrar o registro do divórcio dos dois em arquivo algum.

— O quê? — perguntei. — Você não usou seu tom despreocupado com os atendentes do fórum?

— Cada grama que possuo — disse ele. — Além de inúmeras notas de cinquenta dólares, o nome verdadeiro de Tania

Tamanho 42 e pronta para arrasar   **305**

e o nome de palco. Mas não cheguei a lugar algum. Estou começando a me perguntar se sequer chegaram a...

— "Se sequer chegaram a" quê? — perguntei, quando Cooper ficou em silêncio.

— Nada — disse ele. — Deixe para lá. Não importa.

— Não, sério — falei. — Pode me contar. Se sequer chegaram a quê?

Mas Cooper apenas fez que não com a cabeça.

— Tania já tem muito com que se preocupar.

E ela realmente tinha. Depois de nossa viagem ao Hospital Infantil de Nova York ter sido muito bem-sucedida — apesar de Cassidy e Mallory terem ficado de cara feia o tempo todo —, espalhou-se quase que imediatamente a notícia de que o Acampamento de Rock Tania Trace "Continua Arrasando" (nas palavras do *Post*) apesar de ter havido mais uma tragédia no "Alojamento da Morte". Não vou dizer que foi por isso que planejei a coisa toda, mas talvez estivesse no fundo da minha mente.

Stephanie Brewer ficou sabendo do nosso passeio — e do tour que fizemos para os melhores locais do rock que tinham a ver com mulheres — e finalmente decidiu sair da cama e convencer os executivos da emissora (ou seja, Grant Cartwright) a não cancelarem *Jordan ama Tania* prematuramente.

Nunca tive certeza de como ela conseguiu fazer isso, mas depois que a fotografia da carteira de motorista de Gary Hall saiu estampada em todos os jornais locais e nos noticiários — o que, é claro, significava que a Emissora Cartwright precisava inventar uma história sobre o fato de ele ser "um antigo fã excessivamente zeloso" de Tania, uma história que foi imediatamente absorvida por todos os sites e agências de mídia de fofoca conhecidos pelo ser humano — a coisa toda tinha se tornado uma avalanche que, de uma forma ou de outra, fugiu bastante ao controle de Tania. Acho que ninguém, à exceção de Cooper, do inspetor Canavan e, é claro, da própria Tania, sabia da verdade a respeito do relacionamento dela com Gary. Mas a mídia estava faminta por mais informações.

Como resultado disso, não podíamos atravessar as portas do Conjunto Residencial Fischer sem toparmos com paparazzi perguntando se sentíamos que estávamos por nossa própria conta e risco ao morar e trabalhar ali.

— Não vamos deixar que isso nos afete. — Eu ouvia algumas das garotas do acampamento dizerem de vez em quando. (Elas haviam recebido um extensivo treinamento de mídia dos relações públicas da Emissora Cartwright Records, e, é claro, houve algumas negociações de pagamento apressadas para convencer as garotas e suas acompanhantes a ficarem apesar do fato de que um assassino psicótico estava perseguindo a anfitriã do acampamento. Outras três garotas tinham desistido mesmo assim, apesar dos novos incentivos.)

— Na verdade, é um bom treinamento — ouvi Cassidy dizer a um repórter do *Entertainment Tonight* — para quando eu for famosa e tiver meu próprio *stalker*.

Para não ficar para trás, Mallory cutucou Cassidy para longe e falou:

— Tania é um exemplo muito bom de como não se pode deixar algo assim impedir que você viva sua vida. Eu a admiro de verdade. — Essa frase foi citada em diversos jornais e repetida incansavelmente na internet, para a fúria de Cassidy.

— Não no meu refeitório. — Ouvi Magda dizendo a um repórter da CNN. — A comida que servimos é sempre fresca e *buniiita*, e jamais temos ratos, jamais!

— Hã, Magda — sussurrei para ela, conforme entrávamos juntas no prédio —, você sabe que temos, sim, ratos, de vez em quando, certo?

— Sim, é claro — respondeu ela. — Mas colocamos ratoeiras para eles, não veneno.

Essa era, de fato, a verdade, então mesmo que os jornalistas investigativos tivessem se incomodado em procurar, não poderiam tê-la desmentido. Mas é claro que ninguém procurou. Estavam mais interessados em escrever artigos sensacionalistas sobre como itens diários em nosso lar podem conter veneno, tipo aquelas vitaminas supostamente saudáveis que você compra na farmácia.

Aos outros, podia parecer que Tania não estava deixando aquilo afetá-la — bem, exceto pelas filmagens de hoje —, mas aqueles que a conheciam bem podiam ver que ela estava, lentamente, desmoronando sob tal pressão. Todos os dias, parecia mais magra e mais frágil. Cooper contou que Tania quase não comia — a irmã dele, Nicole, acusara-a de ser "gravidoréxica" —, e Jordan disse que ela não conseguia dormir.

É claro que nem Nicole nem Jordan sabiam da verdade a respeito de Gary Hall. Porém, quanto mais Tania temia que viesse à tona, menos provável isso parecia. Ninguém ainda fizera a conexão entre o Gary Hall de Nova York, com os óculos grossos e cabelo e cavanhaque ruivos, e o Gary Hall da Flórida, com a gravata removível e a batuta de regente. O único modo pelo qual alguém poderia perceber seria se o próprio Gary jogasse a merda no ventilador.

E para fazer isso, ele precisaria sair do esconderijo, como uma das baratas que Tania disse que costumavam viver sob a geladeira no primeiro apartamento que teve com ele.

Assim que isso acontecesse, haveria 36 mil policiais de Nova York — sem falar de meu namorado e eu — esperando para esmagá-lo.

Na biblioteca do Conjunto Residencial Fischer, Tania diz:

— Tudo bem. — E dá um aceno com a cabeça conforme Stephanie se afasta dela. — Entendi.

— Ótimo — fala Stephanie. — Tudo bem, pessoal — diz ela para as garotas. — Sei que está quente aqui dentro e que vocês estão cansadas, mas realmente gosto da energia que temos no momento. Vamos fazer uma pausa para o almoço logo após acabarmos.

Todas as garotas resmungam... exceto por Sarah, que parece ansiosa para voltar às anotações.

— Vamos lá — diz Chuck, o operador de câmera assistente, em uma tentativa de animar as meninas. — Almoço. É dia de *fajita*. Quem consegue resistir a uma deliciosa *fajita*?

As garotas dão risadinhas porque Chuck fez a palavra *fajita* soar vagamente lasciva. Sarah parece confusa.

— É só carne e legumes em uma tortilha — diz ela.

— Na verdade, vim aqui por um motivo — fala Gavin para mim, enquanto Marcos coloca o *boom* de volta à posição — além de querer assistir ao colapso da indústria norte-americana de entretenimento. Lisa quer que você vá ao escritório.

— Por quê? — pergunto, esticando as costas.

— Não sei — responde Gavin, dando de ombros — Ela me viu passando pelo corredor e me disse para vir encontrar você. Disse que é importante.

Assinto e saio do salão em silêncio, no momento em que Tania começa a dizer:

— Escreva sobre o que gostaria que acontecesse com você, sobre suas esperanças e seus sonhos, sobre o que desejaria ter feito de diferente, sobre o que desejaria poder mudar, mas sobre como, caso essas coisas não tivessem acontecido, você não seria a pessoa forte que é hoje...

Esperanças e sonhos, vejo Sarah rabiscar conforme saio.

É isso, Stephanie, penso enquanto fecho a porta da biblioteca sem fazer barulho. *Mantenha a cabeça dela longe das coisas obscuras.* Não podemos permitir que Tania tenha um colapso agora, faltando apenas uma semana para o Rock Off e ela estando tão próxima da reta final.

O engraçado é que, enquanto eu pensava isso, não fazia ideia de como *todos* estávamos próximos da reta final. Principalmente eu.

Faculdade de Nova York
Departamento de Acomodações e Convívio
Formulário de Ocorrência de Incidente

22

Relatado por: Davinia Patel
Data: 31 de julho
Prédio: Conjunto Residencial Fischer
Cargo: Assistente de residentes
Pessoas envolvidas no incidente (excetuando-se o relator):

Nome: Cassidy Upton
Conjunto Residencial: Fischer, quarto 1621
Nome: Mallory St. Clare
Conjunto Residencial: Fischer, quarto 1621
Nome: Bridget Cameron
Conjunto Residencial: Fischer, quarto 1621

Informações a respeito do incidente:

Data do incidente: 31 de julho
Local, natureza e descrição do incidente:

Cassidy e Mallory bateram à minha porta aproximadamente às 9 horas e perguntaram se podiam conversar comigo em particular a respeito da colega de quarto, Bridget.

Iniciativa tomada:

Conversei com elas, então disse que levaria suas preocupações ao administrador do prédio.

Recomendação para iniciativa futura:

A ser anunciada.

Tamanho 42 e pronta para arrasar

```
Comentários do diretor do conjunto
  residencial, acompanhamento
  e status atual:
  A serem anunciados.
Para uso do Departamento Central
  de Acomodações apenas:
  Marcar tantos quantos se apli-
carem:

Indivíduo:
—Morte          —Doença      —Psicológico
—Acadêmico      —Álcool      —Drogas

Comunidade:
—Política/       —Incidente pre-
  judicial         conceituoso
—Crime na rua    —Crime no conjunto
                   residencial
—Segurança       —Vandalismo
  corrompida
—Condição        —Problema de
  insegura         manutenção
—Alarme de       —Operações no
  incêndio         balcão
—Equipe          —Reclamação de
                   aluno
—Relações com
  a comunidade
```

Lisa está sentada à mesa, e Davinia, a assistente de residentes do décimo sexto andar, em uma cadeira ao lado dela, quando entro no escritório. Nenhuma das duas parece muito feliz.

— Oi — diz Lisa para mim, com tristeza.

— Oi — respondo. — Gavin disse que você precisava me ver?

— É — fala Lisa. — Davinia acha que estamos com um problema.

Sento-me a minha mesa, então giro a cadeira para poder olhar para as duas pela porta aberta do escritório de Lisa.

— Um cara morreu de envenenamento por cupcakes na semana passada, e o *TMZ* está à espreita nos arbustos esta semana — digo. — O que poderia ser pior?

— Bem, isso não é necessariamente pior — fala Lisa. — Mas tem a ver com as garotas do 1621. — Ela ergue um relatório de incidente que está apoiado em sua mesa. — Preciso dizer mais?

— Ai, nossa — digo. — Estava com elas agora mesmo na biblioteca. Cassidy estava em seu modo adorável de costume, mas nada fora do comum. O que está acontecendo agora?

— Mallory e Cassidy requisitaram uma reunião comigo mais cedo esta manhã, em caráter muito secreto — responde Davinia. — Até se certificaram de que não havia equipe de filmagens por perto, se isso serve como indício do quanto elas acham que a situação é séria. Disseram que estão preocupadas com Bridget.

Franzo as sobrancelhas.

— *Preocupadas* com ela? — Lembro-me do modo como Cassidy varreu a biblioteca com os olhos em busca de Bridget quando Tania mencionou algo sobre escrever a respeito de alguém que você odeia. — Está mais para estarem com inveja dela. Acho que podem estar tentando eliminá-la da competição.

— Pode ser — diz Davinia. — Mas de acordo com Mallory e Cassidy, Bridget tem um namorado...

Tamanho 42 e pronta para arrasar **313**

— Espere. — Não acredito em uma palavra. — Ela está saindo escondida? Não acredito que, depois da última vez, alguma daquelas garotas namoraria...

— Foi o que perguntei — fala Davinia. — Elas disseram que Bridget não está saindo escondida à noite. Que o vê durante o dia sempre que há uma pausa das filmagens e quando as outras garotas estão praticando as apresentações solo para o Rock Off e as acompanhantes estão ocupadas...

— ...fazendo outras coisas — termino a frase para ela, pois sei tudo sobre o *happy hour* no Washington Square Hotel. — Quem é o cara? Não é Magnus — falo, sentindo o coração acelerar de repente. — Por favor, que não seja um dos jogadores do time de basquete...

— Ele *está* fazendo cursos de verão aqui na Faculdade de Nova York — diz Davinia. — Mas não mora neste prédio. Mallory disse que mora no Conjunto Residencial Wasser, do outro lado do parque. Ela e Cassidy só descobriram porque Bridget mandou mensagens de texto incessantemente para alguém durante a última semana e não queria contar a elas para quem eram, então um dia, quando todas deveriam ir para o ensaio, as duas a seguiram...

— Traidoras — digo, nem um pouco surpresa.

— ...e a viram entrar no Conjunto Residencial Wasser e ser registrada por ele. Obviamente, mais tarde, as duas a confrontaram, longe das câmeras, graças a Deus, e Bridget implorou para que não contassem, porque, aparentemente, o garoto é judeu ortodoxo e não pode namorar ninguém que não seja da mesma religião. Portanto, se o relacionamento deles aparecer diante das câmeras e a família do rapaz vir o programa, ele vai ser deserdado.

— Ah, por favor — diz Lisa, enojada. — Ela está brincando?

Bato o dedo nos dentes da frente, pensativa.

— Isso pode ser mesmo verdade — digo. — Um dos motivos pelo qual o Conjunto Residencial Wasser é tão popular é porque alguns dos quartos nos andares mais baixos têm cozinhas, assim os residentes que seguem uma dieta *kosher* podem cozinhar ali *e* não precisam usar o elevador para chegar aos quartos durante o Sabbath. O refeitório também é grande o bastante para servir refeições *kosher* e não *kosher*. Então, se ele *é* ortodoxo, faria sentido que morasse no Conjunto Wasser.

— Como Bridget disse que os dois se conheceram? — pergunta Lisa, olhando para Davinia.

Ela dá de ombros.

— Como é que alguém fica com outra pessoa por aqui? No parque, é claro. Foi por isso que as garotas vieram até mim. Dizem que se sentem "desleais" a Tania por manter esse segredo enorme, mas que o programa deveria ser sobre "realidade", e a "realidade" é que Bridget não está sendo verdadeira.

Reviro os olhos.

— Ah, certo. Foi *por isso* que quiseram contar, por medo de que a integridade de *Jordan ama Tania* seja comprometida. Não porque são as maiores drama queens e querem mais tempo no ar.

— Mas ela definitivamente não está saindo escondida à noite? — pergunta Lisa.

Davinia faz que não com a cabeça.

Tamanho 42 e pronta para arrasar **315**

— As garotas dizem que não, porque confiscamos a identidade de todas. Ela jamais conseguiria voltar sem ser pega. Visita o rapaz no quarto dele e apenas durante o dia.

Olho para Lisa.

— Não sei. O que acha que deveríamos fazer com relação a isso?

— É o que estou pensando — responde Lisa, com uma expressão preocupada. — Somos responsáveis por ela enquanto estiver aqui, assim como a Emissora Cartwright Records. Mas não há lei em Nova York que diga que uma garota de 15 anos não pode ter um namorado, contanto que ele seja menor de 18 anos.

— Por outro lado, se ele for legalmente adulto e os dois estiverem mantendo relações sexuais e nós, conscientemente, deixemos isso continuar, podemos ser responsabilizadas — digo, suspirando, então giro a cadeira para pegar o diretório do campus. — Você sabe o nome do cara, Davinia?

— Não — responde ela. — O que quer dizer com podemos ser responsabilizadas?

— É estupro presumido — explica Lisa. — A idade legal de consentimento em Nova York é 17 anos.

— Mas não sabemos se Bridget...

— Não sabemos se ela não está... — falo. — Oi — digo quando alguém finalmente atende do outro lado da linha.

— É do Conjunto Residencial Wasser? Sim? Bem, quando você atende, deveria dizer isso. Deveria dizer "Alô, Conjunto Residencial Wasser" ou algo assim. Enfim, aqui é Heather, a diretora-assistente do Conjunto Residencial Fischer. Poderia, por favor, me transferir para Simon? Simon Hague, o diretor do conjunto residencial. *Simon Hague*, o cara que contratou você.

316   *Meg Cabot*

Afasto o fone do rosto e digo a Lisa e Davinia:

— Meu Deus, parece um zoológico do outro lado. E somos *nós* que temos um reality show sendo filmado aqui. Sim — digo ao telefone —, eu gostaria de aguardar.

— Deveríamos contar à Sra. Brewer o que está acontecendo? — pergunta Davinia, parecendo preocupada.

Franzo a testa.

— É exatamente isso o que Cassidy e Mallory querem. Então, quando Bridget voltar para o quarto em lágrimas e Cassidy e Mallory ficarem perguntando "Qual é o problema?", Stephanie pegará todo o confronto diante das câmeras.

Lisa concorda.

— Concordo com Heather. Vamos manter isso entre nós por enquanto. Vou pedir que Bridget desça para ter uma conversa comigo, para deixá-la ciente de que sabemos e para me certificar de que ela esteja emocionalmente bem e...

— Alô? — digo, quando alguém atende do outro lado da linha. — Liguei para falar com Simon, por favor. Ele não está? Bem, tem alguém no escritório do diretor do conjunto residencial? Qualquer pessoa? E quanto ao diretor-assistente do conjunto residencial? Tem qualquer pessoa aí que possa me dizer... E quanto a... Oi? Ah, verdade. Ah, tudo bem, entendo. Isso é muito interessante. Quer saber, pode deixar. Simplesmente vou passar aí e resolver eu mesma. Tudo bem, tchau.

Desligo.

— Simon não está no escritório hoje — digo, me levantando. — Ele ainda está nos Hamptons.

Lisa me encara.

— O quê? Hoje é *terça-feira*.

Tamanho 42 e pronta para arrasar   **317**

— É — falo, tentando não deixar a alegria que sinto por dentro transparecer em meu rosto. — Ele alugou uma casa de veraneio onde tem ficado sempre, de quinta a terça-feira, exceto quando está de serviço nos fins de semana, o que só acontece a cada quatro fins de semana. Está dividindo o aluguel com a diretora-assistente do conjunto residencial, Paula. Ela está nos Hamptons com ele agora.

Lisa fica boquiaberta. Davinia parece confusa.

— Então quem está cuidando do escritório?

— Essa é uma pergunta muito boa, Davinia — respondo. — Vou me certificar de contar a você quando voltar. Neste momento, preciso verificar a folha de registros do balcão de segurança do Conjunto Residencial Wasser para descobrir o nome desse cara que registrou a entrada de Bridget. Vejo vocês mais tarde.

Faculdade de Nova York
Serviço de Segurança do Campus
Formulário de Registro de Convidados e Procedimentos

Todos os residentes devem **registrar** seus convidados para que eles sejam admitidos em qualquer conjunto residencial da Faculdade de Nova York.

Os convidados devem apresentar uma identidade com fotografia válida para que sejam registrados em um conjunto residencial. A identidade com fotografia será retida no balcão do oficial de segurança enquanto durar a visita.

Os residentes **anfitriões** devem encontrar seus convidados no saguão do conjunto residencial e registrá-los adequadamente no prédio.

No final da visita, o mesmo anfitrião deve acompanhar seus/suas convidados/as até o saguão e inserir a saída no registro de convidados. A identificação será devolvida nesse momento.

Nome do residente _____
Nome do convidado _____
Quarto nº _____
Data _____
Hora de entrada _____
Hora de saída _____

Tamanho 42 e pronta para arrasar **319**

Quando termino de atravessar o Washington Square Park e entro no saguão com ar-condicionado do Conjunto Residencial Wasser, estou suando sob o sutiã, o que, por algum motivo, estraga o bom humor em que fiquei após descobrir o segredinho sujo de Simon. Faz mais um lindo dia de verão, o que significa que o parque está lotado com o tipo de pessoa que tem tempo livre para passear pelo parque quando o tempo está bom: trabalhadores em horário de almoço, passeadores de cães, babás empurrando carrinhos de bebê, estudantes no intervalo entre as aulas lendo ao ar livre, turistas tirando fotos e, é claro, o tipo de pessoa que ganha a vida com turistas — músicos de rua batucando em tambores ou tocando violão por um trocado, trambiqueiros que fingem ter perdido as chaves e precisar de cinco dólares (apenas cinco dólares) para chamar um chaveiro, e os traficantes que discretamente oferecem sua mercadoria por todo o parque, a maioria deles policiais disfarçados.

— Hoje, não — rosno para um deles, quando se dirige até mim.

Ele se afasta imediatamente, murmurando:

— Desculpa, dona. — Isso me faz imaginar quando passei de "senhorita" para "dona".

Quando chego ao balcão de segurança na entrada do saguão moderno e reluzente do Conjunto Residencial Wasser, levo três segundos para descobrir o nome do namorado de Bridget Cameron. Isso porque encontro a identidade da Faculdade de Nova York dela. Está na caixa de identidades do oficial de segurança.

— Você só *pode* estar brincando — digo, esticando as costas. — Ela está aqui *agora*?

As filmagens de *Jordan ama Tania* provavelmente pararam para o almoço. Bridget deve ter disparado através do parque bem rápido para conseguir chegar ao Conjunto Residencial Wasser antes de mim. Mas ela *é* um pouco mais jovem do que eu, jovem o bastante para ser minha filha... *se* eu tivesse sido mãe na adolescência e não tivesse endometriose crônica.

— É — fala Pete, atrás do balcão. — Acho que sim. Wynona, viu essa garota se registrar?

Pete, na busca por ganhar mais horas extras, está, por acaso, cobrindo o turno do almoço no Conjunto Residencial Wasser. Com o Conjunto Fischer fechado — apenas as garotas do acampamento de Tania Trace podem comer no refeitório —, o Conjunto Wasser está ficando lotado no horário das refeições, e eles precisaram dobrar a equipe do serviço de segurança para se certificar de que todos que entrem no prédio utilizem a porta certa... Uma das portas dá para o andar de baixo, no refeitório, pelo qual não há acesso para o resto do prédio. A outra dá para o conjunto residencial principal.

— Não — responde Wynona, irritada. Ela também está ganhando hora extra para cobrir o turno do almoço do Conjunto Residencial Wasser. — Não posso ficar de olho em cada pessoa que entra aqui, apenas aquelas do meu lado do balcão. Você precisa ficar de olho nas suas. Ei! — grita ela para um aluno que carrega uma mochila enorme. — Aonde pensa que vai?

O aluno, parecendo aterrorizado, responde:

— Almoçar?

— Pela outra porta — fala Wynona, e aponta. O aluno dá meia-volta, o rosto vermelho de vergonha, e segue em direção

Tamanho 42 e pronta para arrasar   321

às portas adequadas. — Não se preocupe — diz Wynona, com mais gentileza quando ele passa por ela. — Apenas se lembre da próxima vez.

— Aí está sua resposta — fala Pete para mim. — Wynona não viu essa garota se registrar. Deve ter sido Eduardo, que estava no turno antes de eu chegar. Por quê, há algum problema?

— Sim, há um problema — falo. — Essa garota tem 15 anos. Está aqui para o Acampamento de Rock Tania Trace.

Pete emite um assovio.

— Ai-ai-ai — diz ele. — Mamãe está brava.

— Não sou a mãe dela — falo para Pete, arrancando a identidade de Bridget. — E não estou brava. Só estou dizendo. Me deixe ver quem a registrou.

Pete passa a folha de registros para mim, parecendo na defensiva.

— Eu deveria ficar de olho em cada jovem do Conjunto Residencial Fischer que recebe um convite para almoçar aqui? É *almoço*, pelo amor de Deus. Em quantos problemas uma garota poderia se meter na hora do almoço?

— Se ela fosse apenas almoçar, não precisaria ser registrada. Obviamente, o cara a levou para o quarto dele. Se fosse sua filha Nancy e ela estivesse em um desses acampamentos longe de casa para os quais você trabalha tantas horas extras para pagar, não gostaria que alguém estivesse de olho *nela*?

— Nancy — fala Pete — não iria para o Acampamento de Rock Tania Trace, porque ela vai ser pediatra. Eu não pagaria para deixá-la ir a nada tão...

— Cuidado — resmungo para ele. — E essas garotas não estão pagando por esse acampamento, elas fizeram testes e entraram. Na verdade, estão recebendo para participar dele. De qualquer forma... — Afasto o fio de cabelo que caiu em meu rosto durante a conversa e passo o dedo pela enorme lista de nomes diante de mim. — Bill Bigelow? Isso não pode estar certo. Ele deveria ser judeu ortodoxo. Além disso, Bill Bigelow...

Minha voz some. Por que esse nome parece tão familiar? Pete vira a folha de registros para si mesmo.

— "Bigelow" não parece muito judeu para mim. Espere. Isso soou racista?

— Cara. — Um grupo de estudantes caminha até o balcão de segurança. — Preciso da folha de registros. Preciso registrar a entrada desses caras.

— Em um minuto — diz Pete a eles. Então mostra a folha de registros para Wynona. — Wyn, já viu esse cara? Ele usa um kipá?

— Como eu saberia? — pergunta Wynona, olhando para o nome. — A estadia mínima durante o verão é de apenas duas semanas, e eles alugam quarto para qualquer um que pague adiantado. Não consigo me lembrar de todos os rostos, ainda mais do nome que os acompanha.

— Cara — diz o estudante que pediu a folha de registros —, posso, por favor, registrar a entrada dos meus convidados? Precisamos fazer um filme para meu curso intensivo de roteiro.

— Eu pareço um cara para você? — pergunta Wynona, a voz dela ficando mais elevada. — E não é permitido filmar nos conjuntos residenciais.

— Mas se não terminar esse trabalho até sexta-feira — reclama o aluno —, não vou me formar.

Tamanho 42 e pronta para arrasar   323

— Você deveria ter pensado nisso antes — fala Wynona. — Não vai entrar aqui com equipamento. Há risco de incêndio.

Bill Bigelow. Bill Bigelow. Bill Bigelow.

— Nossa, cara — diz o amigo do residente. — Que vaca.

— Quem é que você está chamando de vaca? — Wynona exige saber, levantando-se de trás do balcão.

O amigo do residente fica pálido.

— Ninguém.

Para Pete, falo:

— Preciso de um computador para acessar o sistema de identificação dos alunos. Preciso pesquisar esse cara, descobrir qual a idade dele e também se é aluno em tempo integral ou se está aqui só para o verão.

Pete faz que não com a cabeça.

— Sinto muito, Heather — diz ele. — O único computador que temos está no escritório do diretor, mas está fechado. Está sempre fechado a esta hora do dia.

— Está sempre fechado, ponto — fala Wynona. Ela se sentou novamente depois de ter espantado o aluno de cinema. — Queria eu ter esse emprego. Não me importaria de trabalhar dois dias na semana e receber por cinco.

Preciso pensar rápido. Bridget está no quarto de Bill Bigelow agora, neste exato momento, talvez, *provavelmente*, transando.

Isso não é da minha conta, é claro. Não sou a mãe dela, como observei para Pete. Até onde sei, Bill Bigelow poderia ter a idade dela e morar em um conjunto residencial da Faculdade de Nova York durante o verão porque ele, assim como ela, é um prodígio de talento e assiste a aulas de ciência da computação ou de violino. Talvez estejam lá em cima jogando xadrez. Talvez...

Ah, que se dane.

Pego o celular e estou prestes a discar o número de Lisa quando duas figuras grandes e familiares adentram o saguão do Conjunto Residencial Wasser, uma delas vestindo um conjunto de moletom e a outra em calças de linho e uma camisa polo, ambas parecendo serem donas do lugar. O alívio me percorre enquanto corro até o outro lado do saguão.

— Oi, gente — falo —, algum de vocês dois consegue acessar o sistema de estudantes pelo celular?

— Nossa — diz Tom, parecendo afrontado —, é bom ver você também, Heather. E como está o *seu* dia?

— Isso é sério — digo a ele. — Preciso procurar um aluno, mas o escritório do conjunto residencial está fechado e meu celular tem um zilhão de anos. Ergo o celular para comprovar.

— Isso é uma *antena*? — pergunta Steven, horrorizado.

— Ah, pobrezinha — fala Tom, enquanto tira o celular do bolso da calça de linho e pressiona a tela. — Quem estou procurando e por quê? E você vai almoçar conosco? Soube que hoje terá bife e macarrão com queijo, seu preferido.

— Bill Bigelow — respondo. — E pode ser. Uma das garotas do acampamento de Tania Trace se registrou para o quarto dele, e preciso me certificar de que é um cara respeitável. Se não, vou subir lá e arrastá-la de volta para o Conjunto Residencial Fischer.

Tom emite um engasgo de divertimento.

— Antes que ele a desonre? Ah, podemos ajudar? Steven vive para defender a honra de donzelas, não é, Steven?

Tamanho 42 e pronta para arrasar 325

Steven parece irritado.

— Foi só daquela vez — diz ele. — Sinto muito quanto a isso, Heather, espero que não tenha acontecido de novo...

Tom engasga de novo, desta vez diante de algo que viu no celular.

— Espere, quem é a garota? — pergunta ele.

— Ela tem 15 anos — respondo. — Por quê? Encontrou Bill Bigelow?

— Certamente encontrei — diz Tom, parecendo, entre muitas coisas, ainda mais entretido. — Aqui diz que ele *não* é um aluno em tempo integral da Faculdade de Nova York, mas que se registrou para uma estadia de cinco semanas no Conjunto Residencial Wasser enquanto faz um curso intensivo de teatro musical. Um intensivo em teatro musical! Acho que acabo de molhar um pouquinho as calças.

— Teatro musical? — Minha hipervigilância entrou em alerta máximo. — *Bill Bigelow*?

— Eu sei — fala Tom. — Não é? Foi o que pensei. E ele gosta de garotas? Mas acontece, eu acho. Veja o caso de Hugh Jackman.

— Não — digo. — Não foi o que quis dizer. — Lembro-me agora de onde ouvi o nome. — *Billy Bigelow*. É um personagem do musical *Carrossel*.

Tom engasga.

— É mesmo! Minha mãe costumava cantar para minha irmã e eu, antes de dormirmos, a música que Billy Bigelow canta todas as noites. Aquela sobre garotinhas, rosas e brancas como peras com creme.

— Não queria dizer isso, mas alguém precisa fazer isso. — Steven sacode a cabeça. — Não é de espantar que você seja gay.

Meu coração começou a acelerar.

— Gente, isso não é bom. Que idade diz aí que ele tem?

— Ah. — Tom olha para o celular. — Ah... 29.

Dou meia-volta e sigo para o balcão de segurança.

— Espere. — Tom vem trotando atrás de mim. — O que vai fazer?

— Vou subir — respondo, ao pegar a folha de registro da mão de Pete e verificar de novo o número do quarto em que Bridget está. — Vou para o quarto... 401A, ver quem é esse tal de Billy por conta própria. Então vou dizer a Bridget e a Bill, *se* é esse o nome verdadeiro dele, que essa coisa toda termina agora.

— Ah — fala Tom. — Bife e macarrão com queijo podem esperar.

> # Venha para a Noite de Diversão e Sanduíches Frankfurtianos em Família do Conjunto Residencial Wasser
>
>
>
> **Quando?** 19 horas, todo domingo à noite
> **Onde?** Pátio do Conjunto Residencial Wasser
> **Quem?** Você!
> **Por quê?** Porque gostamos de você!
>
> **Amigos! Família! Diversão! Sanduíches Frankfurtianos!**
>
> Salsichas de bife kosher e vegetarianas disponíveis. É preciso trazer identificação com fotografia atualizada da Faculdade de Nova York para participar. APENAS para residentes do Conjunto Residencial Wasser.
>
> Simon Hague, Mestre, Diretor do Conjunto Residencial Wasser

Somente quando entramos no elevador do Conjunto Residencial Wasser e as portas se fecham, começo a repensar.

Isso é loucura. *Eu* sou louca. Não é ele. Gary Hall *não* poderia estar morando em um conjunto residencial da Faculdade de Nova York, nem mesmo no Conjunto Wasser, onde o diretor do conjunto residencial tira fins de semana prolongados nos Hamptons e o saguão está tão lotado devido às multidões no horário do almoço que seria bastante fácil entrar e sair sem ser notado.

Não é *impossível*. Só muito improvável.

Qual seria o objetivo, no entanto? *Por que* ele assumiria um risco tão louco? E por que ficar amigo de uma das garotas do acampamento de Tania Trace?

Estivemos aprendendo sobre os diferentes distúrbios de personalidade em Psicologia I. É difícil ler sobre eles e não aplicá-los a pessoas que conhecemos. Esquizofrênico, narcisista, obsessivo-compulsivo, limítrofe, depressivo. O que seria Gary?

Antissocial. Desprezo completo pela lei e pelos direitos de outros. Mas também com uma compulsão obsessiva de conseguir a atenção de Tania, ainda que seja machucando-a ou machucando as pessoas que ela conhece.

Estou morrendo de vontade de ver se Tom e Steve concordam com o meu diagnóstico, mas uma garota de cabelos azuis reluzentes entra no elevador conosco, então não posso.

A garota não é a única que se juntou a nós. Wynona insistiu que levássemos Pete.

— Ah, por favor — disse ela, revirando os olhos quando Pete perguntou se Wynona conseguiria dar conta da multidão do almoço sem ele. — Vai nessa. Você sabe que está ansioso para usar esse taser desde o dia em que os distribuíram.

Então Pete veio junto, a mão direita repousando na alça do taser. Isso não é tão reconfortante quanto alguém poderia pensar. Mantenho o olhar no cartaz ao fundo do elevador do Conjunto Residencial Wasser, que incita os residentes a comparecerem à "Noite de Diversão e Sanduíches Frank-

Tamanho 42 e pronta para arrasar

furtianos em Família do Conjunto Residencial Wasser". Sou tomada por uma vontade quase irrefreável de escrever um "F-SE" no cartaz.

Infelizmente, não posso, por causa da garota de cabelo azul e do fato de que não tenho uma caneta comigo. E, é claro, porque isso seria superimaturo.

As portas do elevador se abrem no terceiro andar, e a garota de cabelo azul sai. Assim que as portas se fecham de novo, falo:

— Odeio este prédio.

— Ele parece mesmo esnobe — concorda Tom. — Para um prédio.

— Quem diz sanduíches frankfurtianos? — pergunto, apontando para o cartaz. — Todo mundo sabe que se chamam cachorros-quentes. Simon só chamou assim para soar arrogante.

— Simon é um babaca — diz Tom.

— Acalmem-se, vocês dois — diz Steven.

— Gente — falo. — Acho que Bill Bigelow está...

A música nos atinge assim que as portas se abrem, no quarto andar. É quase chocantemente alto, e trabalho em um conjunto residencial há tempo o bastante para conhecer música alta. Reconheço a canção imediatamente: o novo *single* de Tania Trace, "Então me processe".

Meu coração começa a bater um pouco mais rápido. Imagino se deveria contar a Cooper, então lembro-me que não há nada que ele possa fazer. O trabalho dele é proteger o cliente.

— Uau — diz Tom, quando pisamos no corredor. — Alguém gosta de Tania Trace, hein?

Isso, penso, *pode ser o grande problema.*

Ainda que o Conjunto Residencial Wasser seja muito mais novo do que o Conjunto Fischer — feito de blocos cinzas de concreto e gesso, enquanto o Conjunto Fischer é feito de madeira e tijolos, e, de vez em quando penso, da cera de piso de Manuel —, as paredes são muito mais finas. O baixo retumbante parece vir bem em nossa direção.

Então me viro e vejo que *está* vindo em nossa direção. O quarto 401 fica bem ao lado dos elevadores, e é dele que emana a música. Surpreendentemente, a porta está entreaberta. Isso acontece com frequência em conjuntos residenciais. Para nutrir uma sensação de comunidade — porém, acontece com mais frequência ainda porque são preguiçosos demais para carregarem as chaves —, os alunos deixam as portas abertas, pensando que ninguém no andar jamais roubaria deles, pois estão perto demais de serem como uma família.

Esse tipo de sensação falsa é, logicamente, o que leva laptops, celulares e jaquetas de couro caras a serem roubados o tempo todo por convidados que outros residentes registraram.

No caso do 401, a porta aberta revela uma suíte. O quarto de Bill Bigelow, o 401A, compartilha um cômodo comum, o qual contém cozinha, banheiro e uma pequena sala de estar, com os quartos 401B e 401C. É a porta para essa sala de estar que está aberta. A música estrondosa vem do 401A, o quarto de Bill, cuja porta está fechada.

Entro na sala compartilhada. Está depressivamente vazia, a mobília fornecida pela faculdade — um sofá com estofado de vinil e cadeiras — já viu dias melhores. Não há pôsteres nas paredes, mas não faltam sacolas de entrega de comida chinesa, enfiadas na única lata de lixo, assim como garrafas de Mike's Hard Lemonade.

Tamanho 42 e pronta para arrasar **331**

— Bem — diz Tom, com ar esnobe — está óbvio que ninguém nesta suíte se importa muito com reciclagem, não é?

As portas que levam aos quartos 401B e 401C estão escancaradas. Ambos se encontram desocupados, com as camas de solteiro sem lençóis e as paredes, como aquelas da sala compartilhada, vazias. Ninguém mora nesses quartos há um tempo.

— Parece que o velho Bill Bigelow pegou um quarto só para ele — diz Tom. Ele não se dá o trabalho de sussurrar. Ninguém seria capaz de nos ouvir por cima dessa música. — Isso seria um arranjo interessante para um aluno de graduação. Conseguir um quarto próprio e só precisar dividir banheiro e cozinha com dois outros caras.

Steven tem uma opinião diferente.

— Mas e essa vista? — Ele aponta para as janelas dos quartos desocupados, então estremece. — Pobre garota. Seria melhor perder a virgindade no banco traseiro de um carro com o capitão do time de futebol americano na cidade natal dela do que aqui.

Tom sorri para ele.

— Seu grande tolo romântico.

A vista é deprimente: o telhado coberto de cascalho, uma caixa d'água imensa e os dutos de ar do prédio ao lado do Conjunto Residencial Wasser estão tão próximos que, se as janelas se abrissem, os residentes poderiam sair para o telhado e tomar sol.

— Vamos em frente com isso — diz Pete. Ele parece irritado, talvez pensando na própria filha, após a observação de Steven.

— Permita-me — digo, e caminho até o 401A para bater à porta.

— Diretora de conjunto residencial — grito, para ser ouvida por cima da música, a qual parece ter sido colocada em loop. Tania nos desafia, mais uma vez, a processá-la. — Sr. Bigelow? Sabemos que está aí dentro. Por favor, abra a porta.

Não há resposta. Bato de novo, desta vez mais forte.

— Bridget? Sou eu, Heather Wells, do Conjunto Residencial Fischer. Você não está em apuros. — Ela está *muito* em apuros. — Por favor, abra.

Bridget me conhece, mesmo que seja só um pouco, de quando fizemos o tour de rock. Ela até mesmo tinha feito uma pergunta. Queria saber se poderíamos ir àquela loja em que Madonna comprou a jaqueta no filme *Procura-se Susan desesperadamente*. Minha resposta, infelizmente, tinha sido não. Aquela loja, Love Saves the Day, tinha fechado porque o senhorio aumentara indiscriminadamente o aluguel. O lugar agora abriga uma loja de macarrão japonês.

— Bridget? — Tento a fechadura. A porta está trancada.

Se Simon ou a diretora-assistente estivessem no trabalho, teríamos obrigado um dos dois a nos acompanhar para que pudéssemos abrir a porta. Se eu tivesse tido alguma sorte em encontrar alguém no balcão de entrada que soubesse o que estava fazendo, eu teria pedido a ele a chave do quarto 401A. Mas a única pessoa no Conjunto Residencial Wasser que tinha acesso ao armário de chaves, de acordo com o que fui informada, estava "fazendo um intervalo".

— Devo descer de novo e pedir ao balcão para ligar para o engenheiro do prédio? — pergunto a Pete, preocupada. — Ele com certeza vai ter uma chave mestra, ou, no mínimo, uma furadeira para tirar o tambor...

Pete coloca as mãos no meu ombro e me tira gentilmente do caminho.

Tamanho 42 e pronta para arrasar 333

— Permita-me — diz ele. Então, em uma voz muito mais grossa do que a que costuma usar, berra: — Aqui é o oficial Rivera, da segurança do campus da Faculdade de Nova York. Vou contar até três para que você abra esta porta ou eu e meus colegas oficiais a derrubaremos. Um. Dois...

Há um som de vidro se quebrando. Não como o de um copo de bebida sendo quebrado porque alguém o derrubou, mas como o de uma janela se estilhaçando porque algo, ou alguém, foi atirado dela.

— Ai, meu Deus — grito, as mãos voando até o rosto. O que fizemos?

Tom corre para o 401C e olha pela janela.

— Ele usou a cadeira da escrivaninha para... Caramba, ele está subindo para o telhado! Ai, meu Deus, se não fosse por esses batentes idiotas...

— É isso — diz Pete, afastando-se. Ele olha para Steven. — Você já fez isso antes?

Steven suspira.

— Infelizmente — fala Steven, e dá de ombros. — Vamos lá.

Pete e Steven se chocam contra a porta 401A com os ombros. Como o Conjunto Wasser foi construído de forma muito frágil, a porta se parte com facilidade sob o peso combinado dos dois, o que faz com que ambos cambaleiem. Pela porta agora aberta, vejo um homem magro e loiro, vestido todo de preto, disparando pelo telhado do prédio ao lado do Conjunto Residencial Wasser. Ele desaparece atrás da caixa d'água.

— Pegamos ele — diz Steven, e sai correndo pelo quarto, saltando por cima do aparelho de ar-condicionado e para fora da janela. — Vocês, liguem para a polícia!

— Cuidado! — grita Tom para Pete. — Ele pode estar armado! — Tom olha para Bridget, que está sentada de pernas cruzadas no meio da cama, olhando para nós com uma expressão assustada no rosto. — Ele está armado?

Bridget faz que não com a cabeça.

— Não — diz ela, de olhos arregalados.

— Estou com meu taser — fala Pete, seguindo aos tropeços atrás de Steven. — Se o treinador o pegar, posso imobilizá-lo. — O vidro é esmagado sob os sapatos de sola grossa de Pete. Ele parece ter problemas para atravessar a janela. — Cuidado — fala Tom, ajudando-o a desviar dos cacos remanescentes.

Enquanto isso, tento absorver o que estou vendo. O quarto de Bill Bigelow foi decorado para se parecer com o interior da tenda de um marajá. Ele pendurou tantas echarpes coloridas de seda e fios com moedas imitando ouro e cristais na luminária fluorescente e no teto que é quase impossível ver a pintura original do quarto. A cama está coberta de lençóis e travesseiros de seda em tons de joias, e a penteadeira e a escrivaninha também se encontram envoltas em echarpes. Até mesmo a própria Bridget, sentada tão silenciosamente na cama com a parte de cima de um *baby-doll*, short jeans e chinelos, tem uma echarpe de seda em volta do pescoço de modo folgado, meio escondida sob seus longos cabelos pretos.

Ah. Agora entendo por que ela tem usado a echarpe. Não para se sobressair diante das câmeras ou, como Cassidy sugeriu com tanta crueldade, para desviar a atenção da pele problemática dela, mas porque tinha sido dada de presente por alguém especial.

Sento-me ao lado dela na cama. A colcha, de imitação de seda, parece escorregadia sob meus dedos.

Tamanho 42 e pronta para arrasar **335**

— Bridget — falo, com cuidado. — Lembra-se de mim, não é? Heather, do Conjunto Residencial Fischer. Você está bem?

— *Eu?* — A garota afasta o olhar da janela. O tom de voz dela é de leve surpresa, como se pudesse haver outra Bridget no quarto com a qual eu estivesse falando. — *Estou* bem.

A batida latejante de "Então me processe" pulsa de um conjunto de alto-falantes estéreo na escrivaninha próxima, mas Bridget não parece afetada por isso ou pelo fato de que um homem atirou uma cadeira pela janela e fugiu por ela, seguido por outros dois homens.

Tom caminha até o MP3 que está na base e desliga a música. Um silêncio divino recai sobre o quarto, exceto pelo som distante de gritos vindos do telhado e então pela voz de Tom quando ele pega o celular e diz:

— Sim, preciso da polícia e de uma ambulância no Conjunto Residencial Wasser, na Faculdade de Nova York, imediatamente. Fica no número 14 da College Place, entre a Broadway e a...

Bridget, parecendo preocupada, pergunta:

— Ele não está chamando a polícia por causa do Sr. Bigelow, está? Porque ele não fez nada de errado. Estava apenas me ajudando. Sei que era errado, mas...

Lanço um olhar de aviso para Tom. Ele assente, compreendendo a mensagem, e então sai do quarto, com o celular ainda pressionado contra o ouvido.

— Bem — digo a Bridget —, o Sr. Bigelow — ela realmente acabou de chamá-lo assim? — quebrou uma janela. Isso é destruição de propriedade da faculdade e é muito sério. Ele também não abriu a porta quando batemos, e isso é uma violação das regras e do regulamento do conjunto residencial da Faculdade de Nova York.

Bridget, ainda parecendo amedrontada, mas pelo Sr. Bigelow e não por si mesma, faz que sim com a cabeça.

— Ah — diz ela. — tudo bem. E-eu acho. Sei que o que estávamos fazendo era errado, mas não queríamos fazer mal a ninguém.

— É claro que não — falo, esticando o braço para tirar uma mecha dos cabelos pretos de Bridget dos olhos para poder ver as pupilas dela. Acho que deve estar em choque. Não parece haver cortes ou machucados no rosto, nos braços ou nas pernas ou em qualquer outro lugar que consiga ver. Bridget parece pálida, mas, no todo, em boa saúde. No entanto, ela começou a tremer.

— Se tudo o que o Sr. Bigelow estava fazendo era ajudar você, como você mesma disse — pergunto —, então por que não abriram a porta quando batemos? E por que ele fugiu?

— Bem — diz Bridget, passando os braços ao redor do próprio corpo e encolhendo-se na mesma posição em que eu a vira na biblioteca, mais cedo — acho que *estávamos* quebrando as regras...

Meu coração bate mais forte do que nunca.

— Que regras? — pergunto.

— Ele estava me treinando — responde Bridget. Agora os enormes olhos pretos dela se enchem de lágrimas. Mas ela não parece estar sentindo dor. Parecem ser lágrimas de vergonha.

— Tudo bem? Por favor, não conte a ninguém. Promete? Eu morreria se Cassidy e Mallory descobrissem. Elas vão contar para Stephanie, e então eu vou ser desqualificada.

— Desqualificada? — As vozes vindas do telhado se aproximam. Pela janela quebrada, vejo Steven e Pete voltando... Infelizmente, sem Bill Bigelow. Pete está mancando, com o braço de Steven ao redor da cintura. — Desqualificada do quê?

Tamanho 42 e pronta para arrasar **337**

— O Sr. Bigelow sabe muito sobre comunicar emoções por meio de apresentações musicais, ele é um especialista nisso — continua Bridget, como se não tivesse ouvido minha pergunta. Ela está falando muito rápido, como se tivesse tomado muita cafeína. — Ele costumava dar aulas. E disse que poderia me ensinar alguns truques que me ajudariam a vencer Cassidy e todas as outras garotas no Rock Off.

Tom está de volta, sacudindo algo para mim do outro lado dos destroços da porta.

— Não — diz Tom para a atendente da polícia —, não vou esperar. Acho que você não compreende de verdade...

O que ele sacode é uma forminha de cupcake que parece ter encontrado na cozinha.

Isso não prova nada, mas sinto o sangue em minhas veias congelar mesmo assim.

— Então — falo, tentando manter a atenção em Bridget —, o Sr. Bigelow era seu professor?

Ela confirma, parecendo aliviada por eu ter finalmente entendido.

— Sim — responde Bridget. — Sim. Ele é muito, muito bom.

— Então por que — digo, sentindo-me um pouco enjoada — você falou para suas colegas de quarto que ele era seu namorado?

A cor rapidamente enche as bochechas de Bridget, fazendo-as adquirir o tom da echarpe, e ela olha para baixo e para longe, em direção aos joelhos desnudos que abraça na altura do peito.

— Porque eu não queria que elas soubessem o que estávamos fazendo de verdade — responde a garota, ainda falando tão rapidamente que as palavras se atropelam, como água saindo de um hidrante vazando. — Elas achariam que eu estava trapaceando. Mas não era, na verdade. O Sr. Bigelow diz que é importante fazer tudo o que for preciso para ganhar uma vantagem competitiva. Quero dizer, Cassidy tem um agente. Eu, não. Não existem agentes na minha cidade. Então o Sr. Bigelow disse que seria meu agente e meu treinador e empresário pessoal...

Não sei o que me obriga a esticar o braço e, delicadamente, desenrolar a echarpe rosa choque do pescoço de Bridget enquanto ela fala. Mas quando o faço, tanto Tom quanto eu vemos ao mesmo tempo. Sei disso porque ouço o engasgo que vem da direção de Tom — o engasgo que ele, como eu, tenta rapidamente abafar.

Formando um círculo perfeito ao redor da garganta de Bridget — como se ela estivesse usando um colar de ametistas — há um hematoma. São do exato formato e tamanho dos dedos de um homem.

Acho que não fazemos um bom trabalho ao tentar esconder nosso horror, pois Bridget parece perceber imediatamente o que vimos. Ela estica o braço até a echarpe em minhas mãos e fala, como se não fosse nada, enquanto enrola o material sedoso de volta no pescoço. Sua voz soa como um eco distante e apavorante da voz de Tania naquela noite na sala de mídia dos Cartwright:

— Ah, não liguem para isso. É culpa minha. Às vezes o Sr. Bigelow fica estressado quando eu não acerto as notas. Por favor, não o culpem. Eu preciso trabalhar com mais afinco, é o que ele diz.

Tempero da vida

Garota, você é tão doce
Eu te amo desesperadamente
Mas isso não quer dizer
Que no mundo só exista a gente

Sou um homem que precisa de variedade
É o tempero da vida, entende?
Garota, você sabe que sempre estaremos
Juntos para sempre

Amor, você sabe que eu jamais diria adeus
Você sempre vai ser a melhor maneira de me divertir
Mas preciso de liberdade na vida
Disso, não podemos fugir

Sou um homem que precisa de variedade
É o tempero da vida, entende?
Garota, você sabe que sempre estaremos
Juntos para sempre

Garota, você precisa acreditar
Em qualquer dia da semana eu estarei presente
Mas isso não quer dizer
Que no mundo só exista a gente

> *Sou um homem que precisa de variedade*
> *É o tempero da vida, entende?*
> *Garota, você sabe que sempre estaremos*
> *Juntos para sempre*
>
> "Tempero da vida"
> Interpretada por Easy Street
> Composta por Larson/Sohn
> Álbum *Garota, você é tão linda*
> Cartwright Records
> Uma semana no Top 10 da Billboard
> Hot 100

— Não se preocupe — diz Cooper. — Canavan disse que havia sangue nas caixas de papelão da lixeira na qual Steven o viu pular. Isso significa que ele está machucado. Com a nova descrição dele que está por todos os lados, Hall não poderá chegar muito longe.

— Não se *preocupe*? — repito, incrédula. Estou de pé no balcão da janela do quarto de Cooper, tentando ajustar as cortinas dele para que quando o sol nasça não nos cegue, mas não estou com muita sorte. — No fim das contas o cara estava morando no Conjunto Residencial Wasser esse tempo todo. Ele se registrou para um curso de verão e conseguiu convencer a todos de que tem 29 anos simplesmente ao perder 25 quilos e pintar o cabelo de loiro. Fez lavagem cerebral em uma garota de 15 anos do meu prédio para que ela pensasse

Tamanho 42 e pronta para arrasar   **341**

que esganá-la com as mãos é um método de ensino apropriado. E você está me dizendo para não me preocupar?

— Tudo bem — diz Cooper, ao olhar para o teto. — Continue se preocupando. Mas talvez não tão alto.

— Me desculpe — falo, abaixando a voz. — Esqueci por um minuto que estamos administrando um esconderijo para vítimas de Gary Hall.

— Apenas a vítima principal dele. — Cooper está sentado na cama, da qual ainda preciso trocar os lençóis, porque não me lembro quanto tempo faz desde que qualquer um de nós dormiu ali, e a quantidade de pelo de cachorro acumulada indica que se tornou o lugar preferido de Lucy para tirar uma soneca. — E achei que você tivesse dito que não tinha problema.

— É claro que não tem. — Desço do balcão da janela. As cortinas parecem ser uma causa perdida. — Só acho que ela deveria estar no hospital com Bridget, e não *aqui*. Não somos qualificados para dar a Tania o tratamento psicológico do qual ela obviamente precisa, Cooper.

— Estou ciente disso. — Ele abaixa o rosto para o gelo no fundo do copo de uísque que vem segurando a noite inteira. Apenas um copo. Cooper me disse que quer ficar alerta. Para o quê, não me permito pensar. — Mas este é o único lugar ao qual consegui fazer com que ela fosse, de tão apavorada que estava quando soube o que aconteceu. O que mais eu deveria fazer?

Afundo na cama ao lado dele. Não culpo Cooper. Nada disso é culpa dele.

Ponho a culpa inteiramente nas costas de Christopher Allington. Foi ele o babaca que soube da notícia sobre Gary

Hall ter sido descoberto no Conjunto Residencial Wasser — Christopher estava no escritório do pai, sem dúvida pedindo um empréstimo —, então correu até o Conjunto Fischer para "se certificar de que Stephanie estava bem".

Tania entreouviu os dois conversando sobre o que havia acontecido — sobre como eu tinha ido com um oficial da segurança e a "garota do Acampamento de Rock Tania Trace" para o Hospital Bellevue — e prontamente ficou histérica.

Cooper, em uma tentativa de fugir dos olhares espantados das garotas do acampamento e das respectivas mães antes que elas pudessem descobrir o que estava acontecendo, perguntou a Tania para onde poderia levá-la.

— Essa é a parte que ainda não entendo — digo. — O que a fez querer vir para *cá*? Ela nunca esteve aqui. Como pensou nisso?

Cooper parece desconfortável.

— Eu posso ter sugerido como uma opção. — Ao ver minha expressão, ele fala: — Olhe, eu estava desesperado. Sugeri a casa dela, a dos meus pais, até a casa dela e de Jordan nos Hamptons... Todos os lugares em que consegui pensar, e Tania ficava dizendo não e não. Nenhum dos lugares que sugeri era "seguro" o bastante. Ela ficava dizendo que Gary a encontraria. E estava chorando... Eu nunca vi alguém chorar tanto. Não sabia como lidar com isso. Tudo que consegui pensar foi que se *você* estivesse lá, saberia o que fazer. E tudo o que eu queria fazer era vir para cá... para casa. Tenho um mau pressentimento de que posso ter dito algo nesse sentido, e Tania captou... Quando eu vi, ela estava dizendo algo sobre este ser o último lugar no qual ele procuraria por ela. De toda forma, isso fez com que Tania

Tamanho 42 e pronta para arrasar 343

parasse de chorar o suficiente para que conseguisse atravessar a porta e entrar no carro. Não pensei muito mais depois disso, de tão aliviado. — Cooper olha para o teto. — Não achei que ela fosse *se mudar.*

Suspiro.

— Isso meio que faz sentido, acho — respondo. — Dava para ver que ela não se sentia segura no apartamento em que mora com Jordan e nem mesmo na casa dos seus pais, embora seja muito improvável que Gary consiga entrar. Mesmo assim, acho que seria mais difícil encontrar Tania, e ela ficaria mais anônima, se ficasse hospedada em um hotel. Nós não temos porteiro ou sequer um síndico...

— Isso é verdade — diz Cooper. — Por outro lado, aqui só tem a gente. Não há ninguém para vazar a presença dela para a imprensa, nenhum entregador que possa ser subornado para deixar um cara entrar "apenas para passar algo por debaixo da porta". Nenhum serviço de faxineira, nenhum serviço de quarto, ninguém batendo para perguntar se ela quer que limpem a suíte no meio do dia. Assim que a fechadura da porta da frente é trancada e ligamos o alarme, não há como alguém entrar ou sair sem que saibamos. Considerando o nível de ansiedade com o qual Tania tem vivido, estar aqui deve ser um alívio.

— E — observo — você tem sua arma.

— E — concorda Cooper — eu tenho minha arma. E não se esqueça, há você, sua alegria e aquele sorriso acolhedor que você deu a Tania assim que cruzou a porta e a viu...

Ergo um travesseiro e bato na cabeça de Cooper.

— Ainda assim — falo, enquanto ele ri —, se ela está esperando o Waldorf, vai ficar muito desapontada. Ninguém vai colocar um chocolate no travesseiro dela. Comi todos os Oreos naquela noite.

— Acho que tudo o que ela quer... — começa Cooper, mas é interrompido por uma batida em nossa porta. Literalmente, alguém diz:

— Toc, toc.

Cooper olha para mim com curiosidade, então grita:

— Entre.

Jordan, de pijama de seda preto e um robe, inclina-se e fala:

—Ah, oi. Sinto incomodar vocês. Onde guardam o chá? Tania quer um pouco. Eu estava tentando encontrar algum para mim naquela cozinha pequena do andar de cima para não ser um incômodo, mas um enorme gato laranja começou a me seguir, e acho que ele quer que eu o alimente ou algo assim...

— Quer saber — falo, e saio da cama — por que não deixa que eu faça um chá para Tania e leve lá para cima?

— Tem certeza? — Jordan parece preocupado. — Não queríamos mesmo incomodar. Já nos sentimos mal o suficiente por termos tirado Heather do apartamento dela do jeito que fizemos.

— Não é nenhum incômodo — fala Cooper. — É, Heather?

Semicerro os olhos para ele.

— Ah, não — respondo. — Cooper ficou feliz em me emprestar o quarto dele. Ele gosta de dormir *no sofá*.

No andar de cima, encontro Tania encolhida no meio da minha cama, empilhada no meio de tantas colchas que apenas a cabeça dela está para fora. Nas mãos segura o controle

Tamanho 42 e pronta para arrasar **345**

remoto da minha televisão. Ela está banhada pela iluminação rósea da minha luminária de cabeceira e das cores fortes do programa *Freaky Eaters*.

— Você gosta mesmo desse programa, não é? — pergunta Tania, conforme entro, segurando uma xícara fumegante de chá. — Você tem nove episódios gravados, tanto novos quanto reprises.

— Bem — digo —, você certamente sabe se virar com o gravador digital, não é?

— Você assiste muito a *Intervenção* também — observa Tania. — Acho esse programa triste.

— Na verdade, não — falo, apoiando a xícara na mesa de cabeceira. — Nele, as pessoas costumam vencer seus vícios e continuam a viver vidas produtivas. — Embora, considerando o que Jared me contou sobre como as séries de reality-documentário manipulam a verdade e o que vi Stephanie fazer pelo Conjunto Residencial Fischer, estou começando a imaginar se há alguma honestidade refletida nos programas que gosto de assistir. — Aqui está, um chá de camomila. Jordan disse que você queria. Como está se sentindo?

— Muito melhor — responde Tania. — Gosto daqui. É aconchegante, como a casa da minha avó.

Tenho certeza de que Tania diz isso como um elogio, mas não estou cem por cento certa de que quero que minha casa seja comparada com a da avó de alguém.

— E olhe — diz ela, apontando para o chão — nossos cachorros estão apaixonados.

Abaixo o rosto e vejo que o cachorro dela, Baby, está enroscado na cama de Lucy, dormindo pesado. Lucy está sentada a alguns metros de distância, parecendo ansiosa. Ela pisca da própria cama para mim, como se dissesse *Socorro!* Não sei ao certo como Tania consegue interpretar isso como sendo dois cães apaixonados.

— É — digo. — Fofo. Então, precisa de mais alguma coisa?

Tania estica o braço para pegar o chá que eu trouxe para ela, então olha para as prateleiras acima de nossas cabeças.

— Qual é a de todas essas bonecas?

Droga.

— Ah — falo. — Bem, é minha coleção de bonecas de muitos países. Minha mãe comprava uma em cada país em que eu fazia turnê.

— Oh — diz Tania, então toma um gole do chá e parece totalmente feliz. — Isso é tão bonitinho.

— Na verdade, não — falo. — Eu deveria ter tirado um tempo para visitar os locais turísticos dos países e não ter deixado minha mãe pegar uma boneca do aeroporto em cada um deles. Quando é que eu vou poder pagar por uma viagem até a África do Sul de novo? Ou ao Brasil? Ou ao Japão? Nunca. Mas, sabe como é. — Dou de ombros. — Eu as amo. São meio que talismãs ou algo assim.

— Você tem sorte — fala Tania. — Minha mãe jamais me deu nada assim. Ela trabalhava muito mesmo, mas não tinha dinheiro para gastar com presentes. Isso é muito especial, ter uma coleção de bonecas ou algo que você possa passar para a própria filha.

Olho de volta para as bonecas.

— É — respondo, pensativa. Parece que nem Tania nem eu tivemos sorte no departamento materno. A mãe dela estava

Tamanho 42 e pronta para arrasar **347**

trabalhando demais para reparar o que acontecia com a filha, e a minha estava *me* trabalhando demais para se importar com o que acontecia comigo. — Acho que sim... se você tem uma filha.

— A rosa é especialmente linda — fala Tania, com admiração.

— É a Miss México — respondo.

— Ela é tão elegante. Amo o vestido dela. E o leque.

— Aqui — falo, então estico o braço para tirar a Miss México da prateleira. — Pode ficar com ela.

Tania arqueja.

— Ah, não. Eu não posso!

— Sim — digo. — Pode, sim. Pode dá-la para sua filha. A Miss México pode ser a primeira na coleção dela.

Tania apoia a caneca e pega a Miss México com cuidado, como se tivesse medo de que a boneca se despedaçasse ao toque. Mas ela não vai se despedaçar. A Miss México é linda, mas forte por dentro; bem como Tania.

— Obrigada — fala Tania. — É tão linda. Eu... eu não a mereço. Aquela coisa hoje... A mãe daquela garota deve me odiar — diz ela.

Não pergunto a qual garota se refere.

— Ninguém odeia você — digo. — Você não fez nada com Bridget. Foi *Gary*. E Bridget vai ficar bem. A família dela está vindo buscá-la, e tenho certeza de que a Emissora Cartwright Records vai lhe dar uma boa bolsa de estudos para a faculdade que ela escolher. — Eu podia apostar que a Faculdade de Nova York também ofereceria uma, mas tinha dúvidas quanto a Bridget querer estudar lá. — Ela vai precisar de muita ajuda profissional... o que, se você não se importa que eu diga, Tania, é algo de que você provavelmente...

— *É* culpa minha — interrompe Tania, com firmeza. — Se eu tivesse dito isso antes às pessoas...

— É culpa de uma única pessoa — digo. — E essa pessoa é Gary. — E Simon Hague. Mas acho que o diretor de um conjunto residencial não pode conhecer pessoalmente *todos* que se registram em seu prédio. Mesmo assim, mal podia esperar para ouvir o que fariam quando descobrissem que Simon estava tirando fins de semana longos demais nos Hamptons com a assistente.

— Você pode dizer à garota — pergunta Tania, com a voz baixinha — que sinto muito, muito mesmo pelo que aconteceu com ela? E ao segurança também?

— Não — respondo. — Você mesma vai dizer a eles.

Tania me encara. Então desaba e começa a chorar.

— Eu sei que preciso — fala Tania —, mas acho que não consigo. Não acho que consiga sair deste quarto.

— Você pode ficar aqui por um tempo — falo. — Mas, alguma hora, vai precisar sair.

— Mas não imediatamente — diz ela, segurando a Miss México perto de si, o que não deve ser confortável, considerando o pente espanhol pontiagudo e o leque.

— Não — replico. — Não imediatamente.

Deixo Tania pouco depois disso, pois o chá de camomila ou o estresse do dia parecem tê-la derrubado. Ela cai no sono agarrada à Miss México, como uma garotinha com um novo presente de aniversário.

Desligo a televisão e saio do meu quarto segurando a xícara de chá. A última coisa que espero é trombar com Jordan a caminho do andar de baixo, para a cozinha principal — esqueci que ele está em casa —, mas é o que acontece.

Tamanho 42 e pronta para arrasar **349**

— Me desculpe — diz ele, quando quase jogo a xícara em seu rosto de tão assustada. — Estava subindo para ver como ela está.

— Ela dormiu — falo. — Não se aproxime das pessoas de fininho assim!

— Desculpa — diz Jordan novamente. — Me dá isso aqui. Posso levar de volta para a cozinha.

— Não, eu faço isso.

— Sério — fala ele. — Quero ajudar.

Só que ele não vai ajudar. Vai apenas fazer uma bagunça. Jordan não sabe onde fica o lixo, e nunca passou água em uma xícara na vida. Ele deixa toda a louça em que toca para a empregada ou para o serviço de quarto limpar. É tão irritante. Como pudemos namorar — ainda mais morar juntos — durante tantos anos?

— Tudo bem, pode ajudar — falo, com falsa educação.

Ele me segue como um cachorrinho de volta para a cozinha, então se senta à mesa e não faz nada enquanto eu coloco o saquinho de chá no lixo e lavo a xícara.

— Onde está Cooper? — pergunto, hiperconsciente do olhar de Jordan em mim.

— Está tomando banho — responde Jordan. — Posso te perguntar uma coisa?

Ah, ótimo. Eu sabia que esse dia chegaria, mas esperava poder evitar.

— Agora, não — falo, secando as mãos em um pano de prato. — Eu... preciso levar a cachorra para passear.

— Mas são onze da noite — diz Jordan, parecendo chocado.

— Não posso evitar — respondo. — Quando Lucy precisa ir, ela precisa ir. — Isso é uma invenção total. Quando

350 Meg Cabot

Lucy precisa ir, ela passa pela portinha de cachorro e vai ao quintal. Mas preciso de uma desculpa para fugir de Jordan.

— Baby simplesmente usa um tapete higiênico — diz Jordan, com um tom de voz que sugere que isso, de alguma forma, faz o cachorro de Tania melhor do que o meu.

— Bem — respondo —, que bom para Baby.

— Não acho que deveria passear com o cachorro a esta hora da noite quando há um psicopata desequilibrado à solta, que pode estar observando a casa e quer matar minha mulher.

— Se eu não passear com o cachorro como normalmente faço a esta hora da noite pode indicar para o psicopata desequilibrado que sua mulher está aqui — replico.

Jordan considera isso.

— Ainda assim, posso perguntar uma coisa antes de você sair?

Percebo que não posso evitá-lo para sempre, principalmente quando estamos vivendo na mesma casa e não tenho a menor intenção de ir lá fora com Gary Hall — mesmo ferido — à solta na vizinhança. Puxo uma das cadeiras da cozinha e afundo nela.

— O que é, Jordan?

— Esse cara que está atrás de Tania é realmente o marido dela?

Rap da garotinha

Minha garotinha
Qualquer garoto que corra atrás dela
Se tentar conquistá-la
Eu vou arrebentar
Garoto, não mexa comigo

Quando ela aparecer
Não vai ser com um vagabundo
Não vai acabar em uma favela
Ela só vai voltar
Para casa, para mim

Ela precisa se vestir
Apenas com a melhor qualidade
Jamais vai precisar adivinhar
Quem é seu pai de verdade

Não sei como vou conseguir
Pedir, emprestar, roubar ou fingir
Mas juro que vou fazê-la
Sentir orgulho de mim

"Rap da garotinha"
Interpretada por Jordan Cartwright
Composta por Jordan Cartwright,
Com agradecimentos a Rodgers e Hammerstein
Álbum *Carreira solo*

— O que faz você perguntar isso, Jordan?

Estou tentando manter meu comportamento exterior tranquilo para que Jordan não suspeite de que por dentro, estou xingando a mim mesma. Como ele descobriu? Estava ouvindo escondido? Mas eu poderia jurar que Tania e eu jamais usamos a palavra "marido" ou mesmo "casamento". Como Jordan havia adivinhado?

— Há muito tempo... bem, talvez não tanto tempo assim, ele me enviou uma carta — diz Jordan, e tira um pedaço de papel dobrado do bolso do robe. — Recebi alguns dias antes de Tania e eu nos casarmos.

Pego o papel das mãos dele.

— Tudo bem — falo. — Continue.

— De toda forma, não dei muita importância. Recebo tanta correspondência... Não estou me gabando nem nada. Só estou afirmando um fato. Minha assistente só repassa o que acha importante. Então eu coloco em um de três arquivos: o Arquivo Pai, o Arquivo Amigos ou o Arquivo Loucos. Se parece que é algo que pode voltar para me assombrar, mando para papai cuidar. Se é de uma garota que manda uma foto sua com a... — ele me olha — bem, então costumo encaminhar para todos os meus amigos. Sabe como é. Todo o resto vai para o Arquivo Loucos, o que significa que ignoro. A maioria dos loucos é inofensiva, certo? Tudo o que querem é uma válvula de escape, deixar a bandeira da loucura voar solta. E se eu sou o alvo dessa loucura, bem, tudo certo, tanto faz. Não tem problema. Contanto que não machuquem ninguém.

Desdobro a carta.

— Continue.

Cooper, de short e camiseta, com uma toalha molhada em volta do pescoço, aparece na cozinha.

— O que está acontecendo? — pergunta ele, curioso, ao nos ver sentados juntos.

— Jordan diz que recebeu uma carta de Gary Hall alguns dias antes de se casar com Tania — respondo, verificando a página à minha frente em um estado de entorpecimento. As palavras "Se você não..." e "um milhão de dólares..." e "eu vou..." sobressaem aos meus olhos.

— Recebeu? — Com a mão no puxador da porta da geladeira, Cooper está prestes a pegar o que tem chamado ultimamente de um de seus "lanchinhos da meia-noite", um sanduíche ridiculamente grande e insanamente delicioso que envolve bastante mostarda, maionese, pickles, queijo e carne. Normalmente, nada consegue afastá-lo disso. Nem eu.

Até agora.

— É — diz Jordan. — Achei que fosse uma piada. Se Tania fosse casada, as pessoas saberiam, não é? O TMZ e papai e tal. Então não podia ser verdade. Parecia loucura. Então coloquei no Arquivo Loucos e ignorei. — Jordan lança a Cooper um sorriso preocupado. — Acho que talvez devesse ter mandado para papai, não é, irmão?

Cooper afasta a mão da geladeira.

— O que diz a carta? — pergunta, com cuidado.

Encaro o texto perfeitamente digitado em máquina de escrever.

— Diz que a não ser que Jordan pague a Gary Hall um milhão de dólares, Gary revelará ao público a informação de que ele e Tania foram casados — falo, sentindo um aperto esquisito na garganta — e que jamais se divorciaram. E também causará um sofrimento infinito a Tania.

— Ai, meu Deus — diz Jordan, enterrando a cabeça nas mãos. — Ai, meu Deus, meu Deus. Eu sabia que deveria ter contado a vocês sobre isso na noite em que Urso levou um tiro, e vimos vocês no apartamento daquelas pessoas. Eu *sabia*. Assim Jared jamais teria morrido, certo? E essa garotinha de hoje jamais teria sido machucada. Isso tudo é culpa minha, por não ter dado o dinheiro a ele. Ai, meu *Deus*.

Cooper vai até a mesa da cozinha, pega uma cadeira e se senta.

— *Quando* você recebeu esta carta? — pergunta ele, tirando a toalha do pescoço.

— Cerca de uma semana antes de Tania e eu nos casarmos — responde Jordan. — Estou te dizendo, achei que fosse apenas mais um fã maluco! Tania nunca foi casada. — Ele gargalha, mas de modo nervoso. — Ela teria me contado, certo? Como poderia não ter me contado?

— Meu palpite? Porque ela jamais se divorciou — responde Cooper.

— Cooper... — Olho para Jordan, preocupada.

— Ele é um adulto, Heather — fala Cooper. — Mesmo que não pareça, nesse roupão de banho.

— É de um genuíno guerreiro samurai... — Jordan começa a explicar.

— Cale a boca — diz Cooper. — Não consegui encontrar nenhum registro de Tania ter se divorciado desse cara, mas ela vem pagando a ele dez mil por mês. Se eu tivesse que chutar? Não é pensão alimentícia. Ela está pagando por pura chantagem, para que ele fique de boca fechada, para que *você* não descubra que ela ainda é casada com ele. Isso é o quanto ela ama você.

Tamanho 42 e pronta para arrasar   **355**

Encaro Cooper de olhos arregalados, imaginando o que aconteceu com o código de ética dele. Não é normal que ele traia a privacidade de um cliente.

Por outro lado, essa não é só mais uma cliente. Tania é da família.

— Não me surpreende, de qualquer forma — continua Cooper. — O que mais Tania deveria fazer? Não é como se ela pudesse pedir apoio a você, o amado marido. Você simplesmente colocaria isso no Arquivo Loucos.

— Cooper — digo de novo. Não aprovo o modo como Jordan lidou com a situação, mas não posso deixar de sentir um pouco de pena dele. Teve uma vida privilegiada, permitiu que os pais fizessem tudo por ele, e jamais precisou lidar com nada assim antes. — Por favor. Ele não sabia.

— Não sabia que alguém tinha ameaçado causar a sua esposa grávida um sofrimento infinito? — dispara Cooper, os olhos brilhando. — Sim, ele sabia, Heather. E se alguém fizesse isso com você, eu não colocaria no meu Arquivo Loucos. Eu *ficaria* louco atrás dessa pessoa.

— Do que vocês estão falando? —pergunta Jordan, olhando de mim para Cooper. A expressão dele é de inquietude. — Vocês dois estão...?

— Detesto lhe dar todas as notícias ruins em uma noite, irmão — diz Cooper, inclinando-se para apoiar uma das mãos sobre o ombro de Jordan. — Mas a resposta é sim.

Jordan solta um palavrão, então encara, sem foco, Owen, que caminhou até a cozinha e está se espreguiçando com exuberância no meio do chão.

— Então vocês dois estão juntos. E eu sou... o quê? Um polígamo? Como aquele cara da TV?

— O termo correto, quando é uma mulher com mais de um marido, é poliandria, não poligamia — responde Cooper. — E não, você não é. Tania é. Você é apenas um idiota.

O rosto de Jordan desaparece entre as mãos mais uma vez — mas dessa vez, permanece ali. Vejo os ombros dele começarem a se sacudir. Jordan está chorando.

Lanço um olhar de incredulidade para Cooper. *Sério? Você precisava fazer seu irmão chorar?*

Cooper balança a cabeça para mim e recosta-se de novo na cadeira, os braços cruzados, recusando-se a proferir um única palavra de conforto.

— Não é inteiramente culpa sua, Jordan — digo, e me levanto, seguindo até o lado de Jordan e apoiando as mãos nos ombros dele. — Nem de Tania. Gary Hall a está aterrorizando. Ela provavelmente estava traumatizada demais para pedir o divórcio.

Isso só parece fazê-lo chorar com ainda mais intensidade. Cooper, nada impressionado, estica o braço na direção do chão para acariciar Owen sob o queixo.

— E acho que talvez ela não confie totalmente em figuras de autoridade — acrescento, desesperadamente — e pode ser que não estivesse no melhor estado mental para fazer a coisa certa quando vocês dois decidiram se casar. Havia muita pressão sobre os dois...

Jordan finalmente ergue a cabeça.

— Cooper está certo — diz ele. — Eu *sou* um idiota.

— Finalmente — fala Cooper, assentindo. — O primeiro passo é admitir. O segundo é decidir o que vai fazer quanto a isso.

Jordan limpa o rosto com a manga larga do robe.

Tamanho 42 e pronta para arrasar

— Um samurai — diz ele, após considerar — encontraria esse cara e o mataria.

Cooper reprime um sorriso.

— Você está na direção certa — diz ele. — Mas "Entregá-lo às autoridades" seria a resposta certa.

— Jordan?

A voz é baixinha, de um jeito doce, e vem da porta da cozinha. Todos nos viramos, assustados. Nenhum de nós ouviu Tania se aproximar, e não é de se espantar, pois ela está descalça, vestindo apenas uma das minhas muitas camisetas da turnê Doce Adrenalina. Embora tanto Baby quanto Lucy a tenham seguido, não ouvimos nem mesmo os cliques das patas dos cachorros no piso de madeira.

— Tania — fala Jordan ao se levantar. O maxilar dele ficou flácido. — Eu... eu... — Jordan parece não ter palavras.

O olhar de Tania recai sobre mim, os olhos dela cheios de lágrimas.

— Você *contou* a ele? — grita ela, tão magoada que alguém teria pensado que eu a tinha esfaqueado no coração.

Sacudo a cabeça.

— Não — respondo. — Eu juro, Tania, ele descobriu sozinho...

— Meu Deus, Jordan — fala Cooper, com raiva. — Conte a verdade a ela.

— Tania. — Jordan sai cambaleando por trás da mesa, e as mangas do robe de samurai pendem de suas mãos quando ele as ergue em súplica para a mulher. — Amor. É tudo minha culpa. Ele também escreveu para mim...

A voz de Tania falha.

— Ele *escreveu*?

Jordan assente.

— Escreveu, baby. Mas eu não fiz a coisa certa. Agora eu sei disso. Eu deveria ter apoiado você. Você jamais deveria ter passado por isso sozinha.

— Achei que você me odiaria — diz Tania, soluçando.

— Tania — fala Jordan, também aos soluços — como pôde pensar algo assim? Você é meu anjo.

Tania dá dois passos titubeantes para a frente e acaba envolta nos braços de Jordan, desaparecendo nas sedas multicoloridas do robe. Jordan enterra o rosto nos cachos desarrumados da mulher, e os dois ficam de pé juntos, chorando, sob as janelas de estufa da cozinha e as luzes do Conjunto Residencial Fischer, que piscam a distância. O momento Hallmark somente é arruinado quando Baby encontra a tigela de comida de Lucy e começa a mastigar ruidosamente o conteúdo.

— Está tudo bem, garota — digo, coçando as orelhas de Lucy. — Você está sendo uma anfitriã muito boa.

Ela parece tranquilizada por isso.

— Bem, nós vamos dormir — anuncia Cooper, depois que alguns momentos se passam e Jordan e Tania não apresentam sinais de que vão se desvencilhar do abraço.

— Tudo bem — diz Jordan, a voz abafada no cabelo de Tania. — Vejo vocês de manhã.

Cooper olha para mim, a expressão comicamente perplexa.

— Tudo bem — diz ele. — Não tentem abrir nenhuma das janelas ou sair, mesmo que seja para alguma das varandas, sem acordar um de nós primeiro para digitarmos o código do alarme. Se o fizerem, ele vai automaticamente emitir um som

Tamanho 42 e pronta para arrasar 359

que acordará toda a vizinhança, além de notificar a empresa do alarme *e* a polícia de Nova York de que há um intruso, fazendo com que cheguem aqui em dois ou três minutos. Mas antes disso, já teremos atirado em vocês.

— Tudo bem — responde Jordan, ainda falando aos cabelos de Tania.

— Não tentaremos sair — fala Tania, a voz dela abafada no peito de Jordan e nas dobras do robe de samurai dele. — Vamos ficar no quarto de Heather com a Miss México.

Cooper olha para mim com uma expressão questionadora.

— Não pergunte — falo.

Para release imediato

O Acampamento de Rock Tania Trace e a Emissora Cartwright Records apresentam o primeiro ROCK OFF da história

Trinta e seis das mais talentosas adolescentes dos Estados Unidos competirão na noite de sábado no Acampamento de Rock Tania Trace pelo título de Garota Rockrrr do Ano. O acampamento — que acontece há duas semanas na Faculdade de Nova York — ajuda a fornecer a jovens mulheres oportunidades que talvez não pudessem ter por meio da educação musical.

"O propósito deste acampamento era enriquecer culturalmente jovens mulheres por meio de composição e apresentação musicais", diz Tania Trace, vencedora de quatro prêmios Grammy e futura mãe. "Em vez disso, essas garotas me enriqueceram com sua força e coragem diante das adversidades."

A vencedora do Rock Off receberá 50 mil dólares e um contrato com a Cartwright Records.

Encaro meu reflexo no espelho da penteadeira. Não pareço em nada com meu eu usual. Isso é porque fui coberta, da cabeça aos pés — quero dizer, em todas as partes que estão à mostra: do lado de fora do decote, das mangas e da bainha brilhante do vestido — com base em spray, meu cabelo loiro foi empilhado no topo da cabeça com cerca de um milhão

Tamanho 42 e pronta para arrasar **361**

de grampos, meus lábios foram besuntados com batom cor de pele e cílios falsos foram colados em minhas pálpebras.

— Pareço uma aberração — digo.

— Você está linda — fala Tania, enquanto a cabeleireira enfia o último grampo em meu cabelo. — Como a Miss México.

— Ah, trabalhei nesse concurso este ano — fala a cabeleireira. — Achei que a Miss México fosse morena.

— Ela não está falando do concurso de beleza — respondo.

Os camarins abaixo do Auditório Winer para as artes performáticas da Faculdade de Nova York são de última geração, mas propositalmente projetados para parecerem aqueles antigos que sempre mostram em filmes, onde a estrela se senta em frente a um espelho emoldurado por dezenas de lâmpadas redondas. Para a apresentação no Rock Off, as garotas do acampamento podem usar os camarins, mas ainda precisam fazer a própria maquiagem e o cabelo, assim como conseguir o próprio figurino... exceto, é claro, por garotas como Cassidy, cujas mães foram espertas o bastante — ou ricas o bastante — para contratar alguém para ser o estilista profissional da filha. Isso já causou drama o suficiente entre as garotas para fornecer horas de filmagem a Stephanie.

Os jurados do Rock Off, no entanto, têm o cabelo e a maquiagem fornecidos pela Emissora Cartwright Records. É por isso que estou sentada em um vestido Givenchy *vintage* e tenho grampos enfiados nos cabelos. A equipe de cabelo e maquiagem pessoal de Tania está me produzindo porque, por algum motivo, fui coagida a ser uma das juradas-celebridade do Rock Off.

362   *Meg Cabot*

Ainda não tenho certeza de como isso aconteceu. Até o último minuto, eu dizia a Tania que ela realmente precisava encontrar outra pessoa.

E, mesmo assim, aqui estou, coberta de Bege Nude Nº 105 para que meu tom de pele pareça uniforme em alta definição.

— Você não vai se arrepender — fala Tania da cadeira de maquiagem ao meu lado. Ela tem um enorme jaleco de plástico cobrindo o vestido que usará essa noite: preto, com uma fenda lateral, coberto de paetês e feito por Oscar de La Renta. — Vamos nos divertir tanto! Não é como se precisássemos nos preocupar com o que dizer também. Tudo vai estar no *teleprompter*. Então não se preocupe. Apenas leia suas falas.

Sorrio nervosa para o reflexo de Tania no espelho. Não é o evento que me preocupa. Gosto de me apresentar, mesmo que seja sentada em uma cadeira de jurada, dizendo um monte de falas escritas por outra pessoa (contanto que não sejam imbecis *demais*).

Passamos o dia em ensaios, repassando quais marcações alcançar quando chegarmos ao palco. Como a anfitriã oficial da noite e mestre de cerimônias, Tania precisa sair primeiro, então apresentar Jordan e eu, antes de cada um seguir para os devidos assentos. Tentei ressaltar que havia muitas celebridades melhores — ou pelo menos mais atuais — que eles poderiam ter chamado em vez de mim, mas Tania ainda sentia-se insegura devido ao que aconteceu no início da semana e disse que precisava ter "somente família" ao redor de si.

Cooper, é claro, estará no auditório o tempo todo, junto com meia dúzia de oficiais da polícia de Nova York e quase todos os oficiais da segurança do campus, inclusive o chefe

Tamanho 42 e pronta para arrasar **363**

do departamento, que passou no camarim há pouco tempo para assegurar à "Srta. Trace" de que a segurança pessoal dela era prioridade para ele e para cada um de seus homens.

— *Nada* — dissera ele, os olhos azuis enrugados ficando úmidos — parte mais meu coração do que o que aconteceu com aquela jovenzinha no Conjunto Residencial Wasser. *Nada*. Espero que aceite minhas profundas desculpas e a promessa sincera de que aquele homem não chegará perto de você esta noite.

Tania fora muito graciosa ao assegurá-lo de que o incidente não tinha sido culpa dele. E não tinha mesmo... pelo menos não pessoalmente. Mas o escritório do presidente fora alvo de muitos questionamentos sobre como um suspeito de assassinato foi capaz de entrar e sair de tantos prédios da Faculdade de Nova York durante as últimas semanas sem ter sido reconhecido, ainda mais ter conseguido se registrar para acomodação e cursos utilizando uma identidade falsa, para início de conversa.

— Embora, com tal volume de clientes — observou Cooper —, isso esteja fadado a acontecer de vez em quando. Tem ideia do percentual de pessoas que se registram em hotéis com nomes falsos?

O que acontecera com Bridget fora estarrecedor, mas, conforme eu previra, a faculdade estava oferecendo uma bolsa integral para ela, e a Cartwright Records cobrira a proposta oferecendo-se para pagar mensalidade total, alojamento e alimentação em qualquer faculdade americana que ela quisesse frequentar.

Muffy Fowler fora filosófica quando lhe dei os parabéns durante almoço, no início da semana, por conseguir

364 Meg Cabot

manter a história a respeito do que acontecera com Bridget longe da imprensa.

— Ninguém quer escrever sobre uma garota menor de idade que foi torturada mentalmente por um *stalker* psicótico que a polícia parece não conseguir prender — disse ela, dando de ombros sobre o habitual *wrap* de salada de atum. — E também não podem mencionar o nome dela, pois é menor de idade. Não tive problema algum em abafar isso. Ficaram *animadíssimos* em escrever, em vez disso, sobre como o maníaco conseguiu ficar no alojamento dos estudantes e participar de nosso curso de verão durante semanas sem que nenhum de nós notasse. Não sei como conseguiremos superar isso. — Ela mordeu o sanduíche. — O lado bom, no entanto, é que pelo menos ninguém está falando mais sobre o Escândalo dos Maricas. E, enquanto isso, vou aproveitar o Rock Off o máximo possível. É a única forma que vejo de explorar isso positivamente.

Muffy estava certa. O fato de que Tania, assim como todas as garotas e as mães, estava determinada a fazer o Rock Off do acampamento, apesar do fato de que Gary Hall ainda estava à solta em Nova York (se é que ele ainda não havia encontrado o caminho para o Canadá), tocara e até mesmo encantara, a mídia, e a emissora fora inundada com pedidos de credenciais de imprensa para o evento. Todas as grandes emissoras mandariam um repórter e, como resultado, com as famílias de todas as garotas participando e muitos dos doadores da faculdade insistindo em vir também, todos os assentos do auditório estavam ocupados.

Essa era provavelmente a razão pela qual a maioria das garotas — principalmente a muito letrada em relações

Tamanho 42 e pronta para arrasar   **365**

públicas Cassidy e sua mãe — estava tão determinada a continuar com o show... e também o motivo pelo qual eu estava tão pronta para me livrar delas. No corredor do lado de fora dos camarins, no início da noite, entreouvi Mallory dizer:

— Ei, gente, me esqueci de contar a vocês. Recebi uma mensagem de texto de Bridget hoje. Ela desejou um "merda" para todas.

— Ooooh — disseram várias garotas. Mas não Cassidy, é claro.

— Conhecendo Bridget, deve ter sido literal — murmurou Cassidy. — Provavelmente ela quer que tudo seja uma merda de verdade.

— Ah, Cass, deixe disso — falou Emmanuella. — Você só está com ciúmes porque sabe que, se Bridget estivesse aqui esta noite, poderia derrotar você, com ou sem nódulos vocais.

— É — falou Mallory. — Sorte a sua que ela teve isso e precisou ficar em repouso vocal completo, ou você precisaria vencer a mim *e* a ela.

Isso levou todas às gargalhas... exceto Cassidy.

— Bridget *não* está com nódulos vocais — falou Cassidy, a voz se elevando. — Ela roubou essa ideia da Adele. E você sabe, Mallory. Sabe que ela estava saindo com um cara do Conjunto Residencial Wasser, provavelmente o mesmo cara que...

— Corta. — A voz de Stephanie pareceu afiada. — Garotas, se lembram do que conversamos? O departamento jurídico disse que qualquer menção àquele homem resultará na eliminação de *todas* as suas cenas do programa. É isso o que você quer, Cassidy?

— Não, senhora — respondeu Cassidy, mas ainda havia ressentimento em sua voz.

— Ótimo — falou Stephanie. — Por que não voltamos à parte em que recebeu uma mensagem de texto de Bridget hoje, Mallory, e todas vocês dizem algo para apoiá-la. Cassidy, pode dizer algo maldoso, apenas não mencione um homem.

Cassidy então murmura algo sobre reality shows "não serem muito reais", o que faz com que Stephanie a mande para o corredor para "se acalmar".

Um pouco depois, quando fui ao banheiro feminino, encontrei Stephanie inclinada sobre a pia, encarando o próprio reflexo com olheiras. Stephanie não vestia mais terninhos e Louboutins para trabalhar. Em vez disso, vestia calça jeans, botas Ugg e uma expressão sofrida.

— Como está? — perguntei a ela, ainda que soubesse a resposta.

— Nunca vou ter filhos — respondeu Stephanie, inexpressiva.

Hesitei antes de fechar a porta do cubículo.

— Os seus não seriam necessariamente como Cassidy — observei.

— Não — disse ela. — Mas e se fossem?

Não pude pensar em uma resposta para isso. Então, em uma tentativa de animá-la, falei:

— Amanhã, terá acabado.

— *Graças a Deus* — falou Stephanie com um resmungo, e se virou para a torneira para mergulhar o rosto na água fria.

É a esse pensamento que me agarro... é a última noite do Acampamento de Rock Tania Trace, e amanhã todas as garotas vão embora para casa. O que significa que Stephanie

Tamanho 42 e pronta para arrasar **367**

e a equipe de filmagens também irão. O que significa que talvez minha vida comece a voltar ao normal.

Exceto pelo fato de Tania e Jordan ainda estarem morando em minha casa. E Gary Hall ainda estar à solta.

— Cinco minutos. — Lauren, a assistente de produção, se esgueira para o camarim. Está com o fone de ouvido. — Cinco minutos para as cortinas, moças. Estarão prontas?

— Não — diz Ashley, uma das cabeleireiras de Tania. Ela ainda está alisando os cabelos de Tania. — Por que precisamos estar na hora se não estão filmando ao vivo?

— Porque estamos com as famílias de todas as garotas lá fora — responde Lauren. — Elas vieram ver as filhas se apresentarem. E já estamos vinte minutos atrasados. Os parentes estão ficando impacientes. Há irmãozinhos e irmãzinhas lá fora que começam a não parecer tão adoráveis para as câmeras. Faça o melhor que puder, está bem?

Ashley lança um olhar para Lauren por cima da cabeça de Tania, para que ela não consiga ver. Já vi esse olhar antes. Significa *Não encha meu saco*, só que menos educado.

— Onde está Jordan? — pergunta Tania a Lauren.

— Não sei — responde Lauren, depois de hesitar por apenas uma fração de segundo. — Achei que estava aqui com você.

— Nós jogamos o spray nele, colocamos o smoking e o mandamos para fora faz uns dez minutos — diz Anna, uma das outras cabeleireiras.

— Bem, então ele deve estar no banheiro ou falando com a família — fala Lauren. — Soube que todos acabam de chegar. — Ela toca o fone. — Me deixe verificar...

— Tudo bem. — Tania saca o celular coberto de cristais de dentro do jaleco e começa a digitar uma mensagem de texto. Baby, em seu colo, parece imperturbável. — Essa é a primeira vez que ele fica pronto antes de mim. Costuma ser sempre o último.

Viro o rosto para ver meu reflexo. Meu couro cabeludo coça por baixo do penteado alto. Queria ter uma caneta ou um *hashi*, algo que pudesse usar para cutucar ali dentro e coçar.

Ouço um assobio baixo vindo da porta e viro a cabeça, vendo Cooper. Está vestindo um smoking, para se misturar com os outros jurados do sexo masculino... ou seja, Jordan.

— *Ay, caramba* — diz ele, o olhar em mim.

— Aí está aquela inteligência galante que tanto amo — falo. — Você também não está tão mal, garotão.

Cooper dá uma volta.

— Casa de Smokings do Big Ted.

Tania parece desapontada.

— Eu disse a seu pai para se certificar de que mandariam um Armani para você. Nunca ouvi falar de um estilista chamado Big Ted.

— Ele está brincando — digo a Tania. — É um Armani.

— Por que vocês estão demorando tanto? — pergunta Cooper. — As duas estão ótimas. E o público está ficando um pouco irritado. Vaiaram meu número de sapateado. Não sei quanto tempo mais consigo mantê-los distraídos.

— Você não precisa distraí-los — fala Tania, ainda parecendo desapontada. — Essa parte é nossa.

— Ele está brincando — digo a Tania.

— Ah — responde ela, e sorri com um pouco de vergonha. — Entendi.

Tamanho 42 e pronta para arrasar **369**

— Pronto — diz Ashley, e assenta o último cacho de Tania no lugar. O cabelo dela parece exatamente o mesmo de sempre. Fico perplexa com o fato de uma chapinha ter sido usada para fazer dezenas de cachos espirais, mas há alguns mistérios para os quais eu acho que jamais saberei a resposta.

— Obrigada — responde Tania educadamente, e ergue Baby do colo enquanto a cabeleireira lhe tira o jaleco. Vejo que, além da bolsa-carteira de paetês pretos combinando, ela também está com a Miss México sob o jaleco.

Cooper repara na boneca ao mesmo tempo que eu e ergue uma sobrancelha questionadora, mas sabe que não deve perguntar.

— Onde está Jordan? — pergunta ele.

— Foi dar um oi para sua mãe e suas irmãs — responde Tania. Ela está lendo a mensagem de texto do celular. — Ele disse que Nicole está chateada porque quer cantar uma de suas músicas. Mas não vou mudar as regras só para ela. — Tania joga alguns dos cachos. — As únicas pessoas que podem se apresentar esta noite são as garotas do acampamento. E eu, é claro.

— É claro — fala Cooper, com seriedade, e estende o cotovelo para ela. Esta noite, ele é o acompanhante de Tania, porque também é seu guarda-costas. — Vamos?

— Obrigada — diz Tania, entregando Baby e a bolsa-carteira para mim. Ela fica com a Miss México. — Vamos.

Cooper e Tania seguem pelo longo corredor branco até a porta do palco. Em fila, no corredor, estão as garotas do acampamento Tania Trace — as acompanhantes estão na plateia — vestidas de Garota Rockrrr chic, em botas na altura das coxas e maquiagem, como Mallory, ou de vestidos de gala cobertos de cristais, como Cassidy. Conforme passamos, as garotas murmuram, admiradas: "Você está tão linda, Sra. Trace" e "Ai, meu Deus, tão linda". Algumas delas tiram fotos com o celular.

— Merda, garotas — grita Tania para elas, quando chega à porta do palco. Então joga um beijo para as garotas. — Lembrem-se, eu não poderia estar mais orgulhosa de vocês!

Emmanuella faz um coração com as mãos e o ergue.

— Nós amamos você, Tania! — grita ela.

Lauren, falando ao fone, diz:

— Pronto? Ele está a caminho? Ótimo. — Ela olha para nós. — Jordan encontrará você na coxia, está bem? Hora do show.

Então Lauren abre as pesadas portas para o palco.

> Bem-vindos ao Primeiro Rock Off
> Anual do Acampamento de
> Rock Tania Trace
>
> Por favor, desliguem todos os celulares para que todos possam aproveitar o show

Está escuro — como sempre — nos bastidores. Leva um momento para que meus olhos possam se ajustar o suficiente à escuridão repentina e eu veja que estamos em um espaço pequeno, ao lado de inúmeras alavancas e puxadores que operam as grossas cortinas de veludo, as quais já estão abertas e revelam uma tela que exibe a mensagem projetada: BEM-VINDOS AO PRIMEIRO ROCK OFF ANUAL DO ACAMPAMENTO DE ROCK TANIA TRACE! Atrás da tela estão empilhados cenários dos diversos espetáculos que as turmas de teatro estão montando: pedaços de grades de metal retorcido, sofás antigos e postes de rua feitos com compensado de madeira. O público não pode ver essas coisas, no entanto. Somente nós podemos, porque estamos à direita da tela, de frente para o palco.

A alguns metros de distância e no fim de um lance de escadas estreito há uma porta em que se lê SAÍDA. Essa é a porta que a equipe usa para chegar rapidamente aos bastidores a partir do auditório principal, o qual é bem grande para uma universidade particular.

No centro do palco está o pódio em que Tania deve ficar quando fizer as apresentações. Está iluminado com algumas folhas de acetato cor-de-rosa que valorizam a imagem, e as telas vazias do *teleprompter*, das quais temos de ler, já estão montadas. Uma equipe profissional da Emissora Cartwright Records gerencia as mesas de luz e som. Grant Cartwright não deixará nada, nem mesmo nossas palavras, ao acaso esta noite.

— Aaaah — diz Tania, quando se esgueira para olhar a casa cheia atrás das grossas cortinas de veludo azul. — É a mesma quantidade de gente que tive em uma apresentação em Quebec. Fofo.

Percebo, então, que para Tania, encher um auditório de mil assentos é "fofo". Para qualquer outro artista, seria "sensacional".

Não posso resistir à vontade de me posicionar atrás dela para olhar também, ainda que minha mãe sempre me avisasse, quando eu fazia isso, que "Se você pode vê-los, eles podem ver você". Há operadores de câmera percorrendo os corredores. Esses pertencem a emissoras que não são a ECR.

Pela primeira vez, começo a me sentir nervosa. Graças a Deus, não vou cantar. Sempre achei que tinha uma voz boa para canto — definitivamente melhor do que a de muitos supostos artistas pop — até ouvir a de Tania.

— Ah, veja — diz Tania. — Lá está aquele garoto do seu prédio. Aquele alto que sempre se veste bem quando está perto de mim. Ele parece estar com o terno do pai. Que engraçado.

— Gavin? — Olho para onde ela aponta, chocada não apenas por ouvir essa descrição esquisita dele, mas também por saber que Gavin está na plateia. — Como *ele* entrou aqui?

Tamanho 42 e pronta para arrasar **373**

— Me certifiquei de que toda a equipe do Conjunto Residencial Fischer recebesse convites — responde Tania, casualmente. — É preciso fazer coisas desse tipo quando se está no meu lugar, sabe. Imagem.

Quando ela diz a palavra "imagem", faz um gesto como se fosse da realeza — sem mexer o punho — para mostrar que se refere a "imagem" como em "É preciso cuidar da própria imagem".

Ergo as sobrancelhas, impressionada. Eu sabia que Tania era inteligente para relações públicas de seu próprio jeito, assim como Cassidy. Mas não estava ciente, até ela se mudar para a nossa casa, de como era gentil. Uma das primeiras coisas que fez depois que ela e Jordan tomaram o andar de cima do prédio de tijolinhos foi contratar um serviço de limpeza — o da prima de Magda. Não porque se sentisse culpada pelo fardo a mais que a presença deles poderia significar, mas porque ouvira Cooper mencionar que eu estava querendo contratá-los. Voltei para casa do trabalho uma sexta-feira à tarde e *bum*, a casa estava impecável — as janelas estavam limpas, até mesmo as cortinas do quarto de Cooper tinham sido consertadas, e Tania sorria de orelha a orelha diante de minha expressão estupefata.

—Eles virão toda sexta-feira— dissera ela. — E às terças também. Precisam. É o único modo de conseguirem dar conta de tudo, foi o que disseram. Este lugar é imenso, e vocês dois são imundos.

— Ah — diz Tania agora, apontando para outra pessoa na plateia. — Lá está aquela garota do seu escritório, a que compôs aquela música...

Vejo que está apontando para Sarah. Surpreendentemente, Sarah está sentada com Sebastian. Ainda mais surpreendente é o fato de os dois estarem conversando de modo cordial. Talvez ainda haja esperança para eles. Sentada ao lado dos dois está Lisa, com um rapaz arrumadinho, o noivo dela, Cory. Os dois parecem animados e felizes.

— E lá estão aqueles homens gentis que ajudaram você a salvar Bridget — fala Tania. — Qual é o nome deles?

— Tom — respondo, incapaz de discerni-los na multidão, pois as luzes estão se apagando e parece haver tantos homens de terno. — E Steven.

— Sim — diz ela. — Gosto deles. E aquele que machucou o pé...

— Pete?

—Isso. Ele também deve estar aqui em algum lugar. Convidei ele, as filhas e a namorada, aquela moça legal do cabelo. Mas não convidei aquele homem feio e idiota. Me certifiquei de que ele não fosse convidado.

Cooper está de pé próximo a nós, segurando Baby, pois as patas do cachorro estavam se agarrando aos paetês do meu vestido.

—Acredito que ela esteja se referindo a Simon Hague — diz ele, sarcástico.

Tania faz uma careta e endireita a postura. Não há mais motivo para olhar, pois agora as luzes do auditório diminuíram e não conseguimos mais ver o público.

— Ah, isso — responde ela. — Me certifiquei de que ele não estivesse na lista.

Reprimo um sorriso de satisfação quando ouço Simon Hague ser chamado de "aquele homem feio e idiota". Por

Tamanho 42 e pronta para arrasar   375

mais que eu tenha tentado, Tom e eu ainda não conseguimos descobrir que tipo de sanção disciplinar — se é que houve uma — foi tomada contra Simon pelos longos fins de semana nos Hamptons, os quais, temos quase certeza, não foram permitidos pelo departamento. Mas o fato de que a entrada dele no Rock Off foi negada — evento que até mesmo o jornal dos alunos cobrirá — pode se revelar punição o bastante.

Lauren abre a porta do corredor que dá para os camarins.

— Onde está Jordan? — Ela exige saber quando vê que ele não está conosco.

— Como assim? — pergunta Cooper. Vejo as sobrancelhas escuras dele se contraírem sob o feixe de luz fluorescente que vem de algum lugar atrás de Lauren. — Ele ainda não apareceu?

— Não — responde Lauren. Sei que ela está tentando esconder a preocupação na voz. — E Stephanie diz que ele não está atendendo...

Às costas de Lauren, soa um grito lancinante. É o grito de uma jovem. Seguido imediatamente por um segundo, então um terceiro. Uma delas distintamente grita o nome *Cassidy!*

Lauren vira a cabeça para a porta aberta, olhando para trás de si.

— *Merda* — diz ela, arrancando o fone de ouvido e voltando para o corredor. A porta do palco fecha-se abruptamente, mergulhando-nos mais uma vez na escuridão.

Ainda consigo ouvir as garotas gritando. O som está apenas mais abafado. Sei que não pode ser percebido pelo público, principalmente porque estão murmurando impacientes, à espera do início do show.

— Fique aqui — diz Cooper, jogando o cachorro de Tania para mim e pegando a arma no coldre, que está sob o paletó do smoking. — Entendeu? — Não posso vê-lo tão bem na escuridão, mas sei que seu olhar está avaliando meu rosto. — *Não me siga por esta porta*, não importa o que ouvir.

Faço que sim, muda, enquanto Cooper abre a porta do palco — liberando, ao fazer isso, mais uma rodada de gritos horrorizados — e desaparece através dela. Um segundo depois, Tania e eu estamos sozinhas na escuridão, eu com Baby agarrado ao peito, ela segurando a Miss México.

— O-o que acha que está acontecendo lá atrás? — pergunta Tania, o olhar colado à porta que dá para os camarins.

— Provavelmente nada — minto. A pele de Baby é tão fina, as costelas, tão frágeis, que sinto seu coração batendo contra o meu, feito o de um pássaro pequenino. Ele tem um cheiro leve do perfume de Tania. — Devem ter visto uma aranha ou algo assim.

— É — responde Tania. Há sombras róseas fantasmagóricas no rosto dela, devido aos acetatos nas lâmpadas que apontam para o pódio. As sombras deixam os olhos de Tania profundos. — Você está certa. Onde acha que está Jordan?

— Ainda deve estar falando com a mãe — respondo. — Por que não tenta ligar para ele? Jordan não respondeu a nenhuma das mensagens de Stephanie, mas tenho certeza de que vai responder a uma sua. — Qualquer coisa para manter a cabeça dela longe do que está acontecendo do outro lado daquela porta. Tenho certeza de que não é uma aranha.

— Boa ideia. — Tania se ajoelha para encontrar a bolsa-carteira, a qual, de alguma forma, deixei cair no chão. — Eu vou...

Tamanho 42 e pronta para arrasar   **377**

A outra porta para o palco, que leva até o auditório, se abre, e ouvimos o ruído de sapatos sociais — masculinos — saltando com leveza ao subir os degraus.

— Ah, aí está ele — fala Tania, rindo de alívio. Ela se estica conforme uma figura masculina alta vem em nossa direção, no escuro. — Jordan, estávamos preocupadas. Por que demorou tanto?

Tudo acontece tão rápido. Um segundo é todo o tempo que leva. Em um piscar de olhos, percebo que a pessoa caminhando em nossa direção não é Jordan. É um homem que não reconheço, um estranho que nunca vi.

Um segundo depois, minha mente reconsiderando, percebo que *já* o vi antes, mas em outro contexto... Uma fotografia em um site. Mas ali ele tinha cabelos castanhos e estava com a barba feita. A vez seguinte foi em uma fotografia de carteira de motorista, mas os cabelos estavam vermelhos e ele usava óculos e um cavanhaque... Então, mais recentemente, ele era loiro...

E agora os cabelos estão castanhos de novo. A camisa de botão passada e limpa está sob um paletó com gravata tediosamente ordinários, o paletó e a gravata de... um professor de coral do subúrbio ou de um pai. Ele poderia estar levando os filhos para o treino de futebol ou deixando a babá deles em casa. Não seria possível notar as ataduras nas mãos, a não ser que você estivesse procurando. E você provavelmente também não repararia no revólver que ele segura nessa mesma mão, se não estivesse procurando por ele.

Mas eu estou. E reparo.

— Eu... eu não entendo — diz Tania, olhando do revólver para o rosto do homem. A expressão dela é de espanto. — Como... como você entrou aqui?

Não a culpo por se sentir confusa. Também me sinto. Um minuto atrás, eu estava certa de que era Jordan vindo em nossa direção. Eu *esperava* que fosse Jordan.

Mas não é nem um pouco Jordan, é Gary Hall, vestido como ele mesmo, seu eu *verdadeiro*, um marido violento de 46 anos... O qual, pelo visto, pode se parecer com qualquer pessoa.

— Oi, Tatiana — diz ele, sorrindo. — Gosta desta roupa? — Ele estica o braço para ajustar a gravata marrom de tricô com uma das mãos, mantendo o cano da arma apontado diretamente para nós com a outra. — Eu também gosto. É confortável. Sou o pai de Mallory St. Clare esta noite. Conhece Mallory, não é? É claro que conhece. Ela é uma de suas protegidas. Claro que a verdade é que, de acordo com Bridget, o pai de Mallory abandonou a família quando a filha tinha 10 anos, mas esta noite ele fará um retorno surpresa. Liguei antes e me certifiquei de que o nome dele fosse colocado na lista. O aluno na bilheteria foi tão simpático. A maioria das pessoas é, quando se trata de pais solteiros e suas filhas adolescentes. Querem que tudo dê certo.

Tania não diz nada. Não a culpo. Sinto como se um terremoto estivesse acontecendo, só que dentro de mim em vez de sob meus pés. O chão está girando, girando, tudo está se movendo em câmera lenta, mas apenas eu consigo sentir.

Como isso pode estar acontecendo? Todos ficavam nos dizendo que estaríamos seguras. O inspetor Canavan tinha gargalhado quando perguntei se ele achava que era uma boa ideia que Tania seguisse adiante com o Rock Off.

Tamanho 42 e pronta para arrasar **379**

— Hall está há milhares de quilômetros daqui a esta altura — dissera ele, da última vez que nos falamos — sendo picado até a bunda por um milhão de mosquitos em Saskatchewan.

O chefe do serviço de segurança (qual era o nome dele? O'Malley? O'Brian?) ficara de pé ali, com os botões e o distintivo brilhantes e os olhos azuis cheios de lágrimas, e dissera ter colocado todos — *todos* — em serviço, vigiando todas as portas.

Mas só é preciso uma porta — uma pessoa olhando para o outro lado por um minúsculo segundo — e você percebe o quanto tudo pode mudar, como a vida é frágil. Desta vez, estou realmente prestes a morrer, como achei que estava naquela noite em que Gavin me acertou com a arma de paintball no Conjunto Residencial Fischer.

Mas agora é real. Esse cara vai me matar. Aposto qualquer coisa que mesmo que Gary Hall tenha dito um nome falso à porta e até mostrado uma identificação falsa, a arma em sua mão não é falsa.

— O que você quer? — exijo saber, a voz trêmula. Isso é devido ao medo que estou sentindo, dançando e borbulhando para cima e para baixo em minha coluna, como a água do chafariz do lado de fora do Washington Square Park. Não faço ideia de como ainda estou de pé. Quero muito me sentar, dar um descanso aos joelhos trêmulos. Mas tenho a sensação de que estarei descansando para sempre em breve.

— Tatiana sabe o que quero — fala Gary Hall, demonstrando prazer. — Não sabe, Tatiana?

— O que quero é que você vá embora, Gary — responde Tania, a voz dela tão trêmula quanto meus joelhos. — *Agora*. Este evento é somente para convidados, e *você* — os olhos dela parecem ensandecidos sob o brilho rosado do acetato que reluz no pódio — *não foi convidado*.

Não consigo acreditar no que estou vendo, ainda mais ouvindo. Tania está finalmente enfrentando o marido lunático, e não em uma música.

— É — digo a ele, colocando Baby no chão, pois o cachorro começou a chorar, não gostando do fato de que sua dona parece chateada. Talvez ele pule na garganta de Gary, como um cachorro da TV. Mas ele apenas caminha até os pés de Tania e se encolhe atrás dela. — Tania está certa. Creio que você precise sair, Gary.

Ele olha para nós duas, incrédulo.

— Acho que vocês não estão entendendo a situação, garotas — diz Gary. — *Estou segurando uma arma de fogo carregada*. Vou atirar em uma de vocês ou nas duas. Acho que não querem que isso aconteça. Tatiana, já basta dessa loucura. Você vem comigo.

— Não, não vou — fala Tania, a voz ainda trêmula. Mas ela mantém a compostura. — Está acabado. Eu contei a Jordan. Ele sabe de tudo; e quer saber? Ele diz que me ama mesmo assim e que você pode contar a porcaria da história sobre como jamais nos divorciamos para o mundo inteiro. Jordan vai se casar comigo de novo depois que você e eu estivermos divorciados, depois de você ter ido para a cadeia pelo que fez com Urso, com Jared e com Bridget...

— Então — diz Hall, erguendo o revólver até a lateral na minha cabeça e puxando o cão para trás — acho que não há motivo para que eu não atire em sua amiga, não é?

Congelo. Se achava que estava em um terremoto pessoal antes, agora eu realmente me sinto dessa forma, porque

Tamanho 42 e pronta para arrasar **381**

tenho certeza de que armas de brinquedo não fazem aquele barulho quando o cão é puxado para trás. Sei disso porque Cooper, em um esforço de me familiarizar com armas para que eu não me sentisse tão nervosa perto de uma, me mostrou como a Glock dele funciona (embora ainda não tenha tido a chance de me levar para um clube de tiro, pois anda ocupado cuidando de Tania). E sempre que uma bala estalava dentro da câmara, fazia um barulho parecido com o que acabo de ouvir.

Agora, percebo, jamais conseguirei ir a um clube de tiro com Cooper. Porque estou prestes a morrer.

— É isso o que quer que eu faça, Tatiana? — exige saber Gary Hall, com uma voz rouca de desespero. Ele prende meu braço com uma das mãos e me puxa para si. É quando consigo cheirá-lo. Ele tem cheiro de naftalina (a fantasia de Sr. St. Clare estava obviamente guardada) e de suor. A arma tem cheiro de óleo e da minha morte iminente. — Porque é a isso que você me levou. *Você* está me obrigando a fazer isso. Você me fez machucar todas aquelas pessoas.

Não acredito em como ele parece um cliché. *Ei, amigo,* quero dizer a Gary. *Você precisa de Stephanie para melhorar esse diálogo.*

Mas essa cena de *Jordan ama Tania* não foi pré-roteirizada. Gary Hall é profundamente perturbado.

— Se você simplesmente tivesse ficado comigo e me tratado com o respeito que eu merecia depois de todas as coisas que fiz por você — continua Gary —, ninguém teria se machucado...

— Não sou responsável pelas coisas que você faz, Gary — diz Tania. — Somente você pode ser responsabilizado por suas ações.

Me ocorre que Tania pode, de fato, estar fazendo terapia pelas minhas costas. Só gostaria que ela tivesse guardado isso para um momento em que Gary não estivesse apontando uma arma carregada para minha cabeça.

— Você está me obrigando a fazer isso, Tatiana! — grita ele, os dedos cravando em minha pele enquanto sacode o cano da arma em meu penteado alto, o que faz com que mechas caiam dos muitos grampos usados para segurá-las. — Não tenho mais nada a perder. Se essa mulher vai viver ou morrer está inteiramente a seu critério.

A expressão de Tania se modifica. Talvez tenha percebido o que eu já percebi — argumentar com Gary não vai funcionar, porque ele não é são. Nunca vai desistir até que consiga o que quer, ou seja, Tania.

Observo a determinação se esvair dela... junto com toda a esperança. Os ombros esguios de Tania se curvam.

— Tudo bem — diz ela, baixinho. — Tudo bem, Gary. Eu vou com você, mas solte Heather primeiro.

Ele sorri, triunfante, então me empurra para longe.

Não tenho certeza do que me faz fazer isso. Acho que é verdade que não quero morrer. Mas sei que não posso deixar mais ninguém morrer também.

Então, enquanto Tania passa por mim, arranco a Miss México dos dedos enfraquecidos dela. Então a giro e enterro o pente espanhol pontudo que está colado à cabeça da boneca o mais forte que consigo na pele logo abaixo das ataduras na mão de Gary... a mão que segura a arma.

Bonecas não devem ser usadas como armas. A cabeça da Miss México se quebra — junto com o pente — dentro da pele de Gary.

Tamanho 42 e pronta para arrasar 383

Mas Gary está espantado o suficiente — e sentindo dor o bastante —, então, quando se abaixa com um grito, ele inadvertidamente puxa o gatilho, fazendo o revólver disparar.

Felizmente, a bala atinge, de modo inofensivo, a escada para o auditório.

Mesmo assim, ouço pessoas na plateia começarem a murmurar. Tenho certeza de que a polícia de Nova York e os oficiais de segurança do campus a postos ao redor do auditório ouviram o tiro e estão a caminho dos bastidores. Só espero que não cheguem tarde demais.

Agarro a mão de Tania e puxo-a para trás da tela, obrigando-a a se abaixar comigo. Entramos debaixo de uma mesa de um dos cenários do departamento de teatro antes que Gary consiga tirar a cabeça da Miss México com os dentes do dorso da mão que apertou o gatilho.

No momento em que ele faz isso, a porta do palco se escancara, e Cooper dispara por ela.

A forte luz branca projetada pelas lâmpadas fluorescentes atrás de Cooper cega temporariamente Gary Hall. Mas isso permite que Cooper reconheça imediatamente o homem de paletó e gravata da fotografia do site da escola de Tania. Ele vê a arma que Gary Hall ergue em sua direção. E, sem dizer uma palavra, Cooper atira nele três vezes no peito, até que Gary Hall solta o revólver e cai para a frente, inerte.

Então me processe

Todas aquelas vezes que você disse
Que eu jamais conseguiria
Todas as vezes que disse
Que eu deveria desistir

Todas as vezes que disse
Que não sou nada sem você
A parte triste é que
Eu acreditei também

Então você partiu e
Quem diria
Eu venci
Sozinha

Então vá em frente e me processe
Você me ouviu
Vá em frente e me processe

Agora que venci
Você diz que é você a quem devo
Bem, você também me deve
Pelo coração que roubou

Se tenho um arrependimento
É todo o tempo que passei
Todas as lágrimas que derramei
Pensando que você valia a pena

Vá em frente, vá até o fim
Leve-me para o tribunal
Isso vai fazer meu dia
Então me processe

Vá em frente e me processe

"Então me processe"
Interpretada por Tania Trace
Composta por Weinberger/Trace
Álbum *Então me processe*
Cartwright Records
Treze semanas consecutivas no
Top 10 da
Billboard Hot 100, atualmente,
hit número 1

— "Centro de massa" — explica Cooper muito mais tarde naquela noite, quando me deito na cama ao lado dele. — Eu não estava mirando no peito. Estava atirando onde quer que houvesse menores chances de errar para evitar que ele atirasse de volta em mim. E essa seria a maior parte dele. Chamam essa parte de "centro de massa". É assim que você sobrevive em um tiroteio.

— Bom saber — digo, passando a ele uma das bebidas que preparei na cozinha do andar de baixo. — De qualquer forma, você o acertou no coração. Eu iria querer você do meu lado em um tiroteio.

Cooper toma um gole da bebida, então faz uma careta.

— O que *é* isto?

— A bebida preferida de sua irmã, Jessica, um galgo rosa.

Ele devolve a bebida para mim.

— Jamais prepare isso para mim de novo, principalmente depois que acabei de atirar em um homem. Eles podem tirar minha licença de detetive.

Coloco a bebida na mesa de cabeceira.

— Suspeitei que você fosse dizer isso, então preparei uma de reserva, só por precaução. — Entrego a Cooper um uísque com gelo.

— Assim é melhor — diz ele.

Ergo o galgo rosa e toco a borda do copo dele na do meu.

— *L'chaim*. Significa "à vida". Não quero ser insensível à morte de alguém. Só estou feliz por não ser você ou eu.

— Eu também — fala Cooper, depois de tomar um gole. — E sei o que significa *l'chaim*.

— Bem — digo —, pelo menos com Gary morto, Tania não precisará lidar com toda a publicidade negativa caso a polícia o tivesse prendido e se espalhasse por aí que os dois ainda eram casados. Agora ela e Jordan podem discretamente se casar de novo em algum lugar e dizer que foi uma renovação dos votos ou algo assim. — Encolho-me. — *Isso* é uma coisa insensível de se dizer?

Cooper dá de ombros.

— Não tão insensível quanto algumas das coisas que tenho pensado a respeito daqueles dois. Você quase morreu esta noite porque meu irmão idiota não contou a ninguém sobre aquela primeira carta...

— Isso é um pouco severo — digo. — Jordan sofreu o bastante, não acha?

Tamanho 42 e pronta para arrasar **387**

— Não — responde Cooper, inexpressivo.

Havia levado um tempinho para Tania e eu convencermos as dezenas de policiais de Nova York e os oficiais de segurança da faculdade que correram para os bastidores que Cooper não era o homem que havia nos agredido. Que esse homem sangrava no chão. Enquanto isso acontecia, Jordan foi encontrado inconsciente em um cubículo no banheiro masculino do saguão. Acontecera que, apenas momentos antes de Gary Hall entrar nos bastidores, Jordan o havia encontrado no banheiro, reconhecido-o e tentado lhe dar voz de prisão enquanto cidadão. Infelizmente, essa tentativa fracassou. Gary o acertou e deixou-o inconsciente, então enfiou Jordan em um cubículo e fechou a porta, tudo isso enquanto as luzes do auditório se apagavam e todo mundo se dirigia a seus assentos.

— Eu tentei, baby — falou Jordan, quando ele e Tania se reuniram. — Realmente tentei pegá-lo.

— Eu sei que tentou — respondeu Tania, tão cheia de alívio por Jordan ter sido encontrado vivo que insistiu em ir na ambulância para o hospital Beth Israel com ele, para se certificar de que a ressonância estivesse bem. Quatro horas depois, recebemos a ligação de que estava tudo bem, e de que eles enviariam o assistente de Jordan para recolher as coisas dos dois de nossa casa.

— Muito obrigado por tudo, gente — falou Jordan ao telefone. — Mas Tania não acha que ainda precisamos ficar com vocês. Ela está pronta para ir para casa.

— Ah, é mesmo? — respondi, erguendo a mão para que Cooper faça um *high-five*. — Que pena. Vamos sentir tanta falta de vocês dois.

388   *Meg Cabot*

Agora, acaricio a cabeça de Lucy conforme ela se enrosca na cama ao lado de nós e encaro o novo smoking Armani de Cooper, pendurado na porta do meu armário.

— Sabe — digo —, essa tinta é supostamente lavável.

— Não quero falar sobre isso — responde Cooper, e estica o braço para a gaveta da mesa de cabeceira do lado dele da cama em busca do controle remoto. — O que acha de relaxarmos assistindo a um daqueles seus programas em que as pessoas comem coisas esquisitas?

— Você não deveria se torturar com isso — digo, sorrindo. —Também achei que aquelas garotas estavam sendo atacadas.

— Elas *estavam* sendo atacadas — lembra-me Cooper.

— Certo — falo. — Que bom que você estava com sua Glock para dar um fim àquilo...

Ele ergue um dos travesseiros e o coloca sobre meu rosto, fingindo me sufocar enquanto rio. Lucy começa a latir, e Owen, na penteadeira, vira o rosto com desdém.

Não culpo o gato. Cassidy, em sua busca infindável para conseguir o máximo de tempo possível diante das câmeras em *Jordan ama Tania*, achou que seria incrivelmente divertido tirar uma arma de paintball de onde a havia escondido no camarim e emboscar as competidoras enquanto elas estavam enfileiradas no corredor do lado de fora da porta para o palco, esperando pelo início do Rock Off.

Isso se revelou ser o motivo de toda a gritaria logo antes de Gary se aproximar de Tania e de mim nos bastidores... e o motivo pelo qual, já que o ataque de paintball causou tanto caos e histeria, Cooper levou um tempinho para passar pela confusão e chegar até nós.

— O que eu fiz de tão errado? — perguntara Cassidy, os olhos arregalados com inocência quando Mallory e as outras

Tamanho 42 e pronta para arrasar **389**

garotas, em lágrimas, acusaram-na de propositalmente destruir suas roupas. — Qualquer um pode pegar equipamento de paintball do complexo esportivo da faculdade. Só é preciso deixar a identidade. Não sejam más competidoras, meninas. O show precisa continuar, não é?

Mas, ao que parece, em caso de tiroteios, o show *não* continua. O Rock Off foi cancelado devido ao tiroteio de verdade, a equipe de filmagens desligou as câmeras, e as garotas foram mandadas de volta para casa com suas famílias. O Acampamento de Rock Tania Trace estava acabado, de vez.

— Isso é um *absurdo*. — Ouvi a Sra. Upton berrar com Stephanie na calçada, do lado de fora do auditório, enquanto acompanhava Cooper até o carro do inspetor Canavan (porque, pelo visto, você não pode atirar em alguém, nem mesmo em um suspeito procurado por múltiplos crimes, em legítima defesa, e não precisar ir à delegacia para responder a um monte de perguntas sobre o ocorrido). — Exijo que minha filha receba a oportunidade que lhe prometeram legalmente, de competir por um prêmio de 50 mil dólares e por um contrato com a...

— Sra. Upton. — Stephanie Brewer estava recostada na lateral do prédio. Ela parecia feliz como eu não a via há um tempo, mas tenho quase certeza de que era porque o acampamento tinha oficialmente acabado. — Venho querendo dizer isso a você faz semanas. Cale. A. Boca.

A Sra. Upton pareceu chocada.

— O *que* você disse?

— Eu disse: cale a boca — repetiu Stephanie. — Mesmo que remarcássemos o Rock Off, de jeito algum sua filha ganharia, porque ela é uma megerazinha tão grande que ninguém na Cartwright Records suporta trabalhar com

390   *Meg Cabot*

ela. Está bem? Então siga meu conselho e saia daqui. Não, espere... Saia do show business.

A Sra. Upton piscou, como se Stephanie tivesse batido nela.

— Eu... eu... vou processar a Cartwright Records por isso! — gritou ela.

— É isso aí — falou Cassidy, apoiando a mãe. — A Cartwright Records e Tania Trace.

Emmanuella e algumas das outras garotas, inclusive Mallory St. Clare, por acaso estavam caminhando com os pais quando isso aconteceu.

— *O que* ela disse? — perguntou Emmanuella, parando ao lado da Sra. Upton.

— Ela disse que vai me processar — respondeu Stephanie, passando uma das mãos pelos cabelos. — E a Tania. Como se eu me importasse.

— Foi o que *achei* que tinha dito. — Emmanuella olhou para as outras garotas, então, em harmonia perfeita de tons, elas começaram a cantar: — "Vá em frente, vá até o fim, leve-me para o tribunal, isso vai fazer meu dia!"

As vozes exuberantes das garotas se ergueram até o céu noturno, fazendo com que pessoas tão longe quanto no parque dos cachorros, em Washington Square, virassem as cabeças, curiosas, para ouvir.

— "Se tenho um arrependimento" — cantaram elas, dando risinhos em suas roupas manchadas de tinta de paintball — "é todo o tempo que passei, todas as lágrimas que chorei, pensando que você valia a pena... Então me processe!"

Christopher Allington caminhou até Stephanie, que estava com lágrimas nos olhos enquanto observava as garotas dançarem e cantarem como se não tivessem qualquer preocupação no mundo. Ele pegou a câmera do celular para gravar o

Tamanho 42 e pronta para arrasar   391

momento para sempre, mas Stephanie colocou a mão sobre o braço de Christopher e sacudiu a cabeça.

— Não — disse ela. — Não filme. Vamos aproveitar o momento, e não vivê-lo por meio de uma lente.

Christopher sorriu, abaixou a câmera e passou o braço ao redor de Stephanie.

Perto do carro, o inspetor Canavan revirou os olhos.

— Crianças — disse ele, ao destrancar a porta. — Deus sabe o quanto amo as minhas, mas se precisasse trabalhar com elas o dia todo, daria um tiro na cabeça. — Então, ao olhar para Cooper, diz: — Ah. Me desculpe. Ei, por que estou me desculpando? Você acertou o cara no peito. Belo tiro, aliás. Me lembre de pagar uma bebida para você.

De volta a meu quarto, Cooper para de fingir que me sufoca, vira para o lado com um suspiro e ergue o rosto para as bonecas de muitos países.

— É bom ter sua cama de volta.

— É — falo. — Embora não consiga parar de pensar no que eles podem ter feito aqui.

— Como o quê? — pergunta ele. — Além de afanar sua melhor boneca? Leram seu diário? É esse o segredo que tem tanto medo que eu descubra? Não me diga que agora Jordan sabe e eu não. Embora todos saibamos que, mesmo que Jordan saiba, ele provavelmente colocou no Arquivo Loucos...

— Não — falo. — Quis dizer o que eles fizeram aqui sexualmente.

Cooper parece adequadamente enojado.

— Precisamos discutir a vida sexual do meu irmão? Eu sei que você já esteve lá e já fez isso, mas realmente não é um assunto que eu goste de abordar...

392   *Meg Cabot*

— Todos tomamos decisões das quais não nos orgulhamos — interrompo-o, rapidamente. — Até mesmo você. Conheci algumas de suas ex-namoradas. E o que Jordan não tem intelectualmente ele compensa em boas intenções. Tem um coração muito bom. E também tem um enorme...

Cooper pega o travesseiro de novo e o segura, de modo ameaçador, sobre meu rosto.

— ...ego — termino, gargalhando. — E não tenho um diário secreto. — Sento-me, ficando séria. — Mas *há* algo sobre o qual precisamos conversar. Fui à medica umas duas semanas atrás, e ela disse...

Não sei de onde tiro a coragem. Talvez do mesmo lugar de onde Tania tirou a dela para falar a Gary Hall que ele não estava na lista de convidados do Rock Off e que então precisava ir embora, ainda que ele estivesse apontando uma arma para o seu rosto. De toda forma, de algum jeito consigo contar a Cooper o que a médica falou sobre o fato de que se eu quiser ter um bebê, precisaríamos começar a nos ocupar... e sobre como provavelmente não vai ser tão fácil.

Quando termino, ele parece não entender.

— *Bebê*? — diz Cooper, sacudindo a cabeça. — Quem disse qualquer coisa sobre um *bebê*?

Fico confusa.

— Cooper. Você não quer ter filhos algum dia?

— Já *temos* filhos — diz ele, apontando para o Conjunto Residencial Fischer, embora as janelas do meu quarto deem para a direção oposta, então ele acaba esticando o polegar para a parede atrás de minha cama. — Temos um *alojamento* inteiro cheio de crianças. Sempre que vejo, você está correndo até lá para ajudar uma delas. Gavin, aquela garota, Jamie, aquela outra que precisaria voltar para a

Tamanho 42 e pronta para arrasar   393

Índia, o outro cujo pai o odeia porque é gay, sem falar do time de basquete inteiro...

— Aqueles são os filhos de *outras pessoas* — lembro-o.

— Não parecem, para mim — responde Cooper. — Nós os vemos mais do que os próprios pais.

— Cooper — digo. — A maioria deles tem 20 e poucos anos. Dificilmente se classificam como crianças.

— Então por que sempre preciso pagar o jantar quando saímos com eles?

— Cooper...

— Digamos que as chances não sejam tão ruins quanto você pensa, e você não precise fazer essa operação ou o que quer que seja — diz Cooper, ficando sério. — Digamos que, por algum motivo, você acabe tendo um bebê. Vai parar de trabalhar no Conjunto Residencial Fischer para ficar em casa e cuidar dele?

Eu nunca tinha pensado nisso. Em minhas fantasias, eu sempre magicamente tenho três filhos, eles têm 5, 7 e 10 anos, são maravilhosamente autossuficientes e usam lindos uniformes escolares xadrez azul-marinho.

— Bem — falo —, não sei...

Parar de trabalhar? Sequer tive a chance de ver o fichário de casamento de Lisa ainda. Ela é a primeira chefe divertida — à exceção de Tim, que não conta, porque ele nunca foi oficialmente meu chefe — que eu tenho.

E quanto a Sarah? Ainda que ela e Sebastian pareçam ter se reconciliado, tenho certeza de que ele ainda vai para Israel. Quem vai segurar a mão dela durante esse tempo? Não é como se eu fosse ficar grávida e ter Jack, Emily e Charlote imediatamente — provavelmente vai levar anos —, mas, mesmo assim, há muitas coisas que preciso fazer, nenhuma das quais envolve ficar em casa com um bebê chorando...

— Porque... — diz Cooper —, e não falo isso como um insulto ou nada assim, então não fique irritada... realmente não vejo você como o tipo de mãe que fica em casa. Eu sei que *eu* definitivamente não sou o tipo de pai que fica em casa. Amo meu emprego... nos dias em que as pessoas não estão tentando matar um de nós, quero dizer.

— A maioria das pessoas não pode pedir demissão quando tem um filho — explico a ele. Percebo que muitos dos amigos de Cooper ainda não têm filhos porque estão na cadeia ou são roqueiros famosos, então é possível que ele não saiba dessas coisas. — Elas contratam babás ou encontram uma creche. Mas sim, você está certo, amo meu emprego e preciso terminar a faculdade. Então também não quero ficar em casa para cuidar de um bebê. Mas...

— Bem — fala Cooper —, se nenhum de nós quer tirar um tempo para ficar em casa e cuidar do bebê, parece que nenhum de nós *quer* de verdade ter um filho, por enquanto. Ou estou errado neste ponto?

Tento digerir essa informação, mas é extremamente difícil, pois a todo lugar que vou, parece, sou bombardeada com imagens de mulheres da minha idade empurrando carrinhos de bebê ou mostrando as barrigas ou contando aos entrevistadores que jamais souberam o que era amor de verdade até que "olharam nos olhos de seu recém-nascido".

— Mas se não tentarmos ter um agora, talvez jamais consigamos. E *todo mundo* não quer ter filhos? — pergunto. — Não é um instinto primitivo?

Mesmo conforme as palavras saem de minha boca, entretanto, lembro-me do que Lisa disse em nosso escritório. Ela não quer ter filhos. Sei que Tom também não. Existe realmente uma chance de Cooper se sentir da mesma forma?

Tamanho 42 e pronta para arrasar   **395**

— Paternidade é o trabalho mais difícil e exigente do mundo inteiro — diz ele. — Mesmo que você faça tudo certo, pode acabar com um filho como... bem, acho que nas últimas semanas nós dois vimos bastante provas dos tipos de filhos com os quais se pode acabar. Acho que a pior coisa que uma pessoa pode fazer é ter um filho porque acha que é isso o que se espera dela ou porque é o que todo mundo está fazendo ou porque não sabe o que mais fazer com a própria vida. Se você decide ter um filho, precisa estar cem por cento comprometido com a tarefa. Mas, se quer minha opinião, Heather, você já está comprometida com isso. — Ele aponta novamente na direção do Conjunto Residencial Fischer. — Queira admitir ou não, você já tem um monte de bebês. Eles apenas já vieram treinados para usar o troninho. E você não precisou fazer uma operação nem arriscar sua saúde ao espremê-los para fora.

— Tudo bem — falo. — É justo. Mas não consigo mesmo ver Gavin ou qualquer outro daqueles garotos nos sustentando durante a velhice, você consegue?

— Heather, *ninguém* deveria ter um filho para que ele pudesse sustentar os pais na velhice. Essa é uma das piores razões do mundo para se ter um bebê... quase tão ruim quanto ter um filho para salvar um casamento destruído. As pessoas deveriam se sustentar. Você e eu vamos sustentar *nossos* pais na velhice?

— Cruzes, não — respondo, chocada com a ideia.

Cooper estica o braço para pegar minha mão, então dá um apertão.

— Então, está vendo? Não há garantias. Poderíamos ter filhos e eles acabarem como Cassidy Upton ou, pior, como Gary Hall.

Essa é outra coisa que jamais considerei... que Jack, Emily e Charlotte possam acabar virando uns babacas completos.

— Isso é verdade — respondo. — Mas eles também poderiam acabar como nós.

— Heather — fala Cooper —, preciso lembrar a você de que odiamos nossos pais?

Explodo em gargalhadas.

— Mas nossos pais são uma droga. Nós não.

— Olhe. — Cooper aperta minha mão de novo. — Estou feliz do jeito como as coisas estão... Mais feliz do que já estive na vida. Se ter um filho vai fazer *você* feliz, então tudo bem, vou ter um filho com você. Mas também estou bem, *mais do que bem*, em ser... como é que chamam mesmo? Ah, é. Desprovido de filhos.

Semicerro os olhos para ele.

— Está me dizendo isso apenas para fazer com que eu me sinta melhor, porque a probabilidade de eu conseguir conceber sem intervenção médica é muito baixa?

— "Nunca me diga a probabilidade" — fala Cooper.

Aliviada, aperto a mão dele de volta.

— Essa é a pior imitação de Hans Solo que já vi — digo. — Mas obrigada.

Uma pressão que não reparei que andava sentindo se liberta de meus ombros, e lágrimas enchem meus olhos. Não tenho certeza se são lágrimas de alegria, de tristeza... ou de alívio.

Isso não quer dizer que dei as costas para Jack, Emily e Charlotte, percebo. Se algum dia eles vierem, será ótimo. Mas a pressão de eles *precisarem* acontecer algum dia, porque caso contrário serei incompleta ou um fracasso, sumiu. E isso parece quase tão bom quanto quando Gary Hall afastou o cano daquela arma da minha cabeça.

Tamanho 42 e pronta para arrasar **397**

— Não me agradeça ainda — diz Cooper. — Acho que tenho uma boa ideia de como isso vai acabar, e se você acha que vou deixá-la adotar todo brinquedo quebrado que conhece no Conjunto Residencial Fischer, você enlouqueceu.

— Eles não são brinquedos — falo, puxando minha mão e limpando, furtivamente, as lágrimas dos olhos. — São jovens adultos que apenas precisam de exemplos positivos, aconselhamento e direcionamento em suas vidas. E quarto e comida em troca de vinte horas de trabalho no balcão ou em meu escritório.

— Bem, o que quer que sejam — diz Cooper —, temos coisas mais urgentes com que nos preocupar agora. Como o que vamos fazer com relação à Miss México?

— Ah, não se preocupe com ela — digo. — Já verifiquei online, e há um milhão de bonecas espanholas de flamenco como ela que posso comprar por, tipo, sete dólares. Mas decidi que não vou repô-la.

— Ah, é? — Cooper estica o braço para a gaveta da mesa de cabeceira de novo... em busca do controle remoto, presumo.

— Vou deixar a Miss Irlanda ter um pouco de espaço para respirar — respondo. — Acho que a Miss México estava causando um complexo de inferioridade nela.

— Acho que deveriam fazer um reality-documentário sobre você — diz Cooper, colocando uma caixinha azul de veludo em meu colo. — E chamá-lo de *Colecionadoras de Bonecas Bizarras*.

Encaro a caixa.

— O que é isso? — pergunto, desconfiada.

— Abra e veja — diz ele.

Eu abro. É uma safira oval sobre um aro de platina com pequenos diamantes incrustados dos dois lados.

398 · Meg Cabot

Olho do anel para o rosto de Cooper, então de volta para o anel, estupefata.

— É-é... é o anel da loja de antiguidades na Quinta Avenida — gaguejo, sentindo-me corar. — Como você sabia que eu o queria?

— Sarah me contou quando liguei para o escritório certo dia procurando por você — fala Cooper. Ele parece satisfeito consigo mesmo. — Você não atendia ao celular. E esse *não* é o anel daquela loja na Quinta Avenida. Fui à loja para ver o anel. Sabe quanto custava?

Me senti terrivelmente desapontada.

— Ah. Muito, aposto.

— Trezentos e cinquenta dólares — diz ele. — Aquele anel era falso, bijuteria padrão. Fui até meu amigo Sid, que trabalha no distrito dos diamantes, *legalmente*, aliás, e pedi que fizesse uma réplica exata para você, mas com joias *de verdade*, sobre um aro de platina de verdade...

Inspiro, chocada.

— Cooper — falo. — Você não devia ter feito isso. É demais! É chique demais.

— Não, não é — diz ele, com firmeza. — Você deveria ter mais coisas chiques. Coloque o anel e diga a todos que perguntarem que estamos noivos. Quero que todos saibam, principalmente a minha família. E não vamos mais fugir para nos casar. Depois que você terminar de arrancar tudo da Emissora Cartwright Records pelos meus serviços, poderemos pagar um casamento no Plaza. Quantas pessoas você quer convidar? Mais importante: para onde quer ir na lua de mel? Que bonecas precisa acrescentar à coleção? Paris? Que tal Veneza? Que tal...

Envolvo o pescoço dele com os braços, segurando-o tão firme que Cooper chega a dizer, com a voz sufocada:

— Heather, você está me sufocando.

Mas não me importo, porque estou tão feliz que não quero soltá-lo nunca mais...

Este livro foi composto na tipologia Sabon
LT STD, em corpo 11/16, e impresso em
papel off-white no Sistema Cameron da
Divisão Gráfica da Distribuidora Record.